Ramias

oop

정령왕 엘퀴네스

이환 판타지 장편소설

17

dream books
드림북스

정령왕 엘퀴네스 17

초판 1쇄 인쇄 / 2020년 9월 7일
초판 1쇄 발행 / 2020년 9월 29일

지은이 / 이환

발행인 / 오영배
책임편집 / 편집부
본문 디자인 / 오정인
제작 / 조하늬

펴낸 곳 / (주)삼양출판사 · 드림북스
주소 / 서울시 강북구 도봉로 173
대표 전화 / 02-980-2112 팩스 / 02-983-0660
편집부 전화 / 02-987-9393 팩스 / 02-980-2115
블로그 / blog.naver.com/dreambookss

등록번호 / 제9-00046호
등록일자 / 1999년 3월 11일

ISBN 979-11-283-9916-9 (04810) / 978-89-542-4481-7 (세트)

* 지은이와 협의하에 인지는 생략합니다.
* 잘못된 책은 구입한 곳에서 바꾸어 드립니다.

이 도서의 국립중앙도서관 출판시도서목록(CIP)은 서지정보유통지원시스템홈페이지(http://seoji.nl.go.kr)와 국가자료종합목록 구축시스템(http://kolis-net.nl.go.kr)에서 이용하실 수 있습니다. **(CIP제어번호: CIP2020036301)**

정령왕
엘퀴네스
개정판
이환 판타지 장편소설
17
dream books
드림북스

정령왕 엘퀴네스 17

Contents

제1화 7

제2화 81

제3화 135

제4화 195

제5화 245

제6화 295

외전: 첫사랑은 이루어지지 않는다 383

캐릭터 프로필 새넌 411

캐릭터 복불복 Q n A 413

네 칸 만화 421

제1화

1.

친황파의 수장이자 제국 5대 가문 중에서도 단연 으뜸으로 꼽히는 세피온 공작가. 건국 공신으로서 제국과 역사를 함께한 가문이지만 몇십 년 전까지만 해도 그저 평범한 귀족가 중 하나였을 뿐, 위세가 대단하진 못했다. 그런 가문이 지금과 같은 눈부신 성장을 이룩한 건 전적으로 현 가주인 테이론 이스 세피온 공작의 공이었다.

백전백승 철혈의 지휘관. 대 마법사이면서 검성의 반열에까지 오른 전무후무한 천재! 명석한 머리에 사업 수완까지 뛰어나 건드리는 것마다 성공하는 황금의 손을 가진 것으로도 유명했다. 그야말로 세상의 모든 축복을 그러쥐고 태어난 듯한 타고난 지배자!

그 대단한 위명답게 세피온 공작을 만날 수 있는 이들은 극도로 적었다. 제국에선 그를 볼 수만 있다면 억만금을 주고서도 기꺼이 달려올 사람들이 넘치고 넘쳤다.

올해로 삼 년 차. 세피온 공작의 부관인 앨빈은 가끔 그 사실을 상기할 때마다 얼떨떨해지곤 했다. 선대 부관이었던 아버지를 따라 어릴 때부터 자주 공작을 접하던 편이다 보니 더욱 그랬다. 이 깨달음의 이유는 조만간 공작가에서 열리는 연회 때문이었다.

'이번에도 어김없이 극성이군.'

세피온 공작가에서 연회가 열리는 시기에 뒷세계의 시장이 활발해진다는 건 굳이 비밀도 아니다. 연회에 참석하려 혈안이 된 사람들은 뒷돈을 주고서라도 어떻게든 초대장을 구하려 들었다. 동반자 자리조차 금보다 더 비싼 값으로 거래될 정도인데, 그마저도 구하지 못해 속을 태우는 이가 많다고 했다. 직접 공작가로 편지를 보내 초대장을 받고 싶다 요청하는 이들도 넘쳐났다. 그들 중에선 이름만 들으면 알 정도로 저명한 외국 인사들도 있었다. 이럴 땐 아무리 익숙한 자리라도 자신의 위치를 다시 돌아볼 수밖에 없긴 했다. 괜히 긴장한 앨빈은 새삼스레 기합을 넣고 눈앞의 문을 정중히 두드렸다.

"각하, 저 앨빈입니다."

"어, 들어와."

앨빈은 지체하지 않고 문을 열었다. 안으로 들어서니 눈에 익은 화려한 광경이 그를 반겼다. 황금과 흑요석으로 만들어진 웅장한 조각상과 섬세한 벽화가 새겨진 벽면, 지붕 안쪽을 가득 채운 야명주와 투명한 백수정으로 만들어진 마법 등. 검은 대리석이 깔린 바닥은 금실로 수놓아진 양탄자가, 창문엔 오색의 판유리들이 빈틈없이 장식된 채였다. 그 한가운데, 거대한 검은 원목 책상에 느긋하게 앉아 있는 남자의 모습이 있었다.

거의 7라오에 육박하는 훤칠한 체구와 다소 사납게 보이는 선이 짙은 얼굴. 시린 하늘을 닮은 눈동자와 깊은 바닷속을 떠올리게 하는 군청색 머리칼. 시선이 마주치기만 해도 오금이 저릴 만큼 위압감이 대단한 사내는 배부른 맹수를 연상시켰다. 누가 저 모습을 보고 70대 노인이라고 할 수 있을까. 앨빈은 주름 하나 없이 팽팽한 남자의 피부를 보며 이번에야말로 새삼스러운 감상을 중얼거렸다.

"연회 참석 명단입니다."

전원 참석이라(비록 실제 참석하는 사람은 다르다 해도) 기실 작성하는 게 의미가 없는 명단이긴 했지만 보고는 해야 했다. 넘겨받는 공작의 태도 역시 다분히 형식적이었다. 다만 이번엔 조금 이례적인 부분도 있었기에 앨빈은 내심 돌아올 반응을 기대했다. 예상대로 명단을 시큰둥하게 넘겨보던 공작이 다음 순간 눈을 조금 크게 떴다.

"혹시 내가 노안이 온 건가? 왠지 생각지 못한 이름이 들어가 있는 것 같은데."

"각하의 시력은 정상이십니다. 보시는 그대로가 맞습니다."

"아냐, 나 요즘 눈 나빠졌어. 아까 창문에서 정원에 있는 나무를 살펴봤는데 개미가 몇 마리 오르는지 아무리 봐도 잘 안 보였단 말이야. 역시 노안이 온 게 분명해."

"……그건 원래 안 보이는 게 정상입니다."

"흐음. 그럼 이 명단에 적힌 이름이 진짜라고? 앨빈, 네가 사기 치는 건 아니지?"

"제가 이런 거로 왜 사기를 치겠습니까."

또 이런 식이었다. 모처럼 다잡은 기합이 푸시시 식는 걸 느끼며 앨빈은 한숨을 내쉬었다. 그가 매번 상관의 위명에 새삼스럽게 놀라는 게 바로 이런 가벼운 성격 때문이었다. 피곤한 낯을 숨기지 못하는 어린 부관을 향해 공작은 피식 웃었다.

"뭐, 어쨌든 흥미롭군. 이번 연회는 꽤 재밌겠어. 준비는 잘 되어가지?"

"예, 오랜만에 저택에서 열리는 대규모 연회라 다들 기합이 단단히 들어가 있습니다."

"그래, 그래. 성의껏 잘 준비하라고 해. 아무렴 내 후계자를 찾아보는 연회인데 평범하면 곤란하니까."

"예, 그런 연회이니 더더욱…… 네?"

기계적으로 답하던 앨빈이 다음 순간 고개를 치켜들었다. 눈을 부릅뜬 그와는 달리 마주한 공작의 얼굴은 태연하기만 했다. 그래서 더욱 상황을 의심할 수밖에 없었다.

"각하, 실례지만 제가 지금 이상한 소리를 들은 것 같습니다.

방금, 각하께서 후계자를 찾아보는 연회라고 하셨던 것 같은데 말입니다."

"어, 그거 맞아."

"각하!"

앨빈은 자기도 모르게 소리쳤다. "앨빈, 시끄러워." 공작이 불만스럽게 중얼거렸지만 그의 귀엔 조금도 들리지 않았다.

"후계자라니! 지금 그게 무슨 말씀이십니까?"

"거참, 뭘 그렇게 놀라? 내가 아무리 그래도 이미 나이가 일흔인데 계속 현역으로 있을 순 없잖아. 후계자가 있어야지."

지극히 맞는 말이었다. 오히려 늦어도 한참이나 늦었다. 본래라면 그는 이미 진작 은퇴했을 시기였다. 실제로 가신들을 비롯한 저택의 식솔들은 이미 거의 세대교체가 된 참이었다. 가주인 공작이 평생 후계를 둘 생각 없이 독신을 유지하고 있어서 그간 다들 얼마나 속이 탔던가. 그런 그의 입에서 드디어 후계자라는 말이 나온 것이다.

당장 자리를 박차고 달려나가 만천하에 외쳐도 아깝지 않을 경이로운 소식이었다. 연회에서 찾겠다는 허무맹랑한 소리만 아니었다면 말이다. 앨빈은 펄떡이는 심장을 진정시키기 위해 다분히 애썼다. 억지로 들어올린 입꼬리가 경련하듯 푸들거렸다.

"드디어 후계자를 두실 마음이 드셨다니 다행입니다. 이 소식이 알려지면 다들 크게 기뻐할 겁니다. 하지만 각하, 후계자라면 혼인을 하셔서……."

"이 나이에 나더러 혼인해서 애를 낳으라고? 내 나잇대의 여자가 애를 낳을 수 있을 것 같아? 그렇다고 설마 까마득하게 나이 차이 나는 어린 여자랑 혼인하란 건 아니지?"

"구, 굳이 나이를 생각하실 필요는 없지 않겠습니까? 그래도 각하의 외모나 신체 능력은 젊으시니……."

"얘가 큰일 날 소리를 하네. 신체가 젊다고 먹은 나이가 없어져? 장인 장모가 나보다 어릴 텐데 그게 무슨 추태야?"

"그러게 모두가 권할 때 진작에 혼인을 하셨으면……."

"어허, 이미 끝난 일엔 미련을 두지 마. 시간을 돌릴 수 있는 것도 아닌데 뒤를 돌아봐서 무슨 소용이야?"

말은 참으로 청산유수였다. 앨빈은 뒷목을 잡고 싶은 기분을 꾹꾹 눌러 참았다.

"하지만 각하, 생판 타인을 후계자로 세우신다고 하면 반발이 심할 겁니다. 직접 후사를 보시는 게 꺼려지시면 방계 중에서 들이시는 방법도 있습니다."

"방계 누구? 내 뒤통수만 열심히 노리고 있는 놈들과 그들의 자식들 말인가?"

앨빈은 잠시간 아무런 대답도 할 수 없었다. 대대로 세피온 공작가는 황실 못지않게 후계자 싸움이 치열한 가문이었다. 모친이 전부 다른 경우도 많아 형제들끼리 사이가 전혀 좋지 않았고, 암투가 끊이지 않았다. 실제로 공작은 경지에 올라 스스로 몸을 지킬 수 있게 될 때까지 수차례 사선을 넘었다. 어릴 땐 절벽에 떨어져 행방불명이 된 적도 있었다. 그때야말로 꼼짝없이 죽었다고 생각했는데 며칠 후 멀쩡히 생환해서 다들 놀라워했다는 일화는 모르는 사람이 없을 만큼 잘 알려져 있기도 했다. 그 끔찍한 사고가 형제를 비롯한 친인척들의 술수였다는 사실도.

"내가 말이야. 그때 맹세했거든. 어떻게든 잘 먹고 잘살아서 테이론 이스 세피온의 이름을 아무도 감히 건드릴 생각도 하지 못하게 하겠다. 그리고 형제와 친척이라는 괴물들에겐 절대 이 자리를 넘겨주지 않을 거라고 말이야."

"그런 결심까지 하셨으면서 대체 왜 혼인은 안 하신 건지. 자녀에게 물려주시는 게 가장 평화롭고 쉬운 방법인데 말입니다."

"어허, 주인의 자세한 사정은 알려고 하는 거 아니야."

장난스럽게 웃는 얼굴에 앨빈은 다시 꺼질듯한 한숨을 내쉬었다. 혼인하지 않는 공작을 두고 평생 온갖 소문이 나돌았다. 지독한 첫사랑을 잊지 못한 순애보라는 둥, 고된 신체 훈련의 부작용으로 고자가 됐다는 둥, 사실은 남색가라는 둥. 정말 그런가 싶을 만큼 그럴듯한 내용에서부터 누가 들어도 허무맹랑한 것까지, 그 종류도 갖가지였다. 그러나 오랫동안 공작을 보필해온 가신들조차 명확한 이유를 알지 못했다.

"내 피는 너무 대단해서 함부로 이어지면 안 되거든."

하필 대외적으로 공작이 내세운 이유가 이런 식이기도 해서 어디 가서 말할 수도 없었다. 앨빈은 내심 그가 혈육에 대한 혐오증이 있다고 짐작했다. 굳이 피 한 방울 안 섞인 이를 후계로 삼으려는 걸 보면 아무래도 그 생각이 틀리지 않은 것 같았다.

"애초에 혈통으로 가문이 이어지는 거 너무 고리타분하지 않아? 무능한 애가 가주가 되면 어쩌려고 그래? 물론 내 피를 이어받은 애가 무능할 리는 없지만."

"하아, 네, 물론 그렇겠지요."

"알았으면 자네도 쓸 만한 호구, 아니 괜찮은 애 좀 없는지 유심히 좀 살펴봐."

방금 호구라고 했던 건 잘못 들은 게 아니겠지. 앨빈은 이제 더는 생각하기를 포기했다.

"너무 나이가 많거나 어린 건 안 돼. 머리가 너무 굵은 건 다루기 골치 아프고 어린 건 키우기 막막하니까. 적당히 10대에서 20대 사이로. 가급적이면 배경이 별거 없는 애 중에서 추려봐. 괜히 다른 가문이 이득을 보는 꼴이 되면 안 되니까. 그래서 후계자를 찾는다는 것도 일부러 공표하지 않는 거야."

"그런 자각이라도 있으시다니 다행이긴 합니다. 절 과로로 죽이실 생각인 것 같아 유감이지만 말입니다."

"그렇게 말하면서 이미 대충 추리고 있는 거 아냐?"

다 안다는 듯한 공작의 얼굴에 앨빈은 이번에도 아무 말을 잇지 못했다. 속내를 들켜 두 뺨이 상기된 앨빈을 본 공작이 그럴 줄 알았다며 웃었다.

"……당장 떠오르는 건 아인 이드리스 정도군요. 제국에선 별다른 연고도 없고 이렇다 할 가문과 연결된 바도 없습니다."

"아인 이드리스라……. 황실 연회에서 몇 번 봤었지. 애가 성격도 좋고 괜찮긴 하더라."

공작이 흡족한 얼굴로 중얼거렸다. 보아하니 이미 점찍어둔 후보인 모양이었다. 앨빈은 아인 이드리스를 소공자라고 부르는 일이 얼마 남지 않았다고 생각했다. 귀찮은 걸 싫어하는 공작의 성격상 별다른 이변이 없다면 처음 마음먹은 대로 진행될 가능성이 높았다. 하긴, 그만큼 아인 이드리스가 대단하기도 했다. 정작 그가 공작가 후계자리에 관심이 있을지는 알 수 없었으나, 그건 별로 문제가 되지 않았다. 앨빈은 지금까지 세피온 공작이 마음먹어서 이루지 못한 일을 본 적이 없었으니까. 그래도 명색이 후계자인데 너무 싱겁게 정해지는 것 같아 그는 다시금 머리를 굴렸다.

"아, 이번에 활약한 물의 정령사도 10대라고 들었습니다."

"물의 정령사? 아아, 상급이랬나?"

"네. 게다가 입검의 경지에 이른 검사이기도 합니다. 어린 나이에 성취가 대단한 것 같습니다. 어떤 의미에서는 아인 이드리스보다 천재라고 생각됩니다."

"흐음, 걔한테도 이번 연회 초대장 보냈던가?"

"네, 각하께서 최근 좋은 일로 신문 전면에 실린 사람에게는 전부 초대장을 보내라고 하셨기에."

"그래, 그래. 잘했어."

공작은 순순히 칭찬했다. 그러나 앨빈은 공작이 그 소년 정령사를 만나볼 일은 없을 거라고 판단했다. 아인 이드리스를 언급할 때와는 확연히 차이가 날 정도로 심드렁한 태도였기 때문이었다. 오히려 거부감마저 느껴지는 것 같았다. 본 적도 없는 물의 정령사에게 유감이 있을 리가 없을 텐데도.

"그럼 이만 나가 봐."

"예."

앨빈은 잠시간 머뭇거리다 곧 몸을 돌렸다. 조금 전 묘하게 가라앉은 것 같았던 공작의 태도가 마음에 걸렸지만 지금은 그런 걸 파고들 상황이 아니었다. 앞으로 일어날 일들을 생각하는 것만으로도 머리가 너무 복잡했다.

"쳇, 인간 주제에 물의 상급 정령사가 된 것만으로도 감지덕지해야지. 검도 잘 다루는 건 반칙 아냐? 그 정도쯤 되면 그가 관심 갖고 지켜보고 있을 거 아냐. 에이씽. 난 마법도 잘하고 검도 잘하고 이것저것 다 잘해도 관심 한 톨 못 받는구만. 서러워 죽겠네."

곧 문을 닫고 나서는 그의 등 뒤에서 나직하게 투덜거리는 소리가 들려왔다. 다만 그 의미를 이해할 수가 없어 앨빈은 한참 동안 고개를 갸웃거렸다.

2.

제도는 중심부인 황성을 기준으로 크게 여섯 개의 구역으로 구분된다. 빈민가가 밀집한 제6구역, 상가와 관공서, 주택 단지들로 이뤄진 제4, 5구역. 그보다 조금 더 고급스러운 주택가로 이뤄진 2, 3구역.

부유층과 귀족이 주로 거주하는 제1구역, 그중에서도 가장 땅값이 비싸기로 유명한 〈그레난 지구〉는 거주 자격까지 심사하는 까다로운 지역이었다. 재산과 신분을 전부 갖춘 사람만 거주권을 살 수 있었고, 통행인조차 엄격하게 단속해서 아무나 함부로 들어갈 수도 없었다. 철저한 그들만의 세상인 셈이었다. 한마디로 말해, 일개 헌터들이 방문할 일이 거의 없는 곳이라는 소리다.

"확인했습니다. 통과하셔도 좋습니다."

손쉽게 떨어지는 승인에 내심 복잡한 기분이 드는 건 아마 그 탓일 것이다. 그러거나 말거나 다시 출발한 마차는 미끄러지듯이 도심 안으로 굴러가기 시작했다. 출입로를 지키는 경비대와 검문소가 순식간에 시야에서 멀어졌다.

"정말 통과했네. 우리가 정말로 그레난에 들어왔어."

옆에 앉아 있던 크리스가 얼떨떨하다는 얼굴로 중얼거렸다. 평소와는 달리 번듯한 남색 예복 차림을 한 그는 전혀 다른 사람 같았다. 원래도 체격이 훤칠한 편인데 그런 장점이 고스란히 드러나는 차림을 한 데다가, 늘 대충하고 다니는 머리와 턱을 깔끔하게 정돈하니 헌터라기 보다는 어디 잘 나가는 기사처럼 보였다. 옷이 날개라는 말이 괜히 있는 게 아닌 모양이다. 정작 하는 행동은 기사와는 거리가 멀긴 했지만.

"으아, 어떡하지, 엘? 너무 긴장해서 토할 것 같아. 우리가 진짜 공작가의 초대를 받았어!"

그가 다리를 달달 떨며 호들갑을 떨었다. 아까부터 얼굴이 창백하더니 이젠 정신을 못 차릴 지경이 된 것 같았다.

"이제 와서 무슨 소리예요. 초대장이 진짜란 건 처음부터 알았잖아요."

"그치만 왠지 실감이 안 났는걸. 솔직히 입구에서 문전박대받아도 당황하지 않을 자신도 있었다고. 아, 그렇군요. 역시 그럴 줄 알았죠. 뭔가 착오가 있었나 봅니다, 쪽팔린 티 내지 않고 침착하게 대답할 만반의 준비까지 하고 있었단 말이야."

"……이왕 준비하는 김에 통과할 때 전혀 안 놀라는 준비도 하지 그랬어요."

"헉, 그렇네! 거기까진 생각을 못 했어! 난 왜 이렇게 멍청하지?"

……우리 길드, 마스터가 이렇게 소심해도 괜찮은 걸까.

연신 입술을 물어뜯는 크리스를 일별하고 창문 밖으로 시선을 던졌다. 상류층 중에서도 더 특별하다는 이들의 거주 구역인 만큼 화려한 경치를 예상했는데, 보이는 거라곤 온통 드높은 성벽뿐이었다. 외부에 철저히 가려진, 아무나 접근할 수 없는 곳이라는 점이 전경마다 훤히 드러났다. 눈에 담을 수 있게 허락된 건 넓게 트인 대로뿐인 것 같았다. 그 길을 따라 수많은 마차의 행렬이 줄줄이 이어지는 중이었다. 나와 크리스가 탄 마차도 그중 하나였다.

이윽고 한참을 하염없이 달리던 마차가 한 성문에 접어들었다. 거대한 철문에 양각으로 박혀 있는 드래곤의 문양이 선명했다. 그

문양을 보자 무심코 숨이 흘러나왔다. 크리스만큼은 아니더라도 나도 조금은 긴장하고 있었던 모양이다.

드디어 세피온 공작가였다.

*　　　*　　　*

"당신이 정령사 엘이오?"

가까이에서 들려온 목소리에 고개를 들었다. 깐깐한 인상을 지닌 나이 지긋한 남자가 지팡이를 들고 서 있었다. 천천히 위아래로 훑는 시선엔 탐색하는 기색이 역력했다.

"네, 제가 엘인데 무슨 일이시죠?"

"물의 정령사 맞소? 이번에 대형 마물을 잡았다는 그 상급 정령사?"

"네, 그렇긴 한데요……."

"……흠, 그렇군."

떨떠름하게 고개를 끄덕이는 얼굴에 설핏 실망이 스쳤다. 짧게 혀를 찬 그는 건성건성 아무 말이나 건네는 둥 마는 둥 하고는 이내 자리를 떠났다. 저럴 바엔 왜 굳이 말을 걸었나 싶었지만, 이미 여러 차례 반복된 상황이라 새삼스럽지도 않았다.

"또냐, 진짜 무례하긴."

옆에서 그 모든 광경을 지켜본 크리스가 불쾌한 표정으로 투덜거렸다.

“다짜고짜 질문하고는 그냥 휙 가버리는 건 뭐야? 표정 단속이라도 잘하든가.”

“그러게 말이에요.”

나 역시 솔직히 동의했다. 적응했어도 어이없는 기분이 드는 건 사실이니까.

입장할 때는 더 가관이었다. 초대장을 보여주니 문지기가 입구에서 나를 크게 호명했는데, 그 순간 회장 안에 있던 사람들이 모두 돌아보았다가 실망한 표정을 감추지 못했다. 한꺼번에 쏟아진 수많은 시선의 주인들이 동시에 다 똑같은 감정을 드러내는 광경은 여러 의미로 꽤 인상적이었다.

‘생각보다 그다지…….’

‘저 정도는 평범…….’

‘소문이 과장…….’

수군거리는 소리가 들리지 않았더라도 이유는 대충 짐작했다. 아무래도 지난 며칠간 대서특필된 화제의 정령사가 기대보다 못한 모습이라 다들 맥이 빠진 모양이었다. 그중 일부는 굳이 다가와서 내 정체를 확인하고는 재차 실망하기도 했다. 조금 전 말을 걸어온 남자도 그런 이들 중 하나였다.

그래도 이번이 마지막이었는지 남자가 돌아서는 걸 기점으로 힐끔거리는 시선이 확연히 사그라졌다. 자꾸 귀찮게 구는 게 슬슬 짜증 나려는 참이었는데 다행이었다. 그리고 그보다 더 다행인 건 연회장에 차려진 음식이 참 많다는 거다. 갖가지 고기를 다양한 방식으로 조리해서 선보인 식사류부터 케이크와 푸딩, 쿠키와 초콜릿을 비롯한 간식류까지. 다양한 음식들을 맛보고 있으니 불쾌한 기분도 오래 안주할 틈이 없었다. 설레는 마음으로 다음엔 뭘 먹을지 고심하고 있자니 크리스가 불퉁한 표정으로 나를 돌아봤다.

"엘, 너 그거 그냥 풀면 안 돼?"

"헛소리인 건 알죠?"

"내가 다 억울해서 그렇지."

"별 게 다 억울하네요."

"그치만! 저렇게 대놓고 무례하게 구는데 너무 약오르잖아. 외모가 별로라느니, 사기를 당했다느니. 진짜 네 모습을 보면 얼어붙어서 말도 못 붙여볼 놈들이 제멋대로 떠들긴! 대체 뭘 어떻게 한 거야? 그 화려한 외모를 이렇게 감쪽같이 감추는 게 말이 돼?"

황당함을 감추지 못하는 시선에 어깨를 으쓱였다. 무심코 매만진 옷 안에서 단단한 감촉이 닿았다. 늘 걸고 다니는 화석 목걸이 외에 오늘은 다른 목걸이가 하나 더 늘어난 참이었다. 레드 드래곤이 직접 제작했다는 외모를 가려주는 마도구. 연회에 간다고 하니 이프리트가 선뜻 빌려줬다. 혹시나 달라붙을지 모를 쓸데없는 시선과 관심을 방지하기 위해서였는데, 막상 정말 효과가 있으니 입안이 쓰긴 했다. 기대와 다른 외모에 관심이 멀어졌다는 건 그들이 내게서 기대하던 게 그것뿐이었다는 의미이기도 했으니까.

덕분에 안 그래도 없던 연회에 대한 흥미가 완전히 식었다. 처음부터 세피온 공작— 드래곤 라미아스를 만나려는 목적뿐이긴 했지만, 분위기를 보니 왠지 그조차 쉽지 않을 것 같았다. 친히 옷까지 보내며 초대한 거라 뭔가 의미를 지닌 건가 싶었는데 원래 세피온 공작은 평민을 초대할 땐 옷도 같이 보내주는 편이라고 한다(동반자 자격으로 참석한 크리스는 본인이 직접 마련해야 했지만). 혹시 예복을 마련할 형편이 되지 못하는 경우를 대비한 배려였다.

연회에 와보니 더 확실했다. 회장 안엔 사람이 너무 많았고, 각자 직업과 계층도 다양했다. 제도에서 어느 정도 이름을 알린 사람은 거의 다 초대받은 것 같았다.

가장 큰 문제는 신분에 따라 동선이 나뉘어 있다는 거다. 대놓고 정해져 있는 건 아니라 처음엔 미처 알아차리지 못했는데, 조금 지켜보니 구역마다 보이지 않는 선이 그어져 있는 게 뚜렷이 느껴졌다. 서로 두서없이 섞여 있는 것처럼 보여도 중심지로 들어갈 수 있는 건 고위층뿐. 신분이 낮은 이들은 외각을 벗어나지 못했다. 고위층 쪽에서도 외각으로는 거의 나오지 않았기 때문에 서로 가까이할 기회조차 없는 구조였다.

평민 헌터인 나와 크리스 역시 당연히 외각만 서성이고 있었다. 이런 상황에서 연회의 주최자이자 대귀족인 세피온 공작이 나타난다 한들 대면할 수 있을 거란 기대는 눈꼽만큼도 들지 않았다. 시종을 통해 쪽지라도 전할 수 있다면 다행이었다.

"진혼 길드 마스터, 테오 라덴 님과 안나 라덴 부인이 드십니다!"

이 와중에 반갑지 않은 이름까지 들리니 기분은 더 가라앉았다.

입구에서 이제 막 여인과 함께 안으로 들어서는 낯익은 남자가 보였다. 뻔뻔하게 웃으며 연회장에 들어서는 얼굴을 보니 미간이 절로 찌푸려졌다.

“젠장, 저 자식도 오는 거였나.”

나보다 더 표정을 구긴 크리스가 나직하게 욕설을 내뱉었다. 하기야 이제 막 이름을 알린 신예 헌터도 초대한 연회에서 진혼처럼 유명한 길드 마스터를 빠트릴 리가 없었다. 심지어 맞이하는 사람들의 분위기도 확연히 달랐다. 우리가 들어섰을 땐 힐끔거리기만 하던 이들이 이번엔 앞다투어 다가가 인사를 건네기 바빴다. 그중엔 발걸음 무겁던 고위 귀족들도 몇 섞여 있어서 크리스의 표정이 더 뚱해졌다.

신경 쓰지 말라고 말하려는데 문득 이상한 느낌이 들었다. 마치 공기가 퍼져나가는 것 같은. 넘쳐흐른 무언가가 회장 안에 한가득 밀려들어 단숨에 삼키는 듯한 감각.

“아.”

“왜 그래, 엘?”

크리스가 의아한 표정으로 나를 바라보았다.

‘설마.’

마른침을 삼키는데 주위가 술렁거리는 것이 느껴졌다. 그와 동시에 입구에서 큰 소리가 울려 퍼졌다.

“바람의 정령사 아인 이드리스 님! 그, 그리고…… 저, 정령왕 미네르바 님이 드십니다!”

주위가 한순간에 고요해졌다.

마치 시간이 멈춘 것처럼 모두의 움직임이 정지했다. 이미 알고 있었음에도 나 역시 조금도 움직일 수가 없었다.

굳어 있는 사람들 사이에서 한 존재가 천천히 모습을 드러냈다. 하얗다 못해 투명하게 느껴지는 피부, 그 위에 늘어트린 눈부신 은백색의 머리카락. 고요한 달빛을 담아낸 눈동자. 머리부터 발끝까지 새하얀 느낌이 드는 그는 고고하고 드높은 설원의 창공을 떠올리게 했다. 그가 걸음을 옮길 때마다 주위의 공기가 둥둥 울렸다. 그로부터 시작된 청아한 바람이 온 사방으로 퍼져나가 스치는 모든 것들을 정화하는 듯했다. 그 존재를 의심할 여지가 없는, 바람의 왕이었다.

'미네르바.'

긴 정적이 흘렀다. 예상치 못한 바람의 현신 앞에 경악한 사람들은 모두 숨 쉬는 것조차 잊은 듯이 보였다. 끊임없이 흐르던 악기의 연주조차 어느덧 멈춘 상태였다.

"이거 정말 귀한 손님이 오셨군."

그 영원할 것만 같던 고요를 끝낸 건 한 사람의 목소리였다. 뒤를 돌아보니 계단에서 걸어 내려오고 있는 사람이 보였다. 훤칠한 키에 짙은 감청색 머리칼, 사납게 빛나는 푸른색 눈동자가 무척 강렬한 인상을 주는 남자였다. 목까지 단단히 여민 검은색 정복에 푸른 망토를 걸친 그는 한눈에도 높은 신분으로 보였다. 누군지는 굳이 알려주지 않아도 알 것 같았다.

"고결한 바람의 왕께 인사드리오."

남자가 정중한 동작으로 예를 취하는 것에 미네르바가 고개를 끄덕였다. 짧은 순간 눈이 마주친 둘 사이에 묘한 기류가 흘렀다. 워낙 찰나라 어지간하면 위화감을 인지하지도 못할 시간이었다. 남자는 금방 아무렇지 않게 말을 이어갔다.

"참석자 명단을 봤을 때부터 내 눈을 의심했소. 황성의 연회에서도 뵙기 힘들던 분을 내 집에서 뵐 수 있다니 믿기지 않는군. 존귀한 바람이 들러주시다니 큰 영광이오."

"제국의 수호자라 불리는 공작께서 직접 주관하시는 연회인데 당연히 참석해야지요. 귀한 자리에 초대해주셔서 감사합니다, 세피온 공작님."

말 없는 미네르바를 대신해 아인 이드리스가 정중히 화답했다. 예상한 대로 남자의 정체는 역시 세피온 공작이었다. 그는 긴장한 듯한 아인 이드리스를 향해 빙긋 웃었다.

"어서 오게, 바람의 동반자여. 매번 연회를 열 때마다 자리를 특별히 빛내는 이들이 나오곤 하지. 오늘은 누가 그 빛을 발할까 궁금했는데 주인공이 이미 정해진 것 같군."

아인 이드리스가 상기된 얼굴로 미네르바를 바라보았다. 그와 시선을 맞춘 미네르바의 두 눈이 부드럽게 휘어졌다. 입가에 서린 미소에 봄처럼 달큰한 기운이 감돌았다. 왠지 그 모습에서 눈을 뗄 수가 없었다. 굉장히 이상한 기분이었다. 고작 웃는 걸 봤을 뿐이다. 그가 웃는 걸 보는 게 처음인 것도 아니었다. 그런데 마치 넘어가서는 안 되는 선을 넘은 것 같았다. 내가 보면 안 되는 무언가를 엿본 듯한, 알아선 안 되는 걸 깨달은 기분.

스스로 이해할 수 없는 감정을 헤아리는 동안 세피온 공작이 가볍게 좌중을 돌아보았다. 여전히 경직된 분위기를 읽은 그가 짓궂게 웃었다.

"주인공의 등장이 이른 탓인지 분위기도 벌써 무르익었군. 그러나 연회는 이제부터 시작이오. 여기서 지치기엔 모처럼 행한 걸음이 너무 아깝지 않겠소? 준비한 것이 많으니 모두 편히 즐겨주시오."

공작이 신호하자 멈췄던 연주가 다시 흐르기 시작했다. 그러자 경직된 공기가 풀어지며 분위기가 빠르게 편안해졌다. 마법에서 깨어난 것처럼 다시 움직이게 된 사람들은 이번엔 눈을 빛내며 적극적으로 다가서기 바빴다. 미네르바를 비롯한 중심부의 모습은 곧 둘러싸는 무리에 가려져 제대로 보이지도 않게 됐다.

"와아, 진짜 미쳤다. 바람의 정령왕이라니. 내가 지금 정령왕을 눈앞에서 본 거야?"

그제야 정신을 차린 크리스가 뒤늦게 부산을 떨었다. 나는 근처에 있던 과일 음료를 집어 들고 단숨에 잔을 비웠다. 그 행동이 꽤 거칠었는지 크리스가 놀란 시선을 보냈다.

"엘, 갑자기 왜 그래? 어디 안 좋아?"

"어, 음, 아니에요. 그냥 좀 목이 마르네요."

"하하, 뭐야. 정령왕을 만나서 놀란 거야? 너도 긴장이라는 걸

하는구나. 그래도 천천히 마셔. 물도 급하게 마시면 체한다고."

"네, 조심할게요."

복잡한 마음을 간신히 정리하고서야 이런 기분이 드는 이유를 깨달았다. 아아, 그래. 이제 보니 처음이었다. 웃는 얼굴이라고 다 같은 게 아니었다. 저런 표정으로 웃는 미네르바의 얼굴은 한 번도 본 적이 없었다.

내가 아는 그는 애초에 잘 웃는 편이 아니었다. 떠들썩한 자리에서도 감정을 드러내는 일이 드물었고, 원래 그런 성향이라고 생각했다. 하지만 사실은 저런 표정도 지을 수 있었던 거다. 저렇게 밝고 충만하게, 눈이 시릴 만큼 행복한 미소를 지을 수도 있었다. 그게 왠지 충격이었다. 미네르바가 잃은 것이 뭐였는지. 그에게 새겨진 상흔의 무게를 처음으로 실감하고 만 것 같아서.

"그러고 보니 한 가지 흥미로운 소식을 들었지. 자네가 검술 선생을 알아보고 있다는 소문이 들리던데, 그게 사실인가?"

그때 온갖 잡음 속에서 목소리 하나가 선명히 와 닿았다. 세피온 공작이 아인 이드리스에게 건넨 질문이었다. 멍하니 고개를 드니 무리 진 사람들 틈새로 어색하게 웃고 있는 아인 이드리스의 얼굴이 보였다. 그는 민망해하면서도 이내 고개를 끄덕였다.

"예, 맞습니다."

순순히 떨어지는 긍정에 심장이 덜컹 내려앉았다. 얼마 전 무기 상점에서 봤던 그의 모습이 다시금 눈앞을 스쳤다. 그때 느꼈던 어떠한 예감도 같이.

"정말 검술을 배우려는 건가? 나라서 하는 말이지만 두 가지 능력을 소화하는 건 결코 쉬운 일이 아니라네. 자네는 정령술로도 이미 대적할 자가 없을 텐데, 굳이 고생을 사서 하려는 이유를 모르겠군."

"아마 공작님과 같은 이유이지 않을까 싶습니다."

"흠?"

"그동안 너무 한 자리에 안주하고 있었다는 걸 깨달았거든요. 부끄럽지만 지금이라도 뭔가를 더 배워보고 싶어졌습니다. 아직 젊고 건강한데 더 성장할 가능성을 무시해선 안 된다고 생각했습니다."

"하하, 틀린 말은 아니군. 한데 단지 그뿐인가?"

"예?"

의아한 표정을 짓는 그를 향해 세피온 공작이 짓궂은 미소를 지었다.

"깨달음이 일어난 기저엔 자극이 존재하는 법이지. 혹시 최근 화제가 된 물의 정령사를 의식한 건 아닌가 해서 말이네. 그가 입검의 경지에 이른 검사라지?"

아인 이드리스의 얼굴이 설핏 굳었다. 그건 내 표정도 마찬가지일 게 뻔했다.

아니라고 말해.

나도 모르게 낮게 중얼거렸다. 하지만 나쁜 예감은 어긋날 생각이 없는 모양이었다.

"차마 아니라고는 말씀 못 드리겠습니다."

눈앞의 광경이 잠시 일렁거렸다. 한층 멀어진 시야를 느끼고서야 내가 꽤 뒤로 물러섰다는 걸 자각했다. 지나치게 예민해진 청각은 이 순간에도 듣지 않아도 될 것들을 계속 담아내고 있었다.

"솔직하니 오히려 마음에 드는군. 경지에 이르고도 계속 도전을 할 수 있다는 건 축복이지. 나도 응원하겠네. 자네가 어디까지 닿을지 정말 기대가 돼. 원한다면 내가 쓸 만한 검을 선물해주고 싶은데."

"감사합니다. 하지만 괜찮습니다. 제가 쓸 검은 미네르바 님이 준비해주신다고 하셨거든요."

"이런, 애초에 상대도 되지 않았군. 내 패배를 인정하지."

공작의 너스레에 주변의 무리가 와르르 웃었다. 미네르바조차 웃고 있는 것 같았다. 그러나 나는 조금도 웃을 수가 없었다.

이게 뭐야. 이게 뭐지?

이게 왜 이렇게 되는 거야?

"아, 그러고 보니 오늘 그 정령 검사도 초대했다네."

"네? 혹시 엘을 말씀하시는 겁니까? 그가 이 연회에 와 있습니까?"

"그렇네. 아마 어딘가에 있을 텐데."

세피온 공작의 말에 아인이 급히 고개를 들어 주위를 살폈다.

나를 찾고 있는 거다. 그에 따라 그들을 둘러싼 사람들의 간격이 흐트러지며 천천히 공간이 트였다. 여기서 앞으로 나서기만 하면 자연스레 주목을 받을 수 있겠지. 세피온 공작과 정식으로 마주할 수 있는 절호의 기회였다. 머리로는 분명히 알았다. 누구보다 잘 알고 있었지만…….

"어? 엘, 어디가?"

등 뒤에서 크리스가 부르는 소리가 들렸다. 당혹감이 담겨 있었지만 돌아보지 않았다. 더 허둥지둥 뛰다시피 했다. 그사이에 공작이나 아인 이드리스가 나를 발견했을지도 모른다. 그들 눈에 내 모습이 달아나는 것처럼 보여도 할 수 없었다. 실제로 달아나는 게 맞았다.

회장 밖으로 나오니 캄캄한 어둠이 반겼다. 도착했을 때만 해도 어슴푸레 했던 하늘이 어느새 완전히 먹물에 잠겨 있었다. 한 층 낮아진 공기가 뺨에 닿으니 정신이 조금 들었다. 숨을 크게 내쉬고 들이쉬기를 몇 번이나 반복하다가 입술을 악물었다. 최대한 눈에 띄지 않는 구석으로 가 짙은 그림자 안으로 몸을 구겨 넣었다. 아무도 나를 발견할 수 없을 것 같아지니 겨우 진정되는 것 같았다. 아니, 사실은 잘 모르겠다. 오히려 더 괴로운 것도 같았다.

"하……."

치솟는 게 분노인지 눈물인지 구분이 되지 않았다. 당장 여길 떠나고 싶었다. 집에 가고 싶다. 엘뤼엔이, 내 아버지가 보고 싶었다. 움켜쥔 손이 쉴 새 없이 떨렸다. 이대로 입을 벌리면 넘어오는 모든 걸 다 게워낼 수 있을 것 같았다.

"정말 최악이야……."

3.

연회장 안으로 다시 돌아갔을 땐 시간이 꽤 흘러 있었다. 막 시작되어 어수선하던 분위기는 이제 본격적으로 춤을 추고 즐기는 완연한 친교의 장으로 무르익은 상태였다. 그사이 인원은 더 늘었고, 그만큼 내부도 더 번잡했다.

수많은 사람으로 가득한 공간에서 크리스를 찾는 건 그리 어려운 일이 아니었다. 삼삼오오 모여 떠들고 있는 이들 사이에서 아무와도 어울리지 못하고 홀로 구석에 고립되어 있었으니까.

"왜 여기서 혼자 이러고 있어요?"

가까이 다가가서 물으니 움찔해서 경계하던 크리스가 곧 천천히 나를 살폈다. 마도구 때문에 바로 알아보지 못하는 모양이었다.

"엘?"

조심스럽게 묻는 것에 고개를 끄덕이자 그는 바로 울상을 지었다.

"으아~ 얀마, 너 어떻게 된 거야? 나 버리고 그냥 가버린 줄 알았잖아."

"미안해요. 갑자기 속이 좀 안 좋았어요."

"헉, 체한 거야? 아까 음료를 급하게 마셔서 그런가? 지금은 괜찮은 거야?"

"네, 좀 나아졌어요."

고개를 끄덕이니 요리조리 살피던 크리스가 한숨을 푹 내쉬었다. "그 망할 마도구 때문에 안색을 전혀 못 읽겠어." 불만스럽게 투덜거리던 그가 한층 근심 어린 눈으로 나를 바라봤다. 입을 열어야 할지 말지 망설이는 표정이었다.

"할 얘기 있어요?"

"으음, 이걸 알려주긴 해야 할 것 같은데. 속도 안 좋은 애를 괜히 더 고생하게 할까 봐 걱정이네."

"괜찮아요. 뭔데요?"

"실은 아까 세피온 공작이 널 찾았었어."

"아……. 그랬어요?"

알고 있다. 그걸 피해 달아난 거였으니까. 꽤 형편없는 꼴이었다고 생각했는데 다행히 그렇게 보이진 않았던 모양이다. 하긴, 대부분은 그들 사이에 오가는 대화 소리를 듣지 못할 만한 거리였다.

"정확히는 아인 이드리스가 찾은 거지만. 공작이랑 다 같이 우르르 몰려와서 너 어딨냐고 묻더라고. 하필 네가 딱 연회장을 떠난 그 순간에 말이야. 잠시 바람 쐬러 갔다고 변명해두긴 했는데, 세피온 공작은 네가 언제쯤 돌아오는지 물어보지, 네가 진짜 돌아올지는 알 수 없지. 변명하느라 진땀 흘렸다."

"혼자 고생했네요."

"호강한 거지 뭐. 내가 또 언제 대귀족이랑 말을 다 섞어보겠냐. 나 바로 코앞에서 정령왕도 봤잖아. 와, 정령왕이라니. 진짜 심장 터지는 줄 알았다."

"뭘 새삼."

"어? 방금 뭐라고 했어?"

"아뇨, 별말 안 했어요."

문득 엘뤼엔과 트로웰의 정체를 알고 나면 그가 무슨 표정을 지을지 궁금해졌다. 이프리트와도 절친인 것처럼 스스럼없이 어울리는 중이던가. 자다가 걷어찰 이불이 족히 한 트럭은 필요할지도 모르겠다. 그전에 심장마비에 걸리지 않도록 진정제부터 미리 먹여야겠지만.

그래도 이런 생각을 하게 되는 걸 보니 확실히 여유가 생긴 모양이다. 씁쓸한 기분을 삼키며 연회장 안쪽을 돌아보았다. 중심부에 있는 세피온 공작과 아인 이드리스는 여전히 수많은 사람에게 둘러싸여 있었다. ……아인 이드리스 곁에 있는 미네르바 역시.

미소 짓고 있는 그를 보니 간신히 가라앉혔던 속이 다시 울렁거렸다. 아인 이드리스와 엮이고 싶지 않았다. 지금의 난 이 시대에서 일어난 모든 일의 결과일 뿐이었으니까. 앞으로 일어날 일들을 알지만 외면하는 것만으로도 충분히 고역이었다. 그런데 왜일까. 그가 검을 배우기로 한 이유가, 블레스터가 검의 형태를 하게 된 이유가, 왜 하필이면 나 때문이었을까.

"우리 가족이 불행한 건 너 때문이야."

날카로운 가시를 품은 거머리가 스멀스멀 온몸을 타고 오른다. 그 가시들이 한목소리로 소리쳤다. 이제는 완전히 떨쳐냈다고 생각했던, 한때 내 모든 걸 지배한 자들의 목소리였다.

"너만 태어나지 않았어도 우리는 아무런 문제가 없었을 거야."

"네가 우리 가족을 다 망친 거라고!"

"엘?"

이름을 부르는 목소리에 퍼뜩 정신이 돌아왔다. 급히 시선을 돌리니 심각한 얼굴로 나를 바라보고 있는 크리스가 보였다.

"너 정말 괜찮은 거야? 몸이 안 좋은 거면 무리할 거 없어. 눈도장은 대강 찍었으니 그만 돌아가자."

"아, 아니에요. 미안해요, 크리스. 그냥 잠깐 다른 생각을 했어요."

서둘러 웃으니 크리스의 표정이 좀 더 묘해졌다. 머쓱한 듯이 뒷머리를 긁던 그가 작은 한숨과 함께 입을 열었다.

"저기 말이야. 엘, 내가 좀 못 미덥겠지만……."

"그렇지 않은데요."

“그렇게 생각해주면 다행이고. 여하튼 도움이 필요할 땐 뭐든 말해. 너무 혼자 다 끌어안고 있지 마.”

“…….”

“네가 너무 의젓해서 아직 한창 자랄 나이라는 걸 자주 잊는단 말이지. 내가 그래도 길드 마스터잖냐. 길드원이 의지하라고 있는 존재니까 가끔은 맘 편히 기대줘.”

“갑자기 너무 진지해지는 거 아니에요?”

“하하, 좀 그렇지?”

스스로 민망한 듯 어색하게 뒷머리를 긁는 크리스를 향해 나는 담담히 미소 지었다.

“그래도 나쁘진 않네요. 걱정해줘서 고마워요.”

그러나 따라서 웃는 크리스의 표정은 그다지 밝지 않았다. 산전수전 다 겪은 사람이라 그런가. 내가 여전히 벽을 두고 있다는 걸 그 한마디로도 느낀 모양이었다.

“아, 그나저나 저 윗분들은 이제 이쪽엔 전혀 관심이 없는 것 같네. 어떡할래, 엘? 너 세피온 공작을 만나보고 싶어 했잖아.”

더 파고들지 않고 능숙하게 받아넘기는 것 역시 그다웠다. 밀려드는 자괴감을 애써 외면하며 그가 만들어준 상황에 편승했다. 그래, 지금은 세피온 공작을 만나는 게 먼저였다. 그를 만나서 영혼의 보석을, 라피스의 행방을 찾아야 한다. 본래의 목적을 상기하고 나니 차라리 숨이 트였다.

“물론 만나야죠. 꼭 만날 거예요.”

"어떻게 하려고? 우리 쪽에선 가까이 다가가지도 못할 텐데. 사람들이 길을 터주지도 않을걸?"

"알아서 터줄 만한 상황을 만들면 되지 않을까요."

"말이 쉽지 그게 가능하겠어? 아, 혹시 여기서 정령을 소환하려고? 그럼 확실히 눈에 띄긴 하겠다만."

"정령을 구경거리 삼을 생각은 없어요."

"그러면?"

"내가 이번에 왜 유명해졌는지 잊었어요?"

의아한 듯이 바라보던 그가 곧 입을 멍하니 벌렸다. 설명하는 대신 내가 걸고 있던 마도구를 풀었기 때문이다. 뒤늦게 상황을 인지한 눈동자에 경악이 차오르는 것이 선명히 보였다.

"……으아, 미친. 오랜만에 정면에서 봤더니 파괴력 엄청나."

"효과 있을 것 같죠?"

"그걸 말이라고…… 너 지금 옷도 화려한 거 입고 있어서 더 심해졌어. 네 형님들과 같이 있어도 네가 제일 눈에 띌 것 같아."

"잘됐네요."

"아, 아니, 잠깐. 잠깐 기다려, 엘. 솔직히 난 이래도 되는지 모르겠다. 지금 되게 복잡한 기분이야. 네가 외모를 이용할 줄 알게 되다니. 호랑이한테 날개가 달린 걸 보는 기분이라고 해야 하나. 아니, 이건 마치 인류 최강 병기가 각성하는 걸 목격한 듯한 그런 기분……?"

"그럼 다녀올게요."

망연한 얼굴로 헛소리를 중얼거리는 그를 버려두고 걸음을 옮기기 시작했다. 몰려 있는 인파를 향해 다가서자 기척을 느끼고 무심코 돌아보던 이들이 그대로 굳었다. 조금 전의 크리스와 크게 다르지 않은 반응이었다. 마주친 시선에 빙긋 미소를 지어 주니 얼어붙은 사람들 사이에서 짧은 숨이 터져 나왔다.

"실례지만 지나가도 될까요?"

그 말에 멍하니 있던 사람들이 홀린 듯이 뒤로 물러섰다. 양옆으로 우르르 갈라지는 무리 사이로 빠르게 길이 트였다.

"고마워요."

짧게 눈인사를 건네준 다음 중심부까지 곧장 걸어갔다. 누구냐고 저들끼리 묻는 소리로 등 뒤가 소란스러워졌다. 일단 길이 트이고 나니 세피온 공작이 있는 곳에 이르기까진 그리 오래 걸리지 않았다. 한창 대화 중이던 공작이 이쪽을 돌아보았다가 멈칫했다. 그 반응에 의아해져서 고개를 돌린 아인 이드리스 역시 마찬가지였다.

사방에서 찌를 듯한 시선이 쏟아졌다. 나는 탐색하듯 강렬히 눈을 빛내고 있는 세피온 공작을 향해 미소 지었다.

"처음 뵙겠습니다, 세피온 공작님."

"……자네는?"

"동행인에게 절 찾으셨다고 들었어요. 인사가 늦었습니다. 여명의 길드 소속 헌터이자 물의 정령사인 엘입니다."

주위의 술렁임이 더 커졌다. 연회 초반부의 날 기억하고 있던 사람들이 말도 안 된다며 혼란스러워하는 소리였다. 세피온 공작 역시 한 대 얻어맞은 듯한 얼굴로 눈을 깜빡이고 있었다.

"음, 자네가 그 정령사라고?"

"네, 명망 높으신 공작님을 뵙게 되어 기쁩니다. 연회에 초대해 주셔서 감사합니다."

"……아니, 나야말로 와줘서 고맙군."

반 박자 늦게 대답하는 공작의 표정은 조금 복잡해 보였다. 그게 호의인지 반감에 의한 건지 구분할 수가 없어 우선 시선을 거두었다. 당장 이 자리에서 해야 할 일이 워낙 명백해서 다른 생각을 할 틈도 없었다. 몸이 저절로 긴장하려는 걸 억지로 견디며 천천히 고개를 돌렸다. 나를 이채 어린 눈으로 바라보고 있는 미네르바에게로.

"……."

각오는 했지만 막상 바로 앞에 서니 심장이 크게 뛰었다. 그와 시선을 맞추지 않기 위해 눈을 급히 내리깔았다. 제국에선 인사를 하거나 대화를 걸 때 상대를 똑바로 바라보는 게 예의다. 눈을 피하는 건 떳떳지 못한 내심을 품은 거라 여겨서 체면을 차리기 위해서라도 지양하는 편이었다. 그러나 지금 이 자리에서 내 태도를 탓하거나 이상하게 여기는 분위기는 느껴지지 않았다. 어지간한 담력이 아니고서야 인간이 정령왕 앞에서 태연하기란 어려우니까. 다들 크게 다르지 않은 처지이다 보니 신경 쓰지 않는 것이다. 부디 미네르바에게도 그렇게 보였으면 했다. 입을 열기 전에 한 번 크게 심호흡하는 것도, 그저 긴장한 것으로만 비치기를.

"자연의 인도를 받는 자가 존귀한 바람을 뵙습니다. 물의 길을 걷는 엘이라고 합니다."

"만나서 반갑구나, 물의 아이야."

화답하는 음성은 잔잔한 바람처럼 고요하고 간결했다. 눈길이 조금 오래 머물긴 했지만 약간의 흥미 정도에 불과할 뿐이라, 그가 무슨 생각을 하고 있는지 짐작할 재간이 없었다. 다만 내가 엘퀴네스의 계약자라는 걸 당연히 알아봤을 텐데도 그에 대한 내색 또한 보이지 않았다. 말 없는 배려가 느껴져서 주먹을 꾹 움켜쥐었다.

미안해, 미네르바. 나는 전혀 반갑지 않아. 이렇게 널 보고 싶지 않았어. 이런 식으로 너와 얽힐 생각은 전혀 없었어. 이런 일들, 난 하나도 알고 싶지 않았는데.

얼굴을 일그러트리지 않기 위해 억지로 미소 지으려니 입가에 경련이 일어나는 것 같았다. 덕분에 아인 이드리스에게 인사를 건넬 땐 마라톤을 완주한 것처럼 지친 기분이었다.

"오랜만이네요. 잘 지냈어요?"

"아. 네, 네, 엘. 오, 오랜만입니다."

날 발견한 순간부터 얼빠져 있던 그는 대답하면서도 계속 허둥거렸다. 내 외양은 이미 알고 있을 텐데도 제대로 차려입으니 새삼 당황한 모양이었다. 그를 보면 화가 날 것 같았는데, 순진할 정도로 동요를 감추지 못하는 걸 보니 머리가 더 복잡해지기만 했다.

"하하, 여기서 엘 님을 뵙다니 감회가 새롭군요. 원래 아름다운 분이시라는 건 알았습니다만, 이렇게 차려입으신 모습을 보니 감탄을 금치 못하겠습니다."

다행히 곧장 들려온 목소리 덕분에 한없이 추락하기만 하던 머릿속이 간신히 멈췄다. 경박한 미소를 지으며 말을 걸어온 이는 진혼 길드의 마스터였다. 어떻게든 눈에 띄어보겠다는 심상을 고스란히 드러낸 얼굴을 보니 한결 마음이 진정되는 것 같았다.

"……당신도 도움이 될 때가 있긴 하네요."

"네? 지금 뭐라고 하신 겁니까?"

"칭찬 고맙다고요."

아무렇지 않게 둘러댄 말에 진혼의 마스터는 찜찜하다는 표정을 지으면서도 웃었다.

"어쨌든 잘 오셨습니다. 드디어 이 지지부진하던 대화의 결말이 나겠군요. 자, 어떻습니까, 여러분? 이제 저희 얘기를 믿으시겠지요?"

그가 좌중을 돌아보며 하는 말에 사람들이 모두 멋쩍은 표정을 지었다. 무슨 소린가 싶어서 바라보는데 피식 웃은 세피온 공작이 입을 열었다.

"실은 자네 이야기를 하는 중이었다네."

"……제 이야기요?"

"최근 신문마다 자네 얘기로 떠들썩하지 않았나. 그중에서도 단연 주목받은 내용이 자네 외모에 대한 것이었고 말이야."

그다음 이야기는 듣지 않아도 알 것 같았다. 여기서 날 본 사람들이 떠들어 댈 말들이야 뻔했으니까. 소문과는 다르게 막상 실제로 보니 평범했다고 평가했겠지. 그런 중에 아인 이드리스와 진혼의 마스터만 그렇지 않다고 한 모양이다. 역시나 이어진 세피온 공작의 설명은 예상한 그대로였다.

"목격했다는 사람들끼리 서로 다른 주장을 하는 바람에 대립이 좀처럼 끝나질 않았다네."

"그랬군요."

상류층이랍시고 중심부에 똘똘 뭉쳐서 한다는 짓이 그런 쓸모없는 토론이었나. 떨떠름한 기분으로 진혼의 마스터를 돌아보니 그가 뿌듯한 얼굴로 어깨를 폈다. 그 한심한 대립의 결과가 자기들 승리로 끝난 게 퍽이나 자랑스러운 듯했다. 왜 내 외모를 갖고 우리 길드 마스터도 아닌 엄한 놈이 득을 보는지 모를 일이다. 정작 크리스는 구석에 박혀 이쪽엔 다가올 엄두도 내지 못하고 있는데. 황당해하고 있자니 세피온 공작이 진하게 웃었다.

"이렇게 보니 그리 열렬히 반박한 두 사람의 심정이 이해되는군. 이런 외모를 평범하다고 한다면 이 세상에 인간의 이목구비를 가졌다고 할 만한 사람은 아예 존재하지도 않겠어. 자아, 누가 해명을 좀 해보게. 자네들 얼굴에 달린 건 눈이 아니라 장식이었나?"

"뭐, 뭔가 착오가 있었나 봅니다, 공작님. 제가 본 사람은 저분이 아니었습니다."

"저, 저도 그렇습니다!"

"아무래도 다른 자가 저분을 사칭해 사람들을 놀렸나 봅니다."

졸지에 두 눈이 장식이 된 사람들이 너도나도 억울함을 호소했다. 그중에 나와 말을 섞었던 사람은 한 명도 존재하지 않았다. 귀족이랍시고 다가오지도 않았던 주제에 멀리서 다 알음알음 살피고 있었던 모양이다. 앞다투어 입을 여는 이들로 주위가 부산스러워지기 시작하니 공작이 한 손을 들어 하소연하는 이들을 물렸다. 덕분에 어느 정도 주위가 진정되자 그의 시선이 다시 나를 향했다.

"솔직히 꽤 놀랐네. 그만한 외모에 상급 정령사. 게다가 벌써 입검의 경지에 이른 검사라. 감탄이 나오다 못해 무섭기까지 하군. 인간이 맞는지 의심스러울 정도야."

언뜻 듣기엔 호의적인 말이었다. 짓고 있는 표정 역시 부드럽기만 했다. 그런데 왠지 말투에서 묘하게 날이 느껴졌다. 잠시 멈칫했다가 그를 가만히 바라보았다.

"……칭찬으로 듣겠습니다."

"물론 칭찬일세. 정령왕의 계약자인 아인 군이 누군가를 의식하는 것 자체가 신기하다 싶었는데, 이렇게 보니 이해할 수밖에 없군. 오히려 당연하다 싶어. 그가 자네에게 자극을 받아 검술을 배우기로 한 건 알고 있나?"

예상치 못하게 찔러 들어오는 말에 몸이 움찔 굳었다. 아인 이드리스도 당황한 얼굴로 고개를 치켜들었다.

"고, 공작님."

"하하하! 아까는 그리 당당하게 인정하더니 당사자 앞에선 수줍음을 타는 건가? 너무 민망해하지 말게. 그렇게 치면 저이 역시 마찬가지 아니겠나?"

"예?"

"정령왕과의 계약은 모든 정령사들의 숙원이지. 지금 눈앞에 그 경지에 이른 이를 마주하고 있지 않나. 저이는 자네보다 더 큰 자극을 느끼고 있을 거라네."

말하지도 않은 내 속내를 알아서 짐작해 준 공작 덕분에 아인 이드리스는 큰 깨달음을 얻은 듯 보였다. 그가 멍하니 나를 돌아봤다. 정말이냐고 묻는 얼굴이었다. 거기다 대고 아니라고 할 수도 없어서 어색하게 고개를 끄덕였다.

"음, 그야…… 그렇죠."

"그, 그렇군요. 엘도 절 보면 도전 의식을 느끼는군요."

아인 이드리스의 얼굴이 발갛게 상기됐다. 대체 뭐가 기쁜 건지 모르겠지만, 순수하게 좋아하는 표정을 보니 더 할 말이 없게 됐다. 어쩔 수 없이 나는 상황을 이렇게 만든 얄미운 공작을 돌아보았다. 그는 흥미진진한 얼굴로 나와 아인 이드리스를 구경하고 있었다. 그러다 나와 눈이 마주치자 씩 웃었다.

"내가 보기에 두 사람은 숙명의 라이벌이네. 이런 관계는 좋은 방향으로 이끌면 서로 큰 발전을 이루게 하지. 자네도 물의 정령왕과 계약할 수 있게 되길 바라네."

"아, 네. 감사합니다."

이미 계약했지만, 여기서 할 얘기는 아니라 영혼 없는 대답밖에 할 수 없었다. 딱히 미안한 기분이 들지도 않는 게, 진심으로 하는 말로 느껴지지도 않았다. 축언을 하는 사람의 눈빛이라기엔 지나치게 차가웠기 때문이다. 덕분에 알았다. 세피온 공작, 드래곤 라미아스는 나를 싫어한다. 아까 말투에 날이 서 있다고 느낀 건 착각이 아니었다. 적어도 좋게 보지 않는 건 확실했다.

'뭐지? 내가 뭔가 실수했나?'

솔직히 어디서 뭘 잘못한 건지도 모르겠어서 당황스러웠다. 이제 슬슬 개인적으로 대화할 자리를 유도해봐야 하는데 이래서야 잘 될지 모르겠다. 자신감이 급격하게 떨어졌다. 다음으로 이어지는 말을 듣기 전까지는.

"아, 그런데 그거 아나? 물의 정령왕에겐 그를 수호하는 강력한 드래곤이 있다네."

"네?"

나도 모르게 고개를 들었다. 똑바로 마주한 푸른 눈동자가 강렬하게 빛났다. 그 시선에서 뚜렷한 견제가 느껴졌다.

"그는 물의 드래곤이라 불리는 블루 드래곤이지. 엘퀴네스와 그 드래곤의 사이는 아주 돈독해서 마치 한 몸과 같다네. 엘퀴네스의 생각이 곧 그 드래곤의 생각이고, 그 드래곤의 생각이 엘퀴네스의 생각이라고 해도 과언이 아닐 정도지."

"……네?"

"서로를 끔찍이 아끼는 그들은 다른 이가 자신들 사이에 끼어드는 걸 용납하지 않는다고 하네. 물의 정령왕을 아무도 소환하지 못하는 이유가 바로 그 때문이라지? 엘퀴네스를 소환하려면 먼저 그 드래곤의 허락부터 받아야 한다더군."

아니, 이게 다 무슨 소리야.

처음부터 끝까지 금시초문인 말들에 정신이 다 아득해졌다. 답할 말을 고르지도 못한 채 멀거니 눈만 깜빡이니 그가 껄껄 웃었다.

"그냥 그렇다는 일화일세. 하지만 그게 사실이라면 퍽 곤란한 일이지 않겠나? 그 드래곤은 매우 엄격해서 허락을 구하지 않고 정령왕을 소환하려는 이를 용서하지 않는다고 하네. 미리 알아두는 게 좋을 것 같아서 말해주고 싶었네."

내가 자네를 염려해서 해주는 말이라네.

마지막으로 덧붙인 말엔 실소가 절로 흘러나왔다. 염려하는 게 아니라 염려하길 바라는 거겠지. 표정 관리가 전혀 안 돼서 진땀이 흘렀다. 미네르바 앞에서도 가능했던 걸 이렇게 쉽게 흔들다니, 어떤 의미로 참 대단한 드래곤이었다. 덕분에 어정쩡하게 굳어 있는 나를 보며 공작이 즐거운 얼굴로 웃었다. 즉석에서 지어낸 사기극이 참 마음에 든 모양이었다.

"와, 물의 정령왕에게 그런 이야기가 있었습니까? 처음 알았습니다."

"그리 잘 알려진 건 아니라네. 나도 어느 책에서 우연히 읽은 이야기지."

"공작님은 정말 모르시는 게 없으십니다."

"미네르바, 이 이야기가 사실인가요?"

흥분한 사람들 사이에서 사실을 확인하려는 아인 이드리스의 목소리가 울렸다. 호기심으로 반짝이는 시선들이 곧장 미네르바를 향했다. 당황해서 입을 벌리는 그를 향해 라미아스가 빙긋 웃었다. 물론 겉으로만 태연해 보일 뿐 눈동자는 필사적으로 간절한 시선을 보내고 있었다. 뭐라 이루 말할 수 없는 얼굴로 잠시 그와 나를 번갈아 바라보던 미네르바가 이내 시선을 틀었다.

"……그에 대해선 내가 해줄 말이 없을 것 같군."

기권 선언이었다.

그걸 승기로 여겼는지 라미아스가 의기양양해져서 나를 바라봤다. 그에겐 미네르바의 흐린 눈빛이 보이지 않는 모양이었다. 덕분에 나만 허탈해졌다.

'라피스 과라더니.'

계속 날이 서 있길래 뭔가 다른 이유가 있을 줄 알았다. 그런데 그냥 내가 물의 정령사라서 그런 거였다. 긴장하고 있던 어깨에서 스르르 힘이 빠졌다. 내가 오히려 느긋해지자 라미아스가 눈을 꿈틀거렸다.

"제가 들은 이야기와는 조금 다르네요, 공작님."

"들은 이야기라니?"

"제가 알기론 엘퀴네스와 그 드래곤은 그렇게 친하지 않거든요."

"무슨……."

"오, 당신도 관련된 이야기를 알고 있는 겁니까?"

라미아스가 반응을 보이기도 전에 사람들의 관심이 몰려들었다. 나는 웃으며 고개를 끄덕였다.

"그 드래곤이 엘퀴네스를 독점하고 싶어하는 건 맞지만, 엘퀴네스는 그에게 큰 관심이 없다고 들었어요. 한번은 드래곤 쪽에서 관심을 끌어보려고 불의 정령왕이 더 좋다는 거짓말을 했는데, 선뜻 가라면서 계약을 끊은 적도 있다던데요."

"하하하, 그것도 재밌는 일화군요."

"그럼 드래곤의 허락을 받아야 한다는 건 사실이 아닐 수도 있겠군요?"

"아마도요. 어쩌면 아무도 엘퀴네스를 소환할 엄두를 내지 못하도록, 그 드래곤이 일부러 지어내 퍼트린 이야기일지도 모르죠."

"오, 그럴 수도 있겠네요."

맞장구를 친 사람들이 와르르 웃음을 터트렸다. 이 공간에서 웃지 않는 이는 라미아스 단 하나뿐이었다. 표정은 여전히 태연한데 눈빛은 한층 싸늘했다.

"정말 흥미로운 이야기군. 흔히 알 수 있을 만한 이야기는 아닌데. 그건 어디서 들은 건가?"

"제 친구인 릴이 말해준 겁니다."

"……이름이 릴이라고?"

"네."

"그거 참 우연이군. 내 친구 중에도 릴이란 이름이 있다네. 다재다능하고 아주 유능한 친구지."

"반가운 우연이네요. 제 친구인 릴도 그렇거든요. 그는 특별한 물건에도 관심이 많아요. 오늘 제가 차고 온 이 장신구도 그중 하나죠."

대답과 함께 주머니에서 이프리트가 준 마도구를 꺼내 보였다. 라미아스는 그걸 제대로 보기도 전에 신음부터 흘렸다. 한눈에 알아본 게 분명했다.

"……정말 그렇군. 실은 나도 특별한 물건에 관심이 많다네. 자네만 괜찮다면 그 장신구와 동명의 친구에 대해 자세한 얘기를 들어보고 싶은데."

"전 언제든 좋습니다, 공작님."

"오늘 이 자리에선 그렇고, 조만간 사람을 보내지."

……됐다.

모두가 감탄과 부러움이 담긴 시선으로 나를 바라보았다. 겉으로는 화목하기만 한 친목의 현장이었으니 그럴 만도 했다. 정작 나는 온몸을 압박하는 살기를 고스란히 견디고 있었지만.

차갑게 파고드는 기운에 손끝이 다 저릿했다. 이렇게 많은 사람 앞에서 내게만 살기가 느껴지도록 조절할 수 있다니, 역시 강한 드래곤다웠다. 그래도 이곳에 온 목적을 이루니 그저 흘가분하기만 했다. 지금 이 순간만큼은 미네르바도, 아인 이드리스에 대한 그 어떠한 생각도 떠오르지 않았다.

"그럼 기다리고 있겠습니다."

불타는 것처럼 이글거리는 라미아스의 눈을 바라보며 생긋 웃었다. 아주 길고 긴 하루였다.

4.

라미아스와 다음을 기약하긴 했지만 사실 그리 큰 기대는 하지 않았다. 드래곤은 게으르기로 유명한 데다가 자존심이 센 일족이다. 나에 대해 호기심이 생기긴 했겠지만 내 뜻대로 움직이고 싶지는 않을 터였다. 일부러 시간을 질질 끌 수도 있고, 변덕을 부릴 가능성도 얼마든지 있었다. 그러니 서두르지 않고 마음을 느긋하게 먹기로 했다. 첫 단추를 순조롭게 채운 것만으로도 충분히 고무적인 일이었으니까.

하지만 내가 간과한 게 있는데, 그가 라피스 과라는 점을 깊이 생각지 않았다는 거다. 단 하나의 일에 대해서만큼은 맹목적인 부분이 있다는 것 말이다. 이 사실을 상기하기까진 그리 오랜 시간이 필요치 않았다.

"오늘 정말 고생했다. 푹 쉬어."

"크리스도요. 잘 들어가요."

"그래, 연락할게."

적당히 분위기가 흐트러진 시각, 끝날 기미가 없는 연회를 뒤로

하고 공작가를 나왔을 땐 이미 새벽하늘이 반기고 있었다. 나를 먼저 내려준 크리스가 마차 안에서 피로에 찌든 얼굴로 손을 흔들었다. 마찬가지로 손을 흔들어 준 다음, 마차가 떠나가는 걸 잠시간 지켜보았다. 마차가 비추는 희미한 전등 빛이 골목 속으로 완전히 삼켜지고 나니 어깨에서 힘이 빠졌다. 이제야 모든 일정이 끝났다는 실감이 일어서인가. 감당하기 벅찰 만큼 감정이 차오르는데 그게 안도감인지 심란함인지조차 구분할 수가 없었다. 몸보다는 정신이 더 피곤했다.

한숨을 내쉬며 천천히 주위를 둘러보았다. 새벽이라 암흑에 휩싸인 공간에서 홀로 유일하게 희미한 불빛을 내는 건물이 보였다. 여행객을 위해 온종일 영업하는 여관이었다. 그 2층에 내가 머무는 숙소가 있었다.

숙소 열쇠는 내 주머니에 들어 있으니 문을 열고 들어가기만 하면 됐다. 당장 침대에 누워 잠들고 싶은 마음도 굴뚝같았다. 그런데 못이 박힌 것처럼 다리가 떨어지지 않았다. 한동안 주저하다 어쩔 수 없이 무거운 걸음을 한 발짝 떼어냈다. 그 순간 빠르게 다가오는 기척이 느껴졌다.

"……!"

반사적으로 팔을 들기 무섭게 묵직한 충격이 닿았다. 얼굴이 절로 찌푸려질 만큼 상당한 압력이었다. 뭐지? 강도인가? 생각지 못한 습격에 상대를 확인하려 할 때였다.

"하. 이걸 막아?"

기습에 실패한 상대가 삐딱하게 웃었다. 그 목소리가 익숙해서 다시금 멈칫했다. 바로 코앞에서 대치 중인, 달빛 아래 비치는 상대의 얼굴이 상당히 낯익었다.

"……세피온 공작님?"

"공작님 좋아하시네."

빈정거리는 남자의 얼굴은 어디를 봐도 라미아스가 맞았다. 이 드래곤이 왜 여기에 있지? 황당한 나머지 머리가 멈추는 것 같았다. 연회장을 떠나온 지 아직 한 시간도 되지 않았다. 조만간이라고 한 게 빈말이 아니었다는 것도 당황스러운데, 그가 직접 나타날 거라곤 더더욱 예상치 못했다.

"이게 무슨 짓인지 모르겠네요, 공작님."

"뭘 순진한 척이야. 너 내가 누군지 알잖아?"

게다가 예상보다 더 노골적이었다. 떠보는 것도 아니고 아예 확신하는 걸 보니 이미 유희의 가면은 집어 던지기로 한 모양이다. 날 선 적의에 몸이 절로 긴장했다. 나는 침착하게 그를 응시했다.

"공작님이 정하신 방식대로 대우해드렸는데, 이게 문제가 되나요?"

"이것 봐라?"

라미아스의 눈동자가 새파랗게 빛났다. 살기가 다시 덮쳐드는 게 느껴졌지만 이번엔 막을 틈이 없었다. 다가왔다 싶었을 땐 이미 멱살이 붙잡힌 채 벽에 처박힌 후였다.

"너 대체 뭐야?"

"윽, 잠……깐……."

"다시 생각해도 참 기가 막힌단 말이지. 내 유능한 부관은 초대장을 보낼 때 기본적인 뒷조사도 같이해. 그 과정에서 조금이라도 수상하거나 특이한 행적이 보이면 반드시 내게 보고하지. 하지만 너에 대해선 별다른 보고가 없었거든?"

속삭이는 목소리는 다정했지만 행동은 전혀 그렇지 않았다. 목을 조여오는 악력이 점점 더 커져서 숨을 쉬기가 힘들었다.

"적어도 내 앞에서 당돌하게 뒤통수 칠 만한 놈으로는 보이지 않았다는 뜻이지. 그런데 처음부터 날 노리고 접근한 거라니, 정말이지 신선한 경험이었지 뭐야? 아주 훌륭했어. 겁도 없이 나와 엘퀴네스 사이를 언급한 배짱도 칭찬할게. 릴이랑 아는 사이라고? 나에 대해 많은 얘길 들은 모양이야. 그 외모도 내 취향에 맞춰 만들어낸 거겠지?"

"이건, 일단 이거부터 놓고 말을……."

"대답해. 너 뭐냐고."

"그건 네가 들을 말이군."

대답은 전혀 다른 곳에서 이어졌다. 상황을 파악하기도 전에 목을 움켜쥔 압력이 단숨에 사라졌다. 마른기침을 뱉으며 고개를 드니 멀찍이 나동그라져 있는 라미아스가 보였다. 어떻게 된 건지는 궁금해할 필요가 없었다. 내 앞에 서 있는 이의 모습이 보였으니까.

"제기랄, 뭐야!"

이를 갈며 몸을 일으킨 라미아스 역시 내 앞에 있는 이를 발견했다. 눈을 커다랗게 뜬 그가 얼빠진 표정이 되었다.

"……엘퀴네스?"

멍하니 벌어진 입에서 갈라진 음성이 흘러나왔다. 고요히 서서 나를 내려다보고 있던 엘뤼엔이 그쪽을 응시했다. 얼음처럼 싸늘한 시선이 닿자 라미아스가 파드득 몸을 떨었다.

"이, 이게 무슨……! 왜, 왜 엘퀴네스가 여기에 있어?"

"내가 내 계약자 옆에 있는 게 이상한 일인가?"

"뭐?"

라미아스가 이해할 수 없다는 듯이 눈을 깜빡였다. 그가 나와 엘뤼엔을 번갈아 가며 천천히 바라보았다. 멍한 얼굴에 서서히 경악이 차오르는 것이 선명하게 보였다.

"자, 잠깐 기다려. 내가 지금 되게 정신 나간, 아니, 믿을 수 없는 소리를 들은 것 같은데. 쟤, 쟤가 엘퀴네스의…… 계약자라고? 계약할 가능성이 있는 유력 후보가 아니라 이미 계약자?"

"그래."

허둥거리는 질문에 비해 돌아온 대답은 짧았지만, 그래서 더 강렬했다. 숨을 크게 들이켠 라미아스가 다시 나를 돌아보았다. 귀신이라도 본듯한 얼굴이었다.

"……언제 인간이 엘퀴네스를 소환했어?"

"네 생각보다는 오래됐지."

"……."

"넌 감히 내 계약자를 건드렸고."

"……!"

"이제 상황 파악이 되나?"

콰직! 요란한 소리가 울려 퍼졌다. 거대한 얼음 창이 그의 가랑이 사이에 아슬아슬하게 내리꽂힌 소리였다. 라미아스의 얼굴이 하얗게 질렸다.

"자, 잠깐만! 난 몰랐어! 그리고 나도 네 계약자……!"

뒤늦은 항변이 이어지려 했지만 그보다 그가 다시 바닥에 처박히는 게 더 빨랐다. 물론 제대로 발언했더라도 결과는 크게 달라지지 않았을 것이다. 버둥거리는 라미아스를 한 발로 지그시 밟고 선 엘퀴엔이 싸늘하게 웃었다.

"내 계약자는 라미아스지. 네가 아니라."

"내, 내가 라미아스……!"

"무슨 소린지 전혀 모르겠군, 세피온 공작."

"으아아아!"

의도를 파악한 라미아스가 절망했다. 유희 중엔 철저히 유희 신분에 따른다는 룰이 제 발등을 찍은 셈이었다.

그 뒤는 익숙한 광경이었다. 한때 카노스와 이프리트가 있었던 위치에 이번엔 라미아스가 있다는 차이만 존재할 뿐. 셋 다 나와 관련되었다는 게 엘퀴엔의 불운인지 내 불운인지 모르겠다.

그보다 지금 새벽인데 이 난리를 쳐도 되는 건가. 뒤늦게 미친 염려는 그리 오래가지 않았다. 어느새 주위에 물의 장벽이 세워져 있었다. 잡음 하나 빠져나가지 못하도록 미리 방어해 둔 거다. 아무래도 이런 철두철미한 점이 그를 형벌의 신으로 만든 게 분명하다는 생각이 들었다.

"도련님, 괜찮아?"

무자비한 징벌의 현장을 멍하니 바라보는데 옆에서 발랄한 목소리가 들려왔다. 고개를 돌린 곳엔 이프리트와 트로웰이 서 있었다.

"내가 쟤 언제 한번 사고 칠 줄 알았다. 엘퀴네스만 언급하면 눈부터 돌아가서는. 앗! 도련님 목에 멍들었잖아? 저 자식! 할 말이 있으면 나부터 찾아올 것이지, 왜 엄한 애를 괴롭히고 그래?"

"네가 할 말은 아니지 않아?"

다급히 나를 살피는 이프리트를 향해 트로웰이 한마디 던졌다. 그 말을 못 들은 척 딴청을 피운 이프리트가 안주머니 속에서 웬 유리병을 꺼내곤 내용물을 부산스럽게 내 목에 발랐다. 쓰린 통증이 사라지는 걸 보니 회복제인 모양이었다.

"아…… 고마워."

"어휴, 많이 놀랐지? 블루 일족 놈들이 좀 포악하고 무식해. 엘퀴네스 차례가 끝나면 나도 저거 손봐줄게."

"아, 아냐. 그렇게까진 안 해도 돼. 근데 회복제를 왜 갖고 있어?"

"음? 비상용이지."

"비상용이 왜 필요……."

"나랑만 있을 때 네가 다칠 수도 있잖아. 난 치료 능력은 없으니까."

잠시 숨이 막혔다. 멀거니 굳어 버린 내가 이상했는지 이프리트가 의아해하는 시선을 보내왔다. 나도 모르게 얼굴을 일그러트렸던 것 같다. 멈칫한 이프리트의 표정이 빠르게 심각해졌다.

"엘? 아직 아파?"

"아니, 아니야. ……아프지 않아."

"하지만 얼굴색이 나쁜데."

"정말 괜찮아."

"흠, 라미아스 놈 때문에 너무 놀라서 그런가? 일단 이거 진정 효과도 있으니까 마셔봐."

"아니, 정말 괜찮은데……."

거듭 사양하는데도 이프리트는 억지로 내 손에 회복제를 쥐여주었다. 단호한 표정만 봐도 다 마시기 전까진 절대 물러날 생각이 없는듯했다. 어쩔 수 없이 병을 들고 마시는데 시선이 느껴졌다. 트로웰이 나를 바라보고 있었다. 여느 때와 다르지 않은, 별다른 감정이 담기지 않은 얼굴이었지만 나도 모르게 고개를 숙였다. 시선을 마주칠 수가 없었다.

삼킨 회복제는 지독하게 쓴 맛이었다.

"미안해."

아낌없이 쏟아진 정령왕의 진노는 라미아스가 내게 사과하는 것으로 마무리 지어졌다. 맨바닥에 스스럼없이 무릎까지 꿇은 그는 처연한 자세로 참회했다. 금방이라도 울 것처럼 물기를 담은 음성, 얻어맞은 탓에 몰골은 성한 곳이 하나도 없었다. 누구라도 절로 안쓰러운 마음이 들 수밖에 없는 모습이었다. 활활 불타는 눈으로 나를 노려보고 있지만 않았다면 말이다.

"내가 잘못했다."

아니, 전혀 미안한 얼굴이 아닌데요.

어쩔까 싶어서 엘뤼엔에게 시선을 보내니 눈치 빠른 그가 바로 뒤통수를 가격했다. "……내가 정말 잘못했어." 그제야 라미아스의 눈에서 살기가 사라졌다. 적어도 다음에 두고 보자는 계획이 통하지 않을 거라는 것만은 확실히 인지한 모양이었다.

"젠장, 믿을 수가 없어. 인간이 엘퀴네스를 소환하다니. 그게 하필 내가 살아 숨 쉬는 이 시대에서 벌어지다니! 어떻게 이렇게 참혹한 일이 있을 수 있지?"

'그 참혹한 일, 당신이 살아 있는 동안에 한 번 더 일어나는데.'

분통을 터트리는 그를 보며 차마 말할 수 없는 사실을 속으로 삼켰다. 훗날 그가 수면기에서 깨어나면 여러모로 귀찮아질 거란 확신이 들었다. 역시 트로웰이 괜히 말린 게 아니었다.

"게다가 너희는 왜 또 여기에 있는데?"

그의 시선이 멀뚱히 서 있는 이프리트와 트로웰을 향했다. 장난스럽게 어깨를 으쓱이는 이프리트와 달리 트로웰의 표정은 무미건조했다.

"네가 무슨 상관이야."

"아니! 그치만! 이건 좀 그렇잖아? 인간 하나에 정령왕이 셋이나 붙어 있다는 게 말이 돼? 설마 다 재랑 계약했다고 말하려는 건 아니지? 그건 제발 아니라고 해줘!"

"시끄러워. 아니니까 입 다물어."

"정말? 정말 아니지?"

"애초에 말이 되는 소리를 해. 인간이 여러 정령왕의 기운을 감당할 수 있을 것 같아?"

"나한텐 인간이 엘퀴네스를 소환한 거 자체가 이미 말이 안 되거든?"

그때쯤엔 이미 동이 트기 시작한 시각이었다. 곧 기상한 주민들이 활동할 시간이다 보니 우리는 일단 장소를 옮겨 가까운 숙소로 이동했다. "뭐야? 정령왕들이 이런 코딱지 같은 방에서 지내는 거야?" 방 안을 둘러본 라미아스가 지극히 라피스 과다운 감상을 내뱉은 건 그리 새삼스러운 일도 아니었다. 당장 내 집으로 오라며(그 와중에 나를 버려두고 오라는 어필은 잊지 않았다) 호들갑 떠는 그를 향해 엘퀴엔의 서슬푸른 시선이 쏟아졌다.

"닥치고 처박혀 있어."

"넵."

그제야 산만하던 분위기가 조금 나아졌다. 요란한 태풍이 한바탕 휩쓸고 지나간 듯한 기분이었다. 나도 모르게 고개를 절레절레 하다가 일단 차라도 끓일까 싶어 주전자에 물을 올렸다. 손님을 들일 계획이 전혀 없던 공간이다 보니 내갈 만한 게 딱히 없었다.

얌전히 소파에 걸터앉은 라미아스는 기분이 꽤 좋아 보였다. 문제는 치료해줄 생각이 조금도 없는 엘뤼엔 덕분에 그가 여전히 얻어맞은 흔적을 고스란히 갖고 있다는 거다. 드래곤은 자체 치유력이 좋으니 내버려 둬도 곧 아물긴 하겠지만 아직까진 퉁퉁 부은 채였다. 그런 얼굴로 히죽거리는 모습은 한눈에도 멀쩡해 보이지 않았다. 다른 이가 보기에도 이상하긴 했는지 이프리트가 황당해하며 물었다.

"뭐가 좋다고 실실거리고 있어? 드디어 미친 거야?"

"미안하지만 방해하지 말아 줄래? 본심이란 무의식중에 나온다는 걸 새삼 만끽하는 중이거든."

"얼씨구?"

"아까 엘퀴네스가 한 말 들었어? 내 계약자는 라미아스래."

"그게 뭐?"

"내 계약자래. 엘퀴네스가 날 내 계약자라고 해줬어."

아, 그거였나.

당황해서 차를 쏟을 뻔한 걸 가까스로 수습했다. 감동하는 포인트가 너무 낮은 것 같은데, 그동안 어떤 취급을 받았는지 알 것 같았다. 이프리트 역시 짠하다는 표정을 짓고 있었다.

"근데 넌 세피온 공작이잖아."

"아, 좀!"

발끈한 라미아스가 할 수 없다는 듯이 한숨을 내쉬었다. 그러자 그의 모습이 미묘하게 변하기 시작했다. 원래도 젊은 얼굴이긴 했지만 한층 더 젊어지고 피부색도 더 짙어졌다. 반면에 머리카락 색은 좀 더 맑은 푸른색으로 변했다.

"자, 이제 완벽하게 라미아스지?"

저게 진짜 모습이구나. 속으로 고개를 끄덕이며 그 앞에 찻잔을 내려놓았다. 그걸 불만스럽게 응시하던 라미아스가 뚱한 얼굴로 나를 바라보았다.

"손님 대접이라. 네가 이 공간의 주인이다 이거지? 나보다 우월하다는 걸 과시하고 싶다 이거지?"

"……용생을 참 부정적으로 사시네요."

"지금 실컷 즐겨라. 어차피 인간은 백 년도 못 살아. 네가 아무리 승승장구해 봤자 고작 백 년이라는 거지! 결국 엘퀴네스 곁에 남는 건 나라고!"

"하아, 네, 좋으시겠어요."

"알면 됐어. 그보다 너도 이만 원래 모습으로 돌아오지?"

"네?"

"서로 다 밝혀진 처지에 언제까지 가짜 얼굴로 위장하고 있을 거야? 내게 호감을 사려는 목적이라면 오히려 역효과니까 이제 그만 본판을 드러내라고."

무슨 소린가 싶어서 어리둥절해하고 있으려니 나만큼이나 어리둥절해하던 이프리트가 푸핫 웃음을 터트렸다.

"얜 이게 원래 모습인데?"

"엥?"

"하긴 오해할 만도 해. 우리 도련님이 좀 인간처럼 안 생기긴 했지. 나도 처음엔 놀랐으니까."

"마, 말도 안 돼. 저게 진짜라고?"

황급히 몸을 일으킨 라미아스가 손을 뻗어 내 얼굴을 붙잡았다. 마구 더듬거리는 손길에 당황하려니 기겁한 이프리트가 그를 강제로 떼어냈다. 떠밀린 그는 황당한 얼굴로 굳어 있었다.

"헐, 진짜네?"

"그렇다고 했잖아."

"이건 진짜 말도 안 돼. 란타샤의 메달을 갖고 있었잖아? 당연히 외형을 바꾼 건 줄……."

"그건 인상을 흐리게 해주는 기능밖에 없어. 효과도 착용해야만 발동하고."

"그게 정말이야?"

"넌 드래곤이면서 마법이랑 진짜도 구분 못 하면 어떡하냐."

"아냐! 구분할 줄 알거든? 란타샤의 마법이라고 생각해서 예외로 본 거지!"

"하긴 란타샤의 위장 계열 마법이 예술이긴 하지."

냉큼 고개를 끄덕이는 이프리트는 마치 자기 자랑을 들은 것처럼 흐뭇한 얼굴이었다. 그러고 보면 이사나가 모습을 바꿨을 때도 거의 티가 안 나긴 했지. 라피스의 재능이 어머니 쪽에서 온 모양이다.

"어디 다치진 않았어, 도련님? 저 자식 남의 얼굴을 마음대로 만지고 말이야."

"난 괜찮아."

"어휴, 우리 도련님은 마음씨가 참 곱기도 하지. 그치만 잰 좋게 대해줄 필요가 전혀 없어. 다음에 또 저러면 봐주지 말고 발로 걷어차 버려."

신신당부하는 이프리트에게 알겠다는 뜻으로 웃어줬다. 그런 우리를 뚱한 얼굴로 바라본 라미아스가 불만스럽게 입술을 실룩거렸다.

"그보다 이제 말해줘."

"뭘 말이야?"

"지금 이 상황들! 나도 모르는 사이에 쟤가 내 엘퀴네스와 계약한 건 그렇다 쳐! 그런데 왜 내 엘퀴네스가 쟤랑 같이 다니는 거야? 왜 릴이랑 로웰까지 여기에 있고?"

그로서는 충분히 궁금해할 만한 부분이었다. 비록 정령왕들이 반응한 건 다른 쪽이었지만.

"한 번만 더 내 이름 앞에 소유격을 붙이면 계약을 파기해주지."

"너한테 내 애칭 허락한 기억 없는데."

"내 이름 줄여서 부르지 마."

냉정한 말들이 한마디씩 쏟아졌다. 잠시 입을 다문 라미아스가 울컥해서 소리쳤다.

"다 같은 엘퀴네스 계약자인데 이 차별은 대체 뭐야?"

"도련님은 인간이잖아. 시커먼 드래곤과는 차원이 다르게 귀엽지."

"젠장, 정령들은 인간만 예뻐해!"

"억울하면 인간으로 다시 태어나든가. 근데 엘한테는 너도 약할 것 같은데?"

"내가 왜?"

"너 이렇게 생긴 외모 좋아하잖아."

라미아스는 이번에도 입을 다물었다. 차라리 부정해주는 게 더 좋을 것 같은데 침묵하니 오히려 불길했다. 아니, 잠깐. 그러고 보니 날 습격했을 때 취향의 얼굴이니 뭐니 했었던가? 떨떠름한 기분을 느끼고 있으려니 다음 순간 라미아스가 나를 빤히 바라보았다. 무언가 생각을 정리한 듯한 표정이었다. 나도 모르게 한 발짝 그에게서 거리를 벌렸다. 하지만 그가 얼굴을 바짝 들이미는 게 더 빨랐다. 이어진 말은 너무 뜬금없어서 나도 모르게 움찔했다.

"너 말이야. 머리랑 눈동자 푸른색으로 바꿀 생각 없어?"

"……네?"

"사실 연회에서 봤을 때부터 이 말을 하고 싶었어. 내가 달리 사심이 있는 건 아니고. 푸른색이 완전 잘 어울릴 것 같아서 그래. 내가 보기엔 넌 인간으로 태어나야 할 게 아니야. 아무리 봐도 그 외모는 물의 정령으로 태어났어야……."

아니, 이 드래곤, 감이 너무 좋은 거 아닌가?

등허리에 식은땀이 흘렀다. 다행히 동요를 내보이기 전에 이프리트가 끼어들어 그의 뒤통수를 후려쳤다.

"사심이 없기는. 헛수작 부리지 마."

"쳇."

"그보다 너 지금 되게 위험한 발언 한 건 알아? 고유 외모를 갖는 건 정령왕뿐인데. 얘가 물의 정령으로 태어났어야 했으면 지금 엘퀴네스더러 소멸하라는 말이야?"

"……어?"

얼굴을 굳힌 라미아스가 황급히 엘퀴엔을 바라보았다. 그와 시선이 맞은 엘퀴엔이 피식 웃었다. 입꼬리는 올라갔으나 눈은 조금도 웃고 있지 않았다.

"……그렇군."

"억? 어? 자, 잠깐만! 난 그런 뜻으로 한 말이……!"

"본심은 무의식중에 나온다고 했던가? 네 본심 잘 들었다."

"으헉! 아냐! 내가 그럴 리가 없잖아! 내 엘퀴네스는 영원히 너뿐이야!"

"닥쳐. 계약은 파기다."

"아아! 안 돼! 그것만은 제발! 용서해줘, 엘퀴네스! 잘못했어! 내가 죽을 죄를 지었어! 용서해줘! 제발 용서해 줘어!"

얼굴이 새파랗게 질린 라미아스가 엘퀴엔의 다리에 매달리려 했다. 물론 그걸 그대로 내버려 둘 엘퀴엔이 아니라 닿기도 전에 무참히 걷어차였다. 가까이 다가가지도 못한 라미아스는 비련의 주인공처럼 쓰러져 흐느꼈다.

"기회를! 제발 만회할 기회를 줘!"

"그럼 죽는 것과 계약을 파기하는 것 중에서 하나를 선택할 수 있게 해주지."

"그건 선택이 아냐! 나한텐 똑같은 거라고!"

"그게 나와 무슨 상관이지?"

"젠장! 가혹한 모습도 멋있어!"

간신히 진정했던 공간이 다시 부산스러워진 건 당연했다. 공작일 땐 점잖아서 몰랐는데, 정말 정신없는 드래곤이구나. 지켜만 보고 있어도 진이 다 빠졌다.

"내가 왜 쟤랑 만나는 걸 염려했는지 알겠지?"

이프리트의 말엔 긍정을 표할 수밖에 없었다. 팔이 안으로 굽어서 그런가. 솔직히 라피스가 훨씬 더 나은 것 같다. 그 녀석은 적어도 푼수는 아니었다.

5.

사태가 진정한 건 그로부터 한참의 시간이 지난 후였다. 빌고 빌고 또 빌어서 계약 파기를 간신히 막은 라미아스는 이후엔 몹시 기가 죽어서 얌전해졌다. 덕분에 그를 만나려고 한 목적을 밝히는 과정은 한결 수월했다. 모든 설명을 끝마쳤을 때, 그는 묘한 표정을 짓고 있었다.

"영혼의 보석?"

"네, 그게 필요해요."

"음, 혹시 영혼의 보석이라는 명칭이 붙은 장신구가 있나? 설마 네가 말하는 영혼의 보석이 라프네리아가 굳혀진 걸 말하는 건 아니지?"

"그거 맞을 거예요. 라미아스 님이 갖고 있다고 들었는데 맞나요?"

그 말에 라미아스의 표정이 더 묘해졌다. 뭐라고 답할지 몰라 긴장하는데, 다음 순간 그가 자리에서 벌떡 일어나 소리쳤다.

"알겠다! 너 천사지?"

"……네?"

"어느 신의 천사야? 이거 탐문 수사 같은 거지? 역시 인간이 아닐 줄 알았어!"

아무래도 이 블루 드래곤의 몸엔 주체할 수 없는 푼수의 피가 흐르는 게 분명했다. 다행히 그는 바로 앞에 꽂힌 얼음 창에 금방 다시 얌전해졌다.

"……신계 쪽도 아니면 왜 영혼의 보석 같은 걸 찾는데? 그거 이름만 보석이지 실제로는 예쁘지도 않고, 그냥 흔히 굴러다니는 돌조각이랑 똑같아. 장식적인 가치 같은 건 하나도 없어."

"그래서 찾는 거 아니에요."

"그럼?"

"자세한 사정은 말할 수 없어요. 죄송해요."

"흐응, 글쎄. 영혼의 보석이 흔한 게 아닌 건 알지? 설령 내가 갖고 있다 해도, 사정을 말할 수도 없는 사람한테 뭘 믿고 그걸 넘겨 줄까?"

틀린 말은 아니었다. 역시 요행으로 넘어가는 건 여기까지인 모양이다. 망설인 끝에 천천히 입을 벌렸다.

"……친구를 구하는 일에 필요해요."

이 정도는 괜찮을 거다. 별거 아닌 대답인데도 긴장한 탓인지 목 안이 바짝 말랐다. 흥미진진하게 지켜보고 있던 정령왕들이 멈칫하는 게 느껴졌다. 그러고 보니 여기까지 밝힌 건 처음인가. 다들 굳이 묻지 않아서 일부러 설명하지도 않았는데, 이유가 뜻밖이었나 보다. 라미아스도 조금 놀란 표정이었다. 그는 한층 경계심이 풀린 얼굴을 하면서도 떨떠름하게 물었다.

"친구를 구하다니? 친구가 어떤 문제에 처하면 영혼의 보석 같은 게 필요해?"

"저도 자세한 건 몰라요. 다만 꼭 필요한 재료라고 들었고, 그래서 구하는 거예요."

"……혹시 시신을 살리려는 건 아니지?"

"아뇨, 그건 아니에요."

"흠, 일단 충고해두겠는데, 영의 영역은 함부로 건드리는 거 아니야. 특히 라프네리아 같은 회수 대상 영혼은 잘못 건드리면 치러야 할 대가가 엄청나. 내세가 아주 고달파질걸? 무슨 계획이든 시작도 하지 않는 게 좋아."

"네가 할 말은 아니지 않아?"

그때 트로웰의 단조로운 음성이 툭 내뱉듯이 끼어들었다.

"내가 뭐! 내가 그걸 갖고 흑주술에 쓴 것도 아니고! 에고 소드를 만들어서 세상에 별다른 영향을 준 것도 아니고! 그냥 수집 정도는 할 수 있지!"

발끈해서 소리치던 라미아스가 퍼뜩한 얼굴로 입술을 악물었다. 트로웰이 나를 향해 빙긋 웃었다.

"잘됐네. 갖고 있대."

"아씨! 내가 이 단순한 수법에 넘어가다니!"

본의 아니게 수집했음을 인정한 가엾은 드래곤이 두 손으로 머리를 부여잡으며 탄식했다. 그걸 지켜보는 정령왕들이 다들 동정할 가치도 없다는 표정이라 이 순간이 더 처절하게 느껴졌다. 그보다 정말 갖고 있었구나. 나도 모르게 바라보는 시선이 빛난 모양이다. 그가 움찔하며 뒤로 물러섰다.

"나도 몇 개 없어! 어떻게 모은 건데!"

"다 필요한 건 아니에요. 하나만 있으면 돼요. 게다가 아무거나 다 되는 것도 아니고 조건에 맞는 걸 찾아야 해서 그중에 없을 수도 있고요."

"그, 그래?"

"네. 솔직히 말하면 없을 가능성이 더 커요. 그러니 일단 보여주시기라도 하면 안 될까요?"

"젠장! 만약 보여줬는데 네가 찾는 게 있으면? 그럼 넌 나한테 뭘 줄 건데?”

“제가 할 수 있는 거면 뭐든지요.”

“뭐든?”

“네, 시키는 건 전부 다 할게요.”

솔직히 다음 일을 생각하고 한 말은 아니었다. 일단 라피스만 찾으면 뭐든 어떻게든 되겠지 싶은 마음뿐이었으니까. 시벨리우스에게 들었던 과거 일들을 생각하면 아직 귀환할 시기는 아닌 것 같지만, 한동안 그를 돕게 된다 해도 충분히 감수할 수 있었다. 다행히 라미아스에게도 꽤 솔깃한 제안이었던 모양이다. 내내 시큰둥하던 그의 표정이 처음으로 달라졌다. 무슨 엄청난 요구가 나올까 싶어서 내심 긴장하는데, 이어진 건 생각지 못한 제안이었다.

“그럼 너 내 후계자 할래?”

“후계자……요?”

“내 유희 신분도 슬슬 끝나갈 때가 되거든. 요즘 적당한 후계자를 물색 중이었어. 원래 아인 이드리스를 염두에 두고 있었는데, 같은 정령왕의 계약자라면 네가 더 낫지. 뭐, 덕분에 엘퀴네스를 자주 볼 수 있을 거라고 기대해서 그런 건 아냐.”

“……”

아무리 봐도 그 이유 같은데. 다들 같은 걸 느낀 건지 어이없어 하는 얼굴로 라미아스를 바라보았다. 이 와중에도 얼굴색이 조금도 변하지 않는 그가 대단하게 느껴졌다.

"어쨌든 이게 내가 제시하는 거래야. 어때? 차기 세피온 공작이 될 생각 없어?"

"당신의 양자가 되라는 말인가요?"

"그래. 영혼의 보석이 아무리 아까워도 양자에게라면 하나 정도쯤은 줄 수 있거든. 네가 날 아버지라고 부르게 되는 거지."

나쁘지 않은 제안이었다. 아니, 오히려 이건 나한테 좋기만 한 거래 아닌가? 이 제국에서 가장 부유하다고 알려진 공작 가문의 차기 가주라니. 내가 평범하게 이 시대를 사는 인간이었다면 받아들이지 않는 게 더 이상한 제안이었을 거다. 고민할 필요가 없었다. 그런데 내가 대답하기도 전에 다른 곳에서 말이 이어지는 게 더 빨랐다.

"기각."

차갑게 떨어진 음성의 주인은 엘뤼엔이었다. 대답하려던 나도, 흐뭇한 얼굴로 대답을 기다리던 라미아스도 떨떠름해져서 그를 돌아보았다.

"왜, 왜 엘퀴네스가 반대해?"

콰직, 날카로운 소리가 울렸다. 얼음 창이 다시금 그의 발치에 내리꽂히는 소리였다. 라미아스를 똑바로 응시하는 눈동자에 새파란 한기가 일렁거렸다.

"기각."

"……."

주위가 고요해졌다. 마음만 먹으면 왕의 영역도 붕괴시킬 수 있는 정령왕이 작정하고 깽판을 놓는데 말릴 수 있는 존재가 있을 리 없었다. 슬쩍 눈길을 보내니 내게도 허튼 생각 하지 말라는 듯한 살벌한 시선이 돌아왔다. 라미아스랑 엮이는 게 그렇게까지 싫은 건가. 지금까지 상황들을 봐선 싫은 게 당연하긴 하지만.

하긴 후계자가 되면 거처부터 라미아스의 저택으로 옮겨야 한다. 내가 어디까지 하나 지켜볼 심사로 계약한 엘퀴엔 입장에선 자신의 통제를 빠져나간다고 여길 수도 있었다. 아무래도 이 거래는 깨끗하게 접어야 할 모양이다. 마른침을 삼킨 라미아스 역시 단념한 얼굴로 입을 열었다.

"알았어. 엘퀴네스가 반대한다면 어쩔 수 없지. 후계자 제안은 없던 거로 해. 내가 포기할게. 하지만 엘퀴네스, 이건 말해야겠어."

"뭐지?"

"나도 독점해줘!"

"꺼져라."

비장하게 외친 말은 씨알도 먹히지 않고 끝났다. 시무룩해진 얼굴로 돌아선 라미아스가 어깨를 축 늘어트렸다. 불쌍한 모습이었지만 그를 동정하는 사람은 아무도 없었다.

"에잉, 이게 제일 좋은 방법 같았는데."

"말이 나온 김에 그 후계자 후보에서 아인 이드리스도 제외하는 게 나을걸."

아쉬운 얼굴로 툴툴거리는 라미아스에게 말을 건넨 건 트로웰이었다. 라미아스의 눈이 휘둥그레졌다.

"엥? 왜?"

"그자는 몇 년 후엔 더는 미네르바의 계약자가 아니거든. 그래도 상관없다면 마음대로 하고."

"엑!? 그게 정말이야? 당연히 상관있지! 어휴, 큰일 날 뻔했네. 아니지. 이미 큰일인가. 이렇게 되면 다시 처음부터 생각해야 하잖아. 아니, 근데 어쩌다가? 지금 미네르바랑 걔 사귀는 사이 아냐? 대체 계약을 파기할 일이 뭐가…… 설마 아인, 그 자식이 변심하는 거야?"

호들갑 떨던 라미아스의 얼굴이 와락 일그러졌다. 물어보는 형식을 취하긴 했지만 애초에 대답을 듣는 게 의미 없는 질문이었다. 정령왕이 먼저 배신하는 일은 없으니까.

"와! 미친 거 아냐? 걔 그렇게 안 봤는데 되게 끔찍한 놈이었네? 아니, 어떻게 미네르바를 두고 다른 마음을 가져? 다른 놈이 그래도 열 받을 판에 심지어 정령사라는 놈이! 그 녀석이 먼저 미네르바한테 연정을 품었던 거 아니었어? 그런데 그 결말이 변심이라고? 정말이지 인간이란 것들은!"

"인간의 문제라고 생각해?"

"솔직히 그렇지 않아? 걔넨 일관성이 없잖아. 너무 쉽게 타락하는 데다가 한번 탐욕을 품기 시작하면 정도가 없어. 너희가 인간 정령사에 특히 관심을 보이는 것도 같은 맥락이잖아? 그만큼 혼이 정결한 애가 드물고 귀하니까. 그런데 그런 정령사조차 배신한다면 볼 장 다 본 거 아냐?"

"모처럼 나와 의견이 맞네. 그래서 난 이만 인간의 문명을 끝낼까 해."

"오, 그래! 그거 좋다! 그것참 화끈한 결정……뭐?"

열렬히 맞장구치던 라미아스가 곧 얼빠진 얼굴로 되물었다. 모두의 시선을 한 몸에 받은 트로웰이 빙긋 웃었다.

"후계자를 정하는 것 자체가 의미 없을지도 모르겠네. 어차피 오래지 않아 전부 사라질 테니."

"하하, 농담치고는 좀 살벌하지 않아?"

"내가 농담하는 거로 보여?"

"……아니."

복잡한 얼굴로 고개를 저은 후 라미아스는 연신 마른세수를 했다. 흥분해서 길길이 날뛰긴 했는데, 일단 머리가 식으니 반갑게 받아들이지는 못하는 것 같았다. 인간을 싫어하는 것과 멸망해서 사라지길 바라는 건 다르긴 하니까. 게다가 그 자신도 싫기만 했다면 인간들 세상을 유람하며 살지도 않았을 거다.

"다른 왕들도 다 같은 생각이야?"

"어차피 저 녀석은 반대해도 저지를걸?"

난처한 표정으로 웃던 이프리트가 어깨를 으쓱였다.

"아, 근데 아직 단정하지 마. 그렇게 안 될 수도 있으니까."

"그건 또 뭔 소리야?"

"어쨌든 나중에 벌어지는 일이잖아. 이제 2년 정도 남았나? 트로웰이 저렇게 뿔난 건 미네르바가 인간에게 상처받기 때문이니,

발단만 일어나지 않으면 되는 거 아니겠어? 그래서 여기 있는 도련님이 상황을 바꿔보기로 했어. 그치?"

"아, 으응……."

어색하게 고개를 끄덕이니 라미아스가 흥미로운 표정으로 나를 돌아보았다. 트로웰 역시 나를 바라보고 있었다. 어떤 표정을 지어야 할지 몰라 초조해하고 있는데 그의 목소리가 닿았다.

"너 왜 그래?"

"어, 어?"

"아까부터 내 눈을 똑바로 보지 못하고 있잖아. 당돌할 정도로 자신감 넘치는 게 유일한 장점인 녀석이."

"……."

아, 역시 이상했던 건가. 평소와 똑같이 행동한다고 생각했는데 생각만큼 능숙하진 않았던 모양이다. 지금이라도 시선을 맞춰야 한다는 생각은 들었는데 뜻대로 움직이지 않았다. 그 노골적인 어색함을 트로웰이 알아차리지 못할 리가 없었다.

"미네르바를 만나고 나니 갑자기 자신이 없어졌어?"

"그게……."

"이상하네. 지금 미네르바는 가장 행복한 시기야. 불행한 얼굴도 아니고 행복한 얼굴을 봤는데 왜 의욕이 떨어졌지? 난 네가 신나서 돌아올 거라고 생각했거든. 내가 네게 너무 많은 기대를 한 거야?"

입을 벌렸지만 아무런 말도 할 수 없었다. 지금은 무슨 말을 해도 전부 거짓말이 될 테니까. 얼마 전까지만 해도 아무렇지 않게 입에 담을 수 있던 말들이 가시처럼 목에 걸려서 꼼짝도 하지 않았다.

“재미없네.”

바닥만 내려다보고 있으니 그가 기대있던 벽에서 몸을 떼어냈다. 머리 위에 따가운 시선이 닿았다.

“어중간한 마음으로 임할 거면 그만둬. 나도 시간 낭비하고 싶진 않으니까.”

싸늘한 말을 끝으로 기척이 느껴지지 않았다. 그제야 황급히 고개를 들었지만 더는 트로웰의 모습을 찾을 수 없었다. 그대로 사라져 버린 듯했다.

“저거, 저거, 말 못되게 하는 거 봐라.”

쯧쯧 혀를 찬 이프리트가 내 표정을 살폈다.

“괜찮아, 도련님?”

“……미안.”

“뭘 도련님이 사과해. 저게 성격이 나쁜 건데. 눈앞에서 대놓고 멸망 운운하고 있는데 기죽을 수도 있고 새삼 겁먹을 수도 있지. 애초에 저 녀석은 애먼 애한테 무리한 일을 떠맡겨놓고 왜 심술까지 부리는 거래?”

“아, 아냐, 이프리트. 내가 잘못한 거야.”

“도련님이 잘못하긴? 누가 봐도 저 녀석이 혼자 제 성질 못 이겨서 화풀이한 거구만.”

고개를 저으며 옷자락을 바짝 움켜잡았다. 식은땀 때문에 손이 자꾸만 미끄러졌다. 차라리 매몰차면 괜찮을 것 같은데, 위로하는 이프리트의 말이 다정해서 더 가슴이 시렸다.

어떡하지, 이프리트? 난 네게 다정한 대우를 받을 가치가 없을지도 몰라. 내가 여기에 와도 되는 거였는지 의심이 들었어. 생각이 자꾸만 나쁜 쪽으로 흘러가. 내가 있던 시대가 정해진 결과라면 여기서 내가 무슨 짓을 해도 상황이 변하지 않는 거겠지. 그러니 방관해도 어쩔 수 없는 거라고 변명해왔어. 어차피 일어날 일이 일어나는 것뿐이라고.

그런데 그것만이 아니라면. 그 모든 일이 사실은 나로 인해 시작된 거라면. 내가 여기 오는 바람에 이런 일이 생긴 거면 난 어떡하지? 앞으로 무슨 얼굴로 모두를 봐야 하는 걸까.

"왜 그러지?"

낮은 목소리에 고개를 들었다. 나를 가만히 응시하는 물색의 눈동자가 보였다. 여느 때처럼 잔잔한 눈빛이 약간의 의아함을 담아 나를 응시하고 있었다. 그 시선에 혐오감과 경멸이 스미는 걸 상상했다.

"엘?"

강지훈.

"내 말 들리는 건가?"

우리 가족이 불행한 건 너 때문이야.

"……아버지."

무심코 뱉은 말에 엘뤼엔이 멈칫하다 곧 이상한 표정을 지었다. 그렇게밖에는 설명할 수 없는 표정이었다.

"그건 날 부른 게 아니군."

아.

어깨가 절로 움찔했다. 스스로 저지른 일을 믿을 수가 없어서 두 손으로 입을 틀어막았다. 가라앉은 눈동자가 시리게 빛나며 나를 장악해갔다.

"너, 지금 감히 누구를 나와 겹쳐보는 거지?"

몸이 덜덜 떨렸다. 온몸을 타고 소름이 돋았다. 맙소사. 내가 정말 무슨 짓을 한 거지? 엘뤼엔을 보면서 말도 안 되는 사람을 떠올리다니. 절대 그와 겹쳐 봐서는 안 되는 사람을.

"미, 미안……."

"그건 대답이 될 수 없다. 내가 물어본 건 그게 아닐 텐데?"

"미안해요. 미안해요."

"제대로 대답해라. 내가 화내길 바라나?"

"미친놈아! 지금 뭘 하는 거야?"

다급한 목소리가 끼어들었다. 당황한 얼굴을 한 이프리트가 내 팔을 움켜잡고 있는 엘뤼엔의 손을 억지로 떼어냈다.

"관여하지 마라."

"이걸 어쩌지, 그러지는 못하겠는데? 잊었어? 네가 날 애 보부로 정했잖아."

"죽고 싶나?"

"애 얼굴 하얗게 질린 거 안 보여? 척 봐도 상태가 나빠 보이는데 다그친다고 대답을 할 수 있겠냐? 일단 안정부터 시켜!"

엘뤼엔이 짜증 난 표정으로 나를 노려보다가 한숨을 내쉬곤 내 머리에 손을 얹었다. 곧 피부를 간지럽히는 감각과 함께 차가운 기운이 머릿속에 천천히 스며들었다. 그제야 어지럽기만 하던 머릿속이 진정되어 가는 것 같았다. 그래도 내가 할 수 있는 건 하나밖에 없었지만.

"정말 미안해."

이번엔 엘뤼엔도 이프리트도 아무 말도 하지 않았다. 그저 이해할 수 없다는 얼굴로 나를 바라보기만 했을 뿐.

"저기요, 여러분? 여기 나도 있거든? 나도 알아들을 수 있는 대화를 해주지 않을래?"

서러워하는 라미아스의 목소리만 공허하게 퍼져나갔다.

제2화

1.

“내가 가진 건 이게 전부야.”

덜컥, 묵직한 소리와 함께 눈앞에 상자 하나가 놓였다. 짙은 먹색을 띤 단단한 재질, 초승달 모양으로 장식된 은빛의 고리, 표면엔 작은 다이아몬드들이 별처럼 박혀 있었다. 밤하늘을 연상시키는 석함은 그 자체만으로도 충분히 가치가 높아 보였다. 물론 그 안에 들어 있는 것들에 비하면 아무것도 아닌 가치겠지만.

뚜껑을 열자 안을 가득 채운 붉은 벨벳이 보였다. 그 위에 동전 크기만 한 돌조각들이 일정한 간격으로 장식되어 있었다. 얼마 없다더니 한눈에 헤아린 숫자만 열 개가 가뿐히 넘었다. 황당해져서 바라보니 라미아스가 은근슬쩍 시선을 피하며 휘파람을 불었다.

이게 다 실종된 영혼인 걸 알면서도 이렇게 많이 꿍쳐두다니. 아무것도 몰랐다면 그저 대단하다고 생각했을지도 모르겠다. 하지만 내가 그 실종된 영혼을 찾아 막막한 여행을 하는 처지다 보니 아무리 나를 도와주는 사람이라도 이 순간엔 좀 얄밉게 보였다.

"왜, 왜 그렇게 보는데?"

"아무것도 아니에요."

찝찝한 표정을 짓는 드래곤을 향해 빙긋 웃어주고 다시 함으로 시선을 돌렸다. 얄미운 건 얄미운 거고, 생각보다 많은 보석을 보게 된 건 기뻤다. 숫자가 많다면 그만큼 찾을 확률이 더 높아질 테니까.

실물을 보고 나니 왜 모두가 영혼의 보석을 찾기 힘들다고 했는지 알 것 같았다. 이걸 대체 어떻게 구분해서 찾아낸 건지 신기하게 여겨질 만큼, 길거리에서 흔히 볼 수 있는 돌들과 별반 차이가 없었다. 집중하면 사념과 비슷한 기운이 엉겨 있는 걸 느낄 수 있기는 한데 너무 희미해서 제대로 감지한 게 맞는지조차 긴가민가한 수준이었다. 그밖에 색에서나 모양에서나 특별한 점은 아무것도 느껴지지 않았다. 정말 그 무엇 하나도.

"어때? 찾는 게 있어?"

기대심을 담아 물어오는 말에 힘없이 고개를 저었다. 설렜던 기분은 이미 완전히 식어버린 후였다. 나를 이곳으로 보내면서 엘퀴엔은 내가 한눈에 라피스를 알아볼 거라고 했었다. 그러나 지금 내 눈앞에 있는 보석들은 아무리 봐도 그저 평범한 돌멩이로밖에 보이지 않았다. 혹시 몰라 하나하나 들고 유심히 살펴봐도 마찬가지였다.

"……여기엔 없는 것 같아요."

품고 있던 희망 하나가 허무하게 사그라졌다.

다시 처음부터 시작이었다.

쌓아 올리는 건 어려워도 무너지기는 쉽다고 하던가.

지난 일 이후로 트로웰은 다시 숙소에 돌아오지 않았다. 엘뤼엔 역시 기분이 단단히 상한 듯 한동안 정령계로 가 있기로 했다. 달리 할 일이 없어 길드에 연락해 봤지만 여전히 복귀할 만한 때가 아니라는 답변만 돌아왔다. 헌터 일도, 라피스를 찾는 것도, 모두와의 관계도, 내가 할 수 있는 건 기다리는 것뿐이었다. 라미아스가 나를 자신의 레어로 초대한 건 그때쯤이었다.

"영혼의 보석을 보여줄게."

양자 제안이 무산되면서 당장 대가로 삼을 만한 것을 떠올리지 못한 상황이었다. 날 미심쩍어 한 반큼 한없이 미룰 줄 알았는데 라미아스 쪽에서 먼저 연락을 줄 거라곤 생각지 못했다. 아마도 자신이 소유한 것 중에 내가 찾는 게 있을지 호기심이 인듯했다. 대신 거래 방식은 나중에 정하겠다는 조건이 붙었으나 나로선 사양할 이유가 없었다. 멀쩡한 제국의 저택을 놔두고 왜 굳이 레어에서 만나야 하나 싶긴 했지만 보안상의 이유라니 이해는 됐다. 공작저엔 잔소리 많은 부관이 그림자처럼 따라붙어서 편히 다닐 수가 없다는 모양이었다.

물 속성인 블루 드래곤은 주로 깊은 바닷속에 둥지를 튼다. 그건 라미아스 역시 마찬가지였다. 다행히 장소만 바닷속일 뿐 내부엔 물이 없는 구조였고, 직접 공간이동으로 데려가 줘서 곤란한 일은 없었다. 다만 이프리트는 바다 자체가 질색이라는 이유로 동행하지 않기로 했다. 덕분에 어쩌다 보니 라미아스와 단둘이서만 만나는 일정이 됐다. 그리고 지금 이 순간, 우리는 그 결과를 눈앞에 두고 있었다.

"네가 찾는 건 없다고?"

"네, 없네요."

무려 열 개가 넘는 영혼의 보석이 눈앞에 있는데, 그중에 라피스는 없었다. 어쩐지 일이 너무 잘 풀린다 싶더니 마지막에 꼬일 거라 그랬던 건가 보다. 내심 이럴 줄 알았던 건지, 아니면 너무 기대하지 말자고 미리 각오해서 그런 건지. 까마득한 실망이 밀어닥칠 줄 알았는데 생각보다 덤덤했다. 오히려 나보다 라미아스가 더 충격을 받은 것 같았다.

"이중에 없다니! 어떻게 그럴 수가 있지? 너 정말 제대로 본 거 맞아?"

"네, 없는 거 맞아요."

"다시 한번 차근차근 제대로 봐봐! 너 이런 기회는 다시 없다? 나중엔 보여달라고 해도 소용없는 거 알지? 이만한 영혼의 보석을 보는 게 어디 쉬운 일인 줄 알아? 자랑은 아니지만 이 세상에서 영혼의 보석을 나만큼 많이 갖고 있는 존재는 아무도 없을걸?"

"정말 자랑이 아니시네요."

한심한 기분으로 응시하니 그가 요란하게 헛기침을 내뱉었다. 이윽고 석함의 뚜껑이 빠르게 닫히더니 그 자리에서 순식간에 사라졌다. 라미아스가 자신의 아공간에 집어넣은 듯했다. 부리나케 감추는 걸 보니 내 눈빛에서 뭔가 불길한 기운을 느낀 모양이었다.

"너 설마 신계에 신고할 거 아니지?"

"안 해요."

"정말이지? 추적 들어오기만 해봐. 드래곤의 복수가 뭔지 온몸으로 깨닫게 될 거야."

"안 한다니까요."

물론 지금은 말이다.

당장은 후환이 있을 테니 안 되고, 돌아가기 직전에 신고해야지. 내가 여기서 한 일들은 다 지워질 테니 밀고한 사람이 누군지 알아낼 방법도 없을 거고, 답답해서 죽을 거다. 분통이 터져서 가슴을 칠 그를 상상하니 기분이 좀 나아지는 것 같았다. 돌아가서도 드래곤들을 전부 탈탈 털어야지. 앞으로 이 땅에서 영혼의 보석은 감히 건드릴 엄두조차 내지 못하게 해주고 말 테다.

조용히 의욕을 불태우고 있자니 의심스러운 시선을 거두지 못하던 라미아스가 복잡한 표정으로 머리를 긁었다. 곧 한숨과 함께 몸을 일으킨 그가 은쟁반 하나를 들고 와 내밀었다. 안에는 차를 비롯한 과자와 케이크가 종류별로 담겨 있었다.

"먹어."

"아, 감사합니다."

……그래도 그렇게 나쁜 드래곤인 것만은 아닌가. 일단 고맙게 받아들이고 가장 앞에 있는 과자부터 입에 넣었다. 단 걸 먹으니 기분이 조금 나아지는 것 같았다. 덕분에 내가 평소보다 꽤 가라앉아 있다는 걸 깨달았다. 아무렇지 않다고 생각했는데 나름대로 상심하긴 했었나 보다.

"드래곤을 전부 만나볼 예정이었다며? 그럼 이제 여길 떠나는 거야?"

"음, 아직 잘 모르겠어요."

"잘 모르겠다니?"

"아인 이드리스가 이곳에 살고 있으니까요."

이미 대강의 사정을 알고 있다 보니 설명은 그 한마디로도 충분했다. 알 만하다는 얼굴로 고개를 끄덕인 라미아스가 복잡한 눈으로 나를 바라보았다.

"난 솔직히 네가 엘퀴네스 계약자인 건 여전히 마음에 안 들거든? 차라리 모자란 놈이면 우습게 여기기나 할 텐데, 내가 봐도 호감형인 데다가 흠잡을 군데가 없어서 더 짜증 나."

"아, 네……."

"근데 사감을 제하고 보면 안됐다고 생각해. 한 시대에 정령왕의 계약자가 둘이나 나오는 것 자체가 이례적인데 나머지 한 명이 그런 놈일 건 뭐냐. 아무것도 모르고 있었으면 차라리 편하기라도 하지, 넌 그냥 같은 인간이라는 이유로 남이 싼 똥을 다 떠맡게 된 거잖아."

"딱히 그런 건……."

"아니긴 뭐가 아니야? 하필 심보도 제일 고약한 트로웰과 얽히다니. 이건 뭐 불쌍해서 마음 놓고 미워할 수가 있나."

한숨을 내쉰 그는 진심으로 나를 안쓰러워하는 듯했다. 동정하는 시선이 딱히 싫지는 않았다. 미움받는 것보다는 그게 더 낫다. 하지만 다른 건 몰라도 한 가지는 정정해야 했다.

"트로웰 착한데요. 심보 안 고약해요."

"2년 후에 인류를 멸망시킨다는 정령왕이 착하다고?"

"……화나면 이성을 좀 잃을 수도 있죠."

좋아하는 사람을 상처입힌 자가 있다면 누구라도 원수로 여기게 될 거다. 다만 그런 마음을 품은 이가 하필 정령왕이다 보니 복수의 스케일이 너무 커진 것뿐이지. 혼자 고개를 끄덕이고 있자니 입을 다문 라미아스가 어이없다는 표정을 지었다.

"나보고 부정적이라더니, 넌 되게 세상을 긍정적으로 사는구나? 내 살다 살다 트로웰을 두둔하는 애는 또 처음이네. 예지를 바꾸지 못하면 널 가장 먼저 죽인다고 했다며. 그런데도 걜 위하는 말이 나와?"

"그건 제가 도발해서 그래요. 믿어도 되는 인간이 있다는 걸 증명해 보인다고 했거든요."

"허, 그 용기가 가상한 건 둘째치고…… 보통은 그런 말을 협박으로 돌려주지도 않거든?"

"지금 한창 예민한 시기잖아요. 어쩔 수 없죠."

"……거참, 이런 애라 정령왕들이 붙어 있는 건가."

황당해하며 중얼거리던 라미아스는 아까 전보다 더 복잡한 표정이었다. 혼자서 뭔가 생각하는 듯하던 그가 곧 고개를 들고 나를 응시했다.

"너 헌터라고 했지? 길드 이름이 여명이라고 했던가? 지난번 서부 제레미 백작령에서 일어난 실종 사건을 해결한 길드가 너희 길드였던 것 같은데."

"네, 맞아요."

"흠, 좋아. 그럼 우리 이렇게 할까? 내가 다른 드래곤들을 족쳐……아니, 얘기를 좀 해봐서 영혼의 보석을 전부 찾아봐 줄게."

"헉, 정말요?"

"그래. 그편이 네가 일일이 드래곤들을 다 찾아다니는 것보다 백배는 더 빠를 거야. 넌 대신 내 일을 좀 도와줘. 진짜 내 쪽 말고, 유희 쪽 일을 말하는 거야."

"후계자를 찾는 거요?"

"그것도 그렇고. 그 외에도 이것저것."

느긋한 태도를 봐선 즉흥적으로 건넨 제안은 아닌 것 같았다. 아마도 영혼의 보석과 거래하려고 준비한 조건이었나 보다. 헌터를 언급한 걸 봐선 길드가 필요한 일인가? 세피온 공작가가 우리 길드와 전속 계약을 해준다면 오히려 쌍수를 들고 환영할 일이었다. 굳이 영혼의 보석을 찾아준다는 말이 없더라도 흔쾌히 응했을 것이다. 그런데 생각지 못한 질문이 이어졌다.

"너희가 불법 노예시장을 적발했을 때 말이야. 혹시 그때 조사관한테 말하지 않은 거 없어? 예를 들어 관련자를 빼돌렸다든지, 거기서 목격한 인물의 정보를 일부러 누락했다든지."

……아니 어떻게 딱 저지른 짓만 골라서 짚지? 당황해서 고개를 드니 그가 그럴 줄 알았다는 듯이 씩 웃었다.

"뭔가 있구만?"

"음, 무슨 말씀이신지."

이미 감을 잡았다는 표정을 지은 그에게 모르는 척 웃어 보이는 건 조금도 통하지 않았다. 라미아스는 오히려 더 알겠다는 듯이 고개를 끄덕였다. 억지로 태연한 척하려니 얼굴 근육이 아플 지경이었다.

"아직 도와드린다고 말하진 않은 것 같은데요."

"그래서 안 할 거야?"

"……."

"이 대륙에 드래곤이 전부 몇인 줄은 알아? 그중에서 영혼의 보석을 가진 애들은 몇인 것 같고? 내가 아니면 온 대륙을 다 돌아다녀야 할 텐데? 늙어 죽기 전에 다 끝낼 수나 있을까? 정말 괜찮겠어?"

당연히 괜찮지 않았다. 조용히 입을 다무는 걸 항복의 표시로 받아들였는지 라미아스의 기세가 더 의기양양해졌다. 이어지는 말엔 이번에도 몸이 움찔했다.

"움브라가 뭔지 알아?"

"……움브라요?"

"너 제국 태생 아니지? 이 제국엔 비밀 기관이 두 개 있어. 하나는 그림자 병기라고 불리는 '움브라'. 범죄 수사는 물론 암살과 정보 수집까지, 황제와 황실을 위해 잡다한 것들은 전부 다 하는 곳이지."

대충은 알고 있다. 크리스가 바로 그 움브라 출신이라고 했으니까. 심지어 지금 그의 집에 있는 다비안은 현역이었다. 물론 당장 라미아스의 의도를 알 수 없는 만큼 대놓고 사정을 아는 척을 할 순 없었다. 조심스럽게 경계하니 그는 크게 신경 쓰지 않는 얼굴로 말을 이어갔다.

"그리고 또 다른 하나는 정보국인 '아이기스'. 여긴 말 그대로 정보를 다루는 첩보기관이야. 제국 내부는 물론 국가 단위로 모든 정보를 다 취급한다고 보면 돼. 둘 다 황제 직속 산하 기관인데, 별로 사이는 안 좋아. 뭐, 필요할 때 협력이야 하지만."

"네에. 그런데요?"

"내가 그중에서 아이기스의 국장이야."

"……!"

이건 조금도 예상하지 못했다. 나도 모르게 눈을 크게 떴는지 라미아스가 만족스러운 표정을 지었다. '빙고'라고 외치는 듯한 얼굴에 식은땀이 흘렀다.

"몇 년 전에 우리와 움브라가 협동 작전을 펼친 게 있어. 그런데 그 임무를 맡은 요원 하나가 얼마 전에 행방이 묘연해졌거든. 발 빠르게 추적했는데 마침 딱 그 노예시장에서 행적이 끊겼더라고."

다비안 얘기다.

목이 타는 기분에 차를 마시려고 손을 뻗었다. 하지만 찻잔에 닿기도 전에 그 앞을 먼저 덮는 손이 있었다. 어정쩡한 자세로 굳은 채 고개를 들으니 눈이 마주친 라미아스가 우아하게 웃었다.

"아는지 모르겠는데, 너희 길드 마스터가 움브라 출신이더라."

"아, 그게……."

"어이쿠, 이미 아는 모양이네. 그럼 그냥 조언이나 하나 해줄게. 제국 요원 납치 구금은 최소 종신형이야. 방조에도 예외는 없어."

"……구금이 아니라 보호하고 있는 거예요."

여기까지 왔으면 변명하는 게 의미가 없었다. 한숨과 함께 대답하니 그가 그제야 찻잔을 덮고 있던 손을 치웠다. 그래 봤자 이미 마시고 싶은 생각은 완전히 사라진 후였지만.

아니 왜 일이 이렇게 얽히지? 복잡한 기분으로 소파에 몸을 깊숙이 파묻으려니 라미아스가 뭐든 설명해보라는 듯이 턱짓했다. 어차피 지금은 세피온 공작인 것도 아니면서 심문하는 분위기였다. "아, 편하게 말해도 돼. 난 지금 라미아스니까." 그러면서도 눈치 빠르게 덧붙이는 것엔 기가 막힐 수밖에 없었다. 누가 봐도 신뢰할 수 없는 말이었지만 어쩔 수 없이 입을 열었다.

"그 현장에서 발견한 거 맞고, 크리스의 친구라서 데려온 것뿐이에요. 지금 그 사람이 온전한 상태가 아니거든요. 세공인지 뭔지를 당했어요."

"아아, 그럴 것 같더라니. 라케인 크리스가 요즘 뒷골목을 자주 서성거리는 이유가 연금술사를 찾으려는 거였구만?"

그것도 이미 파악하고 있었구나. 이제 보니 연회 초대장을 보낸 게 단순히 나에 대한 흥미에서만은 아니었던 모양이다. 그의 입장에선 오히려 이것저것 떠보려다가 내가 정령왕의 계약자인 덕분에 뒤통수를 맞은 건지도 모르겠다는 생각이 들었다. 그렇다고 해서 이 상황이 유쾌해지는 건 아니었지만.

"왜 그 녀석을 움브라에 돌려보내지 않은 거야? 라케인 크리스가 직접 움직이는 것보다 훨씬 빠르게 상황을 해결할 수 있을 텐데."

"떠보는 거예요, 정말 몰라서 묻는 거예요? 어차피 지금 드래곤 라미아스로 묻는 거라면 제게도 솔직하게 말해주세요."

"진짜 궁금해서 묻는 건데?"

"그럼 말할게요. 믿을 수가 없어서예요."

"엥?"

황당해하는 라미아스는 정말로 아무것도 모르고 있는 것 같았다. 내심 안심하며 본격적으로 지난 일들을 설명했다. 이번 일을 겪기 전에 다비안과 에펜 왕국에서 우연히 마주쳤다는 것. 그때 그가 전해달라 한 정보가 있었고, 그래서 크리스가 움브라와 접선을 시도했었다는 것. 그런데 그 현장에서 정체 모를 이들에게 습격을 당했다는 것까지. 남의 이야기처럼 흥미진진하게 듣던 라미아스는 상대가 접선 암호까지 알고 있었다는 말엔 얼굴을 찌푸렸다.

"움브라 내에 문제가 있는 것 같긴 하네. 게다가 마신의 교단도 관련된 것 같다 이거지……."

"지금 생각해 보니 세공된 다비안이 암호를 알려준 건지도 모르겠어요."

"아니, 그건 아닐걸. 이쪽 애들이 얼마나 독하게 교육받는데. 금제까지 걸려 있어서 세공돼도 기밀은 절대 발설하지 않게 되어 있어. 게다가 요원마다 접선 암호가 다 달라. 설령 다비안이 암호를 발설했다 해도 그걸 그대로 써먹었다면 라케인 크리스가 바로 눈치챘을 거야."

"그렇다는 건……."

"라케인 크리스가 접선한 게 움브라가 맞긴 하단 소리지."

역시 다비안을 일단 보호하기로 한 건 잘한 결정이었던 모양이다. 안도하는 나와는 달리 라미아스는 꽤 머리가 복잡해진 듯했다. 고심하듯 가볍게 턱을 쓸던 그가 곧 나를 돌아보았다.

"이건 좀 더 알아봐야겠다. 다비안이랬나? 암호명이 아마 흑표범이었을 텐데. 일단 그 녀석은 그대로 데리고 있어. 조만간 그쪽으로 쓸 만한 연금술사를 보내줄게."

"아, 고맙습니다."

"고맙긴. 너희가 보호해 줘서 오히려 내가 더 고맙지. 이번 협동 작전으로 파견한 첩보원 중에 생존한 녀석이 그놈 하나뿐이거든. 덕분에 그쪽 상황을 드디어 파악할 수 있게 됐어."

싱긋 웃는 라미아스의 얼굴은 무척 밝았다. 진심으로 기뻐하는 모습이라 조금 얼떨떨했다.

"유희인데 진지하시네요."

"그야 당연하지. 난 이 삶도 또 다른 나라고 생각해. 연극 내용이 허구라고 해서 그 극에 오르는 배우가 건성으로 역할에 임하지는 않잖아?"

"음, 무슨 말인지 알 것 같아요."

"이해해준다니 기쁘네. 사실 이번 유희는 좀 더 특별하게 시작하기도 해서 더 애착이 있거든."

그렇게 시작된 얘기는 조금 놀라웠다. 원래 테이론 이스 세피온은 다른 사람이었다. 어느 날 계곡 밑에서 죽어 있는 어린아이를 우연히 발견했는데 바로 그 아이의 이름이었다고 했다. 마침 할 일이 없어 심심했던 라미아스가 아이의 모습으로 변장해서 그 신분을 그대로 가져다 쓴 거였다. 별다른 이유가 있던 건 아니고, 그저 죽은 아이의 머리 색이 그와 비슷한 남색이었기 때문이었다.

"근데 알고 보니까 애가 삶이 아주 기구했더라고. 유산을 독차지하려는 이복형제들이 사주해서 살해당한 거였더라니까? 그래서 이 이름으로 아주 작정하고 잘 살아주기로 했지. 성장하면서 얼굴은 차츰 내 걸로 바꿨고. 어때? 한편의 서사극 같지 않아?"

"어린애로 변해서 돌아다니다 범죄조직에 납치되었다는 얘기보다는 낫네요."

"하하, 어느 드래곤이 그런 덜떨어진 짓을 하겠어."

들었어, 라피스? 너더러 덜떨어졌대.

그 영혼의 보석 중에 라피스가 있었다면 이참에 놀릴 수 있었을 텐데, 아무리 생각해도 아쉽기 그지없는 일이었다. 물론 돌이 된 상태니 찾았어도 소통할 수는 없었겠지만.

"얘기가 잠시 딴 데로 샜네. 내가 이 삶에도 그만큼 진심이라는 소리였어. 그런 의미에서 다시 본론으로 돌아올까? 말하지 않은 건 그게 다야? 내가 알아야 할 건 또 없어?"

"뭘 알고 계시는데요?"

"너희가 진혼과 아주 사이가 나쁘다는 건 알지. 진혼 쪽에서 협회에 압력을 넣어 너희가 서부의 의뢰를 맡도록 유도했던 것도 알아. 정황상 진혼에서는 노예 상단의 존재를 이미 파악하고 있었고, 그쪽에 너희를 팔아넘기려 한 건 아닌가 추측하는 정도?"

"그 정도면 다 아시는 거네요. 추측이 아니라 사실이에요. 습격당했을 때 상단에서 이미 우리 정보를 갖고 있었어요."

"하지만 확실한 증거는 없지?"

그야 그렇긴 하다. 그래서 대놓고 고발하지 못한 거니까. 증언이라고 해봤자 릴에게서 들은 것밖에 없는데 이프리트를 피의자 신분으로 법정에 세울 수는 없는 노릇이었다. 그가 얼마든지 탈출할 수 있다는 사실과는 별개로, 어차피 릴의 외모를 제대로 기억하는 사람조차 없어서 그가 하는 증언은 큰 힘을 얻지도 못할 게 뻔했다. 할 말이 없어서 얼굴을 찌푸리니 라미아스가 피식 웃었다.

"관련자 한두 명 정도는 남겨두지 그랬어. 살아남은 게 아무것도 모르는 잔챙이들뿐이라 별다른 증언도 확보하지 못하잖아. 아직 어려서 그런지 일 처리가 미숙하네."

"제가 한 게 아닌데요. 엘퀴네스가 그런 거지."

"와, 역시 내 엘퀴네스! 일 처리 한번 시원시원하고 멋지기도 하지! 증언이 다 무슨 소용이야? 범죄자 놈들은 일단 다 죽어야지, 암 그렇고말고! 크으, 그 황홀한 광경을 내가 직접 봤어야 했는데!"

"……."

한순간에 싹 돌변하는 태도가 이젠 놀랍지도 않았다. 게다가 아무래도 잘못 건드린 것 같다. 대답 대신 식은 차만 얌전히 홀짝이려니 라미아스가 탄식하는 소리가 구구절절 이어졌다.

"생각해 보면 상급 정령사가 수백 명을 한꺼번에 얼려 죽였다고 했을 때부터 느낌이 싸했는데 말이야. 그게 아무리 상급 정령사라도 절대 쉬운 일은 아니잖아? 그때 바로 깨달았어야 했는데! 아니, 사실 네가 다른 속성의 정령사였다면 알아차렸을 거거든? 하지만 설마 인간이 엘퀴네스를 소환할 거라곤 꿈에도 상상하지 못하는 바람에……어이, 내 말 듣고 있어?"

"네네. 듣고 있어요."

"그래, 바로 너! 너 말이야! 대체 인간인 주제에 네가 어떻게 엘퀴네스를 소환한 거냐고! 왜 엘퀴네스가 네 옆을 지키는 데다가 널 위해 능력까지 써주는 거야! 넌 이런 차별적인 계약자 복지가 합당하다고 생각해? 물론 너야 혜택을 받는 쪽이니 당연히 그러시겠지!"

……대체 왜 이 드래곤은 엘퀴네스만 연관되면 정신을 차리지 못하는 걸까. 다른 일에선 제법 멀쩡한 것 같은데 말이다. 혼자서 북 치고 장구 치는 그를 보자니 깊은 한숨만 흘러나왔다. 이러다 본격적으로 시비를 걸기 전에 어떻게든 화제를 돌려야 할 것 같았다.

"아까 말했던 비밀 기관들의 공동 작전이라는 것 말인데요. 에펜 왕국과 관련된 일이죠?"

다행히 그는 금방 세피온 공작으로 돌아왔다. 스스로 민망했는지 몇 번 헛기침을 한 후에야 멀쩡한 얼굴로 돌아온 그가 차분히 고개를 끄덕였다.

"맞아, 몇 년 전부터 그쪽 움직임이 좀 수상했거든. 근데 눈치가 얼마나 빠른지 첩보원을 보내는 족족 다 잡아내더라고. 손실이 이만저만이 아니야."

"진혼 길드가 에펜 왕국의 후원을 받는다는 건 사실이에요?"

"그럴걸? 아, 혹시 그놈들도 관련된 것 같아서? 물론 우리도 주시는 하고 있어. 하지만 진혼 같은 대형 길드는 원래 여러 국가와 계약하는 편이야. 후원 자체는 그다지 특별한 일이 아냐. 에펜 왕국의 후원을 받는 길드가 진혼 하나만 있는 것도 아니고."

"음, 그럼 노예 상단에서 왕세자를 봤다면요?"

그 순간 라미아스의 웃는 얼굴에 균열이 일었다. 그 상태로 잠시 굳어 있던 그가 부드럽게 웃었다.

"누굴 봤다고?"

"에펜 왕국의 왕세자요. 이름이 루시엘인지 뭔지 하던데."

"네가 본 놈이 왕세자인 건 확실해?"

"은회색 머리에 금안을 지닌 젊은 남자가 정말 왕세자가 맞다면요. 일단 제 앞에선 왕세자라고 소개하던데요."

바로 코앞에서 봤기 때문에 외모를 착각했을 가능성은 염두에 두지도 않았다. 라미아스의 얼굴에 서린 미소가 더 짙어졌다.

"……영혼의 보석 말고 더 필요한 건 없어?"

"네?"

"내가 얻는 이득에 비해 네가 수지타산이 안 맞는 것 같아서 그래. 그 왕세자 놈한테도 사람 붙여놨거든. 근데 최근까지 국내를 벗어났다는 보고를 받은 적은 없었어."

"……아."

그 말이 내포한 의미는 하나였다. 정보원들이 다 헛발질을 했든, 누군가가 정보에 혼선을 준 거든. 아이기스 안에서도 문제가 있다는 소리였다.

"와, 오랜만에 빡치는데? 이걸 어디서부터 어디까지 족치지?"

활짝 웃는 얼굴과는 달리 라미아스의 눈동자는 활활 불타오르고 있었다. 단단히 혈압이 오른 그가 진정하기까지는 꽤 오랜 시간이 걸렸다. 기분이나 좋아지라고 케이크 하나를 내밀었더니 사양하지 않고 받아먹은 그가 그제야 한결 나아진 얼굴로 투덜거렸다.

"젠장, 이렇게 되면 진혼도 연관된 게 확실하네. 아씨, 이러면 안 되는데. 아인 이드리스를 괜히 붙여줬네."

"그게 무슨 소리예요?"

"원래 걔를 내 후계자로 점찍었다고 했잖아. 곁에 두고 살피면서 나중에 진혼을 견제하고 주시하는 카드로도 쓸 겸, 걔가 진혼에 들어가도록 주선한 게 나거든."

그의 뜬금없는 헌터 전향에 그런 뒷사정이 있었던 거구나. 복잡한 기분으로 신음하니 나만큼이나 복잡한 표정을 한 라미아스도 머리를 벅벅 긁었다.

"인류를 멸망시킬 애를 반역자랑 붙여줬네. 이거 완전 최강의 조합이잖아. 그걸 다시 어떻게 빼내지? 아주 미치고 환장하겠네. 어쩐지 왕세자 놈이 갑자기 움직인다 했더니."

"움직이다뇨?"

"아, 그놈 곧 우리 제국으로 올 거야."

"……네?"

"공식 방문이야. 그놈 여동생인 왕녀가 제국 아카데미로 유학 오거든. 걱정돼서 배웅할 겸, 얼마 후에 있을 황태자의 생일 연회에 참석할 겸 같이 온다나 봐. 학기가 시작되는 세 달 후까지 주야장천 머무를 예정이라더라."

목격자인 내가 제도에 있다는 걸 알면서도 말이지.

기가 막히니 절로 헛웃음이 나왔다. 불법 노예 상단 건은 아직 수사가 종결되지 않았다. 생존자들의 증언을 토대로 달아난 고위직들의 신상을 터느라 혈안이 되어 있다고 들었다. 이런 때에 당당한 공식 방문이라니. 거론되지 않아 안심한 건지, 문제가 되기 전에 막으려는 목적인지는 몰라도, 그자가 날 우습게 여긴다는 것만은 확실했다. 내가 어떻게 나오든 판세를 뒤집을 자신이 있는 거다. 그래도 설마 흑주술을 알아볼 거라는 건 생각하지 않았겠지만.

"좀 열 받네요?"

"조금? 난 엄청 열 받는다."

"다비안이 가져왔던 기밀 내용, 궁금하지 않으세요?"

"물론 궁금하지. 근데 잃어버렸다며. 세공이 풀린 후에 그 녀석이 얼마나 자세히 기억하고 있느냐가 관건이긴 하네."

분을 삭이지 못하던 라미아스가 한숨을 내쉬며 탄식했다. 세공을 치료할 순 있지만 아무래도 머리를 건드린 것이다 보니 후유증으로 기억에 혼선을 겪는 경우가 많은 모양이었다. 꿈보다 해몽이라지만 이런 걸 두고 선견지명이라 해도 좋은 거겠지. 나는 근심하는 라미아스를 향해 생긋 웃어 보였다.

"제가 기억력이 좋은 편이라고 말했던가요?"

2.

숙소에 돌아왔을 땐 아무도 없었다. 이프리트도 매번 내 옆에 붙어 있을 순 없으니 다른 용건을 보러 간 듯했다. 온기 없이 캄캄한 실내를 한동안 가만히 바라보다가 전등을 밝히고 나이아스의 도움을 받아 가볍게 씻었다. 침대에 드러눕고 나니 잊고 있던 피로가 한 번에 몰려드는 것 같았다. 딱 잠들면 좋을 것 같은 기분이었지만 막상 눈을 감아도 잠은 오지 않았다.

"일단 아인 이드리스를 진혼에서 빼내야겠어."

귀가하기 직전 라미아스가 했던 말이 떠올랐다. 훗날 어떻게 되든 간에 현재의 아인 이드리스는 공고한 미네르바의 계약자였다. 다른 왕국에 넘어가면 여러모로 곤란해지는 존재라는 소리였다. 그러니 그에 대한 대처를 최우선으로 고심하는 것도 이해는 됐다. 이해가 되기는 하지만…….

"한동안 그놈이 딴생각하지 못하도록 이리저리 굴릴 거야. 너도 수고 좀 해라."

……이왕이면 나는 거기서 빼준다면 참 좋았을 텐데.

물론 지금까지 얽힌 것만으로도 이미 발을 뺄 수 있는 상황이 아니라는 건 잘 알고 있었다. 영혼의 보석을 좀 더 수월히 찾기 위해서라도 라미아스가 하는 일을 도와야 하기도 했고. 그래도 이왕이면 외면하고 싶은 게 솔직한 심정이었다.

"예지를 바꿀 거랬지? 네게도 도움이 될 거야."

"……도움이 되기는."

그 자리에서는 차마 뱉지 못한 대꾸가 이제야 흘러나왔다. 내가 그놈의 예지를 정말 바꿀 생각이었다면 물론 그렇겠지. 누가 부추기기도 전에 내가 먼저 발 벗고 나섰을 거다. 가만히 있으면 중간은 간다더니, 정말 쓸데없는 친절이었다.

'대체 뭘 생각하는 건지.'

아직 정확한 계획은 듣지 못했지만 그게 뭐든 내게 좋은 일이 아닐 거라는 점만은 확실했다. 내일이 오는 게 무섭게 느껴졌다. 이대로 눈을 감았다가 떴을 때 2년 후면 좋겠다. 그럼 전부 다 끝나 있을 텐데. 그게 어떤 결말이든.

'후회하지 마.'

조금 거칠어지려는 숨을 간신히 가라앉혔다. 천장을 응시하는 눈에 저절로 힘이 들어갔다.

'후회하면 안 돼. 다른 사람은 몰라도 나만은.'

이럴 때 좋은 방법은 이미 알고 있다. 다른 생각은 하지 않고 지금 당장 해야 하는 일에만 온전히 집중하는 거다. 그래, 지금 가장 중요한 건 라피스를 찾는 거였다. 그러고 보니 오늘 영혼의 보석을 봤었지. 설령 찾지 못하더라도 직접 실물을 보고 나면 뭔가 좀 달라질 줄 알았다. 희망을 볼 수 있을 거라고. 그런데 막상 보고 나니 마음이 어땠더라?

'……별로 좋진 않았어.'

솔직히 말하면 충격을 받았던 것 같다. 보석의 생김새가 좀 더 예뻤다면 괜찮았을까? 제멋대로일 만큼 자유롭고, 그래서 더 눈부셨던 녀석이었다. 타오르는 불꽃처럼 강렬하고 화려해서 어디에 던져놔도 눈에 띌 수밖에 없었다. 그런 녀석이 그런 볼품없는 돌조각이 되어 있다는 게 믿어지지 않았다. 그렇게 아무도 알아보지 못할 모습으로 이 땅을 배회하는 라피스라니. 상상하는 것만으로 심장이 조여들었다.

왜 라피스였을까. 원래 오래 살지 못할 거라고 했지만 그 말을 전적으로 믿지는 않는다. 설령 사실이라 해도 그만큼 짧은 삶이었던 건 아니었겠지. 그 녀석이 그때 목숨을 버렸던 건 어차피 오래 살지 못할 삶에 미련이 없어서가 아니었다. 모두를 구하기 위해서였다.

그러니 난 후회할 수 없다. 시간을 돌려 다시 선택할 기회가 주어져도 또 같은 결정을 내릴 거다. 정말로 나 때문에 그 모든 일이 일어나는 게 맞다고 해도. 잘난 척하면서 정작 실속은 하나도 얻지 못하는, 그 불쌍한 녀석을 구해올 건 나밖에 없으니까. 내가 해야 하는, 나만 할 수 있는 일이니까.

"그러니까…… 미안해, 아버지."

미안해, 트로웰. 미안해, 미네르바.

날 너무 미워하지 말아줘. 가족한테 미움받는 건 익숙한데 이번엔 너무 많이 아플 것 같아. 모두가 날 놓는다고 해도 나는 놓을 수가 없어. 원하는 만큼 용서를 빌 테니까, 조금만 용서해주지 않을래? 이기적이어서 정말 미안해.

몸이 피곤하긴 했나 보다. 잠들 수 없을 것만 같았는데 침대의 온기가 스미니 눈앞이 점점 가물가물했다. 어느 순간 까무룩 잠들었던 것 같다. 꿈결의 착각이었을까. 누군가가 내 머리칼을 쓸어 넘기는 것 같았다. 따뜻하고 다정한 손길이었다. 꿈인 줄 알면서도 울고 싶어질 만큼.

* * *

다음날은 아침부터 정신이 사나웠다. 아무런 예고도 없이 들이닥친 크리스가 나를 마구 흔들어 깨웠기 때문이었다.

"엘! 엘! 일어나 봐! 엄청난 소식이야!"

"으으, 뭐예요……."

강제로 빼앗는 이불과 베개를 붙잡으려 팔을 뻗자 크리스는 오히려 그 손을 잡고 나를 더 일으켰다.

"내 이부울……."

"아, 글쎄, 일어나 보라니까! 네가 꼭 알아야 할 소식이 있다고!

너한테 제일 먼저 알려주려고 눈썹 휘날리게 달려왔단 말이야!"

"하아, 대체 뭔데 그래요."

"놀라지 마. 진짜 좋은 소식이니까."

억지로 몸을 일으키니 코앞에 자리 잡은 크리스가 싱글벙글 웃었다. 아직 말하지도 않았는데 벌써 혼자서 축배를 든 얼굴이었다. 진혼 길드가 하룻밤 만에 폭삭 망하기라도 했나? 분명 어제까지만 해도 멀쩡했는데 말이다. 이쯤 돼서는 호기심이 들 수밖에 없었다.

"들을 준비 됐으니 이제 말해요."

"내가 연금술사를 찾았어!"

"……뭘 찾아요?"

"연금술사 말이야! 세공을 제거할 연금술사! 드디어 다비안을 치료할 수 있게 됐다고!"

잠시간 그를 물끄러미 응시했다. 한껏 웃고 있는 크리스의 두 눈은 샛별처럼 빛나고 있었다.

"……안녕히 주무세요."

"야, 인마!"

"하하, 농담이에요. 드디어 찾았다니 다행이네요. 축하해요, 크리스. 해낼 줄 알았어요."

"크흑, 역시 너밖에 없다!"

얼마나 기뻤는지 감격한 그의 얼굴이 물기를 머금었다. 결국 북받치는 감정을 참지 못하고 눈물을 쏟기 시작하는 그를 다독여주었다. 기쁘고 축하하는 마음은 진심이었지만 머릿속은 차분했다. 그간 백방으로 연금술사를 알아보러 다녔으나 교섭이 될 듯 말 듯 무산되기를 반복하던 상황이었다. 그런데 마침 라미아스가 보내 주겠다고 하자마자 교섭이 됐다, 라. 우연이 겹쳤을 리는 없고, 아무래도 그가 벌써 손을 쓴 모양이다. 헤어진 지 반나절밖에 되지 않았는데 일 처리 한번 빠르기도 하지. 물론 어제 밤새도록 온갖 수다에 시달렸던 걸 생각하면 당연한 대가이긴 했다.

"이제 좀 진정했어요?"

"어, 고맙다, 엘. 지금 너무 기쁜데 다비안 놈 상황이 그렇다 보니 누구와 함부로 나눌 수 있는 기쁨이 아니잖아. 네가 있어서 얼마나 좋은지 몰라."

"저도 좋아요. 이제 다비안이 괜찮아질 일만 남았네요."

"그러게 말이야. 그나저나 네 형님들 안 계시니 진짜 편하다. 다른 때 같으면 이렇게 막 방문하면 안 되잖아. 그런데 지금은 맘대로 들어와도 되니까 저질러놓고도 순간 이래도 되나 싶더라니까."

"그렇네요."

확실히 얼마 전까지만 해도 누군가가 갑자기 들어와 잠을 깨우는 건 있을 수 없는 일이었다. 그땐 나 혼자 사는 공간이 아니었으니까. 씁쓸하게 웃으니 크리스가 의아한 표정을 지었다.

"왜 그래? 혹시 무슨 일 있어?"

"아뇨, 무슨 일은요."

"그런 것치곤 기운이 너무 없잖아. 혹시 형님들이랑 싸운 거야?"

"그런 거 아니에요."

"아니긴. 척하면 척이구만. 형님들이 자리 비우신 것도 그 때문인 거지?"

이럴 땐 눈치가 없는 편이 더 좋은 것 같다. 나도 모르게 표정이 흐려졌는지 크리스의 얼굴에 염려가 차올랐다. 모처럼 좋은 소식으로 들뜬 그에게 찬물을 뿌린 기분이 들어서 마음이 무거워졌다.

"그냥, 제가 좀 잘못한 게 있어요."

"음, 궁금하지만 자세한 이유를 묻는 건 안 되겠지?"

"……죄송해요."

"죄송하긴. 무슨 일인지 모르겠지만 너무 걱정하지 마. 두 분 다 금방 마음 푸실 거야."

"그럴까요."

"당연하지. 가족이 괜히 가족이겠어? 서로 마음 상할 때도 있고, 싸우다 틀어질 때도 있고. 그러다가도 다시 아무렇지 않게 웃는 게 가족이지."

크리스가 씩 웃었다.

"넌 이 나라에 왜 연좌제가 있는지 알아? 무슨 짓을 저질러도 가족은 그 잘못을 품어주기 때문이야. 물론 연좌제를 옹호하려고 하는 말은 절대 아니고. 그만큼 끈끈한 유대를 가진 집단이 바로 가족이라는 거지."

"……그렇지 않은 가족도 있지 않나요?"

무심코 뱉은 말에 크리스가 잠시 멈칫했다. 실수했다는 걸 깨닫고 얼른 고개를 저었다. "아, 그냥 의미 없이 한 말이에요." 아무렇지 않게 웃었는데 오히려 크리스의 표정은 더 굳어졌다. 복잡한 얼굴을 한 그가 뒷머리를 벅벅 긁었다.

"음, 엘. 난 말이지. 가족이란 건 나를 기준으로 형성되는 신뢰의 영역이라고 생각해."

"……?"

"핏줄이라든가 운명이라든가, 그런 타고난 관계에 의한 게 아니라. 내가 믿을 수 있는, 내가 사랑하고 날 사랑하는 사람이 내 가족이라는 거지. 그러니 이건 그냥 별 뜻 없이 말하는 건데 말이야. 만약 네가 아는 가족의 형태가 그렇지 않다면 그걸 억지로 감당하지 마. 그건 네 가족이 아닌 거야."

가족이 아니다.

떠오른 건 한국에서의 가족들이었다. 가족이길 바랐지만 그렇게 생각하지 않았던 사람들. 나만 붙들고 있었던 모래성 같은 관계들. 결국 체념하며 내려놓기까지 견뎌야 했던 기나긴 과정들. 두 번은 겪고 싶지 않은, 하지만 또다시 겪을지도 모르는 순간들.

"극단적이긴 하지만 인정할 건 인정해야지. 피차 괴롭기만 하잖아."

"그렇, 네요."

"아, 아니, 그렇다고 무조건 최악을 상정하라는 건 아니고. 어디까지나 신뢰가 전혀 없는 경우를 말하는 거야. 내가 보기엔 네 형님들은 널 충분히 아끼고 위하는 사람들 같았거든? 물론 겉으로 보이는 게 전부가 아니라는 건 아는데, 이게 또 완전히 틀린 것만도 아니라서 말이야. 음, 그러니까 내가 진짜 하고 싶은 말은…… 가족이라고 생각한다면 좀 더 믿어주라는 소리였어."

횡설수설하듯 이어가던 말이 단호한 울림으로 마무리되었다. 멀거니 눈을 깜빡이니 크리스가 멋쩍어하며 말했다.

"서로 신뢰하는 게 가족이라고 했잖아. 난 내 가족이 내게 용서받지 못할 거라 생각해서 겁먹는다면 오히려 그게 더 슬플 것 같거든."

"……."

"반대로 한번 생각해봐. 네 형님이 너한테 뭔가 큰 잘못을 했어. 그래서 네 기분이 엄청 상했다 쳐. 네 형님은 미안해 죽으려고 해. 넌 그걸 끝까지 용서하지 않을 거야?"

결론은 금방 내려졌다. 천천히 고개를 저으니 크리스가 다시 씩 웃었다.

"그렇지? 딱 그만큼만 믿어 봐."

그 말에 곧장 마음이 편해진 건 아니었다. 하지만 먹구름만 가득하던 머릿속이 조금은 나아지는 것 같았다. "고마워요." 작게 중얼거린 말을 용케 들었는지 손을 뻗은 크리스가 내 머리칼을 마구 헝클어트렸다.

"쓸데없는 생각은 너무 오래 하는 거 아니야. 맛있는 거나 잔뜩 먹고 얼른 평소의 너로 돌아와.”

“맞아, 맞아. 내 말이 바로 그거야.”

그 순간 경쾌한 목소리가 들려왔다. 놀라서 고개를 들자 문에 기대어 서 있는 금발의 남자가 보였다. 마도구를 찬 이프리트였다.

“……릴.”

“좋은 아침, 도련님. 잘 잤어?”

그가 한쪽 눈을 찡긋하며 웃었다. 한눈에 알아보지 못해 어리둥절 해하던 크리스가 곧 반가운 얼굴로 인사를 건넸다.

“오, 릴이었구나? 오랜만이다.”

“오랜만, 크리스. 근데 아침부터 꽤 위험한 광경을 연출하고 있는걸?”

“엉? 어헉! 아, 아니, 난 그런 게 아니고…….”

당황한 크리스가 허둥지둥 침대를 벗어나 내려갔다. 그러다 뭔가 이상하다는 걸 깨달았는지 어이없어하는 표정을 지었다.

“아니, 근데 친구끼리 침대에 좀 앉아 있으면 어때서?”

“그걸 뒤늦게 깨달은 시점에서 넌 이미 진 거야.”

“크윽!”

말로는 절대 이프리트를 당할 사람이 없을 것 같다. 패배감에 망연자실하던 크리스가 기운 없이 나를 돌아보았다. 타격이 제법 컸는지 한꺼번에 십 년은 늙은 듯한 얼굴이었다.

“난 이만 갈게, 엘. 아 참, 아까 말했던 건 오후에 진행하기로 했거든. 너도 시간 괜찮으면 올래?"

접선했다는 연금술사가 오후에 다비안을 치료하기로 한 모양이다. 그가 라미아스가 보낸 사람이 맞는지 확인하기 위해서라도 가 볼 생각이었기에 바로 고개를 끄덕였다.

"네, 그럴게요."

"그래. 그럼 이따가 보자. 릴, 너도 다음에 봐."

"어, 그래. 잘 가. 다음엔 침대에 있는 애 덮치지 말고."

"아옥! 그게 ㅏ니ㅓ니악!"

발작한 크리스가 제대로 완성되지 않은 말들을 마구 내질렀다. 그런 그를 보는 이프리트는 낄낄거리느라 정신이 없었다. 아주 신나게 갖고 노는구나. 크리스의 정신건강을 위해서라도 이프리트의 정체는 끝까지 알리지 않는 게 좋을 듯싶었다. 고개를 절레절레 젓고 있으려니 짧은 배웅(?)을 마친 이프리트가 성큼 내 쪽으로 다가왔다.

"도련님, 혼자 있었어?"

"크리스랑 있었는데."

"아니, 걔 말고. 엘퀴네스는 못 봤어?"

"……엘퀴네스?"

"아무도 없었어?"

고개를 끄덕이니 이프리트가 얼굴을 찌푸렸다. 무슨 생각을 하는지 모르겠다는 둥, 똥고집이 어떻다는 둥, 혼잣말로 중얼거리던 그는 나와 시선이 마주쳤을 땐 아무렇지 않게 웃었다.

“혼자 있는 줄 알았으면 내가 좀 더 서두를 걸 그랬네. 일단 맛있는 거나 먹으러 가자. 아침 아직이지?”

“아, 응. 근데 어디 갔다 오는 거야?”

“아아, 라미아스가 부탁한 게 있어서. 그것 좀 처리하느라 시간이 좀 걸렸어.”

라미아스가? 그가 불의 정령왕에게 부탁할 일이 뭐가 있지?

어리둥절해져서 바라보니 어깨를 으쓱인 이프리트가 의미심장하게 웃었다.

“도련님도 곧 알게 될 거야.”

3.

크리스의 집을 방문한 건 정오가 조금 넘었을 무렵이었다. 오랜만에 방문한 그의 집은 그사이 제법 사람 사는 형태가 되어 있었다. 모델 하우스처럼 짐이라곤 거의 없던 공간에 못 보던 물건들이 늘어져 있었고, 부엌을 비롯한 모든 공간마다 생활감이 가득했다. 집 안을 채운 채광과 온기만 해도 이전엔 느낄 수 없었던 것이었다. 아무래도 성치 않은 친구를 돌보고 있어서인지 혼자 살 때보다는 좀 더 신경 쓰고 있는 듯했다.

“안녕하세요, 다비안. 잘 지냈어요?”

웃으며 건넨 인사에 긴 흑발의 남자가 물끄러미 나를 올려다보았다. 다시 금방 시선을 내리긴 했지만 인형 같기만 했던 처음보다는 한결 나은 반응이었다.

“이제 소리에 반응하네요?”

“아, 그거 아마 이름에 반응하는 것 같아. 이름 부를 때만 응시하더라고.”

대접할 걸 준비한다며 아까부터 부엌에서 부산스럽게 움직이던 크리스가 돌아보지 않고 대꾸했다. 그렇구나, 고개를 끄덕인 후에 다시금 다비안의 모습을 살폈다. 앉혀둔 자리를 얌전히 지키고 있는 그는 다소 멍해 보이는 것 말고는 건강해 보였다. 크리스가 어련히 알아서 신경 쓰고 있겠지만. 그냥 보기엔 처음 기차에서 만났을 때만큼이나 멀쩡해 보여서 금방이라도 평범하게 대화할 수 있을 것 같았다.

‘이제 곧 현실이 되겠지.’

약속한 연금술사는 곧 도착한다고 했다. 정신이 돌아오면 제일 먼저 무슨 말을 할지가 기대됐다. 나를 알아보기는 하려나? 스치는 인연이라고 생각했던 사람과 이렇게 끈덕지게 마주하게 될 줄은 당시의 다비안도 짐작하지 못했을 거다. 사람 일은 참 알 수가 없었다.

“근데 여긴 왜 이래요?”

“어? 뭐가?”

“다비안 손목이 다친 것 같아서요.”

이름에 반응한 다비안이 다시금 나를 바라보는 것과 동시에 한

창 달그락거리던 식기 소리가 우뚝 멈췄다. 크리스가 당황하며 돌아보았다.

"어? 그래? 다쳤다고?"

"네, 피부가 붉은데요."

소매 끝에 비치는 걸 얼핏 본 거라 처음엔 잘못 본 줄 알았다. 하지만 옷을 걷어 보니 확실히 손목에 붉은 상처가 있었다. 뭔가에 강하게 쓸린 자국 같았다. 게다가 한쪽만이 아니라 양쪽 모두 같은 흔적이 보였다. 이런 상처가 생길 만한 거라면…….

"이거 묶인 자국 아니에요?"

식기 소리가 다시 멈췄다. 기묘한 공기가 흐른다고 느낀 건 내 착각만이 아닐 것이다. 떨떠름하게 돌아보니 마찬가지로 얼떨떨해 하는 크리스와 시선이 닿았다.

"……크리스. 혹시……."

"악! 야! 너 지금 무슨 생각을 하는 거야! 아냐! 네가 무슨 생각을 하든 그건 절대 아냐!"

기겁하며 날뛰는 반응이 한눈에도 더 수상했다. 눈을 가늘게 뜨니 크리스의 얼굴이 귀까지 새파래졌다.

"이상한 취향이 있는 거 아니죠?"

"미쳤어! 그딴 게 있겠냐!"

"그럼 왜 묶었는데요?"

"아니, 그건……!"

"아니라고 할 생각은 하지 말고요. 이거 누가 봐도 묶은 자국이거든요?"

이런 장난을 칠 사람은 아니니 이유가 있긴 할 거다. 그래도 엄격하게 물었더니 한동안 가슴을 두드리던 크리스가 곧 머리를 쓸어 올리며 긴 한숨을 내쉬었다.

"……그 녀석이 가끔 발작할 때가 있어."

"발작이요?"

"그래. 그럴 땐 힘으로 제압해도 막기가 힘들어. 그래서 진정될 때까지만 묶은 거야."

당황해서 다비안을 돌아봤다. 발작이라니. 지금 눈앞에 있는 그는 지나칠 정도로 얌전하기만 해서 묶어야 할 정도로 난동을 피우는 상황이 잘 상상이 가지 않았다.

"세공 후유증일까요?"

"아니. 그건 원래 있던 지병이야."

"그게 또 무슨……."

"그런 게 있어. 본인이 밝히기 싫어하는 병이야. 너라서 알려준 거니까 그냥 그렇게만 알고 있어 줘."

그런 사정이 있는 줄은 몰랐다. 미안한 기분으로 눈치를 보니 쓰게 웃은 크리스가 괜찮다며 손을 휘저었다. 밖에서 소리가 들린 건 그때쯤이었다. 쿵쿵, 문고리를 크게 두드리는 소리에 나와 크리스가 동시에 서로를 바라보았다.

"왔나 보다."

서둘러 부엌을 빠져나온 크리스가 부리나케 달려나갔다. 곧 문이 열리고 사람의 기척이 더해졌다. 괜히 나까지 긴장돼서 몸을 가만히 둘 수가 없었다. 엉거주춤 일어나서 돌아보니 크리스의 뒤를 따라 후드를 깊숙이 눌러 쓴 남자가 들어서고 있었다. 연금술사라더니 이것저것 짊어지고 온 것이 많았다. 실내에 들어선 남자는 잠시 주위를 둘러보다가 소파에 앉아 있는 다비안에게로 시선을 고정했다.

“치료할 환자가 저 사람입니까?”

“예, 맞습니다.”

고개를 끄덕인 남자가 후드를 벗었다. 뒤로 젖힌 천 자락 안에서 가볍게 묶은 진회색 머리칼이 흘러나왔다. 생각보다는 젊은 편인가. 이렇다 할 특징이 없는 평범한 외모였다. 너무 흔한 느낌이라 길에서 우연히 다시 마주쳐도 알아보지 못할 것 같았다.

‘음? 이거 왠지 익숙한 묘사 같은데.’

이상한 기분이 스멀스멀 올라왔다. 그러고 보니 저 사람, 조금 전에 곧바로 다비안에게 시선을 고정하지 않았나? 보통은 안에 사람이 두 명 있으면 그중에서 누굴 봐야 하는지 의아해하는 기색이 있어야 할 텐데, 그런 망설임이 조금도 없었다.

게다가 왠지 목소리도 어디서 많이 들어본 것 같다. 찜찜한 기분으로 가만히 바라보니 시선을 느낀 남자가 피식 웃었다. 그때 슬쩍 들춰진 겉옷 사이로 그가 걸고 있는 목걸이가 보였다. 어디서 많이 본 형태의 목걸이였다. 그래, 이프리트가 걸고 다니는 메달이랑 똑같은.

'설마.'

혹시 잘못 봤나 싶어서 눈을 몇 번 깜빡이자 씩 웃은 남자가 입 모양을 벙긋거렸다.

'나 맞아.'

……설마가 아니라 정말로 라미아스였다.

아니, 이건 또 무슨 참신하게 해괴한 짓이야? 급히 고개를 돌려 확인한 크리스는 아무것도 모르는 채 차를 준비하는 중이었다. 그 틈을 타서 빠르게 라미아스 옆에 붙었다.

'이게 뭐하는 거예요, 지금?'

'누굴 시키는 것보다 내가 직접 살펴보는 게 제일 편할 것 같아서. 영광인 줄 알아. 내가 또 한 연금술 하거든.'

'아니, 아무리 그래도 그렇지! 미리 말이라도 해주든가요!'

'넌 예고하고 연회장에서 뒤통수 쳤냐?'

아니 그거랑은 다르지, 이 드래곤아! 당신과 나는 그때 아는 사이도 아니었잖아!

아무래도 이 드래곤과는 절대 친해질 수 없을 것 같다. 혈압이 가파르게 올라 뒷목을 잡았다. 때마침 쟁반에 다과를 담아서 내오던 크리스가 어리둥절한 표정을 지었다.

"엘, 너 왜 그러고 있어?"

"아, 잠깐 목이 좀 결렸나 봐요. 별거 아니에요."

다행히 그는 미심쩍어하면서도 크게 의심하진 않는 듯했다. 일단 더 중요한 문제가 있다 보니 그의 신경은 곧장 라미아스에게로 향했다.

"그 녀석은 좀 살펴보셨습니까? 어떻습니까? 치료가 가능하겠습니까?"

산뜻한 얼굴로 다비안을 요리조리 살피던 라미아스가 그 질문에 어깨를 으쓱였다.

"상태가 생각보다 더 괜찮군요. 이 정도는 무리 없이 치료할 수 있겠습니다."

"정말입니까?"

"물론입니다. 지금 바로 시술에 들어가도록 하죠. 대략 한 시간 정도 걸릴 겁니다. 그동안 다른 일 보고 오셔도 됩니다."

"아닙니다. 여기에 있겠습니다."

"그러시겠습니까? 뭐, 편하신 대로 하시지요."

라미아스의 느긋한 대답에 크리스의 표정은 더 밝아졌다. 아무래도 상관없다는 듯한 무심한 태도가 자신감으로 느껴진 모양이었다. 실제로 마법 생물인 드래곤만큼 연금술에 능통한 존재도 없기는 했다. 생각지 못한 등장에 당황스러운 것과는 별개로 다비안을 생각하면 이보다 더 좋을 수 없을 만큼 잘된 일이었다.

한동안 라미아스는 가져온 짐꾸러미에서 이것저것을 꺼내 늘어놓았다. 가장 먼저 꺼낸 건 넓은 천 자락이었다. 사각형의 천을 바닥 위에 넓게 펼친 그는 그 위에 정체를 알 수 없는 푸른색 염료로 문양을 그리기 시작했다. 마법진인 것 같았다. 아무런 무늬가 없던 천 위에 화려한 문양이 한가득 채워져 나갔다. 어느 정도 완성되었다 싶을 때쯤 그는 그 한가운데 다비안을 앉혔다. 그리곤 이번엔 다비안의 얼굴에 문양을 그려 넣어갔다.

워낙 세밀한 문양이라 그 일련의 과정만 해도 꽤 시간을 잡아먹었다. 보는 것만큼이나 체력을 소진하는 일인지 라미아스의 이마에도 어느새 땀이 송골송골 맺혀 있었다.

"후우."

어느 순간 붓을 멈춘 라미아스가 긴 숨을 내쉬었다. 조마조마한 표정으로 지켜보고 있던 크리스가 황급히 몸을 내밀었다.

"다, 다 된 겁니까?"

"설마요. 이제부터 시작이죠. 본격적으로 힘든 시간이 될 겁니다. 혹시 밧줄과 헝겊 없습니까?"

"네? 밧줄이요?"

"묶을 수 있는 거면 뭐든 좋습니다. 일단 이 사람을 단단히 묶어주십시오. 혀를 깨물지 못하도록 입안에 헝겊을 채워주시고요."

그 말에 나도 모르게 크리스를 바라본 모양이었다. 얼빠져 있던 그가 붉어진 얼굴로 눈을 부라렸다.

"왜, 왜 그렇게 보는데?"

"아뇨……. 잘 묶겠다 싶어서."

"아씨, 젠장. 다비안 이 자식 정신 차리기만 해봐."

투덜거리면서도 크리스는 성실하게 끈과 헝겊을 챙겨왔다. 지시한 대로 다비안의 몸을 묶고, 입을 벌리게 해 헝겊을 채워 넣었다. 이런 순간에도 다비안은 조금도 저항하지 않은 채 눈만 깜빡이고 있었다. 자신에게 무슨 일이 일어나고 있는 건지 전혀 의식하지 못하는 것 같았다. 완벽하게 포박한 형태가 되자 라미아스가 만족스럽게 고개를 끄덕였다.

이런 과정이 필요한 이유는 곧 드러났다. 묶인 다비안을 마법진 위에 눕힌 후에도 여러 장치와 약품 따위를 신중히 배치한 라미아스가 황금색 액체가 담긴 시약병을 꺼내더니 마법진 위에 부었다. 그러자 문양을 따라 붉은빛이 일기 시작했다. 빠르게 번져나간 빛이 순식간에 다비안의 몸을 감쌌을 때였다.

"커윽!"

그 얼굴에 새겨진 문양에서도 빛이 일기 시작한 순간, 다비안의 입에서 거친 신음이 터져 나왔다. 경직된 몸이 부들부들 떨고 있었다. 묶어두지 않았다면 몸부림을 쳤을 게 분명했다. 라미아스는 그의 상태를 확인해 가면서 액체를 더 붓거나 가루 같은 것들을 뿌리곤 했다. 그때마다 다비안은 더 꿈틀거렸다. 고통을 호소하는 얼굴엔 식은땀이 줄줄 흐르고 있었다. 보는 사람도 아프게 느껴질 만큼 괴로운 시간이었다. 안색이 창백해진 크리스는 가만히 앉아 있기가 힘든지 몇 번이나 주먹을 쥐었다 폈다 해가며 방 안을 서성거렸다.

다행히 한없이 이어질 것만 같던 이 기나긴 과정에도 끝은 있었다. 어느 순간 다비안의 관자놀이가 멍드는 것처럼 검어지더니 무언가가 느린 속도로 피부를 꿰뚫고 튀어나오기 시작했다. 새카만 석영 같은 긴 막대였다.

"이런 미친!"

빠르게 마른세수한 크리스가 욕설을 내뱉었다. 다비안은 정신이 완전히 나가 있는 것 같았다. 괜찮은 걸까 싶을 만큼 경련하던 그는 검은 막대가 완전히 뽑혀 나온 순간 바닥에 맥없이 쓰러졌다. 곧 쨍그랑 소리와 함께 검은 막대가 바닥에 떨어졌고, 그게 신호라도 된 것처럼 휘황찬란하게 빛나던 마법진이 서서히 식어갔다. 붉은빛이 완전히 사라진 문양은 본래의 색을 잃고 새카맣게 그을려 있었다.

다 끝난 건가? 쓰러진 다비안은 여전히 거친 숨을 몰아쉬는 채였다. 눈을 뜨고 있는 걸 보니 의식을 잃지는 않은 듯했다. 가까이 다가간 라미아스가 그의 입에 물려둔 헝겊을 빼냈다.

"정신이 듭니까?"

건네진 질문에 다비안이 눈꺼풀을 천천히 깜빡거렸다. 이름을 부르지 않는 한 어떤 소리에도 반응하지 않던 눈동자가 또렷하게 라미아스를 응시했다.

"누구……."

말했다!

나와 크리스는 거의 동시에 서로를 바라보았다. 저 상태가 된 이후로 다비안이 입을 연 건 처음이었다. 격정에 차오른 크리스가 주먹을 꽉 움켜쥐었다. 그동안 결박을 풀어낸 라미아스가 그의 몸을 일으켰다. 다비안은 부축을 사양하지 않으면서도 경계의 시선을 보내고 있었다.

"왜 내가……. 여긴……."

"안심하세요. 전 당신을 도우러 온 연금술사입니다. 지금 막 당신 머리에 새겨진 사술을 제거한 참입니다."

"사술……? 무슨 말인지……."

"차분하게 기억을 떠올려 보세요. 우선 몇 가지 질문을 드리지요. 당신 이름이 뭡니까?"

"……리온."

크리스를 바라보니 고개를 저었다. 아무래도 첩보원으로 생활해서 그런지 무의식적으로 가명을 댄 것 같았다. 라미아스는 아랑곳하지 않고 다음 질문을 이어나갔다.

"그렇군요, 리온. 나이는 몇입니까? 직업은요?"

"스물일곱…… 왕궁 사서. 당신 뭐야. 왜 이런 걸 묻지?"

"아아, 연금술사라니까요. 경계하지 마세요. 별다른 의미는 없으니까요. 그저 의식을 확인하기 위한 과정입니다."

"의식……."

"네, 여기 있는 이들을 알아보시겠습니까?"

그 말에 눈을 깜빡인 다비안이 눈동자를 굴려 이쪽을 확인했다. 그제야 이 장소에 다른 사람이 더 있다는 걸 인지한 듯했다. 나를 보고 멈칫한 그는 다음 순간 크리스를 발견하곤 눈을 크게 떴다.

"……크리스?"

"그래, 이 미친놈아. 나다. 알아보겠냐?"

"네가 왜……."

당황해서 묻던 다비안의 얼굴이 천천히 굳어졌다. 무언가 깨달은 것처럼 나직하게 신음하는 걸 보니 드디어 자신에게 벌어진 일들을 알아차린 모양이었다.

"내가 구조된 건가?"

"그래, 인마! 너 이 자식, 내가 진짜 너 때문에 아주……."

차마 다음 말을 잇지 못한 크리스가 그를 와락 끌어안았다. 잠시 움찔한 다비안이 천천히 손을 뻗어 마주 안았다.

"미안하다."

"젠장, 미안하다면 다야? 이 망할 자식. 그러게 진작 그만두랬잖아. 몸조심하라고 그렇게 당부했는데. 내 말은 곧 죽어도 안 듣더니, 이 나쁜 자식!"

연신 욕하는 목소리에 물기가 서렸다. 다비안이 흐릿하게 웃으며 그의 등을 다독였다. 훈훈한 광경이었지만 분위기는 그리 오래 가지 못했다. 라미아스가 가볍게 손뼉을 쳐서 시선을 끌어모았기 때문이었다.

"자자, 지인도 알아보시는 것 같군요. 현재 상황도 인지하시는 것 같고요. 아주 다행입니다. 그럼 마지막 질문을 하겠습니다."

"이 정도면 확인은 다 된 거 아닙니까?"

"아닙니다. 아직 가장 중요한 질문이 남아 있습니다."

의아해하는 크리스에게 단호히 답한 라미아스가 몸을 굽혀 다비안과 시선을 똑바로 맞췄다.

"리온, 석양의 피를 삼키는 방법을 기억하고 있습니까?"

이어진 질문에 크리스의 얼굴이 굳어졌다. 다비안 역시 가볍게 숨을 삼켰다. 동요를 비치던 눈동자가 이내 차분히 가라앉았다. 눈을 느릿하게 감았다가 다시 뜬 그의 얼굴에선 표정을 전혀 읽을 수 없었다.

"……기억합니다."

"사그라지는 붉은 세상에서 당신의 역할은 무엇입니까?"

"은밀하게 숨어드는 새벽의 흑표범."

잡음 없이 고요한 공간에 또렷한 음성이 울렸다. 다비안의 눈을 똑바로 응시하던 라미아스의 얼굴에 미소가 어렸다.

"좋습니다. 이 정도면 확실히 기억은 온전하네요."

그는 매우 만족스러워했지만 방 안의 분위기는 아주 엉망이었다. 특히 그를 노려보는 크리스의 눈길은 흉흉하다 못해 타들어가는 것 같았다. 주먹을 움켜쥔 그에게서 이 갈리는 소리가 울렸다.

"당신…… 그냥 평범한 연금술사가 아니었군."

"모르셨군요. 연금술사란 원래 평범하지 않습니다."

느긋한 대답에 크리스의 안광이 더 형형해졌다.

"목장과 화단 중에서 어느 쪽이지?"

"석양이 깔린 들판에 흐드러진 한 송이 꽃입니다."

"아이기스군."

어떤 기준인 건지 모르겠지만 아마도 비밀 기관들을 칭하는 은어인 모양이었다. 소속을 파악한 크리스와 다비안이 경계하는 태도를 보이자 라미아스가 생긋 웃었다.

"안심하세요. 우린 적이 아니니까요."

"그 말을 어떻게 믿어?"

"적이었다면 이렇게 얌전히 찾아오지도 않았겠지요?"

"……."

"예민하게 반응하시는 건 이해합니다, 라케인 크리스. 한때는 솔개라 불렸던가요. 움브라와 접선하려다 습격당했으니 지금은 모든 것들이 다 의심스럽겠지요."

"그것도 알고 있다고?"

"우리가 하는 일이 바로 그런 것들인 걸요. 대강의 상황은 파악하고 있습니다. 국장님께서 근심이 아주 크시답니다."

라고, 내가 알려줄 때까지 하나도 모르고 있었던 국장 장본인이 뻔뻔하게 대답했다. 그 말에 두통이 있는지 머리를 문지르고 있던 다비안이 멈칫하며 크리스를 응시했다.

"습격이라니?"

"아, 그게……."

"당신이 전해달라 한 것들을 전하려던 과정에서 벌어진 일이죠. 며칠간 감금까지 당하고, 아주 위험했답니다."

당황한 크리스가 대답을 망설이는 사이 라미아스가 얄밉게 끼어들었다. 다비안의 얼굴이 굳어진 건 당연한 수순이었다. 라미아스를 진득하게 노려본 크리스가 한숨을 내쉬었다.

"신경 쓰지 마. 보다시피 난 멀쩡해. 무사히 탈출했고, 며칠 창고에 갇혀 있던 거 외엔 별다른 일도 없었어. 하지만 물건은 잃어버렸어. 미안하다."

"……네가 사과할 일이 아니야. 무사해서 다행이다. 네가 그거 때문에 잘못되었다면……."

다비안의 표정이 흐려졌다.

"그래서 그 잃어버린 물건에 대한 것 말입니다만."

급격하게 가라앉은 분위기를 전환한 건 이번에도 라미아스였다. 다시금 손뼉을 친 그에게 두 남자의 시선이 향했다. 물론 절대 고운 시선은 아니었다. 라미아스는 여전히 신경 쓰지 않았지만.

"상황은 어디까지 기억합니까? 관련 문제로 국장님께서 당신을 만나고자 하십니다."

"임무에 관한 건 저희 대장님께 보고하겠습니다."

"아쉽게도 넥시아 님은 뵙기 어려울 겁니다."

"무슨 뜻입니까?"

"넥시아 님은 사흘 전 모종의 작전 중에 소식이 끊겼습니다. 요원 여섯 명이 파견된 특수 작전이었고, 전원 실종. 생존 가능성은 희박합니다."

입을 다문 다비안의 얼굴이 창백하게 질렸다. 크리스의 얼굴도 딱딱하게 굳어 있었다.

"오늘 제가 여기에 온 건 당신에게 이 소식을 전해드릴 목적도 있었습니다. 대장 넥시아가 사라진 움브라는 금일부터 부대장인 파벨이 지휘권을 이어받고, 아이기스와의 공동 작전은 봉쇄됩니다. 지금 복귀하는 건 별로 추천하지 않습니다. 지금 당신은 작전 중 이탈한 상태로 되어 있습니다. 복귀 즉시 체포될 겁니다."

"필요한 절차와 심문이라면 받겠습니다. 움브라에서 직접 하달한 지시 외에는 따르지 않습니다."

"굳이 직접 확인하시겠다면야."

라미아스는 아쉽다는 듯이 혀를 차면서도 순순히 물러섰다. 물론 언제든지 마음이 바뀌면 연락하라며 쪽지 하나를 건네주긴 했지만. 다비안이 그 쪽지를 펼쳐볼 일은 없을 거라는 것만은 알 것 같았다.

"그럼 전 이만 가보겠습니다. 사술은 제거됐지만 잔류한 게 남아 있을 수 있어서 잘 관리해줘야 합니다. 한동안 두통이 좀 있을 겁니다. 약을 두고 갈 테니 통증이 있을 때마다 섭취하세요."

가방을 꾸린 라미아스가 탁자 위에 약병 하나를 놓아두며 말했다. 그가 돌아간 후에도 무겁게 가라앉은 분위기는 풀릴 줄을 몰랐다. 두 사람이 해후를 나눌 시간도 필요할 테고, 다비안이 안정을 취해야 하는 상황이기도 해서 나 역시 적당히 눈치를 보다 자리를 빠져나왔다. 미안해하는 크리스에겐 다음에 보자는 말로 화답해주었다.

먼저 나간 라미아스가 혹시 날 기다리고 있진 않을까 싶었는데 그런 일은 일어나지 않았다. 부연 설명을 듣기는 틀린 모양이었다. 그런데 숙소에 돌아와 보니 뜻밖의 상황이 펼쳐져 있었다.

"도련님, 어서 와."

"……."

반갑게 맞이하는 이프리트의 맞은편에서 어디서 많이 본 푸른 머리칼의 남자가 느긋하게 차를 마시는 중이었다. 누가 봐도 라미아스였다. 눈이 마주치자 그가 가까이 오라는 듯이 손가락을 까딱거렸다. 다비안 앞에선 얄미울 정도로 생글생글 웃고만 있더니, 지금 그는 명백히 심기가 불편해 보였다.

"일이 너무 짜증 나게 돌아가."

자리에 앉자마자 투덜거리는 소리가 이어졌다.

"뭐가 어떻게 된 거예요?"

"말한 그대로야. 움브라 대장이 실종됐어. 판단 보류 상태였는데 오늘 아침에 최종 확정됐지. 그래서 공동 작전은 전면 중단이야. 원래 수장의 신변에 문제가 생기면 진행하던 작전들은 일단 봉쇄하거든. 완전 제대로 꼬인 거지."

그래서 열이 오른 김에 다비안을 직접 치료하러 행차한 거였나 보다. 연거푸 머리를 쓸어 올리는 라미아스는 짜증을 숨기지 못했다.

"그 녀석이 순순히 나오면 좀 좋아? 복잡한 절차 좀 줄여보려 했구만, 굳이 고생길을 자처할 건 뭐야? 꽉 막히게 생겼다 싶더니, 생김새만큼 피곤한 성격이긴!"

"아이기스 요원이 움브라 대장한테 순순히 정보를 제공하면 어떻게 하실 건데요?"

"당연히 죽여버려야지."

휘어진 푸른 눈동자가 사납게 빛났다. 짜게 식은 기분으로 바라보니 그가 뭐가 문제냐는 뻔뻔한 표정으로 고개를 치켜들었다. 굳이 이런 점까지 라피스를 닮을 필요는 없는데. 여기선 이미 이렇게 됐으니 어쩔 수 없지만, 돌아가서는 절대 엮이지 말아야지. 속으로 굳게 다짐했다.

"아, 그래도 네가 나서준 덕분에 몇 가지 진전은 있었어."

어제 기밀 내용을 알려준 일을 말하는 건가 보다. 정령왕 때만큼은 아니지만 인간이 된 후에도 기억력은 꽤 좋았다. 미리 상세히 읽어둔 덕에 제법 많은 내용을 적어준 참이었다. 워낙 두서없는 자료들이라 취합하긴 어렵겠거니 했는데 정보기관답게 벌써 쓸 만한 부분을 건진 모양이었다.

"일단 에펜 왕국이랑 마신의 교단이 결탁한 것 같아."

"결탁이요?"

"그 명단 말이야. 마침 마신관들의 신상명세를 기록한 자료가 있어서 대조해봤는데 맞더라고. 그런데 조금 조사해보니 일이 묘하게 돌아가지 뭐야? 에펜 왕궁에 거주하면서 제례를 지내는 왕실 신관들이 있거든? 그 숫자와 인상착의가 명단의 마신관들과 전부 일치해."

"그럼 실종이 아니라는 거네요?"

"그렇지. 같이 적어줬던 주술식도 내가 대충 해독해 봤는데, 마신관의 신성 주술을 토대로 만들어진 것 같아. 완성본도 아닌 데다가 암호화된 언어로 구성되어 있어서 정확히 해독하는 건 어렵지만. 문제는 그 언어가 지금은 사장된 에펜 왕국 소수민족의 고어라는 거지. 공교롭게도 현 왕비가 그 소수민족 출신이고."

이것만 봐도 둘이 얽힌 건 확실하다며 라미아스가 한숨을 내쉬었다. 랑시가 말해준 얘기론 사이가 나쁘다고 했던 것 같은데, 그 소문은 그저 가림막이었던 걸까. 마신전은 일전 크리스의 습격에 관여한 의혹도 있는 만큼 마음이 무거워졌다.

"그래도 아직 결탁이라고 볼 수는 없지 않을까요?"

"연관된 자료가 이만큼이나 나왔어. 무엇보다 마신전은 제도에 균열이 일어나는 것도 방관하는 중이고. 증거가 더 필요할까?"

"으음. 그건 다른 사정이 있을 수 있잖아요."

"다른 사정, 물론 충분히 그럴 수 있지. 근데 움브라 대장이 실종된 곳이 마신전이라면 얘기가 좀 다르지 않을까?"

"……뭐라고요?"

작전 중 실종이라더니, 그게 마신전과 관련된 일이었어? 어안이 벙벙해져서 입을 벌리자 라미아스가 짜증 난다는 얼굴로 머리를 쓸어 넘겼다.

"제도에 몇 번씩 균열이 일어나는데 우리가 그냥 구경만 하고 있었겠어? 이미 마신의 교단에 잠입한 요원만 스무 명은 넘어. 그 놈들 다 생사불명이고."

반사적으로 이프리트를 바라봤다. 시선을 느낀 그가 난처해하는 얼굴로 웃었다.

"음, 이걸 어디서부터 설명해야 할지 모르겠는데. 일단 난 아무것도 못 봤어. 이런 일이 있었다는 것도 지금 알았네. 알면서 말하지 않은 게 아니니까 오해하지는 말아줘."

"무슨 말이야?"

"실은 도련님이 부탁한 게 있어서 간간이 마신전 상황을 살펴보고 있었거든."

그 말에 라미아스의 표정이 심각해졌다. 마신전에 보내는 밀정마다 줄줄이 사라지는 상황인데 정작 이프리트는 아무것도 보지 못했다는 소리였으니까.

"결계를 친 건가? 강한 결계면 하위 정령이 통과하지 못하잖아."

"그럴까 봐 직접 가보기도 했어. 근데 딱히 이상한 느낌은 못 받았어."

"헐, 말도 안 돼. 그럼 뭔데? 설마 아무 일도 일어나지 않았다고? 우리 애들은 그렇다 쳐도 움브라는? 그게 가장 최근 작전이었는데 걔들이 마신전에 잠입도 하지 않았다는 소리야? 그럼 다들 어디서 사라졌다는 거야?"

"단정하기는 일러. 어쩌면 내가 감지하지 못한 결계가 있는 걸 수도 있으니까."

"그게 말이 돼? 아크아돈에서 정령왕이 알아보지 못하는 결계가 어딨어?"

"……있을 수도 있죠."

낮게 중얼거린 소리를 들었는지 둘의 시선이 나를 향했다. 그래. 정령왕도 감지하지 못하는 결계가 있을 수 있지. 나도 이런 걸 알고 싶어서 알게 된 건 아니었다.

일반적으로는 아무리 정교한 결계라도 정령왕의 시야를 완전히 속이진 못한다. 라피스의 결계에 갇혔을 때나, 유카르테 대공의 결계를 알아차리지 못한 건 순전히 내가 방심한 탓이 더 컸다. 하지만 던전에 갇혔던 일만은 예외다.

그 상황은 지금도 분명히 기억한다. 결계가 있었는데 밖에서는 물론이고 진입하는 순간에조차 아무것도 느끼지 못했다. 나중에 알아차린 것도 같은 자리를 계속 맴돌고 있다는 걸 파악했기에 정황상 유추한 거지, 결계 자체를 감지했던 건 아니었다. 그 자리에 있던 정령왕이 내가 아니었어도 같은 결과를 얻었을 거다.

정령이 지배하는 아크아돈에서 그런 결계를 칠 수 있는 존재는 그리 많지 않았다. 신계의 상위군이자 한때는 정령왕이었던 존재들이라 가능한 권능.

'카노스.'

무심결에 문장이 새겨진 손등을 매만졌다.

아무래도 그가 관여하는 모양이었다.

제3화

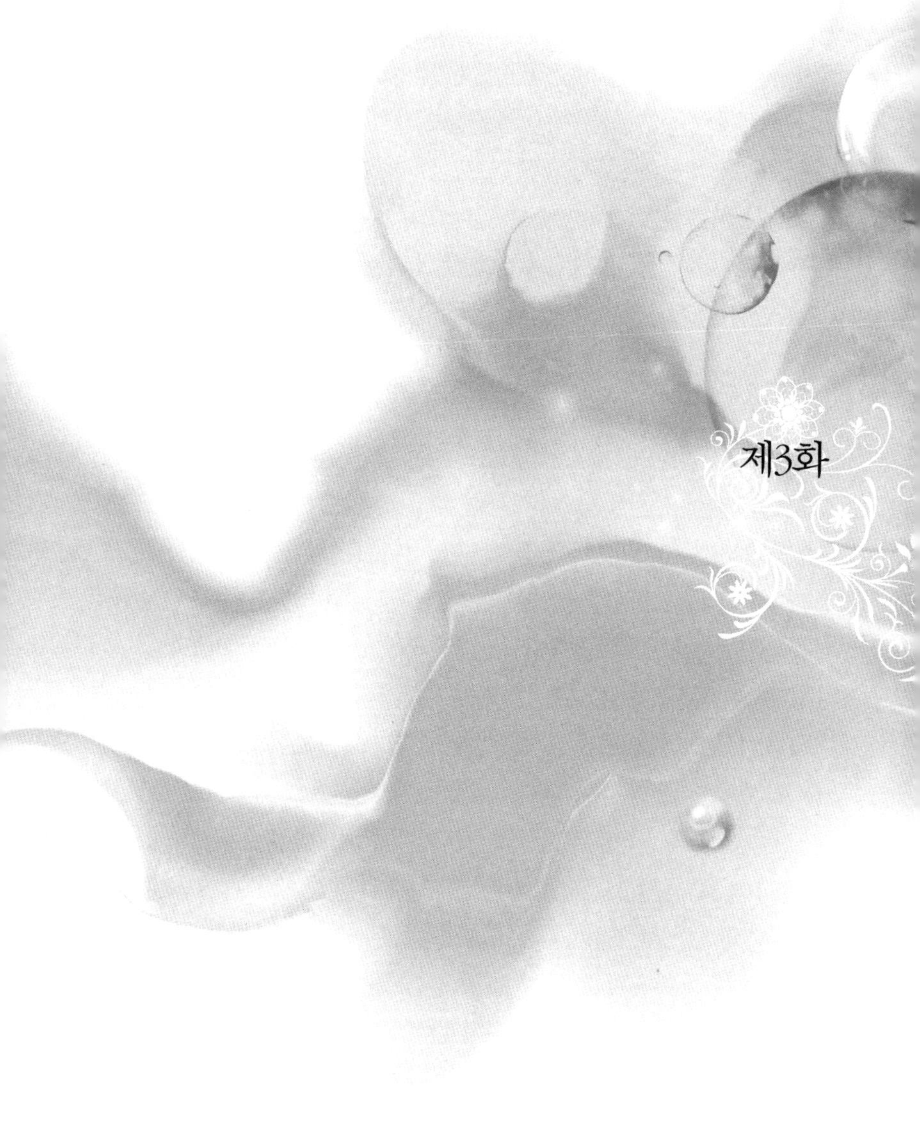

1.

어디선가 달콤한 냄새가 났다.

멍하니 서 있다는 걸 자각하곤 천천히 주위를 둘러보았다. 수채화 물감을 풀어둔 듯한 하늘과 솜사탕처럼 화사한 색을 머금은 호수. 특이한 형태의 과실들을 주렁주렁 매달고 있는 아름다운 나무들. 금과 은이 흐르는 땅은 발이 닿는 곳마다 흐드러진 보석 꽃들로 눈부셨다. 생명과 탐미로 가득한 축복의 정원, 에바스 에덴이었다.

내가 왜 여기에 있는 거지? 멍하니 생각하는데 저 멀리서 반가운 얼굴들이 보였다. 미네르바와 트로웰, 두 명의 이프리트와 미네, 그리고 엘뤼엔. 모두가 한자리에 모여 즐겁게 대화를 나누고 있었다.

꿈이구나. 혼란스럽던 마음이 천천히 가라앉았다. 일단 세대가 다른 두 이프리트와 미네르바가 한 자리에 같이 있는 것만으로 현실은 분명히 아니었다. 엘뤼엔의 머리칼이 금발이라는 점도 그랬다.

이건 혹시 보고 싶은 광경을 보여주는 꿈인 건가. 한동안 멀거니 모두의 모습을 바라보았다. 못 만난 지 그리 얼마 되지도 않았는데 다들 정말 오랜만에 보는 것 같았다. 아마 사이좋게 웃는 모습들이라 그런 건지도 모르겠다. 여기선 정말 보기 드문 모습이었으니까.

문득 그들이 무슨 대화를 하는 건지 궁금했다. 그런데 가까이 다가가 보려니 아무리 걸어도 거리가 좁혀지지 않았다. 아, 그렇군. 이런 구조인 거구나. 허탈한 기분이 들었지만 다가가려는 시도를 멈출 순 없었다.

"트로웰!"

혹시나 내 목소리가 닿지는 않을까 싶어 힘껏 소리쳐 불렀다. 그러나 역시나 아무도 돌아보지 않았다.

"이프리트! 미네르바!"

오히려 거리가 점점 더 멀어져 갔다. 꿈인 줄 알면서도 마음이 점점 조급해졌다.

"아버지!"

손을 뻗었지만 닿지 않았다. 닿지 않을 거라는 걸 알고 있었다.

닿기에는 터무니없이 멀었으니까. 역시 안 되는 거겠지. 소용없는 일에 매달린다는 기분이 들어 천천히 팔을 내렸다.

그 순간, 누군가가 내 손을 잡았다.

눈을 몇 번 깜빡였다. 바로 앞에 내 손을 잡고 있는 커다란 손이 보였다. 상처 하나 없이 깨끗한 피부, 길고 섬세한 손가락이 주는 감촉이 선명했다. 뭐가 어떻게 된 거지? 이게 현실인지 꿈인지도 잠시 분간이 되지 않았다. 손 너머를 채우고 있는 광경이 특히 현실감이 없다 보니 더 그랬다. 무표정한 얼굴이 바로 위에서 나를 물끄러미 내려다보고 있었다.

"아버지……?"

무심코 중얼거린 말에 응시하는 눈동자가 조금 더 깊어지는 듯했다. 곧 다른 손이 내 이마를 덮었다. 부드러운 촉감에서 청량한 기운이 스며들었다. 숨 쉬는 게 좀 더 편해지면서, 굳어 있던 몸에서 천천히 힘이 빠져나갔다.

"이제 괜찮을 테니 더 자라."

차분한 목소리가 귓가에 닿았다. 잠시 머릿속이 텅 비어서 아무런 생각도 할 수가 없었다. 멍하니 바라만 보는 나를 엘뤼엔 역시 가만히 바라보았다.

"뭐지?"

"……어, 아무것도 아니야."

"자라."

"으응."

멍하니 고개를 끄덕이니 손을 뗀 그가 몸을 일으켰다. 근처의 의자에 앉아 신문을 집어 드는 듯했다. 천천히 옆으로 돌아누워 이불을 뒤집어썼다. 머리끝까지 덮고 나니 멈춘 줄 알았던 심장이 빠르게 쿵쿵거렸다. 뭐지? 대체 뭐가 어떻게 된 거지? 아직 내가 꿈속에 있는 거 아니지? 진짜 엘뤼엔인 거 맞지? 이번에 갈 땐 다녀오겠다는 말을 안 했었다. 그래서 오래 기다리게 될 줄 알았는데.

'그런데 와줬어.'

부른 것도, 위험한 상황도 아니었는데 와줬다. 그를 향해 뻗었던 손을 잡아줬다. 비록 알고 잡았던 건 아니겠지만. 어쩐지 견딜 수 없는 기분이 들어 몸을 둥글게 굽히고 무릎을 꼭 끌어안았다. 잠은 이미 완전히 달아난 뒤였다. 오히려 갈수록 점점 더 머리가 맑아지는 것 같았다. 의식은 선명한데 그냥 눈만 감은 채로 누워 있으려니 자꾸만 몸이 들썩였다. 그러자 가볍게 한숨을 내쉬는 소리가 들렸다.

"안 졸리면 그냥 일어나."

"넵."

벌떡 몸을 일으키니 엘뤼엔이 어이없다는 표정을 짓다가 고개를 저었다. 조금 웃는 것 같았는데, 잘못 본 거겠지. 눈을 비비고 다시 바라본 얼굴은 여느 때처럼 무심하기만 했다. 웃음기라곤 조금도 느껴지지 않는 입술을 보니 역시 내가 착각한 모양이었다.

"저기…… 언제 왔어?"

"내가 온 게 불만인가?"

"아, 아냐. 그럴 리가. 좋아서 그러지."

마음에 드는 대답이었는지 엘뤼엔의 눈빛이 조금 누그러졌다.

"자면서 앓지나 마라."

툭 내뱉는 말에 얼른 고개를 끄덕이다 마른침을 삼켰다. 괜한 짐작인 걸까. 왠지 오늘 일만 지적한 게 아니라는 생각이 든다. 혹시 지난번에 누군가가 머리를 쓰다듬었다고 느낀 게 꿈결의 착각이 아니었나? 그때도 엘뤼엔이 찾아와줬던 걸까. 너무 나 좋을 대로 해석하는 것 같기도 한데 주책없이 가슴이 또 뛰었다. 지금이라면 화해할 수 있을지도 몰랐다.

"저기, 지난번 일은 미안해."

"언제까지 사과하려는 거지? 이제 그건 됐다."

"하지만……."

"그만 됐다고 했다. 애초에 네가 우려하는 만큼 화나지도 않았다."

이어진 말은 예상 밖이라 조금 당황스러웠다. 그에 비해 엘뤼엔의 목소리는 덤덤하기만 했다.

"자기가 저지른 실수에 본인이 더 겁먹는 걸 보고 있자니 화낼 마음도 별로 안 들더군."

"어, 음…… 그럼 왜 정령계로 돌아간 거야?"

"내가 네 곁을 지키고 있는 게 당연한 건 아닐 텐데?"

"아, 그건 그렇지만……."

반박의 여지가 없다 보니 말문이 막혔다. 멈칫한 엘뤼엔이 살짝 혀를 찼다.

"생각할 시간이 필요했다."

생각할 시간? 무슨 생각을 할 시간? ……설마 이만 계약을 파기해야겠다는 결론을 내리는 시간? 불길한 기분에 눈만 깜빡거렸다. 그동안 신문을 완전히 접어 내려둔 엘뤼엔이 나를 돌아보았다.

"돌이켜 보니 내가 너에 대해 아는 게 별로 없더군."

"……아?"

"너도 말할 생각이 없는 것 같고."

서로 눈이 마주쳤다. 미래의 그의 것보다 조금 짙은 물색의 눈동자에 맑은 빛이 감돌았다. 구름 한 점 없는 새파란 하늘, 그 아래 끝없이 펼쳐지는 청아한 바다를 보는 듯했다. 너무 투명해서 바닥까지 다 보이는 듯한 그런 바다. 일렁이는 푸른색이 천연석의 단면처럼 은은한 윤기를 머금었다.

"그게 조금 거슬린다는 생각."

……아버지, 못 본 사이에 좀 위험해지셨네요.

나도 모르게 넋을 놓았다는 걸 깨닫고 황급히 정신을 차렸다. 와, 나 방금 엘뤼엔한테 집착하는 사람들 기분을 좀 이해할 뻔했어. 어색하게 웃으니 그가 눈썹을 찌푸렸다. 아무래도 내가 상황을 회피하려 한다고 여긴 듯했다.

"왜 날 아버지라고 불렀지?"

이어진 질문은 한 번에 이해하지 못해서 대답이 늦었다. 한국의 그 사람과 겹쳐봤을 때의 일은 이제 됐다고 했으니, 그걸 말하는 건 아닌 것 같고. 아, 그러고 보니 아까 내가 그를 또 아버지라고 불렀던가. 조심하고 있었는데 잠결이라 방심했다. 눈빛이 변했던 게 불쾌해서 그랬던 건가 보다.

"미안해. 무심결에 버릇대로 불렀나 봐. 조심할게."

"조심한다……?"

"아니, 아니, 다시는 안 그럴게. 엘퀴네스라고 제대로 부를게."

왜 더 노려보지? 이게 아닌가?

원하는 답을 한 것 같은데 돌아온 반응이 좋지 않으니 이해할 수가 없었다. 아까보다 더 기분이 상한 것 같은 엘뤼엔을 보려니 식은땀이 흘렀다.

"좋은 아침, 도련님! 어? 뭐야, 엘퀴네스. 오늘은 제대로 있네?"

때마침 이프리트가 등장하면서 분위기가 전환됐다. 엘뤼엔이 노려보는 대상도 나에게서 그로 바뀌었다. 날카롭게 쏟아지는 시선에 활짝 웃고 있던 이프리트가 움찔해서 물러섰다.

"뭐, 왜, 뭐. 뭐가 또 불만이야?"

낮게 혀를 찬 엘뤼엔이 다시 신문을 펼쳐 들었다. 노골적인 무시에 이프리트의 얼굴이 일그러졌다.

"아오, 저놈의 성질머리는 왜 갈수록 더 고약해져?"

펄펄 뛰는 목소리를 들으며 나도 모르게 슬그머니 웃었다.

오랜만에 소란스러운 아침이었다.

라미아스의 경고가 무색하게도 다비안은 몸을 추리자마자 움브라에 곧장 복귀했다. 크리스가 만류해보기도 했지만 별로 소용은 없었다는 듯했다. 그리고 경고받은 그대로 체포됐다.

첩보원이 임무에서 이탈한 후 복귀한 경우 일단 구속되는 건 원래 자연스러운 절차였다. 얼마간 시달리긴 하겠으나 형식적인 과정들을 거치고 나면 풀려날 거라는 게 라미아스의 설명이었다. 하지만 상황은 예상보다 나쁘게 흘러갔다.

"그 녀석 이중 밀정으로 몰렸어. 사형 선고받았고, 내일 해 뜨자마자 참수될 거야."

그것도 가장 최악의 방향이었다.

귀를 의심하게 만드는 말에 몸이 굳었다. 막 집어 들었던 빵은 바닥으로 툭 떨어진 후였다. 라미아스는 분노를 먹는 거로 풀려는 것처럼 쿠키를 한꺼번에 와르르 입에 털어 넣고 와작와작 씹는 중이었다. 목이 타는 것 같아 앞에 놓여있던 물컵을 집어 들고 단숨에 마셨다.

"대체 뭐가 어떻게 되면 사형 선고를 받아요? 게다가 바로 내일 참수라뇨?"

"알 게 뭐냐. 증거야 만들어내면 그만이니 뒤탈을 없애려고 처분을 서두르는 거지. 젠장, 그러니까 적당히 요령 좀 피울 것이지. 이래서 고지식한 것들이랑은 일이 안 돼."

푸념이 길게 이어졌지만 한가롭게 동조하고 있을 상황이 아니었다. 크리스는 이 사실을 전혀 모르고 있을 거다. 비밀 기관에서 요원의 사형 집행을 공개적으로 진행할 리도 없으니 끝까지 알려지지 않을 게 분명했다. 라미아스 덕분에 집행 전에 상황을 알게 된 것만으로도 천운인 셈이었다.

"그 사람 지금 어딨어요?"

"그건 왜 물어?"

"구해야죠."

"뭘 그렇게까지 해? 너랑 딱히 친한 사이도 아니잖아? 오지랖 부리는 게 천성이야?"

"그러는 라미아스는 냉정하네요. 그 사람이 죽으면 곤란해지는 거 아니었어요?"

"그야 조금 귀찮아지기는 하지. 하지만 그걸 빼돌려서 보호하는 과정에서 일어날 수많은 문제보다는 덜 귀찮아. 그놈이 진짜 이중 밀정일 수도 있고."

"다비안이 무슨 일을 겪었는지 알잖아요."

감격의 상봉도 같이 지켜봤으면서 어떻게 그런 결론을 내리는지를 지적했지만 라미아스는 조금도 아랑곳하지 않았다. 오히려 시큰둥한 표정에 비웃음만 더해졌다.

"무슨 일 뭐? 세공 좀 당한 거? 그거 얼마든지 치료할 수 있다는 것도 알지 않나? 치밀한 놈이면 그거 하나 감수하지 못할 거 같아?"

"하지만……."

"막말로 그놈, 수상한 구석이 전혀 없는 것도 아냐. 그간 파견한 첩보원마다 족족 다 죽었다고 했지? 근데 왜 그놈은 죽이지 않고 그냥 살려놨을까? 이상하지 않아?"

솔직히 거기까진 생각해 보지 못했다. 할 말을 잃고 입을 다무니 라미아스가 가볍게 코웃음 쳤다.

"순진하게 생각하지 마. 이 바닥에 믿을 놈 하나 없다."

"……."

그가 괜히 이런 말을 하는 건 아니겠지. 정보국장으로 지내는 동안 별의별 상황을 다 겪었으니 할 수 있는 말일 거다. 하지만 내가 내린 결정 또한 변하지 않았다.

"그래도 구할래요. 어딨는지만 알려주세요."

"너도 남의 말 참 안 듣는 성격이구나?"

"그냥 감옥에 갇히기만 하는 거라면 저도 이렇게 나서진 않아요. 하지만 목숨은 하나잖아요. 죽은 후엔 후회해도 되돌릴 수 없으니까요."

물론 기본적으로 다비안을 신뢰하는 마음이 깔려 있기도 했다. 그날 기차에서 문서를 건네줬을 때의 상황을 생각해 보면 치밀한 계략과는 거리가 먼 사람이었다. 무엇보다 거짓으로만 채워진 사람을 트로웰이 도와줬을 리가 없었다.

나를 물끄러미 바라보는 라미아스는 얼굴을 잔뜩 찌푸린 채였다. 심기가 상한 건 이해하지만 왜 입맛을 다시며 아쉬워하는 표정을 짓는 건지는 알 수가 없었다.

"마음에 들게 굴지 마라. 그래 봤자 후계자로 삼지도 못하는 넌 그냥 엘퀴네스의 계약자일 뿐이야. 내 맞수라고!"

"……매번 이러는 거 좀 지치지 않나요?"

"지쳐? 끈기 없고 약해빠진 인간인 너나 그렇겠지! 난 백 년이고 천 년이고 이럴 수 있어! 엘퀴네스를 향한 내 마음은 언제나 불타는 활화산이라고!"

그래, 오죽하면 엘퀴네스가 소멸하는 순간을 경험하고 싶지 않다고 수면기에 접어들었겠나. 깊게 한숨을 내쉬려니 라미아스의 고개가 획 돌아갔다. 그의 시선이 향한 곳은 창가였다. 바로 그 앞 의자에 독서 중인(더불어 이 대화에는 조금도 관심 없는) 엘뤼엔이 앉아 있었다.

"알겠어, 엘퀴네스? 난 진심이야! 그러니까 내 레어에도 와줘! 내 레어에서도 책 읽어줘!"

물론 엘뤼엔은 가차 없었다.

"시끄러워."

"……조용히 할게."

불타는 진심은 그렇게 맥없이 진화되었다.

"엘퀴네스한테 화산으로 비유하면 참 기껍게 받아들이겠다. 바보 아냐?"

"……."

한심하게 바라보던 이프리트의 확인 사살이 이어졌다. 잠시간

많은 걸 내려놓은 얼굴로 하늘을 응시하던 라미아스가 지그시 나를 노려보았다. 워낙 익숙하다 보니 별로 신경 쓰이지 않는다는 게 문제였지만.

"좋아. 장소 알려줄 테니 그 녀석 구해와. 내가 직접 구할 생각이야 없지만 구해오면 뒤처리 정도는 해줄게. 대놓고 네 정체를 들키지만 마."

"정말요? 고맙습니다."

"대신 실익도 좀 얻자. 사람 하나 붙여줄 거니까 그놈이랑 같이 가."

"누구요?"

아이기스 쪽 사람을 붙여주려는 건가. 의아해져서 바라보니 그가 히죽 웃었다. 그 눈동자에 떠오른 장난기 때문인가. 노려봤을 때보다 더 불길한 기분이 들었다.

"적은 가까이 두라는 말 알아?"

2.

그렇게 말했을 때부터 알아차렸어야 했는데.

해가 저문 시각, 좁고 으슥한 골목길에 나타난 사람을 나는 떨떠름한 기분으로 바라보았다. 파란 불빛은 약속된 표시가 분명한데, 그걸 들고 있는 얼굴이 너무 낯익었다.

"엘? 엘, 맞죠?"

……이 망할 놈의 드래곤을 어쩌지.

상대방 역시 날 알아보는 걸 보니 착각이 아니었다. 치미는 한숨을 눌러 삼키며 억지로 입꼬리를 올렸다.

"여기서 만날 줄은 몰랐네요, 아인."

놀란 표정을 짓고 있던 아인 이드리스의 얼굴이 상기됐다.

"설마 제가 만날 사람이 엘이었다니. 전혀 생각지도 못했습니다. 아이기스 요원이었습니까?"

"아뇨, 그냥 잠깐 서로 협력하는 사이일 뿐이에요. 오히려 저야말로 놀랐어요. 아인도 아이기스 요원은 아니죠? 여긴 무슨 말을 듣고 온 거예요?"

"세피온 공작님이 제 도움이 필요하다고 하셨습니다. 알려준 장소에서 만나는 사람을 도와 테네브레 감옥에 갇혀 있는 한 인물을 구출하면 된다고요. 공작님께는 평소에 신세 진 것들이 많거든요. 아이기스 활동에도 관심이 많았구요."

아인 이드리스가 쑥스러워하며 대답했다. 후계자로 점찍었다더니 밑밥을 엄청 깔아두긴 한 모양이다. 이리저리 바쁘게 굴릴 거라던 게 이런 거였나. 한숨이 다시 나오려고 해서 억지로 삼켰다. 다들 내가 예지를 막아보려 한다고 알고 있으니 대놓고 엮이기 싫다고 할 수도 없고. 어찌 됐든 내가 만든 내 업보였다.

"나인 줄은 어떻게 알았어요?"

"네?"

"설마 바로 알아볼 줄 몰랐어요. 지금 마도구를 착용하고 있거든요."

감옥에 잠입해야 하다 보니 이프리트한테 다시 빌린 참이었다. 그런데 또 한 번에 알아보다니, 이번엔 솔직히 놀랄 수밖에 없었다.

"외형이 아니라 기운으로 알아본 겁니다."

아인 이드리스는 멋쩍어하는 얼굴로 답했다.

"그간 저도 이유를 몰랐는데 미네르바와 상담해보고 알았습니다. 사람마다 고유의 기세라고 해야 할지, 정확히 말하면 호흡하는 공기의 흐름이 각자 다르다고요. 그런 건 어떤 방법으로도 가려지지 않죠. 제가 무의식적으로 그걸 알아보는 거라고 하더군요."

"와, 바람의 정령사답네요."

얼추 짐작해봤던 게 정말이었을 줄이야. 사실 이건 바람의 정령사라도 아무나 다 할 수 있는 일은 아니다. 미네르바와 계약한 인간답게 굉장하긴 했다. 순수하게 감탄하니 눈을 조금 크게 뜬 그가 수줍게 웃었다. 귀에 박히도록 받아본 칭찬일 텐데 쑥스러워하는 모습이 나쁘게 보이진 않았다.

"……일단 갈까요."

"예!"

앞서 걷기 시작한 나를 따라 아인 이드리스가 얼른 걸음을 옮겼다. 가는 동안 구출 계획을 짰는데, 다행히 라미아스가 다비안의 정보를 대충 알려준 덕분에 내가 따로 설명해야 할 건 별로 없었다.

외성을 빠져나가 한참을 걸어가니 투박하게 쌓아 올린 삭막한 건물 하나가 보였다. 다비안이 갇혀 있는 테네브레 감옥이었다. 지옥이란 뜻을 지닌 테네브레 감옥은 사형수나 종신형을 받은 죄수만 수감되는 흉악범 전용 감옥이었다. 한번 들어가면 다시는 나오지 못하는 영원의 감옥으로도 유명했다. 그만큼 경비가 삼엄했지만 사람이 오가는 곳이다 보니 파고들 틈새가 전혀 없지는 않았다.

경비대의 교대시간이 있는 새벽이 오기만을 기다렸다가 시큐엘을 불러내 먹구름을 일으키게 했다. 하늘이 완전히 캄캄해지는 틈을 타 이번엔 아인 이드리스가 진을 불러냈다. 우리를 양쪽 어깨에 태운 진이 빠른 속도로 하늘로 떠올라 꼭대기에 있는 작은 문 앞에 내려주었다. 지붕을 오가기 위해 만들어둔 문 같았다. 벽에 바짝 붙어 안을 살피니 희미한 불빛이 비치는 복도가 보였다. 아직 순찰하는 기척은 느껴지지 않았다. 문제는 내부가 생각보다 너무 넓은 데다가, 두 개의 구역으로 나뉘어 있다는 점이었다.

"각자 구역을 나눠서 탐색할까요? 여기서 정령을 풀어서 훑어보죠. 제가 왼쪽을 맡을 테니 아인이 오른쪽을 맡아주세요."

"네, 알겠습니다."

고개를 끄덕인 아인 이드리스가 아직 돌려보내지 않은 진을 향해 손짓했다. 설마 그대로 진입하게 하려는 건 아니겠지 싶었는데 아무래도 그럴 생각인 것 같다. 당황해서 붙잡으니 동그랗게 떠진 눈이 나를 돌아보았다.

"왜 그러십니까?"

"혹시 정찰하는 거 처음이에요?"

아인 이드리스가 머쓱한 얼굴을 했다. 역시 처음이었구나. 하긴 정령왕의 계약자 정도 되면 보통 전투 전면에 서지 정찰을 맡을 일은 별로 없긴 할 거다. 전쟁이 있는 시기도 아니고 전투에 나서는 것도 몬스터 토벌이 대부분일 테니까. 좁고 한정된 공간에서 정령을 활용할 일은 거의 없었겠지.

"상급 정령은 덩치도 크고 존재감도 강해서 건물 내부를 정탐하기엔 별로 적합하지 않아요. 여기선 실프를 보내는 게 더 나을 것 같아요."

"하지만 실프는 탐색 범위가 너무 좁습니다. 시간이 오래 걸릴 텐데요."

"그만큼 많이 소환하면 되죠. 최대한 넓게 퍼트리면 괜찮을 거예요."

"아아, 그것도 좋은 방법이네요."

하지만 수긍한 것과는 달리 그는 여전히 머뭇거리는 기색이었다. 의아해져서 바라보니 바로 아무것도 아니라는 답이 돌아왔다. 그가 실프를 소환하려는 걸 보고 나 역시 정령을 소환했다.

"나이아스 소환."

열 마리의 나이아스가 공중에서 포포퐁 튀어나왔다. 요정처럼 작은 인어의 모습을 한 정령들이 눈을 반짝이며 내 주위를 감쌌다. 무슨 부탁을 할지 궁금하다는 듯 기대감을 잔뜩 보이는 얼굴들에 웃음이 나왔다.

"안에 들어가서 사람 하나 찾아줄래? 이십 대 남자고, 검은 머리칼에 보라색 눈동자야."

고개를 끄덕인 나이아스 무리가 안쪽을 향해 와르르 퍼져나갔다. 시선이 느껴져 돌아보니 아인 이드리스가 어딘지 멍한 얼굴을 하고 있었다. 눈이 마주치자 그가 어색하게 웃었다.

"엘은 정령을 굉장히 쉽게 소환하는군요."

무슨 말인가 했더니 그는 아직 정령 소환을 다 끝내지 못한 상태였다. 그의 주변을 감도는 바람을 타고 실프가 하나씩 모습을 드러내고 있었다. 내가 빠른 편이긴 하지만, 그 역시 다수를 한 번에 소환하는 것엔 별로 익숙하지 않은 듯했다. 곧 열 마리의 소환을 마친 아인 이드리스가 민망해하며 정찰을 지시했다.

그래도 바람의 정령이 더 빠르긴 해서, 더 늦게 시작했는데도 먼저 돌아온 건 실프들이었다. 밝은 얼굴로 맞이하는 아인 이드리스에게 부지런히 달려온 정령들이 이것저것 떠들었다. 겹치는 인상착의를 몇 명 발견한 모양인데, 우리가 찾는 사람인지는 확실하지 않은 모양이었다. 아무래도 일이 쉽게 풀리진 않으려나 보다. 아인 이드리스 역시 난처한 표정을 짓고 있었다.

"일단 파악한 사람들 위치만이라도 짚어달라고 해요. 수색 범위가 좁혀지기만 해도 한결 나을 테니까요."

그 순간 그가 놀란 얼굴로 나를 바라보았다.

"왜요?"

“……실프들이 하는 말을 이해한 겁니까?”

아, 그게 이상했던 거구나. 소환된 중하급 정령들은 음성으로 소통하지 못하기 때문에 각자 고유의 방식으로 의사를 전달한다. 계약자만이 이해할 수 있는 구조인데, 물의 정령사가 바람의 의사를 파악하니 당황한 모양이었다.

“그냥 대강 보는 수준이에요. 실프는 나이아스랑 전달 방식이 비슷하더라고요.”

물론 마음만 먹으면 그냥도 들을 수 있긴 하지만. 이건 밝혀봤자 나만 곤란해지는 부분이라 내색하지 않았다. 굳이 그러지 않아도 알아보는 건 사실이기도 하고. 실프와 나이아스는 서로 크기와 외모가 비슷해서 그런지 유독 친한 편인데, 그래선지 비슷하게 행동하는 경우가 많았다. 친구끼리 닮는다는 건 정령에게도 해당하는 말인 것 같았다.

아인 이드리스는 잠시간 아무 말도 하지 않았다. 어딘지 굳어진 듯한 얼굴에 의아해하는데 마침 나이아스 무리도 정찰을 마치고 돌아와서 자연스레 시선이 전환됐다.

“왔구나, 어땠어?”

나이아스들이 바쁘게 두 팔을 움직였다. 전달하는 내용은 실프들이 알려온 것과 그리 큰 차이가 없었다.

“검은 머리에 보라색 눈동자가 그렇게 흔한 조합이야? 왜 그렇게 많아?”

“아, 어두워서 색이 잘 구분이 안 가? 그럼 결국 그냥 가장 어두운 머리 색을 가진 남자 성별만 골라낸 거구나? 음, 할 수 없지. 머리 기장은 다들 어땠어? 긴 머리는 둘? 그 사람들은 어느 쪽에 있어?"

나이아스들이 부지런히 위치를 짚었다. 대략적인 약도를 가늠해 보니 역시나 꽤 헤매야 할 모양이었다. 한숨을 내쉬고 아인 이드리스에게 시선을 보냈다.

"거긴 후보가 몇이에요?"

"아…… 셋인 것 같습니다."

"이것도 따로 움직일까요?"

그 말에 잠시 고민하는 듯하던 아인 이드리스가 천천히 고개를 끄덕였다. 굳이 같이 다녀서 찾는 것보다는 이게 더 낫겠지. 가볍게 결론이 내려졌다.

"찾으면 정령을 보내주는 거로 해요. 혹시 문제가 생기면 탈출을 최우선으로 하고요."

"네, 알겠습니다."

"그럼 조심해요."

짧게 눈인사를 마친 아인 이드리스가 얼굴에 복면을 썼다. 직후 나와 그는 각자 맡은 길로 들어갔다. 은은한 불빛이 흐르는 복도는 고요하고 음침했다. 벽에는 굳게 닫힌 철문이 줄줄이 늘어져 있었다. 나이아스의 설명에 의하면 전부 독방이고, 작은 창문조차 존재하지 않는 밀폐된 공간이었다. 뚫려 있는 부분이라곤 간수가 안쪽을 살피기 위해 철문에 내어둔 가느다란 틈과 맨 아래 식사를 넣는 구멍뿐이었다. 아무리 감옥이라지만 이렇게 척박한 환경이라니. 사형이 내일이라 구출을 서두르게 된 게 오히려 다행이다 싶었다. 이런 곳에선 건강한 사람도 오래 버티지 못할 게 분명했다.

몇 차례 순찰 중인 경비대와 마주칠 뻔한 위기가 있었지만 다행히 걸리진 않은 채로 무사히 내부를 살폈다. 가장 유력한 사람 둘 외에도 혹시 머리 모양이 달라졌을 경우를 대비해 일단 짚어준 곳은 다 돌아본 것 같았다. 하지만 아무리 살펴봐도 다비안은 찾을 수 없었다.

'아인 쪽에 있는 건가.'

아직 그쪽에서도 별다른 신호는 오지 않았다. 설마 전혀 다른 장소에 있는 건 아니겠지. 내일 오전 집행이니 미리 옮겼을 가능성도 얼마든지 있긴 했다.

그 순간 갑자기 주위가 환해지더니 다급한 발걸음 소리가 울렸다. 급히 복도 옆으로 몸을 숨기자 곧 전등을 든 병사들이 우르르 스쳐 지나갔다. 멀리서 침입자가 있다는 고함이 들려왔다.

'뭐지? 들킨 건가?'

병사들이 달려가는 방향을 봐선 아무래도 아인이 발각된 모양이다. 벽에 바짝 몸을 밀착하고 어두운 쪽으로 몸을 좀 더 깊이 숨겼다. 일단 여길 빠져나가서 아인과 합류해야 할 듯했다. 문제가 생기면 탈출하기로 했는데 벌써 잡혔으면 어쩌지? 상황을 살피기 위해 고개를 조금 내밀어 볼 때였다. 누군가가 등 뒤에서 내 어깨를 툭 쳤다.

"……!"

깜짝 놀라 돌아서기 무섭게 다시 숨을 삼켰다. 눈앞에 달빛처럼 새하얀 사람이 서 있었다. 미네르바였다. 반사적으로 입부터 틀어막으니 미네르바가 손을 뻗어 가볍게 주위를 훑었다. 그러자 주위의 공기가 가볍게 진동하며 무언가에 감싸지는 듯한 감각이 들었다. 멍하니 바라보는 나를 향해 차분한 시선이 떨어졌다.

"들키지 않을 테니 편히 말해도 된다."

담담한 목소리가 이어졌지만 선뜻 입이 떨어지진 않았다. 놀란 심장이 좀처럼 진정되지 않았다.

"어떻게……."

왜 미네르바가 여기에 있지?

"엘."

못 보던 광경이 눈에 들어온 건 그다음이었다. 조금 전까지만 해도 아무것도 없던 공간에 아인 이드리스가 서 있었다. 어색하게 굳어져 있는 그는 의식이 없는 누군가를 부축하고 있는 채였다. 정신을 다잡고 급히 다가가니 그가 살피기 편하도록 상대를 눕혔다. 흐트러진 머리칼 사이로 낯익은 이목구비가 보였다. 고문이라도 당했는지 얼굴에 상처가 가득했지만 다비안이 분명했다.

"이 사람이 맞습니까?"

"맞아요. 어떻게 된 거예요?"

"맞다니 다행입니다. 찾아서 데리고 나오는 중에 그만 발각되고 말았습니다. 그래서 할 수 없이……."

미네르바를 불렀다는 소리구나.

당황스럽기는 여전했지만 대충 어떻게 돌아간 상황인지는 알겠다. 일단 가장 마음에 걸리는 건 그의 얼굴이었다. 들어갈 땐 복면을 쓰고 있었는데, 지금은 아무것도 쓰지 않은 채였다.

"정체를 들키진 않았어요?"

"아, 괜찮습니다. 그땐 복면을 쓰고 있었습니다. 미네르바도 모습을 드러내지 않았고요."

하긴 그랬다면 소란이 이 정도가 아니었겠지. 안도의 한숨이 저절로 흘러나왔다. 잡힐 뻔해서 그런지 찾던 사람을 무사히 데리고 나왔는데도 아인 이드리스는 그다지 얼굴이 밝지 않았다. 조금 분한 표정 같기도 했다.

어찌 됐든 결과가 좋으니 된 건가. 늘어져 있는 다비안을 바라보다 숨을 길게 내쉬었다. 이 순간만은 그가 미네르바의 계약자인 게 다행이다 싶었다. 은신의 정령왕이 나섰으니 이제 들키거나 잡힐 염려는 전혀 없는 셈이었다. 태연하게 병사들 눈앞을 걸어서 빠져나가도 아무도 그걸 알아보지 못할 테니까.

"죄수 하나가 사라졌다!"

"죄수가 탈출했다!"

이런 중에도 소음은 점점 더 커지고 있었다. 병사들이 비추는 전등 빛이 온 사방을 환히 밝혀나갔다. 때마침 분주히 달리던 병사 하나가 우리가 있는 쪽을 비췄다. 하지만 그들의 시선은 금방 다른 쪽으로 흩어졌다. 그 모습을 바라보다 쓰게 웃었다.

"이만 돌아가죠."

3.

구출한 다비안은 기다리고 있던 라미아스가 인계해갔다. 상황이 수습될 때까지 안전한 장소에 숨겨두고 보호할 예정이라고 했다. 그 뒤에는 바로 헤어졌기 때문에 아인 이드리스와 얽히는 것도 일단락되었다고 생각했다. 세상을 너무 쉽게 여긴 판단이었다.

며칠 후 길드 사무실에 헌터 협회와 황실에서 보낸 공문 하나가 도착했다. 최근 마수의 잦은 출몰 때문에 제도 방위 균열 대책본부가 개설되었으며, 헌터로 구성된 전담 특별부대를 편성한다는 내용이었다. 특별부대에 선별된 헌터는 소속 길드가 어디든 상관없이 무조건 의무적으로 참여해야 했는데, 그 명단에 나와 아인 이드리스가 포함되어 있었다. 누구의 작품인지는 너무도 뻔했다. 크리스가 건네준 공문 하단에 낯익은 이름이 아주 보란 듯이 박혀 있었으니까.

"본부장이 세피온 공작이에요?"

"어, 그렇다더라. 그가 직접 발의하고 편성한 거래."

하하, 이 망할 드래곤을 정말 어떻게 해야 하지?

이쯤 되면 날 골탕 먹이기 위해 태어난 존재가 아닌가 싶다. 혈압이 올라 절로 주먹이 꽉 쥐어졌다. 더도 말고 덜도 말고 딱 한 대만 때렸으면 좋겠다.

"이거 거부하면 어떻게 돼요?"

"감옥에 가거나 추방이지."

크리스가 뭘 당연한 걸 묻냐는 얼굴로 답했다. 제국의 모든 거주민은 세금을 내야 할 의무와 부역의 의무를 진다. 갑자기 편성된 군대에 차출돼도 거부할 권리가 없었다. 물론 그게 아니라도 전제정치에선 위에서 하라면 해야겠지만.

"길드 마스터만 제외하고 마키나급 이상 헌터는 거의 다 포함됐어. 요즘 워낙 균열이 잦긴 했잖냐. 치안대만으로는 한계가 있으니 전담반을 구성할 만도 하지."

"……진짜 좋은 핑계이긴 하네요."

"어? 뭐라고?"

"앞으로 피곤해지겠다고요."

크리스의 얼굴에 안쓰럽다는 표정이 떠올랐다. 말이 좋아 특별조지 상시 대기조나 다름없으니 한동안 여유로운 생활은 물 건너간 셈이었다. 다른 곳에 정신 팔 겨를이 없는 최적의 환경이긴 했다.

"내일 4시랑 첫 조각에 소집이니 늦지 않게 가."

"하아, 알겠어요. 아참, 다비안한테서 연락 온 건 있어요?"

"아니, 감감무소식이야. 원래 시시콜콜하게 연락하는 녀석은 아니긴 한데 아무런 기별도 없으니 걱정이네. 설마 무슨 일 생긴 건 아니겠지?"

"괜찮을 거예요. 이제 막 복귀했으니 아직 여러 가지로 바쁘겠죠."

걱정할까 봐 크리스에겐 일부러 다비안이 처한 상황을 알려주지 않았다. 그간 따로 연락받은 건 없었으니 별다른 일은 없을 터였다. "역시 그렇겠지?" 크리스도 걱정을 털어내며 웃었다.

다음날 찾아간 소집 장소는 한 군영 건물이었다. 원래 치안대가 쓰는 연무장 중 하나인데 특별부대를 운영하는 동안 임시로 쓰게 된 거라고 했다. 짙은 잿빛으로 이뤄진 우중충한 색감이 앞으로 이어질 내 앞날을 말해주는 것만 같아서 한숨이 절로 흘러나왔다.

"엘."

막 문턱을 건너려는데 뒤에서 부르는 음성이 들렸다. 이젠 새삼스럽지도 않은 아인 이드리스였다. 그는 함께 출발한 듯한 진혼 길드의 동료들을 대동한 채였다. 고작 한 명만 차출된 우리 길드와는 다르게 진혼은 대형 길드 아니랄까 봐 뽑힌 인원도 많았다.

"안녕하세요, 아인. 우리 자주 보네요."

웃으며 인사하니 긴장한 듯하던 그가 맑게 웃었다.

"역시 엘도 차출되었군요. 갑자기 이런 부대가 편성될 줄은 몰랐습니다."

"그러게 말이에요. 앞으로 잘 부탁드려요."

"저야말로 잘 부탁드립니다."

가볍게 악수를 마친 후에 나와 그는 잡담을 나누며 건물 안으로 들어섰다. 문 앞에서 신분 확인을 하고 통행증을 발급받고 나니 연무장으로 가라는 안내 말이 이어졌다. 그곳엔 먼저 도착한 사람들로 이미 어수선한 상태였다. 질서 없이 아무렇게나 흩어진 분위기였기에 대충 아무 곳에나 자리를 잡으면 될 것 같았다.

"참, 여기에 아인 이드리스도 온다며?"

안으로 들어서자 사람들의 대화 소리가 선명해졌다. 아인 이드리스의 걸음이 우뚝 멈췄다.

"그 정령왕의 계약자 말이야? 진짜 그 사람도 온대?"

"마키아 급 이상 헌터는 다 차출이잖아. 아무리 정령왕의 계약자라도 예외는 없겠지. 세피온 공작님은 그런 거 일절 안 봐주기로 유명한 분이니."

"하긴, 그렇지. 그런 유명 인사랑 같이 일한다니 뭔가 좀 신기하네."

"나 전에 멀리서 본 적 있는데 바람의 정령 소환하는 거 되게 멋있더라."

"이참에 친분 좀 다질 수 있으려나?"

여기까진 그럭저럭 무난한 대화였다. 자신이 거론되는 것이 민망한지 아인 이드리스는 얼굴이 조금 상기된 채였다. 그런데 화제가 돌연 생각지 못한 곳으로 옮겨졌다.

"그러고 보니 정령사라면 또 있잖아. 여명 길드의 정령사."

다시 걸음이 멈췄다. 그냥 스쳐 지나가는 말로 끝나면 좋을 텐데 이번에도 사람들의 관심이 바로 몰려들었다. 게다가 더 곤란한 방향이었다.

"아, 누군지 알아. 이번에 난리였던 그 물의 정령사 말이지? 아인 이드리스가 못 잡은 마물을 그 정령사는 한 방에 잡았다며? 그럼 아인 이드리스보다 더 강한 건가?"

"멍청아, 그럴 리가 있냐? 아인 이드리스는 정령왕의 계약자잖아. 그땐 그냥 방심한 거겠지."

"아니, 꼭 그렇게만 볼 순 없을걸? 나도 그때 상황 대충 알아봤거든. 아인 이드리스는 속수무책으로 버거워하기만 했는데 여명의 정령사는 진짜 가볍게 잡았다고 하더라고."

"그 정령사는 검술도 하잖아. 아인 이드리스는 어지간하면 미네르바를 부르지도 않던데, 그럼 현실적으로는 여명의 정령사 쪽이 더 강한 거 아닌가?"

"아니, 그래도 내 생각에는……."

가볍게 시작한 대화가 어느새 본격적인 토론으로 변해가고 있었다. 어차피 둘 다 정령사인데 왜 중요하지도 않은 걸 가지고 경쟁하는 건지 모를 일이었다. 나 혼자라면 모른 척하면 그만인데 하필 당사자랑 같이 듣고 있으려니 얼굴이 화끈거렸다. 아인 이드리스 역시 어색한 얼굴로 날 돌아보았다.

"음, 들어가죠."

"아하하, 네."

멋대로 떠드는 건 다른 사람들인데 왜 내가 고통을 받아야 하는가. 다행히 우리가 모습을 드러내고 나니 사람들이 하나둘씩 입을 다물었다. “진혼이다.” “아인 이드리스야.” 몇 마디 말과 함께 소음이 잦아들면서 주위가 빠르게 고요해졌다. 막상 본인 앞에서까지 떠들 염치는 없는 듯했다. 그들을 한번 스치듯 돌아본 아인 이드리스가 내게 부드러운 시선을 보냈다.

“엘, 아직 시간이 있는 것 같은데, 그동안 저희와 함께 계시겠습니까?”

“아뇨, 전 혼자가 더 편해서요.”

습관적으로 거절부터 하고 낭패감을 삼켰다. 라미아스가 이 망할 작전을 펼치는 건 진혼 길드와 아인 이드리스의 사이를 떨어트리기 위해서다. 진혼을 방해하기 위해서라도 적극적으로 그와 친분을 다져야 한다는 건 알았지만 마음이 따라주질 않았다.

“알겠습니다. 어쩔 수 없죠.”

아쉬운 얼굴을 하면서도 아인 이드리스는 순순히 물러섰다. 진혼과 우리 길드의 사이가 좋지 않다 보니 강권하지는 못하는 것 같았다. 그와 적당히 거리가 벌어지니 안도의 한숨이 절로 흘러나왔다. 사람들의 관심도 아인 이드리스 쪽에만 쏠려 있어서, 홀로 떨어진 나에게까지 시선을 두는 이는 그리 많지 않았다. 관심을 보여도 누군지 궁금해하는 정도라 아무도 알아보는 사람이 없자 곧 사그라졌다. 습관적으로 쓴 후드가 쓸데없이 이목이 모이는 걸 일차적으로 가려준 덕분도 있긴 했다.

“모두 정렬하시오.”

곧 제복을 입은 기사가 나타나 외치면서 분위기가 정리되기 시작했다. 엉거주춤 대형에 맞춰 서던 사람들이 무언가를 발견하곤 술렁거렸다. 안쪽에서 한 남자가 기사들을 대동한 채 걸어 나오고 있었다. 세피온 공작으로 분한 라미아스였다.

"헉, 세피온 공작이다."

"정말 세피온 공작이야."

제국을 호령하는 대귀족의 등장에 장내의 공기가 완전히 경직됐다. 누가 지시하지도 않았는데 다들 기합이 단단히 들어간 얼굴로 자세를 똑바로 하기 바빴다.

그 뒤로는 형식적인 시간이 이어졌다. 행렬이 완전히 정비되면서 본격적인 창단식이 시작됐다. 단상에 오른 세피온 공작은 이미 다 알고 있는 창단 취지를 밝히며 분위기를 달궜다. 그밖에 자질구레한 설명은 특별부대 대장을 맡은 이의 몫이었다.

"여러분은 앞으로 조를 나누어 3교대로 직무를 맡을 예정이다. 이 특별부대는 균열의 원인을 밝혀내어 제도가 안정될 때까지 유지된다. 여러분의 어깨에 시민의 안전이 달려 있다. 수많은 생명을 책임지고 있다는 각별한 사명감을 가지시길 바란다."

말이야 번듯하지, 그냥 고급 인력을 마음껏 부려먹겠다는 소리였다. 자부심으로 눈을 반짝이는 이들도 있었지만 대다수는 흐린 표정을 하고 있었다. 3교대면 길드 활동을 아예 단념하라는 소리인데 운영 기간이 정해져 있는 것도 아니니 암담할 만도 했다. 황실에서 급여를 준다 해도 몬스터를 사냥해서 얻는 이득에 비할 리가 없으니까.

"그럼 이제 편성된 조를 발표하겠다. 게시판에 붙일 테니 명단을 보고 본인 소속을 확인하도록."

지시를 받은 병사들이 거대한 벽보를 내걸었다. 제도의 모든 헌터를 대상으로 한 소집이었지만 마키나 이상의 등급을 지닌 헌터는 그리 많지 않았다. 다 합쳐도 백 명을 조금 넘기는 수준이다 보니 한 조당 인원은 삼사십 명 정도. 그 안에서도 다시 조를 나누어 순찰 구역을 분담하는 구조라 최종적으로는 대여섯 명씩 묶어져 있었다.

순서대로 앞으로 나가 내용물을 확인한 사람들의 반응은 다들 제각각이었다. 떠드는 소리를 들어보니 소속 길드와 상관없이 묶은 것 같았다. 아인 이드리스와 진혼 길드원이 전부 다른 조가 된 건 별로 놀랍지도 않았다. 곧 내 차례가 돌아왔지만 같은 이유로 확인하고 싶은 마음이 들지 않았다. 왠지 보지 않아도 결과를 뻔히 알 것 같았다. 용케도 날 발견한 라미아스가 의미심장하게 한쪽 눈을 찡긋하고 있어서 더욱 그랬다.

예상은 어김없이 맞아떨어졌다. 내키지 않은 마음으로 벽보를 확인한 끝에 첫 번째 조 명단 안에서 내 이름을 발견했다. 바로 근처에 박혀 있는 낯익은 이름과 함께.

아인 이드리스

엘

"……죽일까."

나도 모르게 중얼거린 소리를 들었는지 바로 옆에 있던 사람들이 흠칫하며 돌아보았다. 경계하며 조심스럽게 거리를 벌리는 이들을 향해 어색하게 웃어주었다. 세상 사는 게 참 쉽지가 않았다.

4.

콰직, 우람한 앞발이 벽돌이 깔린 바닥을 과자처럼 으깼다. 온 땅이 흔들리며 사방에 돌가루가 튀었다. 피하는 게 늦었는지 균형을 잃은 누군가가 엉덩방아를 찧었다. 그는 곧바로 일어나려 했지만 이미 마수의 붉은 시선에 갇힌 후였다. 목표를 고정한 마수가 입을 크게 벌리고 달려들었다.

"으아아……아?"

머리부터 보호한 채 비명을 지르던 남자가 어리둥절한 얼굴로 고개를 들었다가 나동그라져 있는 마수를 발견하곤 눈을 동그랗게 떴다. 나는 그 목에 박혀 있던 검을 다시 뽑아 들고 그를 향해 소리쳤다.

"물러나요!"

"헉! 네!"

상황 판단을 마친 남자가 뒤로 빠져나갔다. 검에 찔린 덕분에 잠시 주춤했던 마수가 다시 몸부림쳤다. 신호와 동시에 시큐엘이 재빠르게 마수의 몸을 타고 올랐다. 그 궤적을 따라 길게 늘어진 물줄기가 마수의 몸을 밧줄처럼 동여맸다.

"아인!"

대기하고 있던 아인이 두 팔을 벌렸다. 바닥에서부터 소용돌이치는 바람을 타고 그의 소매와 망토가 크게 펄럭거렸다.

"섬멸의 바람이여! 눈앞의 적을 징벌하라!"

이윽고 하늘에서부터 강림하듯 내려선 진이 들고 있던 바람의 창을 괴수를 향해 내리꽂았다. 쏴아아, 쏟아지는 바람이 온 사방을 단숨에 씻어내렸다.

키에엑!

부르르 몸을 떤 괴수가 애처롭게 울부짖었다. 곧 사그라질 단말마의 비명이었다. 정령을 돌려보낸 아인이 나를 돌아보며 웃었다.

"고생하셨습니다."

"아인도요."

나 역시 가볍게 웃었다.

한 드래곤의 사심으로 창설된 특별부대는 어처구니없게도 정말 필요한 존재가 됐다. 얼마 후부터 기다렸다는 것처럼 균열이 더 잦아졌기 때문이었다. 창단 이래 보름간 발생한 횟수만 벌써 열두 차례. 거의 매일 발생하다시피 하는 수준인데 심지어 출몰한 마수도 전부 상급뿐이었다. 본래라면 제도가 반파되었어도 이상하지 않을 재난일 텐데, 상시 대응하는 특별대의 활약 덕분에 피해 규모는 미미할 정도로 적었다.

덕분에 안 그래도 드높던 세피온 공작의 위명은 이제 거의 하늘을 찌르는 수준이었다. 위급한 순간이 하도 자주 오다 보니 (나를 비롯해) 헌터들은 강제로 부려진다는 불만을 감히 품지도 못했다. 너무나 짜 맞춘 듯한 흐름이라 혹시 그가 일부러 균열을 만들어내는 건 아닌지 의심스러울 지경이었다.

솔직히 마음에 걸리는 점이 한두 군데가 아니긴 했다. 그중에서도 가장 수상한 점은 그놈의 균열이 주로 우리 조의 직무 시간에 일어난다는 거였다. 지난 열두 번의 균열 중에서 여덟 번이 내가 근무 중일 때 발생했다. 구역이야 달랐지만 별로 의미는 없는 게, 일단 마수가 나타나면 지원을 나가기 때문에 결과적으로는 조 전체가 투입될 수밖에 없었다. 그때마다 합을 맞추다 보니 아인 이드리스와도 더는 거리를 두고 지낼 수가 없었다.

"엘, 이것 좀 봐주시겠습니까? 뭔가 불편한 것 같은데 어디가 잘못된 건지 모르겠습니다."

"음, 팔을 조금 더 내려봐요."

"이렇게요?"

"네, 그 정도. 거기에 무릎을 좀 더 굽히고요. 네, 그 자세예요."

덕분에 요즘은 어울리는 정도를 넘어 쉬는 시간마다 틈틈이 아인 이드리스의 검술 연습을 봐주는 지경까지 이르렀다. 이쯤 되니 그냥 자포자기의 심정이라고 해야 하나. 나 때문이든 아니든 어차피 영향은 이미 받았고, 블레스터도 만들어질 거다. 어차피 귀한 검을 받는다면 그만한 자격이라도 갖추도록 돕는 쪽이 더 낫지 않을까 싶었다. 현실도피라고 할 수도 있겠지만 이런 식으로 생각하니 마음은 훨씬 편했다. 그나마 아인 이드리스가 훈련에 성실하다는 점이 위안이었다.

'습득이 좀 느린 편이긴 하지만.'

그거야 늦게 시작한 데다가 평소에 몸을 단련한 적이 없던 사람이니 어쩔 수 없는 부분이었다. 애초에 뛰어난 신체조건을 타고난 내 경우와 비교하는 건 더더욱 무의미했다. 어차피 실제적인 지도는 개인 교사가 알아서 할 테니 내가 신경 쓸 일도 아니었다.

듣자니 고르고 골라 어렵게 모셨다는 그의 검술 선생은 근위대 3기사단장으로, 제국에서 가장 정교한 검술을 구사한다는 정평이 난 기사라고 했다. 아무나 제자로 받아들이지 않는 데다가 받아들여도 천문학적인 수업료가 들기로 유명한 사람인 모양이었다. 대신 그만큼 확실하게 기사로 키워낸다니 지지고 볶아서라도 아인 이드리스를 쓸 만하게 만들어줄 터였다.

"근데 미네르바한테 배우는 것도 괜찮지 않아요?"

"예? 미네르바요?"

같은 동작을 반복하느라 땀을 뻘뻘 흘리던 아인 이드리스가 당황하며 돌아보았다.

"미네르바는 검술을 모를 텐데요."

"본인에게 확인한 사실이에요?"

"아, 그건 아니지만…… 검을 쓰는 모습을 본 적이 한 번도 없습니다."

"그래도 가르쳐줄 수 있을걸요? 정령왕은 타고난 지식도 있고 살아온 삶도 길잖아요. 뭐든 배워둔 게 많을 거예요."

"음, 그것도 그렇네요. 거기까진 생각을 안 해봤습니다. 하지만 가능하다 해도 고려하진 않았을 것 같습니다."

"왜요?"

"부끄러운 모습을 보이고 싶지 않아서요……."

아인 이드리스가 멋쩍은 얼굴로 뺨을 긁었다. 가족이나 연인한테서 운전을 안 배우려 하는 것과 비슷한 심리인가. 하긴 몸이 힘들면 짜증이 나기 마련이니 그런 점들을 신경 쓸 수도 있긴 하겠다. 솔직히 미네르바도 절대 봐주는 타입은 아니라 일단 시작하면 무참히 굴릴 테니 십중팔구 다투게 될 게 뻔했다.

'헉, 혹시 그러다가 사이가 틀어지게 되는 거 아니야? 이러다 진짜 내가 부추기는 꼴이 되게 생겼네. 말조심해야지.'

그가 고민도 하지 않고 단호하게 거부해서 정말 다행이었다. 이번만큼은 아인 이드리스가 무척 마음에 들었다. 앞으로도 딱 지금처럼 내가 권하는 건 전부 거절해주면 좋을 것 같았다.

"그러고 보니 엘은 어느 분께 검술을 사사한 겁니까?"

"아, 저는 형한테 배웠어요."

"형님한테서요? 엘을 가르쳤다는 건, 형님의 검술 실력이 더 대단하다는 겁니까?"

"당연하죠. 지금까지 한 번도 못 이겨봤어요. 스치기만 해도 이긴 취급 해줄 정도면 말 다했죠."

"굉장하네요. 제가 보기엔 엘의 검술도 대단한데, 그런 엘이 스치기도 힘들다니. 형제가 재능이 다 출중하군요."

내가 먼저 형이라고 했으면서 형제라는 말에 기분이 좋아지는 건 무슨 모순인지 모르겠다. 얼굴 못 본 지 오래된 누군가가 떠올랐지만 억지로 고개를 흔들어 털어냈다.

'좋은 생각만 하자. 기분이 좋아지는 생각. 이를테면 오늘 먹을 점심 메뉴 같은 거.'

때마침 곧 점심시간이었다. 이 특별부대에서 유일하게 마음에 드는 곳이 있다면 바로 주방이다. 매 끼마다 식사만큼은 책임지고 제공해주는데, 매일 식단이 달라지는 데다가 전부 고급 식당 남부럽지 않게 맛있었다. 오늘은 뭐가 나올지 상상하는 것만으로 잡다한 생각이 저 멀리 달아났다. 그러나 평화로운 시간은 그리 오래가지 못했다.

"지원 요청입니다! 5구역에서 마수가 나왔습니다! 1급 대형 종입니다!"

조원 하나가 급하게 뛰어오더니 날벼락 같은 소리가 떨어졌다. 나도, 검술 연습을 이어가던 아인 이드리스도 얼굴이 바로 굳었다.

그게 바로 직전까지의 상황이었다.

"또 우리 근무 시간대에 발생했단 말이지……."

이렇게까지 재수가 옴 붙을 수 있는 건가. 그게 아니면 정말 누군가 의도하기라도 한 걸까. 깊은 한숨을 내쉬며 주위를 둘러보았다. 방금 막 마수를 처리한 현장은 수습하러 나온 병사들로 아직 부산한 상태였다. 전투의 흔적이 고스란히 남아 있는 갈라진 바닥, 사체에서 풍기는 비릿하고 역한 냄새가 코를 찔렀다. 조금 전까지 전투에 임했던 헌터들은 각자 아무 데나 자리를 잡고 휴식을 취하고 있었다. 가벼운 생채기 외에 부상자는 없어 보였다. 꽤 먼 거리라서 걱정했는데 다행히 늦지 않게 도착한 모양이었다.

"고생하셨습니다."

조금 떨어진 곳에서 직속 조원들이 인사를 해왔다. 항상 같이 움직이는 처지라 다른 이들보다는 가깝게 지내지만 그래도 아직 전체적으로는 데면데면한 관계였다. 가볍게 인사말을 돌려주고 나니 각자 알아서 휴식 장소를 찾아 흩어졌다. 한쪽에선 각 조의 조장들이 모여 회의를 하는 중이었다. 그들 사이에 있는 아인 이드리스의 모습이 보였다.

"저기, 아까는 감사했습니다."

그때 한 무리가 머뭇거리며 다가오더니 그중에서 한 사람이 내게 고개를 숙였다. 어리둥절해졌다가 곧 그가 누군지 알아보았다. 조금 전 마수의 앞에서 넘어졌다가 죽을 뻔했던 헌터였다.

"다친 곳은 없으세요?"

"예, 덕분에 멀쩡합니다."

"다행이네요."

본인도 정신없는 상황이었을 텐데 기억하고 인사까지 하러 와주니 고마웠다. 웃으며 화답하니 얼굴이 상기된 그가 칭찬을 남발하기 시작했다.

"상급 정령사인데 검술까지 능하시다니, 정말 대단하시네요. 그 마수의 가죽을 한 번에 꿰뚫으시는 거 보고 오금이 다 저렸습니다. 저는 몇 번을 내리쳐서야 날이 겨우 박혔거든요."

"칭찬 고마워요."

"아니, 그저 사실을 말씀드린 겁니다. 솔직히 제가 보기엔 아인 이드리스보다 엘 님이 더 대단하신 것 같습니다."

그러자 함께 온 사람들도 흥분해서 끼어들었다.

"앗, 사실 저도 그렇게 생각했어요. 검술이야 당연하고, 정령술도 주문이 짧을수록 더 뛰어난 거라고 들었거든요. 그런데 이드리스 님보다 엘 님이 훨씬 짧던데요? 둘 다 상급 정령이었는데."

"맞아, 이드리스 님은 정령에게 지시할 때마다 길게 외치시던데, 엘 님은 따로 지시하시는 말이 거의 없으시더라고요. 그런데도 서로 한 몸처럼 움직여서 정말 신기했어요."

아니, 뭘 또 그렇게까지. 동료를 구해준 고마움에 다들 어떻게든 띄워주려 혈안이 된 모양이었다. 거기에서 멈추면 좋았을 텐데, 이어진 말엔 얼굴이 찌푸려졌다.

"제가 보기엔 아인 이드리스는 좀 과대평가 된 경향이 있는 것 같아요. 듣기론 위급한 순간엔 그냥 정령왕을 불러서 해결한다더라고요."

"그게 왜요?"

"무슨 일에건 미네르바만 부르면 되는 거잖아요. 남한테만 의지하는데 그게 본인의 실력이라고 할 순 없죠."

"음? 원래 정령술은 소환한 정령에 의지하는 능력이에요. 아인이 왕의 계약자니까 미네르바의 힘이 곧 아인의 힘이죠. 가장 강한 힘으로 상황을 쉽게 해결하는 게 문제가 되나요? 칼이 있는데 굳이 나무 막대기로 고기를 썰진 않잖아요."

"앗, 그렇게 말하시니 그런 것 같긴 한데……."

당황한 사람들이 우물거리다 황급히 입을 다물었다. 기척에 돌아보자 아인 이드리스가 어정쩡한 자세로 서 있는 게 보였다. 난처한 얼굴을 보니 조금 전 대화를 다 들은 게 분명했다. 그가 조금 머뭇거리다 입을 열었다.

"균열은 완전히 사라졌다더군요. 이만 복귀하면 된다고 합니다."

"아, 네."

"그, 그럼 저희는 이만……."

어색하게 웃은 사람들이 후다닥 몸을 피했다. 아니, 그러니까 일을 벌이는 건 다른 사람들인데 왜 자꾸 고통은 내 몫이 되는 거냐고. 빠르게 멀어지는 뒷모습들을 바라보다 가볍게 한숨을 내쉬었다.

"조금 전 말은 신경 쓰지 마세요. 제가 도와준 것 때문에 고마워서 칭찬하려다 선을 좀 넘었던 것 같아요."

"아닙니다. 사실 틀린 말은 아니니까요. 저도 엘이 저보다 더 뛰어나다고 생각합니다."

아니, 이 녀석은 왜 또 이러지.

어이가 없어서 바라보니 아인 이드리스가 머쓱한 얼굴을 했다.

"이렇게 밝히긴 쑥스러웠습니다만. 사실 전 은사 계약에 더 가깝습니다."

"그래요?"

"원래 정령왕을 소환할 정도의 마나를 가진 건 아니었는데, 미네르바가 제게 특별한 술을 주셨습니다. 그걸 마시고 난 후에 계약이 가능해졌죠."

이건 몰랐던 이야기였다. 특별한 술이라면 설마 트로웰이 빚은 특제주인가? 인간의 능력치를 올리는 술은 그것 말고 달리 떠오르는 게 없었다. 미네르바가 멋대로 가져갈 수 있는 건 아니니 그럼 결국 트로웰도 이 계약을 도와줬단 말인데…… 와, 그래서 더 분노한 거구나. 자신의 도움을 받아 계약한 인간이 미네르바를 배신하다니, 그의 기분을 상상하는 것만으로도 머리가 다 아찔했다. 여태껏 죽이지 않고 참고 있는 게 용했다.

"음, 이해했어요. 그래서요?"

"아, 그러니까…… 정령왕과 계약한 게 온전한 제 능력이 아니라는 뜻입니다. 미네르바가 택해주지 않았다면 전 정령왕의 계약자라는 과분한 자리에 오를 수 없었을 겁니다."

"하지만 선택받았으니 됐잖아요."

"네, 물론 그렇긴 하죠. 하지만 제가 아닌 누구라도 그렇게 될 수 있었던 거니까요."

이건 또 무슨 황당한 소리인지 모르겠다. 침착하게 대응하고 싶었지만 이번에도 얼굴이 찌푸려지는 걸 참지 못했다. 굳은 시선으로 바라보니 아인 이드리스가 당황한 얼굴로 마주 보았다.

"아인 이드리스. 뭔가 착각하시는 것 같은데요."

"……예?"

"원래 모든 정령사는 정령 쪽에서 택하는 거예요. 인간이 택하는 게 아니라."

움찔한 그에게서 숨을 삼키는 소리가 울렸다. 경직된 눈동자엔 동요가 가득했다. 누가 봐도 놀란 반응이라 오히려 내 속이 더 터졌다. 이걸 대체 왜 설명해야 하는 건지 이해할 수가 없었다.

"소환 의식 자체가 정령의 눈에 들려는 과정이잖아요. 은사 계약은 그게 좀 더 표면적으로 드러나는 것뿐이죠. 정령왕의 선택은 아무나 받나요? 그리고 또 아무나 받는 거면 어때요? 자격이 안 되는데 선택받았다면 더 고마운 일이잖아요."

"아, 저는……."

시선을 떨군 아인 이드리스가 초조한 듯이 옷자락을 부여잡았다. 어둡게 가라앉은 얼굴이 파래졌다 붉어지기를 반복하고 있었다. 그 머릿속 생각이 조금도 짐작이 되지 않아 깊은 한숨이 절로 흘러나왔다. 설마 지금 이 순간이 또 영향을 주는 건 아니겠지. 하지만 나중에 후회할 땐 후회하더라도 이 말만은 해야 할 것 같았다.

"정령 계약에서 주권은 정령에게 있어요. 그걸 잊지 마세요."

*　　*　　*

솔직히 말하면 그 뒤에는 후회했다. 근무 시간은 아직 더 남아 있었고, 안쓰러울 정도로 기가 죽은 아인 이드리스는 좀처럼 회복하지 못했다. 그냥 적당히 좋게 말해줘도 될 것을 너무 강하게 쏘아붙인 것 같았다. 하필 그가 조장이었던 탓에 우울한 공기가 조 전체에까지 영향을 미쳤다. 애먼 조원들은 눈치만 보기 바빴고, 어딜 가나 가시방석에 앉은 기분이었다. 끝내 분위기가 회복되지 못한 채로 퇴근한 탓에 자괴감이 더 컸다.

"역시 사람은 충동적으로 살면 안 돼……."

저물어가는 하늘을 바라보며 허탈하게 중얼거리는데 어디선가 가벼운 웃음소리가 들렸다.

"기세 좋게 말하더니 벌써 후회하는 거야?"

"……!"

깜짝 놀라 눈을 크게 떴다. 급히 주위를 둘러보았지만 찾는 얼굴은 어디에서도 보이지 않았다. "이쪽이야." 그때 다시 목소리가 들려왔다. 고개를 드는 순간 보이는 광경에 무심코 숨을 삼켰다. 나무 위에 그리운 사람이 앉아 있었다.

"안녕."

눈이 마주치는 순간에 맞춰 그가 고개를 살짝 기울였다. 장난스러운 행동에 왠지 목이 메는 것 같았다. 조각상처럼 아름다운 소년의 외형. 다갈색 피부와 흑단처럼 새카만 머리카락. 심연을 들여다보는 듯한 황금안. 누가 봐도 틀림없는 그였다.

"……트로웰."

그가 나무에서 훌쩍 뛰어내렸다. 바로 앞에서 보면서도 왠지 실감이 나지 않아 그에게서 눈을 뗄 수가 없었다. 곧게 마주한 시선을 보고서야 정신을 차리고 간신히 웃었다.

"오, 오랜만이네."

"난 별로 오랜만 아닌데."

어색하게 건넨 인사에 삐딱한 대답부터 돌아왔다. 그렇게 가버려도 지켜보고 있긴 했구나. 이번엔 정말 화나서 갔기 때문에 관심도 완전히 끊었을 줄 알았다. 어쨌거나 그가 다시 모습을 드러냈다는 건 좋은 의미였다. 아니, 잠깐만. 근데 아까 벌써 후회하는 거냐고 물어보지 않았나? 그게 무슨 의미지? 뒤늦게 미친 생각에 들뜬 마음이 급격히 서늘해졌다.

"그, 혹시, 대화한 거 다 들었어?"

더듬더듬 물어보니 트로웰이 말없이 시선을 보냈다. 누가 봐도 들었다는 얼굴이라 발밑이 무너지는 듯했다. 하지만 더 큰 수난은 따로 있었다.

"들었지, 들었지. 정령 계약의 주권은 정령에게 있다! 와, 우리 도련님 맞는 말을 너무 잘해서 정말 멋지던걸?"

갑자기 이프리트가 유쾌하게 웃는 얼굴로 나타났다. 아니 이건 또 무슨 일이야. 입을 뻐끔거리고 있으려니 그 옆에서 스르륵 나타나는 또 다른 사람도 보였다. 이런 자리에 동조했다는 게 믿어지지도 않는 엘뤼엔이었다.

'미친! 다 지켜보고 있었어!'

이럴 줄 알았으면 말하기 전에 주변을 좀 더 살펴볼걸! 최근엔 따라다니면서 지켜보는 일은 거의 없어서 방심하고 있었다. 있는 대로 잘난 척했는데 그걸 보고 있었을 줄이야! 뭉크의 절규가 왜 그런 형태로 표현된 건지 너무나도 잘 알 것 같았다. 쥐구멍이 절실했다.

"아니, 나는, 그게…… 일부러 시비를 걸려고 했던 건 아니고…… 내 나름대로는 잘 지내보려 했거든? 근데 나도 모르게 좀 욱해버려서……."

"하하, 왜 그렇게 쩔쩔매. 정말 잘했다니까? 속 시원하고 너무 좋던데?"

횡설수설 변명하려니 이프리트가 웃으며 머리를 쓰다듬었다. 트로웰과 엘뤼엔은 무슨 생각을 하는지 알 수 없는 얼굴로 그냥 나를 가만히 바라보고 있기만 했다. 경계하는 것 같기도 하고 신기해하는 것 같기도 한데, 그게 어떤 감정에서 기인한 건지 알 수가 없어 불안했다.

"일단 들어가지."

엘뤼엔의 말이 이어졌고, 우리는 곧 숙소로 이동했다. 좁은 실내로 들어서니 바깥에 있을 때보다 더 긴장됐다. 갈증이 일어서 물이라도 마시려는데 때마침 식탁 위에 물컵이 놓여 있는 게 보였다. 아무 생각 없이 들고 마셨을 때였다.

"헉! 엘, 그거……!"

기겁한 이프리트의 목소리가 들리는 것과 동시에 알코올 냄새가 코를 훅 찔렀다. 물에서는 결코 날 수 없는 냄새였다. 헐, 이거 술이었어? 왜 술이 여기에 있지? 당황해서 눈을 깜빡이니 황당해하며 나를 바라보고 있는 모두의 얼굴이 보였다.

"어, 나……."

갑자기 눈앞이 흐릿해지더니 시야가 빠르게 전환됐다. 균형을 잃었다는 건 조금 늦게 자각했다.

"엘!"

누군가 내 몸을 강하게 붙드는 게 느껴졌다.

그 뒤로는 기억이 잘 나지 않았다.

*　　*　　*

최근 트로웰은 두 가지 꿈을 자주 꿨다. 같은 시점, 같은 장소인데 펼쳐진 상황은 각자 다른 꿈이었다.

앞선 꿈은 그가 지극히 잘 알고 있는 미래였다. 미네르바가 헌신한 연인에게 배신당하고 지독한 절망에 빠지는 광경. 텅 비어 버린 바람은 스스로 소멸을 향해 걸어가고 있었다. 아무리 붙잡으려 해도 허무하게 흩어져 결코 막을 수가 없었다. 그리고 다른 꿈은 정확히 그 반대였다. 그 꿈에서 미네르바는 아무 일 없이 여전히 행복했다. 그의 인간 연인은 타락하지도, 비틀리지도 않은 채로 끊임없이 미네르바를 은애하며 존경했다.

"봐, 트로웰. 걱정하지 않아도 된다고 했잖아."

미네르바가 그렇게 말하며 웃는 것이 그 꿈의 마지막 광경이었다. 미래는 정해져 있지 않고 여러 갈래로 얽혀 있다. 그가 혜안으로 볼 수 있는 건 그중에서 가장 선명한 갈래였다. 무리해서 깊이 들어가면 좀 더 많은 갈래를 볼 수도 있긴 했다. 하지만 미네르바와 관련된 일에서만큼은 다른 갈래를 보았던 적이 없었다.

꿈은 그저 꿈일 뿐. 무의식을 통한 것이라 혜안과 연결된 것인지조차 불분명했다. 하지만 이 꿈들이 시작된 시점은 명확히 알고 있었다. 엘을 만나고 난 이후부터였다. 그가 상황을 바꿔보겠냐는 자신의 제안에 응했을 때부터.

뻔히 안 될 걸 알면서도 지켜보는 건 그래서였다. 그 마지막 광경에서 보는 미네르바의 웃는 얼굴이 너무 좋았기 때문에. 엘을 곁에 두는 동안엔 그 꿈은 계속 이어질 거고, 희망을 품을 수 있었다. 그렇기에 엘은 포기하거나 약한 소리를 해선 안 됐다. 하지만 이번에 불쾌한 감정이 들었던 건 조금 다른 이유였다.

겁먹은 듯, 시선을 맞추지 못하는 모습이 이상하리만치 거슬렸다. 자신감을 잃은 그가 눈치를 보는 건 당연한 일이고, 그게 아니라도 인간은 원래 정령왕을 두려워하는 것이 맞을 텐데도.

그 이유를 되짚어 보기 위해 트로웰은 한동안 엘과 거리를 두고 있었다. 하지만 아인 이드리스에게 충고하는 그를 보고 나니 갑자기 모든 것들이 부질없게 느껴졌다. 조금쯤은 엘의 입을 통해 그가 지닌 생각을 들어보고 싶다는 기분이 들었다. 그게 전혀 엉뚱한 방식으로 방해받을 줄은 조금도 예상하지 못했던 일이었다.

"엘!"

긴장했는지 두리번거리던 엘이 갑자기 술을 삼키고 그대로 쓰러졌다. 순간적으로 얼굴에 당황이 스친 걸 보니 본인도 술인 줄 몰랐던 게 분명했다. 뒤로 넘어가는 걸 아슬아슬하게 받아낸 엘퀴네스가 그를 자리에 앉힌 다음 상태를 살폈다.

"으아, 미안. 내가 왜 주저앉았지?"

다행히 기절한 건 아닌지 의식은 있었다. 말하는 목소리도 멀쩡했다. 다만 어딘지 풀어진 듯한 표정이었고, 눈빛이 조금 멍했다.

"엘. 엘?"

"응."

"너 괜찮은 거야?"

"응응, 괜찮아."

"이게 몇 개야?"

"네 개!"

당당한 대답이 일말의 고민도 없이 이어졌다. 트로웰이 그 앞에 펼쳐 보인 손가락은 두 개였다. 이건 틀렸군, 그 자리에 있는 모든 정령왕들이 동시에 생각했다.

"누가 술을 가져다 놨어?"

어색하게 웃은 이프리트가 얌전히 손을 들어 자수했다. 쏟아지는 경멸의 시선에 그는 난처한 표정을 감추지 못했다.

"향이 좋아서 따라놨는데 도련님이 물로 착각했나 봐."

"무슨 술인데 애가 맥을 못 추고 한 모금에 뻗어?"

물의 자질을 지닌 이들은 자정 능력을 타고나는 편이라 독에도 강했한 게 보통이었다. 그리고 트로웰은 엘만큼 물의 자질을 타고난 인간을 보지 못했다. 지금까지 아무도 소환하지 못한 엘퀴네스와 처음으로 계약한 인간이었다. 그 정도면 어지간해선 취하지 않는 게 정상이었다.

"천년주야. 이번에 라미아스가 부탁한 게 있었는데, 그 대가로 받은 거야."

하지만 평범한 술이 아니라면 얘기가 달라지긴 했다. 트로웰은 가볍게 혀를 찼다. 블루 드래곤 일족의 비전으로 만들어지는 천년주는 심해 깊은 곳에 고이는 특별한 물로만 만들어진다. 천 년이 되어야만 한 병이 만들어지기 때문에 천년주라 불리며, 특유의 향과 풍미가 좋아 부르는 게 값인 술 중 하나였다. 다만 드래곤에 맞춰져 있다 보니 희석하지 않은 원액은 인간에겐 독이나 마찬가지였다. 당연하겠지만 이프리트가 마시려고 놔둔 술이 희석된 상태일 리가 없었다. 마신 이가 엘이 아닌 다른 인간이었다면 그 자리에서 죽었을지도 몰랐다.

"아니, 난 설마 이런 일이 벌어질 줄 몰랐지. 미안. 애가 있는 공간인데 내가 너무 방심했어."

다시금 경멸의 시선이 쏟아지는 걸 이프리트는 묵묵히 감수했다. 그동안 몸을 일으킨 엘은 주위를 연신 두리번거리고 있었다. 여기저기 기웃거리며 서랍을 열었다 뺐다 하는 모습이 무언가를 찾는 모양새였다.

"도련님, 뭘 찾아?"

"……없어."

"뭐가 없어?"

"마스크 팩."

"응? 마스……뭐?"

처음 듣는 용어에 정령왕들이 어리둥절한 표정을 지었다. 엘이 횡설수설 설명을 시작했다.

"그게 뭐냐면. 얼굴에 붙이는 건데. 눈이랑 입에 구멍이 뚫렸고. 얇은 천 같은 거로 된 축축한 가면인데. 그거 얼굴에 붙여야 하는데."

"그걸 왜 붙이는데?"

"왜냐면. 뺨에 불이 났거든. 얼른 꺼야 해."

정령왕들의 시선이 엘의 얼굴에 닿았다. 과연 술기운에 열이 올라서인지 두 뺨이 발그레했다. 이프리트는 웃음이 새어 나오려는 걸 꾹 참고 말했다.

"차가운 거로 식히려는 거구나? 굳이 따로 찾을 게 뭐 있어. 엘퀴네스한테 식혀달라고 하면 되잖아."

"아, 그렇구나!"

깨달음을 얻은 녹색 눈동자가 반짝거렸다. 그리곤 누가 말릴 겨를도 없이 엘퀴네스에게 다가서더니 그의 손을 덥석 붙잡고 자신의 두 뺨에 가져다 댔다.

"헤헤, 시원하다."

"……."

더는 참지 못한 이프리트가 푸하하 웃음을 터트렸다. 혀를 찬 엘퀴네스는 정신을 못 차리는 계약자를 해독하려 했다. 그걸 알아차린 이프리트가 급히 말렸다.

"아니, 엘퀴네스. 그냥 둬보자."

"뭐?"

"보기 드문 모습인데 귀엽잖아. 이참에 술버릇이나 알아보자고. 천년주가 신주나 특제주만큼 대단한 효능이 있는 건 아니라도 나름 약주라서 인간한텐 도움이 될 거야. 지금 치유하면 약효까지 전부 사라질 텐데 아깝지 않겠어?"

가차 없이 가늘어지던 눈동자가 마지막 말에 누그러졌다. 뻔히 돌아갈 상황을 짐작한 트로웰이 몸을 일으켰다.

"마음대로들 해. 난 남의 술버릇엔 관심이 없어서."

"가려고?"

"이런 상태에서 무슨 대화를 하겠어."

그러나 트로웰은 목적을 이룰 수 없었다. "안 돼!" 비명처럼 외친 엘이 몸을 던지다시피 그의 다리에 매달렸기 때문이었다. 이프리트는 자기도 모르게 휘파람을 불었다. 저렇게 당황한 표정을 한 트로웰을 보는 건 처음인 것 같았다.

"뭐하는 거야?"

"가지 마!"

"……."

"또 가서 안 돌아오려는 거지! 그거 싫어! 가면 안 돼, 트로웰. 가지 마, 응?"

"가지 말라는데?"

한숨을 내쉰 트로웰이 웃고 있는 이프리트를 노려보았다. 엘은 다른 팔을 뻗어 엘퀴네스의 다리도 끌어안았다.

"아버지도 가지 마!"

"……놔라."

"싫어!"

"안 갈 테니 놔."

"진짜지? 진짜 안 갈 거지?"

"그래."

"거짓말! 갈 거잖아! 안 놓을래!"

"……."

엘퀴네스의 얼굴이 살벌해졌다. 눈빛만으로 죽일 수 있다면 엘은 진작 죽은 목숨일 터였다. 그러면서도 걷어차지는 않고 가만히 있는 게 이프리트는 신기하다고 생각했다. 트로웰이나 엘퀴네스나

주정뱅이라고 봐주는 성격들이 아니었다. 오히려 더 가차 없다면 모를까. 세상 다시 없을 성격 파탄자들이 오늘따라 모르는 정령처럼 굴고 있었다. 결국 씩씩거리는 엘을 어르고 달래서 떼어낸 건 이프리트의 역할이었다.

"술 취하니까 아주 용감해지네, 도련님."

"응!"

"근데 도련님, 왜 엘퀴네스를 아버지라고 불러?"

"아버지니까!"

이프리트가 충격에 빠진 얼굴로 엘퀴네스를 돌아보았다. 미간을 찌푸린 엘퀴네스가 그런 그를 발로 걷어차 쓰러트렸다.

"아이고! 애 아버지가 남을 막 폭행한다! 동네 사람드을!"

"닥쳐."

살벌한 시선이 내리꽂혔다. 하지만 옷 끝을 건드는 감촉이 그 시선을 곧 흐트러트렸다.

"아버지."

엘이 멍한 표정으로 그의 옷자락을 툭툭 건드리고 있었다.

"그렇게 부르는 건 그만둔 거 아니었나?"

"안 그만뒀는데."

"하지만 너 그동안……."

"부르지 말라고 했잖아."

"뭐?"

"전에, 아버지라고 부르지 말랬잖아."

엘퀴네스는 어렵지 않게 무슨 말인지 알아차렸다. 그렇게 말했던 적이 분명히 있었다. 드물게 손과 발이 묶인 동안 엘이 위험에 처했던, 지금 다시 생각해도 불쾌하기 그지없던 상황이었다. 한눈에도 고초를 겪은 모습을 보는 것만으로도 신경이 곤두섰는데, 아들이라 생각하면 분노를 자제할 수 없을 것 같아 부르는 걸 그만두게 했다. 어떻게 그럴 수 있냐고 야유하는 이프리트를 다시금 걷어차 주곤 그는 낮게 혀를 찼다.

“네가 언제부터 그렇게 내 말을 잘 따랐는지 모르겠군.”

그의 인간 계약자는 맹랑하다 못해 겁을 상실한 성격이었다. 어떻게 된 심장을 가진 건지 정령왕을 조금도 두려워하지 않는 데다가 뜻을 멋대로 해석하는 취미도 있었다. 허락도 없이 고집하던 호칭이니 그만두라 해도 당연히 무시할 거라 생각했다. 오히려 곧이곧대로 듣고 순순히 따른 게 더 이해되지 않았다. 이유를 물어보려던 엘퀴네스는 다음 순간 멈칫했다. 엘의 두 눈에서 구슬 같은 눈물이 방울방울 흘러내리고 있었다.

“너…….”

“아버지가 부르지 말라고 하면, 난 그렇게 부를 수 없어.”

“…….”

“근데 아버지잖아. 왜 아버지라고 부르면 안 돼?”

눈물을 멈추지 못하는 얼굴에 서러움과 원망이 스몄다. 마치 줬던 걸 다시 빼앗아갔다는 듯한 표정이라 엘퀴네스는 잠시 당황했다. 살짝 한숨을 내쉰 후 그는 몸을 굽히고 엘과 시선을 맞췄다.

"너야말로. 왜 내게서 친부를 찾는 거지?"

이전에 했던 것과 연결되는 질문이었다. 엘은 감추고 있는 것들이 많았다. 누가 봐도 수상한 행보를 보면 과거의 일들이나 성장배경이 궁금하지 않은 건 아니었다. 단지 스스로 밝히지 않는 걸 캐묻는 것도 내키지 않았을 뿐.

하지만 지난 일 이후로 그는 한 가지를 의심하게 됐다. 아버지라 부르면서도 대리인처럼 여기지는 않던 엘이 처음으로 그자와 자신을 겹쳐보았던 날. 그때 엘이 아버지를 부르는 음성은 명백히 공포에 잠겨 있었다. 그 부분만 봐도 충분했다. 엘은 화목한 가정에서 성장하진 않았을 것이다. 그렇기에 거슬리는 부분이 있었다. 그렇게 부친을 두려워하면서 어째서 자신을 아버지라 불렀는지.

"친부?"

"죽은 친부가 나와 닮았다고 했었지."

"죽은 친부? 죽은 친부……."

"네 육친 말이다."

무슨 소린지 모르겠다는 듯 눈을 깜빡이던 엘이 그 말에 아, 하고 탄성을 터트렸다. 그리곤 곧 허탈하게 웃었다.

"그 사람이랑 하나도 안 닮았는데."

"닮지 않았다고?"

"안 닮았어. 진짜 하나도 안 닮았어. 요만큼도 닮은 구석이 없어. 외모도 성격도 전부."

엘퀴네스는 다시금 얼굴을 찌푸렸다. 용모가 닮았다는 주장이 허무맹랑한 거짓말이라는 건 이미 알고 있었다. 다만 성격이나 말투에서 비슷한 점을 느꼈을지도 모른다고 생각했다. 그런데 그조차 아니었다.

"그럼 왜 날 아버지라고 부른 거지?"

"아버지니까."

또다시 원점으로 돌아온 질문에 여전히 뜻 모를 대답이 이어졌다. 말장난으로 판단한 엘퀴네스의 눈빛에 차가운 그늘이 졌다. 왜 화를 내는지 이해할 수 없다는 얼굴로 눈을 멀뚱거리던 엘이 손가락으로 그를 가리켰다.

"아버지."

그다음으로 가리킨 건 트로웰이었다.

"형."

이어진 호칭에 트로웰이 묘한 표정을 지었다. 재밌다는 얼굴로 지켜보던 이프리트가 냉큼 끼어들었다.

"엘퀴네스는 아버지고 트로웰은 형이야? 그럼 난?"

"이프리트는…… 누나여야 하는데. 남성체네?"

"응, 남성체지."

"그럼…… 삼촌?"

"푸하하! 난 삼촌이야?"

아주 마음에 들어 한 이프리트가 박장대소했다. 뿌듯한 얼굴로 열심히 고개를 끄덕이는 모습을 보며 엘퀴네스는 나직하게 혀를 찼다. 처음부터 술 취한 사람과 진지하게 대화하려던 게 잘못이었다.

"가족놀이 할 나이는 지나지 않았나?"

우스워지는 상황이 불쾌한 탓에 내뱉는 말도 냉정해졌다. 다시 몸을 일으키려는데 엘이 곧바로 그의 팔을 붙잡았다. 화난 표정이 그를 올려다보았다.

"놀이 아니야. 진짜 내 가족이야."

"네게 아버지와 형제는 원하는 대로 갖다 붙이는 개념인가 보군."

"아니거든! 당신들밖에 없거든!"

"전에 말한 형제들은?"

"당연히 그것도 당신들을 말한 거지! 트로웰이랑 이프리트랑 미네르바!"

정곡을 찌르기 위해 건넨 말이 전혀 생각지 못한 답변으로 돌아오자 엘퀴네스는 멈칫했다. 트로웰과 이프리트 역시 당황한 얼굴로 눈을 깜빡거렸다.

"그게 무슨……."

"거짓말한 거 아냐! 앞으로 그렇게 될 거니까!"

정령왕들의 얼굴에 황당한 표정이 떠올랐다. 이걸 뻔뻔하다고 해야 할지 어이없다고 해야 할지 알 수가 없었다. 그런데도 화를 내지 못한 건 엘이 다시 울고 있었기 때문이었다.

"가족이면 안 돼? 왜 안 되는데?"

"엘, 너……."

"내가 인간이라서? 피를 나누지도 않았고 자격도 너무 부족해서? 나도 그런 건 잘 알아! 누구보다 잘 알아! 그치만 타고나지 않아도 된다는 걸 알려줬잖아! 기대하게 했잖아!"

"지금 무슨 말을……."

"진짜! 다들 너무해! 아무것도 모르면서……!"

분한 듯이 씩씩거리던 엘이 곧 앞으로 고꾸라졌다. 놀란 엘퀴네스가 다시 그를 받아냈다. 축 늘어진 몸에서 색색거리는 숨소리가 규칙적으로 흘러나왔다.

"기절했어?"

가만히 지켜보고 있던 트로웰이 그제야 입을 열 수 있게 된 것처럼 물었다. 힐끗 시선을 보낸 엘퀴네스가 가볍게 고개를 끄덕였다. 주위가 고요해지면서 그들 사이에 잠시간 묘한 공기가 감돌았다.

"쭉 형이라고 하긴 했지."

이프리트가 지나가는 듯한 말로 중얼거렸다. 무슨 뜻인지 모를 수가 없던 트로웰의 눈빛이 한층 깊어졌다. 그 역시 엘이 어디서든 자신을 형으로 호칭한다는 걸 알고 있었다. 다른 방식으로 둘러댈 수 있는 상황에서조차 마찬가지라는 것도.

그들을 잠시 응시한 뒤 엘퀴네스는 묵묵히 엘을 안아 들었다. 그대로 침대에 눕히는데 작게 웅얼거리는 소리가 귓가를 스쳤다.

"아버지, 나 너무 힘들어."

"……."

"내가 너무 욕심내서, 벌을 받는 걸까……."

동요를 담은 푸른 눈동자가 가만히 누워 있는 이를 내려다보았다. 이 작은 머리통 속에 무슨 생각이 가득 차 있는지 짐작할 수가 없었다. 가벼운 한숨을 삼킨 후 엘퀴네스는 이불을 끌어올려 웅크린 몸 위를 덮었다. 눈물이 맺힌 눈가를 훑어내리는 손길이 조심스러웠다.

"잘 자라."

제4화

1.

눈을 뜨자마자 떠올린 건 망했다는 생각뿐이었다. 술에 취해 뻗다니. 게다가 설마 주정을 부린 건가? 기억나는 건 거의 없는데 드문드문 떠오르는 광경마다 하나같이 죄다 섬뜩한 것들만 가득했다. 뭔가 엄청난 짓을 저질렀다는 것만은 알 것 같았다.

'몸이 무사한 걸 보니 일단 내 정체를 밝히지는 않은 것 같은데…….'

팔다리가 멀쩡히 붙어 있는 걸 확인하고 안도하다가 바로 두 손으로 얼굴을 감싸 쥐었다. 아니, 그것만 안 하면 되는 게 아니잖아. 이 멍청아! 대체 무슨 짓을 저지른 거야!

"깼으면 일어나라."

소리 없이 몸부림치는데 낮은 목소리가 들려왔다. 이 순간만큼은 가장 듣고 싶지 않았던 목소리였다. 자는 척을 할까? 잠결에 뒤척였던 것처럼 위장하면 괜찮지 않을까? 헛된 저항인 걸 알면서도 망상이 무럭무럭 솟아올랐다. 물론 망상은 역시 망상일 뿐이었다.

"일어나."

"넵."

벌떡 몸을 일으키니 그림처럼 서 있던 엘뤼엔이 힐끗 시선을 보냈다. 어색하게 웃자마자 바로 다시 고개를 돌리긴 했지만.

"숙취는?"

"어, 없는 것 같은데요."

"그렇겠지. 치유해뒀으니."

그럼 대체 왜 물어본 건가요.

황당한 마음에 멀거니 바라보니 그가 불쑥 내 앞에 쟁반 하나를 내려놓았다.

"그래도 마셔라."

"……?"

쟁반 위엔 여러 개의 잔이 놓여 있었다. 차갑게 한 레몬티랑 오렌지 주스, 채소즙, 또 하나는 꿀물인가? 이게 다 뭐지 싶어서 바라보자 간단한 설명이 돌아왔다.

"인간들은 술을 마신 후에 이런 걸 마시더군."

아니, 그렇다고 이렇게 종류별로 가져올 필요까지는 없지 않나.

어정쩡하게 살피고 있으려니 선호하는 걸 고르라는 말이 이어졌다. 어차피 진짜 숙취 해소용도 아니고, 뭐가 가장 좋은 건지도 알 수 없어서 그나마 가장 익숙하게 여겨지는 꿀물을 골랐다. 시선을 한 번 보낸 엘뤼엔이 나머지 음료를 다시 가져가 치웠다.

“내가 해도 되는데…….”

“됐다.”

그가 가볍게 손가락을 튕기자 잔 안에 들어 있던 내용물들이 솟구쳐 오르더니 증발하듯 사라졌다. 내가 엘퀴네스 출신이라 하는 말은 아니고, 솔직히 정령왕 중에선 물의 정령왕이 제일 멋있는 것 같다. 내심 뿌듯한 마음을 만끽하고 있는데 엘뤼엔이 눈길이 닿았다. 괜히 헤실거리는 걸 들킬까 봐 얼른 주위로 시선을 돌렸다.

“저기, 다른 사람들은?”

“내 알 바 아니지.”

음, 그것도 그렇습니다.

그에게 화려한 화술을 기대한 적은 없지만 오늘따라 대화가 더 뚝뚝 끊기는 것 같다. 다른 때라면 크게 신경 쓰진 않았을 텐데, 지은 죄가 있다 보니 식은땀만 흘렀다.

“어제 일은 어디까지 기억하지?”

본론은 예고도 없이 갑자기 치고 들어왔다. 꿀물을 삼키다 뱉을 뻔한 위기를 간신히 넘기고 다시 힘겹게 웃었다.

“뭔가, 술주정을 한 것 같긴 한데…….”

“같은 게 아니라 했다.”

"……네, 주정했다는 느낌만 있습니다."

"아무것도 기억하는 게 없다는 소리군."

담담한 말투가 타박하는 것처럼 들리는 건 단지 기분 탓만은 아닐 것이다. 술 취해 온갖 진상을 다 부려놓고 다음 날 혼자 속 편하게 아무것도 기억하지 못하면 당연히 황당할 수밖에. 솔직히 가장 황당한 건 나다. 마시기 전에 술이라는 걸 알아차렸어야 했는데, 왜 확인도 하지 않고 무작정 마시기부터 했는지 모르겠다. 이미 돌이킬 수 없다는 걸 알면서도 후회가 가슴을 찔렀다.

"어쨌든 지금은 정신이 멀쩡하니 제대로 된 대화를 할 수 있겠지."

"어, 그, 그렇지."

"몇 가지 물어볼 게 있는데. 네가 과거를 밝히길 꺼린다는 걸 알지만 이번엔 솔직하게 대답했으면 한다."

"……뭔데?"

"육친 중에 살아 있는 이가 있나?"

……떠올려라, 어젯밤의 나. 대체 무슨 말을 했던 거냐.

아무래도 사고를 치긴 단단히 친 것 같다. 입술을 깨문 채 조금 주저하다 천천히 고개를 가로저었다. 창밖을 바라보고 있던 엘뤼엔이 내 쪽으로 몸을 틀었다.

"단 하나도?"

"없어. 하나도."

"네가 나를 비롯한 정령왕들을 가족으로 여기는 건 그래서인가? 육친이 없기 때문에?"

"……그 반대인 것 같아."

시선을 맞춘 눈동자가 별다른 감정을 담지 않고 가만히 응시해 왔다. 재촉하지 않고 내가 입을 열기를 기다려주는 모습에 긴장이 조금 풀렸다.

"이걸 어떻게 설명해야 할지 모르겠는데. 사실대로 말하면, 난 인간들 사이에선 가정의 정이라는 게 뭔지 모르고 자랐거든."

"……."

"아버지 같다거나, 형 같다거나. 이런 기분들을 알게 해준 건 당신들이 처음이야. 그러니 선후 관계를 따지자면 당신들 쪽이 먼저야."

이것만은 둘러댈 필요가 없는 사실이라 망설일 게 없었다. 잠시 말이 없던 엘뤼엔이 다시 내게 시선을 보냈다.

"넌 처음부터 날 아버지라 불렀을 텐데. 그렇게 여겨질 만한 만남은 아니지 않았나?"

"음, 그런가. 근데 그것도 어쩔 수 없었어. 부름에 답해줬잖아."

"……무슨 의미지?"

"소환 주문을 외울 때, 아버지를 그리면서 불렀거든. 내가 생각하는 가장 이상향의 아버지."

엘뤼엔을 생각하며 불렀으니까 이 역시 틀린 말은 아니다. 멈칫한 그가 어이없다는 시선을 보내오는 걸 담담히 받아들였다.

"그리고 역시 생각한 그대로였고. 그러니 나도 모르게 그렇게 부를 수밖에. 이건 내 탓만은 아니야."

"기가 막히는군."

멋쩍게 웃으니 엘뤼엔은 한동안 아무 말도 하지 않았다. 뜻 모를 표정으로 나를 가만히 응시하던 그가 짧은 한숨을 내쉴 때까진 꽤 긴 시간이 걸렸다. 그동안 태연한 낯으로 버티려니 정신이 하나도 없었다.

"네가 가족이라 여기는 기준이 매우 낮다는 건 알겠다."

"그렇지는 않은데……."

"아니, 낮아."

냉정하게 말한 뒤 엘뤼엔이 몸을 틀었다. 탁자 쪽으로 가서 신문을 집어 드는 걸 보니 대화를 이만 마무리 지으려는 듯했다. 여전히 무심한 얼굴이라 어떤 쪽으로 결론을 내린 건지 알 수가 없었다.

"저기, 엘퀴네스. 난……."

"왜 또 엘퀴네스지?"

"으응?"

"어젠 아버지라고 잘도 부르지 않았나?"

"하하, 그, 그랬……나?"

"아버지라 부르는 걸 그만두지 않았다고도 했었지."

미치겠네, 진짜. 그런 적이 없다고 우기기엔 몇 안 되는 스치는 기억 속에 그런 장면이 분명히 있었다. 아주 당당하게 원망하며 투덜거리기까지 했었지. 그때 대꾸했던 몇 마디 말을 떠올리는 것만으로 심장이 발끝까지 떨어지는 것 같았다.

내가 왜 그랬지. 정말 대체 왜 그런 거지? 이불을 뒤집어쓰고 몸부림이라도 치고 싶은데 엘뤼엔 앞이라 차마 그럴 수도 없었다. 이래서 술은 마시면 안 된다고 하는 거구나. 그냥 얌전히 잠이나 잘 것이지, 뭐가 좋다고 나불나불 다 떠들어댄 건지 모르겠다. 얼굴이 불타오르다 못해 소멸할 것 같았다.

"미안해. 내가 정말 다시는……!"

"사과는 됐다. 어차피 진심이 아니라면 그게 무슨 의미지?"

어떻게든 수습해보려는 시도는 시작도 하기 전에 막혔다. 차마 반박할 말이 없어서 얌전히 입을 다물었을 때였다.

"그냥 하던 대로 해라."

"……?"

"네가 원하면 아버지라 불러도 된다."

잠시 머릿속이 멍해졌다. 내가 무슨 말을 들은 건지 알 수가 없어서 멀거니 눈만 깜빡였다. 엘뤼엔의 시선은 그가 들고 있는 신문에 닿아 있었다. 어쩌면 정말 환청이었을지도 몰랐다. 괜한 오해가 생기기 전에 확인해야 했다.

"……정말로?"

"그래."

"정말…… 아버지라고 불러도 된다고?"

"그래."

이상한 일이다. 엘뤼엔이 계속 고개를 끄덕이고 있었다. 연달아 허락하는 저 사람이 정말 내가 아는 그가 맞는지 의심스러웠다. 그럴 리가 없겠지만, 신문을 읽는 것에 집중하느라 질문 내용을 제대로 이해하지 못하는 건가 싶었다.

"내가 아들이어도, 괜찮아?"

신문에 고정되어 있던 얼굴이 마침내 들렸다. 푸른 눈동자가 고요한 빛을 담고 나를 응시했다.

"그래."

멈췄던 숨을 간신히 삼켰다. 이번엔 헷갈릴 수가 없었다. 정말이었다. 정말 아버지라고 불러도 된다고, 아들이어도 괜찮다고 한 거였다.

"……왜?"

"글쎄, 너와 같은 이유일까."

"나와 같은……?"

"내게 아들이 있다면, 너 같은 아이가 좋을 것 같다는 생각이 들었다."

다시금 머리가 멍해졌다. 호칭을 허락한 것보다 지금 이 말이 더 꿈인 것 같았다. 엘뤼엔의 얼굴에 옅은 미소가 어렸다. 스치듯 지나가는 미소였지만 이번에도 잘못 보거나 착각한 게 아니었다.

"하지만 이건 말해두지. 내가 허락한 이상, 네가 제멋대로 부르던 때와는 여러모로 의미가 다르다. 인간인 네가 내 아들로 산다는 게 쉬운 길은 아닐 거다."

이어진 말엔 허탈하게 웃었다. 엘뤼엔은 냉정한 현실을 일깨우려 한 건지도 모르겠지만, 내게 있어 그건 애초에 할 필요가 없는 경고였다.

"그런 건 처음부터 알았어."

*　　　*　　　*

내가 마신 술은 이프리트가 가져다 놓은 거였다. 블루 드래곤이 만드는 비전 술인 모양인데, 약주라서 일부러 바로 해독하지 않고 놔둔 거라고 했다. 내 비극적인 술주정의 시간에는 이런 배경이 있었다. 이후로도 여러 설명이 이어졌지만 귀에는 하나도 들어오지 않았다. 머릿속을 가득 채운 건 그저 조금 전의 일들뿐이었다.

엘뤼엔을 아버지라 부를 수 있게 됐다. 그가 다시 날 아들로 선택했다. 나중에 다시 마음이 바뀐다 해도 어쨌든 지금은 이게 현실이었다. 정작 엘뤼엔은 아무렇지 않게 평온하기만 한데 나만 계속 허공에 붕 떠 있는 것 같았다. 고작 하룻밤 만에 어제와 똑같은 공간이 완전히 달라 보였다. 이럴 줄 알았으면 진작 술을 마셔 볼 걸 그랬나 싶다.

"아버지 호칭 허락받은 거야? 축하해."

그런데 여운을 만끽할 겨를도 없이 발랄한 목소리가 끼어들었다. 언제부터 지켜보고 있었던 건지 열린 문 앞에 이프리트가 서 있었다. 생글생글 웃는 얼굴이 부담스러워서 슬쩍 피하니 그가 성큼 앞으로 다가왔다.

“나도 삼촌이라고 불러도 돼.”

“어, 아니…… 그건 됐어.”

“아니, 왜? 네가 먼저 나한테 삼촌이라고 했는데?”

“으으, 창피하니까 놀리지 마.”

“놀리는 게 아니라 진심으로 하는 말이야. 정말 그렇게 불러도 된다니까?”

정말인가 싶어서 빤히 바라보니 정직한 시선이 마주 응했다. 부드럽게 웃고 있는 얼굴을 보니 정말 놀리려는 것 같지는 않았다. 슬그머니 용기가 솟았다.

“그럼 삼…….”

“거기까지.”

하지만 엘뤼엔의 목소리가 가로막는 게 더 빨랐다. 당황해서 입을 다무니 이프리트가 뾰로통한 얼굴로 그를 노려보았다.

“왜 못 하게 하고 그래?”

“잴 내 아들로 삼을 생각은 있어도 너 따위와 형제가 될 생각은 조금도 없다.”

“헉, 그건 나도 그래. 맞아, 삼촌이란 뜻엔 그런 것도 포함이지? 어휴, 하마터면 큰일 날 뻔했네.”

부산스럽게 자신의 실수를 인정한 이프리트가 양손으로 내 어깨를 토닥였다.

“미안해, 도련님. 우린 그냥 친구로 지내자. 하지만 내 의향은 여전하니까 너무 서운해하지는 마. 잴 버리고 오면 얼마든지 조카로 받아줄게."

"아하하."

인간은 허용해도 같은 정령왕은 안 된다니. 이 시대의 정령계, 정말 괜찮은 건가. 아무래도 평생 이프리트를 삼촌으로 부르게 될 수는 없을 모양이다. 다시금 시선을 회피하니 그는 서운하다는 듯 입술을 삐죽이면서도 피식 웃었다.

"아참, 아까 멋대로 들었는데 말이야. 육친에게서 가족의 정을 느끼지 못했다고 한 것 같은데."

"아, 으응……."

"인간이 지닌 인과의 그물은 매우 복잡해서, 저마다 각자의 사연을 지니고 있지. 그걸 함부로 판단하는 실례를 저지르진 않을게. 하지만 적어도 신전과 관계있다는 형제만큼은 도련님을 위하긴 했을 거야."

"어?"

"전에 도련님한테 축복이 걸려 있다고 했잖아. 위하는 마음이 없다면 절대 축복을 내릴 수 없거든. 이 말이 도련님에게 조금이나마 위안이 된다면 좋겠네."

아, 그러고 보니 그런 식으로 핑계를 댄 적이 있었지. 가만히 바라보니 그가 고개를 갸웃거렸다. 웃고 있는 얼굴 위로 그와 같은 색의 머리칼을 지닌 또 다른 존재의 모습이 겹쳐졌다.

"왜?"

"……아냐, 아무것도. 그 말이 맞아. 아마 지금까지 내가 잘 지낸 것도 그 축복 덕분인 것 같아."

비록 실제 상황과는 다르고, 그가 기대한 방향 또한 아니겠지만 위안이 된다는 것만은 분명했다.

"고마워, 이프리트."

이 말이 미래의 이프리트에게도 전해졌으면 좋겠다. 불은 역시 따뜻해서, 추워졌다 싶어도 온기가 스미는 건 그 덕분인 것 같다고. 그래서 나는 또 앞으로 걸어나갈 수 있게 되었다고 말이다.

2.

우려했던 아인 이드리스와의 관계는 그렇게 나빠지진 않았다. 당일 무거운 얼굴로 돌아갔던 그는 다음날부터는 다시 아무렇지 않은 모습으로 돌아왔다. 마음에 담아두지 않기로 한 건지, 그냥 불편한 상황을 피하는 건지는 알 수 없었지만, 어쨌든 덕분에 무난한 날들이 이어졌다.

그새 소식을 들었는지 갑자기 들이닥친 라미아스가 엘퀴엔한테 자신도 아버지라고 부르게 해달라고 했다가 그대로 쫓겨나는 일이 있긴 했지만. 그리고 이후로 심통이 단단히 난 그가 내게 일방적인 냉전을 선포하긴 했지만. 어쨌든 그런 것들을 포함해서도 여느 때와 같은 일상이었다.

"근데 라미아스가 이프리트한테 뭘 부탁한 거였어?"

천 년에 한 번씩 만들어지는 귀한 술까지 대가로 건넬 정도면 보통 일은 아닐 텐데, 대체 무슨 일을 벌인 건지 모르겠다. 곧 알게 된다고 했던 걸 보면 분명 나와도 관련된 일이건만 짐작 가는 바가 전혀 없었다. 단단히 삐친 라미아스는 알려줄 리가 없어서 이프리트한테 다시 확인해보려니 그가 재밌다는 얼굴로 웃었다.

"어, 도련님. 아직 눈치 못 챈 거야?"

"……벌써 알아차렸어야 할 만큼 가까운 곳에서 벌어지는 일이었어?"

"뭐, 그렇게 대단한 일은 아냐. 라미아스가 잘하지 못하는 분야가 있는데, 그걸 내 계약자한테 대신 부탁해줬을 뿐이야. 걔가 유일하게 직접 부탁하지 못하는 상대거든."

"왜?"

"남의 연애사는 궁금해하면 안 돼. 그게 짝사랑하다 비참하게 차인 결말이라면 더더욱."

……아, 그런 거구나.

본의 아니게 라미아스의 슬픈 추억 하나를 알게 된 모양이다. 아연한 기분으로 바라보니 이프리트가 짓궂은 얼굴로 한쪽 눈을 찡긋해 보였다. 알고 보면 정령왕 중에서 그가 가장 성격이 나쁜 건지도 모르겠다.

아무튼 그건 그거고, 라미아스가 정확히 뭘 부탁한 건지는 여전히 모르는 채로 시간은 계속 흘러갔다. 겨울에 접어들어 쌀쌀해진 날씨는 이제 방한복을 갖춰 입어야 할 만큼 추워졌다. 제도는 한파가 심하진 않았지만 눈은 자주 내리는 편이었다. 몸이 얼면서 동작이 둔해지니 마수를 진압하는 과정에서도 피해가 늘기 시작했다. 매일같이 이어지는 전투에 피로가 쌓인 것도 원인이었다.

그래서인지 요즘은 특별대 식단이 죄다 보양식 위주로 나오는 중이었다. 주방장이 혼신의 힘을 불태우기로 작정한 듯 날이 갈수록 더 맛있어져서 요즘은 다들 식사 시간을 유일한 낙으로 삼고 있었다. 출근하면 오늘 식단이 뭔지부터 궁금해하는 게 당연한 일과가 됐을 정도였다.

"그거 압니까? 주방은 주간 야간으로 2교대잖아요. 주간 팀 요리가 훨씬 맛있대요."

"헉, 정말요?"

"전에 우리 조원이랑 임시로 교대 근무했던 3조 친구가 말해주더라구요. 주방장 실력이 완전히 다른 수준이라는 모양이에요. 야간엔 못 먹을 수준의 풀죽만 나오는 경우도 잦다더라구요."

"으아, 망했네요. 다음 주부터는 우리가 야간 근무잖아요. 그동안 먹는 거 하나 보고 버틴 거나 다름없는데."

"그래도 야간이면 마수 처리는 덜하게 되겠죠. 제일 평화로운 시간대니까요."

"솔직히 맛없는 거 먹고 평온하느니, 맛있는 거 먹고 마수랑 싸우는 쪽이 더 나은 것 같은데요."

"으음, 그것도 그렇기는……."

"아니, 그래도 몸이 편한 게 더 낫죠. 음식이야 따로 사 먹어도 되잖아요."

"여기 주방만큼 맛있는 식당이 있긴 해요?"

순찰을 나가기 전 장비를 점검하는 시간, 조원들 사이에서 심각한 주제 하나가 화두로 떠올랐다. 각자 주장이 합리적인 데다가 한 치도 물러서려는 의향이 없다 보니 아무도 이렇다 할 결론을 내리지 못하고 있었다.

"조장! 조장은 이걸 어떻게 생각하십니까?"

"아, 그, 글쎄요. 어려운 문제군요……."

아인 이드리스가 난처한 표정으로 어색하게 웃었다. 나 역시 어느 쪽에 서야 할지 고심하고 있을 때였다.

"저기."

누군가가 가까이 다가와 말을 걸어왔다. 돌아보니 한 남자가 머뭇거리는 얼굴로 서 있었다. 아마 이름이 슐츠였던가. 그나마 적당히 어울리는 다른 조원들과는 다르게 그는 내성적인 성격이라 말을 섞는 일이 거의 없는 편이었다.

"무슨 일이에요?"

"방금 주방에서 연락이 왔습니다. 엘을 찾는 것 같습니다."

"주방에서 저를요?"

식당이야 매일 가는 장소지만 아직 주방 쪽 사람들과 연이 닿은 적은 없었다. 배급해주는 몇 사람 빼고는 여태 주방장의 얼굴도 모를 정도였다. 어리둥절했지만 일단 슐츠를 따라 이동했다. 주방이 있는 쪽으로 가니 문 앞에서 우왕좌왕하고 있는 사람들이 보였다. "오셨다!" 그들 중 몇 사람이 나를 발견하고 얼굴에 화색을 띠었다.

"안녕하세요. 저를 찾으셨다고 들었는데요."

"아, 네! 맞습니다! 물의 정령사 맞으시지요? 그럼 혹시 물을 만들어내실 수도 있나요?"

"네, 그거야 가능은 한데요……."

선뜻 긍정하니 사방에서 탄성이 터져 나왔다. 그중 한 사람이 울 것 같은 얼굴로 내 손을 포개어 잡았다.

"어, 얼마나 채울 수 있습니까? 독 하나를 가득 채우는 것도 됩니까?"

"그 이상도 되죠."

"세상에! 신이시여, 감사합니다! 정령사님! 제발 저희 좀 도와주십시오!"

"대체 무슨 일이길래……."

"어서 이쪽으로!"

그들은 이렇다 할 설명도 없이 팔을 붙잡고 나를 마구 끌고 가기 시작했다. 강제로 떨어진 슐츠가 당황해서 부랴부랴 쫓아왔다. 그렇게 얼결에 휘말려 떠밀리다시피 간 곳은 주방 안쪽이었다. 그곳에서도 심각한 얼굴로 둘러서 있는 사람들이 보였다. 물이 채워진 나무통 몇 개를 두고 뭔가를 의논하는 듯한 모습이었다.

"이거론 어림도 없어."

"지금 더 길어오는 중입니다."

"이런 속도로 시간 내에 할 수 있겠어?"

그들이 나누는 대화 소리가 얼핏 들려왔다. 내 팔을 꼭 붙잡은 남자가 신나서 소리쳤다.

"주방장님! 물을 구할 수 있게 됐습니다!"

"뭐?"

그 말에 안에 있던 이들이 동시에 이쪽을 돌아보았다. 놀라워하면서도 긴가민가해하는 표정들이 와 닿았다.

"물을 구했다고?"

"예! 보세요! 물의 정령사님을 모셔왔습니다! 다량의 물도 채워주실 실수 있다고 하십니다!"

"물의 정령사?"

주방장이라 불린 남자의 눈에 이채가 서렸다. 하지만 난 다른 이유로 아무런 반응을 할 수가 없었다. 당연히 낯설어야 할 주방장의 모습이 아무리 봐도 낯익었기 때문이었다. 인간에 비해 길쭉하게 뻗은 귀의 형태, 푸르스름한 피부. 두건에 감싸져 있긴 하지만 누가 봐도 은발임이 분명한 머리칼.

"……시벨리우스?"

아니, 얘가 왜 여기에 있어?

틀림없다. 스쳐 지나가도 잘못 볼 수가 없는 얼굴이었다. 시벨리우스가 분명했다. 그 순간 표정이 굳어진 그가 빠르게 다가오더니 내가 쓰고 있는 후드를 확 걷어냈다. 너무 급작스러워서 미처 방어할 겨를도 없었다. 그런데 정작 눈이 마주치고 나서는 오히려 그가 더 경직됐다. 크게 홉뜬 눈동자가 생각지 못한 장면을 마주한 것처럼 흔들렸다.

"……."

주위가 순식간에 고요해졌다. 눈앞에서 얼음이 된 시벨리우스만큼이나 지켜보는 사람들 역시 굳어 있는 상태였다.

"음…… 일단 이건 좀 놔줄래?"

그제야 정신이 돌아온 건지 시벨리우스가 황급히 내게서 손을 떼어냈다. 역시 본인이 의도한 상황은 아니었던 듯, 한눈에도 당황한 기색이 역력했다.

"미안해. 내 이름을 알고 있길래, 아는 사람이라고 생각했어."

거기까지 들으니 대충 무슨 오해를 한 건지 알 것 같았다. 아무래도 그가 여기 있는 게 허락을 받은 일은 아닌 모양이다. 인간을 경계하는 유니콘 일족이 룬인 그가 세상을 유람하도록 놔뒀을 리가 없으니 당연히 가출한 거겠지. 그런 중에 마주친 사람이 자신을 알아보는 것 같으니 발각됐다고 여겼나 보다.

"우리가 아는 사이인 건 맞지 않나?"

일부러 짓궂게 대답하니 마른침을 삼킨 그가 더 어쩔 줄 몰라 했다. 첫 만남에서 대뜸 아는 척을 해와서 당황했던 일이 엊그제 같은데, 이젠 정확히 그 반대의 입장에 놓이고 보니 여러모로 감회가 새로웠다. 그래, 시벨리우스. 내가 일방적으로 친한 척해서 참 당황스럽지? 나는 그것보다 더 당황스러웠단다. 여기선 해주지 못하는 말을 속으로 갈무리하려니 웃음만 나왔다.

"괜찮으니 신경 쓰지 마. 아무튼 이렇게 만나게 될 줄은 몰랐네. 어떻게 된 거야? 설마 여기서 일하고 있었던 거였어?"

주저하던 시벨리우스가 천천히 고개를 끄덕였다. 자세한 설명은 해주지 않았지만 과정은 대충 알 것 같았다. 특별대를 운영하는 동안 주방 역시 임시로 일할 인원을 더 채용했다고 들었다. 그 중에서 주방장 면접을 보고 합격한 모양이었다. 힐끔 바라본 그는 온통 뻣뻣하게 굳어 있었다. 노예 상단에서 봤을 땐 내가 인간이라는 이유로 구해줄 생각도 하지 않던 녀석이 지금은 아무렇지 않게 인간들 사이에 섞여서 생활하고 있으니 민망하긴 할 터였다. 확실히 전에 봤을 때만큼 차가운 분위기는 아니었다.

"네가 주방장이었다니, 이럴 줄 알았으면 진작 확인해볼 걸 그랬네. 어쩐지 음식이 다 맛있더라."

"……맛있다고?"

"아, 나도 여기서 일하거든. 특별대 소속이야."

그 말에 시벨리우스가 다시금 멈칫하다 고개를 끄덕였다.

"헌터라고 했었지."

중얼거리던 그가 조금 망설이는 얼굴로 나를 바라보았다. 그리곤 머뭇거리며 입을 열었다.

"음식이 입맛에…… 맞아?"

"당연하지. 맛있다니까? 그냥 빈말이 아니라 진짜 엄청 맛있어. 나만 아니라 사람들 다 식사 시간만 눈 빠지게 기다리는걸?"

"……그렇구나."

가볍게 고개를 끄덕이는 시벨리우스는 조금 안도한 듯한 모습이었다. 요리 실력에 자부심 넘치는 그만 알고 있어서 그런지 조심스러워하는 모습이 신선했다.

"근데 너무한 거 아니야? 제도에 있는 거였으면 나부터 찾아오지 그랬어. 그때 내가 어디로 오면 되는지 알려주지 않았어? 아, 혹시 잊어버렸던 거야?"

"그건 아니지만……."

"그럼 왜?"

"의례적인 인사말이라고 생각했어."

"설마 그럴 리가. 난 너 기다리고 있었는데?"

시벨리우스의 눈동자가 다시 흔들렸다. 말문이 막혔는지 얌전히 입을 닫는 모습에서 그가 느끼고 있는 충격과 혼란의 감정이 고스란히 전해졌다.

"흠흠."

피식 웃으려는데 작은 헛기침 소리가 들렸다. 뒤쪽에 있던 슐츠가 보낸 신호였다. 그제야 주위에 있는 사람들에게로 시선이 미쳤다. 다들 돌아가는 상황을 이해하지 못해 어리둥절해하면서도 차마 끼어들지는 못하고 발만 구르는 모습이었다. 초조한 얼굴들을 보니 내가 이곳에 온 용건이 떠올랐다.

"그런데 무슨 문제야? 물이 왜 필요해?"

제도에선 모든 건물마다 수도 설비를 갖추고 있었다. 이런 큰 주방이라면 더욱 당연했다. 시벨리우스도 뒤늦게 상기한 얼굴로 황급히 표정을 고쳤다.

"밤사이에 수조에 무슨 문제가 생겼는지 오염된 물만 나와. 급한 대로 다른 데서 공수해오고 있기는 한데 시간이 부족한 상황이라……."

"잠깐 볼 수 있어?"

고개를 끄덕인 그가 나를 즉시 지하에 마련된 수조로 안내했다. 연결된 관을 틀어보니 콸콸 쏟아지는 물색이 한눈에도 탁했다. 악취가 진동하는 게 어떻게 봐도 오염된 상태였다. 손으로 조금 받아 혀끝으로 살짝 핥아보니 싸한 느낌이 퍼졌다.

'……독인가?'

아무래도 그냥 평범하게 더러워진 건 아닌 모양이다.

"운디네."

부름에 응답한 이가 곧바로 모습을 드러냈다. 허공에서 물이 솟아오르며 반투명한 소녀가 나타나자 지켜보던 이들 사이에서 숨을 삼키는 소리가 울렸다. 생긋 웃은 운디네가 양손으로 옷자락을 들고 인사를 건네 왔다.

"수조 안을 정화해줄래? 그리고 뭐가 섞인 건지 분석해줘."

고개를 끄덕인 운디네가 수조 안으로 스르르 스며들었다. 잠가두지 않은 수도꼭지에선 여전히 물이 쏟아지는 중이었다. 곧 구정물처럼 탁하던 물색이 점차 맑아지기 시작하더니 완전히 투명한 색으로 변했다. 사람들의 눈이 휘둥그레졌다.

"헉, 물이 깨끗해졌어."

"세상에……."

감탄이 쏟아지는 가운데, 정화를 마친 운디네가 솟아올라 다시 내 옆에 사뿐히 내려앉았다.

"어떤 건지 알았어?"

운디네가 어깨를 으쓱여 보였다. 정확히 뭔지는 파악하지 못하는 것 같았다. 전달해오는 설명을 듣고 있으려니 얼굴이 절로 찌푸려졌다.

"무언가의 피인 것 같다고?"

작은 잔 하나를 달라고 해서 내밀었더니 운디네가 그 안에 보라색 액체를 주르륵 채웠다. 정화하면서 독으로 작용한 성분을 따로 모아온 것이었다. 물과 섞였을 땐 악취가 심하더니, 따로 모아둔 것에서는 아무런 냄새가 나지 않았다. 흔한 피비린내조차 나지 않아 그냥 봐서는 물감이나 잉크처럼 보였다.

"이게 수조 안에 들어 있던 겁니까?"

"맞아요. 물에 섞여 있던 걸 추출한 거예요."

가만히 들여다보고 있으려니 슐츠가 다가와서 같이 액체를 살폈다. 질문에 고개를 끄덕이며 답해주는데 다른 곳에서 낮은 신음이 들렸다.

"이건……."

놀라서 고개를 드니 시벨리우스가 굳은 얼굴로 응시하고 있었다. 액체를 살피는 그는 조금 혼란스러워하는 표정이었다.

"이게 왜 이런 곳에……."

"뭔지 알겠어?"

조심스럽게 물으니 그가 주춤거리다 고개를 끄덕였다.

"마목의 수액인 것 같아."

"마목?"

그게 뭔가 싶어서 어리둥절해졌다가 곧 상황을 파악하고 얼굴을 굳혔다. 마목은 마계에서 자라는 나무를 뜻하는 호칭이었다. 식물이지만 몬스터나 다름없는 데다가 마계에서만 자생하기 때문에 평범한 방법으로는 결코 다른 세계로 건너올 수 없었다.

"확실해?"

"내가 아는 마목 중에 이런 색의 수액을 가진 게 있어. 등급이 높은 마목은 아니라 마력을 품고 있지는 않은데, 강한 환각을 일으킬 수 있어서 마족들이 정체를 드러내지 않고 장난칠 때 자주 쓰는 거야."

다른 사람도 아니고 유니콘인 시벨리우스가 하는 말이면 거의 확실하다고 봐야 했다. 연달아 계속되는 균열도 문제인데 이번엔 마목의 수액이라니, 대체 뭐가 어떻게 되어가는 일인지 모르겠다. 한숨이 나오려는 걸 억지로 삼키고 일단 액체를 챙겼다.

"알려줘서 고마워. 이건 상부에 가져가서 바로 보고할게. 아무튼 수조는 정화됐으니 이제 괜찮을 거야."

"……고마워."

"별말씀을. 난 이만 가봐야겠다. 곧 순찰 시간이라 자리를 오래 비울 수가 없거든. 나중에 다시 만나러 올게. 남은 회포는 그때 천천히 풀자. 참, 오늘 점심 식단은 뭐야?"

속사포로 쏟아내는 말들을 조금 복잡한 표정으로 듣고 있던 시벨리우스가 마지막 질문에 입을 열었다.

"오리고기 스튜와 찐 감자, 전복구이. 후식은 단호박 푸딩이야."

"와, 정말? 다 맛있겠다! 기대할게!"

원래도 식사 시간만 기다려왔지만 주방장이 시벨리우스라는 걸 알게 되니 그 시간이 더 기대됐다. 웃으며 건넨 말에 눈을 깜빡인 시벨리우스가 천천히 고개를 끄덕였다. 아주 살짝 부드럽게 휘어진 눈빛에 내가 아는 그의 얼굴이 조금 보이는 것 같았다.

3.

가져온 마목의 수액은 곧바로 대장에게 보고하고 제출했다. 창단 이후 수많은 전투가 있었지만 특별대를 대놓고 노린 정황은 이번이 처음이었다. 놀란 대장은 일의 시작점부터 마무리된 부분까지 모든 상황을 자세하게 캐물었고 황급히 수액을 챙겨 자리를 비웠다. 한동안 여러모로 내부가 시끄러워질 것 같았다.

물론 내 속은 이미 한참 전부터 시끄러웠다. 차라리 평범한 독이었다면 그냥 그러려니 했을 텐데 하필이면 마목이라니. 도저히 떠올리지 않을 수가 없는 한 사람의 모습이 목에 걸린 가시처럼 존재감을 주장했다.

'제발 좀 봐줘라.'

여기서 일을 더 꼬고 싶진 않단 말이야. 알아도 모르는 척, 봐도 못 본 척하려는 중이건만 돌아가는 상황은 내 처지를 봐줄 생각이 전혀 없는 모양이다. 생각만 해도 머리가 복잡해져서 한숨만 푹푹 내쉬는데 누군가가 조용히 옆으로 다가왔다. 함께 있던 죄로 내내 같이 끌려다닌 슐츠였다.

"저희는 이만 복귀하면 된다고 합니다."

"네, 고생 많으셨어요."

"엘도 고생하셨습니다."

담담히 답한 후 그가 조금 머뭇거리며 나를 바라보았다. 할 말이 있는 듯한 표정이라 돌아보려니 의식한 행동은 아니었던 듯 곧바로 얼굴에 당혹감이 떠올랐다.

"아, 죄송합니다."

"괜찮아요. 저한테 뭐 물어볼 거 있으세요?"

"……아닙니다."

"아닌 게 아닌 것 같은데요. 그냥 편하게 물어봐도 괜찮아요. 무슨 일인데요?"

물러서지 않고 캐물으니 슐츠는 조금 난감하다는 표정을 지었다. 하지만 용건이 있었다고 느꼈던 게 맞긴 했는지 곧 진지한 얼굴로 입을 열었다.

"정화 말입니다만. 보통은 어디까지 가능한 겁니까?"

"어디까지라니요?"

"일반적으로 독은 종류에 따라 해독이 어려운 것도 있으니까요. 아무리 정령이라도 한계는 있을 거라 생각했는데, 오늘처럼 독만 추출할 수 있다면 해독하지 못할 범위가 없을 것 같더군요. 그게 당신이 상급 정령사라서 가능한 건지, 모든 정령사가 다 가능한 건지 궁금했습니다. 수질만이 아니라 다른 것의 정화도 가능한 건지도요."

이어진 말은 오히려 내가 더 신기했다. 세간의 일반적인 인식으로 정령은 강력하고 영험한 살아 있는 무기 같은 존재였다. 물의 정령사인 내게 물을 구할 수 있는지조차 굳이 확인받는 것처럼, 정령이 오염을 정화할 수 있다는 것도 모르는 경우가 많았다. 그런데 슐츠는 그 사실 자체는 당연한 전제로 여기고 있었다.

그러고 보니 이건 나도 보고하는 과정에서 알게 된 사실인데, 애초에 주방에서 날 찾게 된 것도 우연히 지나가던 길에 상황을 알게 된 슐츠가 그들에게 조언한 덕분이었다. 어쩐지 심부름꾼도 따로 없이 그가 곧장 길을 안내하더라니. 계속 같이 끌려다닌 것도 나름의 책임감이었는지 모르겠다.

"정령술에 관심 있어요?"

"그냥 조금, 관련 책을 읽어본 정도입니다."

"관심 있는 거 맞네요. 다른 것의 정화라는 건 뭘 말하는 거예요?"

"사람이라거나……."

사람이라, 중독된 사람을 말하는 건가? 좀 더 자세한 설명을 듣기 위해 그를 돌아보다 퍼뜩 멈춰섰다. 가만히 응시하니 답을 기다리던 슐츠가 의아한 얼굴로 고개를 기울였다.

"왜 그러십니까?"

"잠깐만 가까이 와 보세요."

"예?"

뜬금없는 요구가 당황스러웠는지 그는 오히려 더 뒤로 물러섰다. 내 쪽에서 다가섰더니 안절부절못하는 게 한눈에도 느껴졌다. 개의치 않고 더 가까이 다가가 그의 전신을 천천히 훑어내렸다. 머리 색은 진한 갈색이었고, 눈동자 색도 거의 같았다. 덥수룩하게 얼굴을 덮어 내린 머리 모양 때문에 조금 음침해 보이긴 해도 인상 자체는 두드러지는 부분 없이 평범한 편이었다.

"음, 이거였구나."

"무슨 말씀이신지……."

"아, 별거 아니에요. 제가 뒤통수를 좀 자주 맞는 편이라서요. 덕분에 조금만 마음에 걸리면 우선 의심해보는 버릇이 있어요. 그런데 이건 또 의외의 결과네요."

곧바로 손을 뻗어 그의 목 부근에 있는 걸 잡아냈다. 손가락 끝에 걸려 나온 사슬을 따라 동그란 메달이 모습을 드러냈다. 생김새며 새겨진 문양까지, 어디서 많이 본 형태였다. 기습을 허용한 슐츠의 얼굴이 순식간에 창백해졌다. 하지만 솔직히 얼떨떨하기는 내가 더 했다. 설마 아직도 눈치채지 못했냐는 게 이런 의미였을 줄이야.

"안전한 장소에서 잘 보호하겠다고 했는데, 왜 당신이 여기에 있어요?"

이렇게 가까이에 있을 줄은 상상도 하지 못했다. 두 달 가까이 매일 같이 마주하던 사람 중에 있을 거라곤 더더욱 생각지도 못했고.

"다비안."

그에게만 들리도록 낮은 목소리로 속삭이자 슐츠, 아니, 다비안의 표정이 조금 더 경직됐다. 뒤로 물러서는 걸 내버려 두고 손을 떼어내니 그가 급히 다시 옷 속에 목걸이를 갈무리해 넣었다. 조심스럽게 고개를 든 얼굴은 복잡한 빛으로 얼룩져 있었다.

"그건 세피온 공작이 준 거예요?"

처음엔 이프리트 걸 빌린 건가 했는데 자세히 보니 완전히 똑같지는 않았다. 이프리트를 통해 부탁했다던 게 같은 마도구의 제작이었던 모양이다. 머뭇거리던 다비안이 예상대로 천천히 고개를 끄덕였다.

"……그런데 어떻게 아신 겁니까?"

"그 마도구가 효과는 감쪽같은 게 맞는데, 자세히 의식하기 시작하면 이질감이 들긴 하거든요. 너무 평범해서 오히려 수상하게 여겨진다고 해야 할까요."

"그래도 보통은 알아차리기 어려울 겁니다. 역시 대단하시군요."

허탈하게 중얼거린 다비안이 가벼운 한숨을 삼켰다. 역시라는 말을 들을 만큼 내가 대단한 활약을 했었나 싶다가 지난 균열 처리 작업을 내내 함께 해왔다는 사실을 새삼 다시 상기했다. 바로 직전까지 가장 존재감 없는 조원일 뿐이었는데, 어쩌다 일이 이렇게 되어가는 건지 모를 일이었다.

"그보다 말투가 좀 달라졌네요. 전에는 좀 더 편하게 말하지 않았어요?"

"……은인이시니까요."

그런 걸 신경 쓰는 성격이었구나. 열차에서 만났을 땐 너무 제멋대로라서 몰랐고, 세공에서 풀려난 후엔 대화할 겨를이 없어서 이런 사람이라곤 생각지도 못했다. 재밌어서 바라보니 그가 슬쩍 시선을 피했다.

"공작한테 무슨 지시를 받은 거예요?"

"딱히 그런 건 없었습니다. 제가 여기 있는 건 제 쪽에서 요청한 겁니다."

"당신 쪽에서요?"

"필요할 때 도움이 되어드리고 싶었습니다."

올곧은 시선이 나를 향했다. 무슨 말인가 했더니 나를 돕고 싶었다는 소리였나 보다. 가만히 숨어 있기보다는 뭐든 하고 싶은 마음도 있었을 것이다. 하지만 이조차 라미아스가 의도한 거겠지. 내 기억에 의하면 이프리트가 그의 부탁을 받고 자리를 비웠던 건 분명 다비안을 구출하러 가기 전이었다. 이런 상황을 안배하지 않고서야 미리 마도구를 마련해 둘 리가 없었다.

"크리스한테 연락은 왜 안 해요? 걱정하던데."

"……지켜보는 눈이 있어서 어렵습니다."

"아직도요? 꽤 집요하네요."

감옥에서 탈출했으니 한동안은 다비안의 인맥 주위에 감시가 붙을 거라는 건 예상했다. 하지만 시간이 제법 흘렀는데도 여전하다니. 움브라 쪽의 일 처리가 꼼꼼한 이유만은 아닌 것 같았다.

"우리 할 얘기가 많을 것 같네요. 이제 와서 선 긋기엔 너무 늦은 거 알죠?"

멈칫한 다비안이 천천히 고개를 끄덕였다. 다행히 그도 설명할 마음은 충분한 듯했다. 때마침 순찰 시간을 맞이한 다른 조원들이 우리를 찾으러 나오면서 대화는 그쯤에서 마무리됐다.

"나중에 다시 얘기해요."

빠르게 건넨 말을 용케 알아들은 다비안이 이번에도 고갯짓으로 의사를 표현했다. 다시 존재감 없는 슐츠로 돌아간 그의 모습을 지켜보면서 복잡한 기분을 삼켰다. 시벨리우스에 이어 다비안까지, 아무래도 오늘은 재회의 인연이 깃든 날인 모양이었다.

* * *

나와 다비안이 대화할 기회는 생각보다 더 빨리 찾아왔다. 그날 저녁 세피온 공작으로부터 호출이 왔기 때문이었다. 주방에서 있었던 일에 대해 직접 들어보고 싶다는 이유였는데, 지정한 장소를 찾아가니 이미 문 앞에 먼저 도착한 다비안이 기다리고 있었다.

"어서들 오게."

함께 문을 열고 들어가자 세피온 공작이 손을 들어 맞이했다. 소파에 삐딱하게 다리를 꼬고 앉아 있는 모습이 한눈에도 몹시 불량한 자세였다. 저거 반쯤은 라미아스구만. 속으로 고개를 저은 후에 모르는 척 인사를 건넸다.

"공작님을 뵙습니다."

"아아, 거추장스러운 예의는 생략해도 좋네. 자리에 와서 앉기나 하게."

……그러는 당신은 너무 생략하는 거 아니야? 귀찮다는 태도로 대충 손을 휘젓는 그를 보며 속으로 한숨을 내쉬었다. 나와 그 사이에 존재하는 복잡한 사정을 모르는 다비안은 덕분에 영문도 모르고 긴장한 상태였다.

지시대로 맞은편 소파에 앉으니 세피온 공작이 이글거리는 눈으로 나를 노려보았다. 정체를 감출 생각이 개미의 더듬이 털만큼도 없는 듯한 행동에 나 역시 웃으며 맞받아쳐 주었다. 눈을 부릅뜬 그가 얼굴 근육을 마구 실룩거렸다. 그래도 아직 이성의 끈을 놓지는 않았는지 다시 태연히 말을 건네 오기는 했다.

"그래, 오늘 하루는 어땠나? 늘 있던 보고는 없는 것 같던데 말이야."

"오늘은 조용했습니다."

눈치를 보던 다비안이 차분히 대답했다. 그 말대로 매일같이 발생하던 균열이 오늘은 일어나지 않았다. 주방에서의 일은 함구령이 내려졌기 때문에 상황을 모르는 조원들은 오랜만에 찾아온 여유시간을 즐겼지만, 우연치고는 상당히 공교로운 시점이었다. 같은 생각이었는지 세피온 공작의 표정도 겨우 진지해졌다.

"내가 자네들을 왜 불렀을 것 같나?"

"액체의 성분이 확인되었습니까?"

이번에도 다비안이 입을 열었다. 그럴 수밖에 없는 게, 애초에 세피온 공작이 그에게만 시선을 고정하고 있었다. 날 보면 평정을 유지하기가 어려운 모양이다. 나 역시 쓸데없는 신경전을 벌이느니 차라리 그편이 더 나았다. 이럴 바엔 아예 안 부르는 쪽이 훨씬 더 좋았겠지만.

"자네들이 보고한 그대로야. 수조에 들어 있던 액체는 분석 결과 마목의 수액으로 확인됐네. 언제 누가 어떤 방법으로 수조에 접근했는지 조사 중이지만, 현재까진 아무런 흔적도 발견하지 못한 상태지."

설명하는 그의 얼굴에선 숨기지 못한 짜증이 묻어나왔다. 아인 이드리스의 시선을 돌리기 위해 만들었던 특별대가 예상치 못하게 활약하게 된 건 그에게도 좋은 일만은 아니었을 것이다. 책임지는 척을 하는 것과 정말로 책임져야 하는 상황은 여러모로 의미가 다를 테니까. 그의 계획에 맞춰 누군가가 판을 더 넓힌 것이기도 하니 기분이 유쾌할 리도 없었다.

"상황이 또 달라졌네. 이제 더는 균열을 수습하는 선으로만 끝낼 일이 아니라는 소리지. 그래서 말인데, 두 사람에게 따로 임무를 부여하고 싶네."

"저희 두 사람에게요?"

당황해서 다비안을 돌아보니 세피온 공작이 씩 웃었다. 이 와중에도 날 약 올리는 건 즐거워 죽을 모양이었다. 아무리 생각해도 이 제국에 오는 게 아니었다. 조금 돌아가는 한이 있더라도 다른 드래곤부터 찾아갔어야 했다. 역시 아버지의 말씀은 피가 되고 살이 되는 거였다.

"이미 그가 누군지 알게 됐다는 건 알고 있네. 솔직히 더 일찍 알아차릴 줄 알았는데 말이야. 의외로 꽤 늦더군?"

"……일말의 언질도 안 해주신 분께 듣고 싶진 않은 말이네요."

"어허, 예의를 생략하라고 했지 방만하게 굴라 하진 않았네."

"그런 뜻인지는 또 몰랐네요. 정말 죄송하게 됐습니다."

우리는 한동안 서로를 지긋이 바라보며 웃었다. 노려보는 강도로 전류를 흘려보낼 수 있다면 지금쯤 우리 사이엔 번개가 내리쳤을 게 분명했다. 애꿎은 다비안만 끼어들 자리를 찾지 못하고 연신 마른침을 삼켰다.

"그래서 무슨 임무를 내리시려고요?"

"마신전에 잠입해주게."

"……뭘 해요?"

당황한 나머지 반문이 절로 튀어나갔다. 본인이 생각해도 그럴 만했는지 세피온 공작은 이번엔 꼬투리를 잡지 않았다. 그저 똑같이 웃는 얼굴로 내가 잘못 들은 게 아니라는 사실을 다시 한번 일깨워줬을 뿐.

"마신전에 잠입해 달라고 했네."

물론 두 번 듣는다고 해서 그 말이 제대로 와 닿는 건 아니었지만 말이다.

"그게 대체, 무슨 말씀이신지."

이 자리에 있는 게 세피온 공작이 아니었다면, 아니, 하다못해 옆자리에 다비안만 없었어도 당장 멱살을 움켜쥐었을 거다. 어쩌면 이래서 다비안이랑 같이 부른 건지도 모르겠다. 애써 차분히 대응하는 나를 향해 그는 뻔뻔한 얼굴로 웃었다.

"균열은 마계와 관계된 것이지. 마목 역시 마찬가지고. 유일하게 이 상황을 분석할 수 있는 마신전은 봉문 상태이며, 거기에 잠입한 요원들은 족족 실종되고 있네. 더는 좌시할 문제가 아니라는 점도, 뭘 해야 하는지도 이미 알고 있지 않나?"

"그야 물론 알지만요. 왜 저희인가요?"

"당연히 자네들만 한 적임자가 없다고 판단했기 때문이네. 이 일을 감당할 수 있을 만큼 충분히 강하고, 누구보다 이 상황을 잘 이해하고 있으며, 깊게 관여한 사람들 아닌가."

그야 맞는 말이긴 했다. 하지만 지금 마신전엔 결계가 있고, 그 결계에 마신이 직접 관여했다는 것 역시 나도 알고 그도 알고 있는 사실이었다. 상급신이 작정하고 가리고 있는 걸 알아내려면 그 결계에 직접 갇히는 도리밖에 없다. 골탕 먹이는 방법이 너무 치사한 거 아닌가 싶었지만 세피온 공작은 꿈쩍도 하지 않았다.

"잠입이라면 저보단 아인 이드리스를 보내시는 게 더 나을 텐데요."

"원한다면 그도 같이 붙여주지."

"……제 마른 그언 뜨시 아니라요……."

이가 악물어지니 말이 제대로 발음되지도 않았다. 마침내 만족했는지 세피온 공작이 피식 웃었다.

"솔직히 말하겠네. 아인 이드리스는 온전히 신뢰할 수가 없네."

"언제는 온전히 신뢰하셨는지?"

"상황이 또 달라졌다고 하지 않았나. 혹시 그가 스승으로 삼은 검술 교관이 누군지는 알고 있나?"

"근위대 기사단장 중 하나라고……."

"맞네. 제3 기사단 단장이지. 그의 딸이 얼마 전 에펜 왕국의 귀족과 약혼을 했지 뭔가."

"……."

"이제 무슨 말인지 이해했겠군."

되는 일이 하나도 없다는 건 바로 이런 상황을 두고 하는 말인가 보다. 기껏 진흔에서 빼냈더니 이번엔 스승이야? 차마 대꾸할 말이 떠오르질 않아 그저 한숨만 삼켰다. 어차피 안 될 상황이라 이렇게 꼬이기만 하는 건가. 온 사방이 구멍투성이였다.

"다녀오면 자네가 찾고 있던 것이 또 준비되어 있을 거네."

"……!"

나도 모르게 고개를 번쩍 들었다. 마주친 세피온 공작의 눈동자가 얄미울 정도로 부드럽게 휘어졌다.

"이제 더는 물러설 수가 없네. 마신전을 조사해주게. 그 안에서 벌어지는 일들을 알아내기만 하면 되네."

다시금 이어진 목소리가 사형 선고처럼 울렸다.

아무리 생각해도 이 시대는 날 환영하지 않는다. 그것만은 확실한 것 같았다.

4.

이후의 일은 기억나는 게 거의 없었다. 반쯤 넋을 잃은 동안 나머지 일들이 알아서 척척 진행됐고, 정신을 차렸을 땐 이미 숙소에 돌아와 있었다. 그나마 떠오르는 건 다비안과 얼마간 대화를 나누며 그가 겪은 일들에 대해 들었다는 것, 그리고 마신전 잠입이 나흘 후로 정해졌다는 정도였다.

……내게 남은 삶의 기한이 고작 나흘이라는 소리다. 당장 다음날부터 특별대 출근을 하지 않아도 된 건 좋았지만 시간이 너무 촉박했다. 일단 이렇게 된 거, 원만하게 이 사태를 해결할 수 있을지 방법부터 한번 모색해보기로 했다.

첫 번째, 엘퀴엔한테 도움을 청한다.

"나 가짜 문장 갖고 있어서 마신전에 가면 죽을지도 몰라. 어떡하지?"

"문장을 지우면 되잖아."

"이거 술법으로 새긴 거라 안 지워져."

"내가 살펴보지. 손을 내봐라."

그리고 문장이 진짜라는 걸 들키고 그대로 망한다. 음, 이건 안 되겠군. 통과.

이어서 두 번째, 트로웰에게 문장을 가려주는 크림을 빌린다.

"이걸로 문장을 가리면 신에게도 안 보일까?"

"지금 시야만 속이는 얄팍한 수법이 신에게도 통하는지를 묻는 거야?"

……역시 시작부터 장렬하게 실패한다. 이것도 통과.

세 번째, 이프리트한테 묘안을 부탁해 본다.

"때론 자수하는 게 가장 좋은 해결책이지. 그냥 엘퀴네스랑 같이 들어가. 그리고 들어가자마자 싹싹 빌어. 그럼 정령왕 체면을 생각해서라도 죽이진 않을 거야."

두고 볼 것도 없이 그냥 통과.

"……다 망했네."

벤치에 등을 기대고 허탈한 한숨을 내쉬었다. 광장에서 바라보는 하늘이 오늘따라 유난히 상쾌해서 마음이 더 착잡했다. 애초에 신의 문장이 진짜인 게 문제다. 뭘 해도 들키지 않을 자신이 없었다. 마지막 방법이 하나 남아 있긴 하지만 이건 내가 내키지 않아서 차마 구상도 해보지 못하겠다.

'아무리 그래도 미네르바한테 부탁은 못 하지.'

바람의 왕 고유 능력인 은신의 장막이라면 신의 문장도 완벽하게 가릴 수 있긴 할 거다. 하지만 아무리 좋은 방법이라도 시도하지 못하는 바에야 그림의 떡일 뿐이었다. 염치는 버릴 수 있어도 양심은 외면하지 못하겠다. 갈 곳 없는 한숨만 다시 푹푹 쏟아져 나왔다.

아니, 너무 부정적으로만 생각하지 말자. 어쩌면 별일이 안 생길 수도 있잖아. 마신전 안이라도 기도실까지만 들어가지 않으면 괜찮을지도 모른다. 어쩌면 의외로 카노스가 내 정체를 알아보지 못할 수도 있었다. 그냥 신관이면서 정령사가 된 최초의 사례라면서 신기해하고 넘어갈 수도 있지 않을까? 내게 문장을 내린 기억이 없는 것도 별반 신경 쓰지 않을지도 몰랐다. 신관이 그렇게나 많은데 한두 명 정도 기억하지 못할 수도 있지.

'……그 카노스가 그럴 리가 없지만.'

헛된 기대는 도대체 왜 품었던가. 희미하게 차오르던 희망이 다시 바닥으로 곤두박질쳤다. 역시 아무리 생각해도 마주치지 않는 게 상책이었다.

다행히 시벨리우스한테 들었던 상황이 아직 다 벌어지진 않았다. 이 위기도 어떻게든 모면하긴 했단 소리다. 대체 내가 뭘 했던 걸까. 정말 염치도 양심도 버리고 미네르바를 찾아가기라도 한 건가? 그게 아니면 그냥 라피스는 다른 곳부터 찾기로 하고 제국에서 튀었나? 둘 중에 뭘 해야 좋을지 누가 정답을 좀 알려줬으면 좋겠다. 닭이 먼저인지 달걀이 먼저인지도 아니고. 왜 내가 한 일을 내가 추리하고 있어야 하는 건지 모를 일이었다.

쿠웅!

하늘이 진동하듯 울린 건 그때쯤이었다. 깜짝 놀라 몸을 바로 세우니 멀찍이서 소란이 이는 게 느껴졌다. 조금 전까지만 해도 파랗기만 하던 하늘이 어느새 어두침침했다. 또 균열이 생긴 거다. 그러고 보니 평소대로라면 지금이 딱 근무 시간대였다. 어제 이후로 잠잠해지려나 했더니 하루뿐인 평화였던 모양이다.

'가서 도와야 하나?'

반사적으로 현장을 향하려던 걸음을 멈췄다. 일단 나는 오늘부터 다른 임무에 차출되었다고 알려져 있었다. 여기서 한가하게 시간을 보내고 있던 게 걸리면 여러모로 곤란해질지도 몰랐다.

할 수 없이 반대 방향 쪽으로 몸을 틀었다. 최대한 빠르게 걸어 골목 쪽으로 들어서는데 곧 주변으로 소동을 피해 달아나온 사람들이 밀어닥쳤다.

"또 마수야?"

"어젠 아무 일 없이 지나가길래 이제 다 끝난 줄 알았더니."

"대체 언제까지 이렇게 살아야 해?"

웅성거리는 사람들의 얼굴은 불안과 혼란으로 가득했다. 현대로 치면 매일 재해가 일어나는 것과 진배없는 상황이었다. 아무리 특별대가 빠르게 수습한다 해도 이런 일상이 달가울 리는 없었다.

그 사이에서 한 모습을 발견하게 된 건 말 그대로 우연이었다.

'……어?'

순간 당황해서 나도 모르게 눈을 비볐다. 멀찍이서 후드를 깊게 눌러쓴 사람이 주위를 조심스럽게 살피고 있었다. 얼굴은 가려져 있었지만 익숙한 복장이라 누군지는 한눈에 알아봤다. 아이라였다. 인어일 가능성이 높은 자들에게 쫓겨 다녔던, 어쩌면 마신관일지도 모르는 사람.

다시 보는 건 그날 간발의 차로 놓쳤던 이후로 처음이었다. 오랜만에 보는 그는 오늘도 무언가를 찾고 있는 듯한 모습이었다. 들키지 않게 조심하며 뒤를 밟는 동안 인적 없이 한적한 곳에 이르렀다. 어디까지 가려는 건가 싶은데 곧 맞은편에서 한 사람이 달려오는 것이 보였다. 아마도 동료인 듯, 숨을 몰아쉬는 상대를 향해 아이라가 급히 다가섰다.

"찾았어, 미엘?"

"아니, 또 놓친 것 같아."

"젠장, 어떻게 매번 이리 빈번히……."

이를 악문 아이라가 낮게 탄식했다. 목소리를 들으니 역시 그라는 확신이 더해졌다. 더불어 뭔가를 찾고 있는 것도 맞는 모양이다. 두 번 다 균열이 발생할 때 마주친 건 단순한 우연이라고 보기는 어렵겠지. 어쨌든 이번엔 반드시 놓치지 말아야 했다. 어쩌면 마신전에 들어가지 않아도 이 사태를 해결할 수 있게 될지도 몰랐다.

"엘 아냐? 여기서 뭐 하고 있는 거야?"

"……!"

그런데 막 걸음을 내딛으려는 순간 등 뒤에서 누군가가 내게 말을 걸었다. 기척을 내지 않기 위해 조심하고 있었던 만큼, 급작스레 끼어든 소리가 더 선명하게 울렸다. 깜짝 놀란 아이라가 얼른 주머니에서 뭔가를 꺼내 바닥으로 던졌다. 그러자 파란 마법진이 생기더니 두 사람의 모습이 순식간에 빛 속으로 삼켜졌다.

"앗, 잠깐만요!"

당황해서 급히 소리쳤으나 이미 두 사람의 모습은 홀연히 사라진 후였다. 공간이동 마법 장치인가? 이러면 정령을 보내 추격할 수도 없잖아. 망연자실한 마음으로 아무도 없는 허공을 훑고 있자니 머뭇거리는 목소리가 이어졌다.

"미안하다. 우연히 만난 게 반가워서 말을 걸었던 건데…… 혹시 일을 방해한 거야?"

방해하긴 했지. 그것도 정말 뼈아픈 방해였다. 한숨과 함께 몸을 돌리니 난처한 표정으로 서 있는 익숙한 얼굴들이 보였다. 오랜만에 보는 시몬과 네브였다.

"괜찮아요. 그보다 오랜만이네요."

"그러게, 진짜 오랜만이다. 안 그래도 균열이 생겼다고 들어서 너도 근처에 있지 않을까 싶었는데 정말 만나게 될 줄은 몰랐어. 특별대 임무 중이었던 거야?"

"뭐, 비슷해요. 두 사람은요?"

"우린 그냥 지나던 길이었어."

"그렇구나."

인적이 드문 길을 우연히 지나가던 사람들이 때마침 그곳에 있던 날 발견하고 또 하필 그 시점에서 내게 말을 걸 확률이 얼마나 될지를 구하시오(10).

머릿속에서 이상한 주관식이 그려졌다. 그러고 보니 이전에 놓쳤을 때도 비슷한 상황 아니었나? 그 당시에 나와 마주쳤던 것도 이 사람들이었다. 빙긋 웃으니 두 사람도 같이 따라 웃었다. 늘 쓰고 다니는 후드가 오늘처럼 의식되는 건 처음인 것 같았다.

"난 어떻게 알아봤어요?"

"응? 어, 사실 난 몰랐어. 그런데 네브가 너 아니냐고 해서……."

그렇군, 네브란 말이지. 시선을 보내니 그가 당황한 얼굴을 했다. 그러고 보니 전에 부딪힌 사람도 그였던가. 그땐 너무 자연스러워서 위화감을 느낄 겨를도 없었다. 물론 느꼈다 해도 의심하지는 못했겠지만. 다른 사람도 아니고 길드 창설 멤버들이었다. 단아하고 잔잔한 성격이라 특히 편하게 여겼던 사람이었고. 그래서 더 기가 찼다. 그래, 내가 뒤통수를 자주 맞기는 한다. 그런데 이건 해도 해도 너무하잖아?

"당신 뭐야?"

두 사람이 동시에 움찔했다.

"엘, 역시 우리가 중요한 일을 방해한 거였군요. 미안합니다. 체형이 닮은 것 같아서 설마 했었던 것뿐인데, 상황이 이렇게 될 줄은 몰랐습니다. 정말 미안해요."

곤혹스러운 표정을 지은 네브가 연신 사과를 건넸다. 호감을 사기 쉬운 온순한 인상은 살짝 찌푸려지는 것만으로도 애처로운 분위기를 풍겼다. 하지만 한번 의식하고 나니 이제 더는 그 모습이 예전처럼 부드럽게만 보이지는 않았다.

"확인할 방법이 전혀 없는 건 아니죠."

그 순간 흠칫한 네브가 빠르게 뒤로 물러섰다. 창백해진 그의 얼굴 아래 내가 겨눈 검 끝이 아슬아슬하게 멈춰 섰다. 꿀꺽, 뻣뻣하게 굳은 네브가 목울대를 울렸다.

"에, 엘! 너 지금 뭐하는 거야?"

한발 늦게 상황을 깨달은 시몬이 경악해서 소리쳤다. 혼란한 시선이 닿았지만 네브를 겨눈 검을 물리진 않았다.

"이걸 피하네. 마수의 발톱도 못 피해서 죽을 뻔했던 사람은 어디 갔어요?"

그 말에 시몬이 당황한 얼굴로 네브를 바라보았다. 네브는 동기인 세 사람 중에서 가장 실력이 떨어졌다. 헌터 생활도 늦게 시작한 데다가 훈련을 성실히 하는 편도 아니라 늘 그만그만한 상태를 유지 중이었다. 시몬이 알아차리지도 못한 공격을 피할 수 있을 리가 없었다.

"네브, 너……."

시몬이 신음을 흘리자 그가 곤란하다는 얼굴로 한숨을 내쉬었다. 하지만 더는 피할 수 없다고 판단했는지 다시 나를 보는 얼굴엔 미소가 떠올라 있었다.

"대단한데요. 설마 진심으로 공격할 줄은 몰랐어요. 적당히 시늉만 하는 거였으면 일부러 베였을 텐데 나도 모르게 반사적으로 피했잖아요. 이래도 괜찮은 거예요? 만약 아니었으면 어쩌려고."

"아닐 리가 없죠. 자랑은 아니지만 내가 이런 류의 감은 틀린 적이 없거든요."

"충분히 자랑할 만한데요. 이렇게 빨리 깨닫는 사람은 처음 봤어요. 보통은 아무리 수상해도 내가 예민한 거겠거니 넘기기 마련인데 말이죠."

"아는 사람이 이런 장난을 좋아해서요. 덕분에 수상하면 의심부터 하고 보는 사람으로 성장했죠."

"하하, 바람직한 스승을 뒀네요. 내게도 그런 스승이 있어서 그런지 반가운데요?"

가벼운 말투와는 달리 네브의 눈빛은 위험하게 빛나고 있었다. 빠르게 닿는 기운을 피해 급히 고개를 튼 다음 거리를 벌렸다. 어느새 그의 손에 검이 쥐어져 있었다. 자루부터 날까지 짙은 먹색을 띤 검에서 익숙한 기운이 넘실거렸다. 마기였다.

'마검.'

게다가 상당히 강한 마검이었다. 저렇게 짙은 마기가 실린 검은 평범한 사람은 건드리지도 못한다. 적어도 마신관은 되어야 할 거다. 아이라에게 접근하는 걸 방해하는 것 같아 관련자겠거니 싶긴 했는데, 확실한 증거를 보고 나니 또 다른 생각이 스쳤다. 그러고 보니 내가 처음 균열을 경험했던 건 에펜 왕국에 있을 때였지. 네브 역시 당시 마수의 습격을 받은 일행 중에 있었다. 아이라보다, 그가 먼저라는 소리였다.

"……혹시 당신이 균열을 만들고 있는 거였어요?"

멈칫한 네브의 얼굴에 미소가 그려졌다. 일순 그의 몸이 흐릿해지는 게 느껴졌다.

"시큐엘!"

푸른 물의 늑대가 그를 덮쳐들었다. 나선으로 솟구친 물줄기가 도망치려는 네브의 몸을 빠르게 휘감아 묶었다. 하지만 완전히 삼켜지기 직전 그가 지닌 검이 물줄기를 갈라냈다. 파지직, 쿠웅! 검은 전류가 일면서 사방으로 물줄기가 튀었다.

심장이 찢어지는 듯한 충격에 얼굴이 절로 찌푸려졌다. 후퇴한 시큐엘이 내 옆에 사뿐히 내려앉는 것과 동시에 물줄기에서 풀려난 네브 역시 바닥에 내려섰다. 상급 정령의 공격을 받아친 것치고는 상당히 멀쩡한 모습이었다. 하지만 조금 전과 완전히 똑같지도 않았다.

"말도 안 돼……."

기겁해서 멀찍이 물러서 있던 시몬이 굳은 얼굴로 신음을 삼켰다. 나 역시 태평한 기분은 아니었다. 검은색이었던 네브의 눈동자가 붉은색으로 변해 있었다.

"아아, 이제 정말 못 숨기게 됐네."

장난스럽게 중얼거린 네브가 한 손으로 머리를 쓸어 넘겼다. 그러자 머리칼이 훌렁 뒤로 넘어가더니 바닥으로 툭 떨어졌다. 지금까지 봤던 머리가 가발이었다는 사실도 당황스러운데, 갈색 머리칼이 사라진 자리에 나타난 건 흑단같이 새카만 머리칼이었다.

검은 머리에 붉은 눈동자. 흔하지도 않지만, 누구나 다 아는 한 종족의 상징이기도 했다. 그걸 증명이라도 하는 것처럼 검에서만 느껴지던 마기가 이제 그의 전신에서 풍기고 있었다.

'마족이었어.'

그런데 그게 끝이 아니었다. 생긋 웃은 네브가 이번엔 얼굴 가죽을 뜯어내기 시작했다. 가면으로 다른 이목구비를 덮어쓴 모양이었다. 얼굴까지 가짜일 거라곤 미처 생각지 못해서 이번엔 솔직히 좀 당황했다. 동시에 불길한 기분이 덮쳐들었다. 그나마 얼굴이 달라서 내심 안심하고 있었는데, 이렇게 되면 내가 아는 사람을 만날 가능성이 너무 높아졌다.

'설마 정말로…….'

그인 건 아니겠지?

이윽고 하얀 가죽이 떨어져 내리고 그의 진짜 외모가 드러났다. 똑바로 보이는 얼굴에 잠시 숨을 삼켰다. 머릿속이 하얗게 점멸하는 듯, 아무런 생각도 나지 않았다.

짐작했던 사람은 아니었다. 하지만 차라리 짐작이 이루어진 쪽이 오히려 더 나았던 건지도 모른다. 의식했을 땐 나도 모르게 뒤로 물러선 후였다. 입술이 떨리는 게 선명하게 느껴졌다.

"왜……."

차라리 내가 잘못 본 거였으면 좋겠다. 하지만 아무리 눈을 깜빡여도 있는 사실이 지워지진 않았다. 지금 바로 앞에 보이는 얼굴도 눈에 익은 생김새였다. 비록 인상이 전혀 달랐고, 내가 알던 모습보다도 많이 어렸지만.

"이왕 이렇게 됐으니 이만 정식으로 인사할까요?"

눈앞에서 전혀 다른 용모가 된 남자가 싱그럽게 웃었다. 길게 늘어진 새카만 머리칼이 그의 어깨를 타고 부드럽게 흔들렸다.

"카류안입니다."

제5화

1.

모든 것이 처참했던 순간이었다. 아무리 깨부수려고 해도 나를 밀어낸 벽은 꿈쩍도 하지 않았다. 사방에서 터져 나오는 절규와 비명, 필사적으로 만류하며 우짖는 소리들. 하지만 그것들이 전혀 들리지 않는다는 듯, 그 속에서 홀로 평온하게 서 있던 단 한 사람.

짙은 흑발이 바람에 흔들렸다. 그 손에 들린 검은 창에서 눈부실 정도로 환한 빛이 일었다. 그 빛이 그의 전신을 집어삼키는 순간까지도 나는 지켜보는 것 말고는 아무것도 할 수 없었다. 마지막으로 시선을 맞춰온 얼굴이 빙긋 웃었다.

"엘뤼엔에게 그동안 고마웠다고 전해줘."

아마도 영원히 잊을 수 없을 목소리.

그리고 그가 그런 선택을 하게 된 이유.

머릿속이 온통 웅웅거렸다. 귓속에서 끊임없이 잡음이 들끓었다. 카류안이라니. 왜 여기서 그 이름을 듣게 되는 거지? 눈앞에서 멀쩡하게 웃고 있는 얼굴이 이해가 되지 않았다. 저건 살아 있으면 안 된다. 반드시 죽여야 한다.

'그런데 죽이면, 그다음은……?'

여기서 카류안이 죽으면 어떻게 되는 거지? 퍼뜩 미친 생각에 정신이 조금 들었다. 잠시 이성을 잃었던가? 힐끔 돌아본 주위는 마지막으로 기억하는 상황과 많이 달라져 있었다. 사방이 온통 물바다였고, 엉망으로 부서진 잔해가 보였다. 카류안은 얼음 줄기에 포박된 채 벽 속에 처박힌 채였다. 그 목을 움켜쥔 내 손이 부러트리기 직전에서 멈춰 있었다. 쿨럭, 피를 토하는 걸 보고 나도 모르게 손을 떼어냈다.

"이제 다 했어요?"

입가를 훔친 카류안이 천천히 고개를 들었다. 엉망으로 다친 중에도 빛을 잃지 않은 붉은 눈동자가 형형히 빛났다. 침묵하니 긍정으로 받아들인 듯 안도감이 깃든 한숨이 흘렀다. 눈짓을 읽은 시큐엘이 결박하던 힘을 풀고 내 옆으로 돌아왔다. 성에로 뒤덮여 새하얗던 몸체가 원래의 모습으로 돌아오면서, 카류안을 옭아매고 있던 얼음덩어리도 물로 변해 흥건히 쏟아지기 시작했다.

"와, 진짜 아파."

채 녹지 않은 얼음 잔해 속에서 비틀거리며 일어선 카류안이 앓는 소리를 내뱉었다. 질린 듯한 시선이 내게 닿았다.

"언젠가 한 번은 붙어보고 싶었지만 이건 정말 기대 이상이네. 마족한테 무슨 원수진 거라도 있어요? 사정을 정말 조금도 안 봐주네요. 지금까지 변장하고 있었던 건 난데 왜 그쪽이 다른 사람이 된 것 같지?"

너스레를 떠는 카류안이라니, 우습지도 않은 상황이었다. 시선을 돌리니 구석에 기절해 있는 시몬이 보였다. 이성이 완전히 날아간 동안 그에게도 영향이 간 모양이었다. 다행히 의식만 잃었을 뿐 다치진 않은 것 같았다.

"무슨 목적으로 여기에 있는 건지 말해."

"그걸 얘기하려는데 다짜고짜 공격부터 한 건 그쪽이거든요? 일단 진정해요. 난 적이 아니라고요."

"네가 적이 아니라고?"

실소가 절로 흘러나갔다. 너 때문에 무슨 일이 벌어졌는데. 무고한 사람이 몇이나 죽었는데. 엘뤼엔이 왜 다쳤고, 라피스가 왜 그렇게 죽었는데. 카노스가…… 왜 소멸을 택했는데. 그런데 적이 아니라고?

내가 알던 것보다 어린 모습이라 다행이다. 완전히 똑같았다면 분명 멈추지 못했을 테니까. 주먹을 꾹 움켜쥐니 용케도 눈치를 챘는지 카류안이 빠르게 한 발 물러나며 웃었다.

“원래 네브는 어떻게 한 거야.”

“그건 처음부터 나였어요.”

“시몬과 델라는 네브와 오랜 친구라고 들었어. 그럼 대체 언제부터 위장을…….”

“아, 그건 애초에 사실이 아니에요. 그렇게 여기도록 최면을 걸었죠.”

그러고 보니 카류안의 특기가 최면이었던가. 별로 떠올리고 싶지 않던 일들이 떠올라 얼굴이 절로 찌푸려졌다.

“위장한 시기 자체는 당신이 그들을 처음 만난 시기와 같아요. 일단 상황을 지켜보느라 모습을 보이진 않았지만요.”

“그럼 역시 그때 생긴 균열은…….”

“내가 넘어오면서 생긴 거예요. 아, 그땐 고의는 아니었어요.”

이후의 균열은 고의라는 소리였다. 황당한 기분으로 바라보니 카류안이 생긋 웃었다.

“인간들을 골탕 먹이려고 그런 건 아니에요. 아니, 뭐, 전혀 그렇지 않은 것도 아니긴 한데, 어쨌든 그게 주목적은 아니란 소리죠.”

“이해할 수 있게 설명해.”

“난 그저 뭘 조금 보호하고 있는 것뿐이에요. 그 과정에서 재미를 좀 더 가미할 수도 있는 거잖아요?”

균열로 인해 일어나는 피해가 극심한데, 고작 재미라고? 지극히 마족다운 논리라 그런지 화조차 나지 않았다. 단지 급격하게 피로해졌을 뿐.

"보호한다는 게 마신관들을 말하는 거야?"

이어서 물은 말에 카류안은 대답 대신 빙긋 웃었다. 속을 짐작할 수 없는 녀석이지만 긍정의 의미라는 건 분명했다. 누군가 일부러 균열을 일으킨다는 건 짐작했는데, 설마 그게 마신관들을 보호하기 위해서라니. 어디서부터 문제점을 파악하고 지적해야 할지 알 수 없을 정도로 속이 갑갑해졌다.

"눈 색은 어떻게 바꾼 거야. 너희 종족은 색을 바꿀 수 없잖아."

"그건 또 어떻게 알았지? 직접 바꾼 건 아니고 마력으로 얇은 막 같은 걸 만들어서 눈동자에 덧씌운 거예요. 물론 이것도 아무나 할 수 있는 건 아니지만요. 겨우 그거 하나 유지하는 데 내 모든 마력을 전부 다 쓰고 있었다면 믿을 수 있겠어요?"

그러거나 말거나 당연히 내 알 바 아니었다. 오히려 그런 방식으로 반칙을 쓸 수 있다는 게 불쾌하다면 모를까. 하지만 지금 당장 그보다 더 거슬리는 건 그의 말투를 비롯한 태도였다. 내가 알던 모습과 너무 다른 것도 있었지만, 장난스러운 표정이라든가 일부러 나른하게 말하는 듯한 말투가 누군가를 옮겨놓은 듯해서 자꾸만 신경이 날카로워졌다. 그러고 보니 아까 스승에 관한 언급을 했던 것 같은데, 누굴 말한 걸까. 설마 지금 내가 떠올리는 그인 건 아니겠지?

"……당신, 몇 살이야."

"내 나이요? 그걸 왜 묻죠?"

"닥치고 대답이나 해. 지금 몇 살이냐고."

"얼마 전에 카르텐을 졸업했다고 하면 이해하려나? 이제 백 살 조금 넘었죠."

느긋하게 돌아오는 대답에 머릿속이 차갑게 식었다. 백 살이라니. 어려 보이긴 했지만 생각보다 더 어렸다. 마족이 백 살이면 아직 이렇다 할 경험도 쌓지 못한 시기였다. 아스모델처럼 특별한 경우가 아니고서야 타고난 힘이 아무리 강해도 그걸 제대로 다루려면 관록이 생겨야 하는 법이다. 공격하면서 지나치게 약하다고 생각했는데 그게 착각이 아니었다.

"고작 백 살이라고……."

"고작이라니, 너무하네. 그 백 년도 살기 힘든 인간이 할 말은 아니지 않나? 어린 마족이라고 무시하지는 않는 게 좋을걸요? 앞으로 마왕이 될 존재라구요."

"……마왕이 될? 그럼 지금은 마왕이 아니라는 거야?"

"와, 내가 이미 마왕으로 보여요? 마음에 드는 오해네요. 하지만 아쉽게도 아직은 아니에요. 나중에 그렇게 될 예정이지만."

마왕도 아니고 나이도 어린 카류안이라니. 억누르고 있던 충동이 다시 일렁거리기 시작했다. 그가 언제부터 악신이 될 계획을 품었는지는 모르겠지만 그게 지금은 아닐 것이다. 아직 모든 일이 일어나기 전이었다. 애꿎은 아이들이 희생되지도 않았고 그를 돕는 유카르테 대공은 태어나지도 않았다. 카류안만 여기서 사라진다면, 아무도 다치지 않는다는 소리였다.

"또 살벌한 표정."

난처하다는 듯 미소 지은 카류안이 한 발짝 더 뒤로 물러났다.

"적이 아니라고 말해도 안 믿는 거 같네요. 이러다 진짜 위험할 것 같으니 전언이나 하고 얼른 꺼질게요."

"전언?"

"내 스승이 당신에게 전하라고 한 말이 있어요."

"……뭐?"

"당신이 의도한 건지 아닌지는 모르겠지만 자꾸만 우리 일에 엮이고 있어요. 그래서 그런지 스승이 눈여겨보더군요. 내 정체를 알아차리면 전하라고 했으니 지금이 딱 그 시점이네요."

그 스승의 이름이 혹시 루카르엠이야? 입술 끝에 맴도는 말을 간신히 눌러 삼켰다. 이런 상황은 또 예상하지 못했다. 아니, 예상하고 싶지도 않았다.

"……무슨 전언인데?"

"함부로 개입하지 말라고 했어요."

멍하니 눈을 깜빡였다. 시선을 맞춰온 붉은 눈동자가 나른하게 휘어졌다.

"그게 어느 쪽이든, 반드시 후회하게 될 거라고."

움켜쥔 주먹에서 천천히 힘이 빠져나갔다.

후회한다고? 무엇을? 이곳의 당신은 날 모르잖아. 어디서부터 어디까지 알고 있는 거지? 개입하지 말라는 건 정확히 뭘 말하는 거야? 그걸 왜 하필이면, 카류안의 입을 통해 전하는 건데?

"나도 경고 하나 해두죠."

혼란한 와중에 목소리가 울렸다. 나를 빤히 훑어내린 카류안이 나직하게 속삭였다.

"우리 일을 너무 방해하지 말아요. 그럼 정말로 적이 될 수도 있으니까."

어디선가 신음이 들려왔다. 시몬이 의식을 되찾았는지 몸을 일으키고 있었다. 멍하니 돌아보는데 돌연 그를 향해 날카로운 기운이 쏘아지는 게 느껴졌다. 콰지지직! 콰앙! 황급히 검을 들어 기운을 막아내고 나니 뒤늦게 낭패감이 일었다. 곧바로 돌아봤지만 이미 그 자리에 있던 카류안의 모습은 홀연히 사라져버린 후였다.

"……."

멈췄던 숨을 길게 내쉬었다. 다리에 힘이 풀려 똑바로 서 있는 것조차 힘든 기분이었다. 그대로 주저앉아 연거푸 마른 얼굴을 쓸었다. 시큐엘이 다가와 위로하듯 머리를 비벼 왔지만 기분이 조금도 나아지지 않았다. 뭐가 어떻게 되어가는 건지 모르겠다. 모든 게 다 엉망진창이 된 기분이었다.

*　　*　　*

의식을 차린 시몬은 큰 충격을 받았다. 네브에 대해 실제로 아는 게 전혀 없었다는 걸 상기한 것이다. 인지하면 깨지는 최면이었는지, 그는 자신의 과거에 네브와 함께한 추억이 존재하지 않는다는 걸 금세 인정했다. 그건 델라 역시 마찬가지였다.

"와, 세상에 어떻게 이런 일이 다 있냐."

모든 사정을 다 들은 크리스가 황당한 얼굴로 중얼거렸다. 그 기분에 적절히 공감하며 오랜만에 한자리에 모인 길드원들을 돌아보았다. 시몬은 아직 정신을 못 차리는 중이었고, 델라 역시 연신 머리를 쓸어 넘기기에 바빴다. 그간 동고동락하면서 어울리던 고향 친구가 사실은 마족인 것도 당황스러울 텐데, 알고 보니 그간의 추억들도 전부 조작된 거였다. 쉽게 넘기기 힘들 정도로 충격적인 상황이긴 했다. 덕분에 늦은 밤까지 먹고 마시는 자리가 계속됐다. 그동안 적당히 자리를 지키다 두 사람이 완전히 고주망태가 되어 뻗고 나서야 몸을 일으켰다. 뒷정리를 담당한 크리스가 내가 나가는 걸 배웅했다.

"조심히 들어가. 오늘 너무 고생했다."

"고생은요. 그보다 사람 하나가 빠졌는데 길드 운영은 괜찮겠어요?"

"아, 그건 괜찮아. 요즘 신입이 좀 들어왔거든."

"오, 그래요?"

"네가 요즘 매일같이 활약한 덕분이지. 너랑 아인 이드리스랑 친하다는 소문이 퍼져서 그런지 진혼의 눈치를 보는 사람들이 좀 줄어들었어."

"그렇구나."

다행히 당장 길드 운영에는 차질이 생기지 않을 모양이다. 장기 휴가에 특별대 임무로 바로 넘어가면서 여러모로 소홀해져서 걱정했는데 길드는 내가 없이도 알아서 잘 굴러가고 있었다. 내심 안도하니 크리스가 가만히 나를 바라보았다.

"그러니까 언제든지 그만둬도 괜찮아, 엘."

"네?"

"사실 넌 제도에 정착하려던 게 아니었잖아. 우리 생각하느라 억지로 골치 아픈 일 감당하고 있지는 말라는 소리야. 하기 싫으면 그냥 튀어. 뒷일 생각하지 말고."

그간 크리스는 내가 특별대에 강제로 묶이게 된 걸 안쓰럽게 여기고 있던 모양이었다. 그의 다정한 마음 덕분인지 무겁던 기분이 조금 나아지는 것 같았다. 그때 문득 미친 생각에 정신을 집중하고 천천히 주위를 돌아보았다. 또 정령왕들이 근처에 있으면 어쩌나 했는데 다행히 지켜보는 눈들은 보이지 않았다. 그제야 조금 용기가 생겼다. 최대한 아무렇지 않게, 그냥 지나가는 듯한 어조로 물었다.

"크리스는 만약 예전으로 돌아갈 수 있다면 어떻게 할 것 같아요?"

"예전으로? 과거로 말이야?"

"네."

"물론 가야지. 그리고 모든 상황을 다 바꾸겠지."

마치 준비하기라도 한 것처럼 대답이 선뜻 이어졌다. 멈칫해서 돌아보니 그가 싱긋 웃었다.

"딱히 새삼스러운 고민도 아니거든. 옛날엔 하루에도 몇 번씩 생각했던 거야. 과거로 돌아가고 싶다. 그러면 모든 상황을 다 바꿀 수 있을 텐데. 소중한 사람들도 살리고, 안 좋았던 일들은 전부 다 일어나지 못하게 막아야지. 그럴 수만 있다면 내 전부를 다 줘도 아깝지 않을 거라고 말이야."

"그렇군요."

"다들 그러지 않겠어? 가볍든 무겁든 모두 한두 가지의 후회는 끌어안고 살기 마련이잖아. 없던 일로 할 수 있다면 그렇게 하고 싶은 법이지."

"맞아요. 그건 그래요."

"뭔가 후회하는 일이라도 생겼어?"

크리스가 걱정스러운 눈으로 나를 바라보았다.

"별거 아니에요. 그냥 이것저것 생각이 좀 많아진 것 같아요."

"하긴, 나도 머리가 복잡하긴 해. 네브가 마족일 줄 누가 알았겠어. 심지어 그 녀석이 균열을 일으키는 주범이었다니. 이게 세상에 알려지면 우리 길드는 완전 끝이야. 천하의 공적이 될지도 몰라. 그렇게 되면 정말로 과거로 돌아가고 싶어질 것 같네."

고개를 절레절레 흔들며 크리스가 끌끌 혀를 찼다. 오늘 겪은 일이 그에게도 워낙 충격이었던 탓인지 내가 한 말 자체엔 큰 의미를 두지 않는 것 같았다.

'과거를 바꿀 수 있다면…….'

깊게 숨을 삼키고 주위를 돌아보았다. 마법 전등이 세워진 거리, 가판대에 올려진 잡지와 신문들. 기차역으로 향하는 정거장과 그 앞에 줄지어 세워진 마차들. 내가 살던 세상과 비슷한 것 같으면서도 전혀 다른 분위기로 가득한 주위를 새삼스럽게 살폈다.

늘 궁금했었다. 내가 이 시대에서 무슨 짓을 해도 앞으로 이어질 결과는 그대로 고정되는 건지. 그게 아니면 영향을 미치는 대로 바뀔 수 있는 건지. 당연히 전자라고 생각해 왔었지만, 그래도 후자의 가능성이 신경 쓰이긴 했다. 미네르바의 일을 두고 늘 고심했던 것도, 조금쯤은 자책을 미뤄뒀던 것도 그래서였다. 그런데 아무래도 오늘 그 답을 알게 된 것 같았다.

'함부로 개입하지 말라.'

카노스가 직접 내게 그렇게 말했다. 그가 내 존재를 알고 있었다. 어쩌면 그는 이미 내가 어디서 왔는지 알아차렸을지도 모른다. 그런데도 주술이 풀리지 않는 이유는 아직 모르겠지만.

물론 그 정답을 알 수 있는 방법은 바로 앞에 있었다. 가볍게 한숨을 삼킨 후 문장이 새겨진 손등을 꾹 눌러 잡았다. 마신전에 가는 건 피할 수 없는 일인 듯했다.

2.

카노스를 만난다.

피하려고만 할 때는 전전긍긍하기 바빴는데, 막상 저지르기로 하니 놀랍도록 마음이 평온해졌다. 어쩌면 처음부터 이렇게 하고 싶었던 건지도 모른다는 생각이 들었을 정도로. 물론 정말 연락하고자 한다면 그보다 더 간단한 방법이 있긴 하지만. 아직 거기까진 용기가 나지 않는 걸 보면 마지막 보루는 남겨둬야 한다는 생각 때문인지도 모르겠다.

그러나 그 와중에도 미처 생각지 못한 점이 하나 있었다. 내가 뒤통수를 잘 맞는다고 여기게 된 이유. 그 기저에 가장 큰 공헌을 한 이가 바로 카노스라는 사실을 말이다.

"도련님, 마신전에 간다고 했었지?"

다음 날 아침, 조식을 먹기 위해 식당으로 내려가려는데 이프리트가 물었다. 어차피 다들 알아서 파악해두는 편이라 그동안엔 굳이 일정을 알리고 다니진 않았지만 이번만큼은 직접 말해둔 참이었다. 혹시나 가짜 문장 문제를 지적하면 어쩌나 했는데 엘뤼엔이나 이프리트나 그 부분은 크게 신경 쓰지 않았다. 일반적으로는 기도실만 들어가지 않으면 괜찮으니 내가 알아서 몸을 사릴 거라 여긴 듯했다. 하긴, 그러고 보면 이프리트는 아예 들어가 보라 권한 적도 있었더랬지. 이게 생각보다 더 큰 위험부담을 짊어진 일이라는 걸 그들이 몰랐으면 하면서도 한편으로는 조금 씁쓸하긴 했다.

"이틀 후라고 했던가?"

"응, 맞아. 왜?"

"그거 일이 좀 꼬인 것 같던데, 괜찮은 건가 싶어서."

"그게 무슨 말이야?"

이해할 수 없는 말에 어리둥절해져서 물었을 때였다.

"이봐, 그 사실 들었어?"

"뭐? 그게 정말이야?"

때마침 도착한 식당 층에서 웅성거리는 소리가 들렸다. 평소라면 한적했을 시간인데 오늘따라 사람이 많았다. 조간신문에 뭔가 엄청난 소식이라도 실린 건지 다들 큰 충격에 빠진 모습이었다.

"마신전이 사라졌대!"

곧 들려온 말엔 나도 같이 충격에 휩싸였다. 지금 뭐가 사라졌다고? 멍하니 이프리트를 돌아보니 그가 어깨를 으쓱여 보였다. "내가 하려던 말이 저거였어." 이어진 말이 한 번 더 쐐기를 박았다.

그 길로 곧장 채비를 꾸려 마신전으로 향했다. 제도에서 조금 떨어진 지역이라 마차 같은 이동 수단을 이용해야 했지만 마음이 급해 시큐엘을 타고 질주했다. 그렇게 도착한 현장은 이미 소식을 듣고 나온 사람들로 가득했다. 근위대 제복을 입은 기사들이 여기저기 바쁘게 돌아다니며 주위를 통제하는 중이었다.

어떻게든 인파를 뚫고 앞으로 나가니 울창한 숲만 보였다. 빼곡하게 가득 찬 나무들만 봐서는 아무리 봐도 건물이 세워져 있을 만한 장소가 아니었다. 도저히 믿을 수가 없어서 근처의 사람 중 아무나 붙잡고 마신전이 있었던 곳이 맞냐고 물었더니, 하나같이 긍정의 대답이 떨어졌다. 바로 어제까지만 해도 멀쩡하던 건물이 하룻밤 사이에 증발했다는 것이다.

"대체 이게 무슨……."

기껏 결심을 굳힌 참에 목표가 사라지다니, 이건 해도 해도 너무한 거 아닌가? 원래 이렇게 틀어지기로 되어 있는 건가. 그게 아니면 카노스가 날 피하는 거야? 망연한 심정으로 서 있는데 누군가가 내 어깨를 짚었다. 흠칫 놀라 돌아보니 시선이 마주친 이가 손가락을 입술에 가져다 댔다. 그리 오래 살피지 않아도 이제 그의 정체는 금방 알아볼 수 있었다. 다비안이었다.

"이쪽으로."

낮은 목소리에 고개를 끄덕인 후 그가 손짓하는 대로 엉거주춤 뒤를 따라 걸었다. 다비안이 안내한 곳은 숲 안쪽이었다. 으슥한 사잇길을 따라 들어서니 한구석에 세워져 있는 작은 목조 건물이 보였다. 창고로 쓰기 위해 만들어진 듯 단출하고 허름한 생김새였다. 근위대 기사들이 그 안에서 한창 의식이 없는 사람들을 싣고 나오는 중이었다.

"저 사람들은……."

"실종자들일 겁니다."

"실종자들?"

"전부 다는 아니지만, 제가 아는 얼굴들이 있습니다."

나지막한 설명이 무엇을 의미하는지 짐작하는 건 그리 어렵지 않았다. 조금 얼떨떨한 기분으로 의식이 없는 이들 쪽을 다시 바라보았다. 아무래도 저들 모두 지금까지 마신전에 잠입했던 요원들인 모양이었다.

'살아 있었구나.'

그간 생포해두었다가 떠나면서 전부 버려두고 간 모양이다. 사라졌다는 요원들이 살아 있을 거라곤 생각지 못해서 기분이 이상했다. 다비안도 여러모로 마음이 복잡한지 눈동자가 떨리고 있었다.

"일단 저희는 돌아가서 경과를 지켜보는 게 낫겠습니다."

조심스럽게 이어진 말에 이번에도 고개를 끄덕였다. 어차피 지금 상황에선 할 수 있는 일이 달리 없기도 했으니까.

그리고 며칠이 지난 지금, 나와 다비안은 세피온 공작과 함께 우중충한 분위기로 앉아 있었다. 사건 이후로 며칠 만에 만난 세피온 공작은 얼마나 시달렸는지 시커먼 다크서클이 턱까지 내려온 듯한 모습이었다. 미리 양해를 구한 그가 두꺼운 궐련에 불을 지피곤 뻑뻑 피워댔다.

"환장할 노릇이지만 마신이 신전을 거둔 게 맞네. 정확히는 우리 제국에서만이지만."

"그럼 다른 나라에 있는 마신전은 안 사라진 거예요?"

"일단 파악하기로는 그렇네. 아, 하나 더 있긴 하군. 에펜 왕국에서도 사라졌네."

"에펜 왕국도요? 그럼 왕실에서 상주한다던 마신관들은……."

"그건 지금 알아보는 중이네. 하지만 아무래도 결과는 뻔할 것 같군."

한숨처럼 답한 세피온 공작이 피곤한 낯으로 미간을 꾹 문질렀다. 그날 창고에서 실려 나오던 사람들은 실종됐던 요원들이 맞았다. 움브라의 대장도 그들 중에 있었다. 하지만 전부 좋은 결과만 있는 건 아니었다. 몸 상태는 탈진한 것 말고는 비교적 멀쩡했으나 다들 무슨 일을 겪었는지 기억이 전부 사라진 상태라고 했다.

"모든 기억이요?"

"그래, 자기가 누군지도 모르는 상태라네. 검진한 의원 말로는 강한 최면에 걸린 후유증 같은 거라고 하더군. 내버려 둬도 회복되긴 하겠지만 시간이 좀 걸릴 거라는 모양이야. 당장 업무 복귀는커녕 심문도 불가능하다는 소리지."

설마 카류안이 한 일일까. 최면이라고 하면 떠오르는 게 그밖에 없었다.

"그러니 자네의 증언이 한층 더 중요해졌는데 말이야. 여전히 침묵을 고수할 텐가?"

세피온 공작의 시선이 고요히 앉아 있는 다비안을 향했다. 그는 임무에 관련된 일은 움브라에만 보고한다는 철칙을 여전히 지키는 중이라 세세한 사정까진 밝히지 않고 있었다. 입을 열 기세가 없는 그를 본 세피온 공작 역시 기대도 하지 않았다는 듯 손을 휘휘 밖으로 내저었다.

"알았으니 이만 나가들 보게."

"그럼 저흰 이제 어떻게 해요? 다시 본 임무에 복귀하면 되나요?"

"아니, 그냥 쭉 대기하게. 어차피 특별대도 그리 오래 가진 않을 것 같으니."

이런 대답이 나올 거란 건 이미 예상하긴 했다. 지금 특별대는 꿔다놓은 보릿자루 같은 상태였다. 마신전이 사라진 이후로 그렇게 지긋지긋하던 균열이 완전히 멈췄기 때문이다. 지금까지 심증에 불과했던 관련성이 사실이었다는 게 드러난 셈이다. 그 때문에 제도가 발칵 뒤집힌 건 둘째치고, 마수가 나타나지 않으니 특별대도 더는 할 일이 없게 됐다. 혹시 몰라 아직 유지하고 있지만 조만간 해산 절차를 밟을 거라는 건 기정사실이나 다름없었다.

"덕분에 그놈만 신이 났지."

"그놈?"

"루시엘 왕세자 말일세."

듣기만 해도 불쾌해지는 이름에 얼굴이 절로 찌푸려졌다. 그러고 보니 그 망할 놈의 왕세자가 지금 제국에 있었다. 아직 마주친 적은 없지만 같은 제도 하늘 아래 있다는 것만으로도 충분히 거슬렸다.

"특별대가 해산되면 진혼 길드가 전력을 되찾아서요?"

"그것도 그렇지만 이 흐름 자체가 문제네. 그 왕세자가 제국 귀족들을 모아두고 마신전을 배척하는 분위기를 형성하는 중이었거든. 이번 일로 그가 완전히 신임을 얻게 됐어."

"에펜 왕국과 마신전은 서로 돕는 관계처럼 보인다고 하지 않았어요?"

"상황만 보면 분명 그래 보였는데 말이네."

새 궐련을 입에 문 세피온 공작이 쓰게 웃었다. 그래, 랑시가 알려준 바로는 분명 왕실과 마신전의 사이가 나쁘다고 했었다. 세간의 이목을 속이려 일부러 잘못 퍼트린 소문인 건가 했는데 오히려 정보원들이 등잔 밑이 어두웠던 건지도 몰랐다. 다비안을 바라보니 그가 조금 머뭇거리다 입을 열었다.

"겉으론 우호적인 관계로 보이긴 했습니다만……."

"뭔가 걸리는 게 있었나요?"

다시금 망설이던 그가 천천히 고개를 끄덕였다. 자신에게는 침묵하던 다비안이 순순히 입을 여는 것에 세피온 공작이 기가 막힌 표정을 지었지만, 그를 신경 쓰는 사람은 아무도 없었다.

"마신관들은 식사할 때와 잠들 때만 제외하면 온종일 제례 의식만 하며 지냈습니다. 사적으로 사담을 나누거나 다른 일정을 보내는 걸 본 적이 없습니다."

"통제당하고 있었다는 건가요?"

"강제가 있었다기엔 감시자들은 따로 없었습니다. 게다가 다른 사람들이 말을 걸어도 마신관들 쪽에서 무시로 일관했습니다. 정확히는, 그들이 제례 의식 외에는 아무것에도 관심을 두지 않는 것 같았습니다."

친선을 다지고, 왕실의 평화를 기원하는 의식이었다. 그게 아무리 중요한 일이라 해도 매일같이 똑같은 일과만 기계처럼 반복하며 산다는 건 좀 이상했다. 다비안 역시 그 점이 마음에 걸려 마신관들의 명단을 작성해둔 거라고 했다.

"그 제례 의식은 어떤 형식이었어요?"

"제단에 거대한 술식이 펼쳐져 있었습니다. 그 안에서 온종일 기도하는 것 외에는 별다른 건 없었습니다."

"……혹시 그 주술식이 문서에 들어 있던 그거예요?"

"네, 술식이 너무 복잡하고 어려워서 전부 다 옮겨 적지는 못하고 일부만 옮겨둔 겁니다."

이거 예감이 너무 좋지 않은데. 그 주술식은 잘 모르는 내가 보기에도 흑주술에 가까운 형식이었다. 그런데 그걸 제례 의식에 사용하고 있었다고? 떨떠름한 기분으로 돌아보니 세피온 공작 역시 심각한 표정을 짓고 있었다.

"거참, 내가 해독하지 못 하는 주술식이면 어지간하면 풀어낼 자가 없는데. 이거 곤란하게 됐군."

"전 이만 가볼게요."

"으응? 간다고?"

당황한 시선들을 모른 척하고 얼른 자리에서 몸을 일으켰다. 사정을 설명해야 한다는 건 알았지만 지금은 머릿속을 꽉 채운 것을 확인해야 한다는 생각밖에 없었다.

밖으로 나오자마자 그대로 향한 곳은 특별대 관사 쪽이었다. 익숙한 길을 따라 일전에 한 번 가봤던 장소로 거침없이 들어섰다. 안에서 한창 부지런하게 일하던 사람들이 갑자기 들어온 날 발견하고 어리둥절한 표정을 지었다.

"누구십니까? 여긴 외부인이 들어오면 안 됩니다."

몇 사람이 더 안으로 들어가려는 나를 제지했다. 그제야 초조한 마음을 가라앉히고 걸음을 멈춰 세웠다.

"죄송해요. 마음이 급해서 실례했네요. 지금 시벨리우스는 어디에 있어요?"

"누구요? 아, 혹시 주방장님을 찾으러 오신 겁니까?"

"네, 전 엘이라고 하는데요. 잠깐 시벨리우스 좀 불러주실 수 있을까요?"

"지금 주방장님은 바쁘셔서……."

대답하던 숙수가 곤란하다는 표정을 지었을 때였다.

"뭐야."

문 안쪽에서 훤칠한 남자가 걸어 나왔다. 오늘도 꼼꼼하게 요리사 복장을 갖춘 시벨리우스였다. 바깥이 소란스러워지니 무슨 일인지 확인하기 위해 나와 본 듯했다.

"아, 주방장님! 갑자기 이분이 주방장님을 만나겠다고 들어오셔서……."

반색한 숙수가 얼른 설명을 이었지만 그가 내 쪽을 발견하는 게 더 빨랐다. 싸늘하던 시선이 나를 확인하고 잠시 멈칫했다.

"앗, 혹시 정령사 엘 님 아니십니까?"

시벨리우스를 뒤따라 나오던 사람이 냉큼 내 앞으로 달려오며 물었다. 누군가 했는데 얼굴을 보고 나니 낯이 익었다. 일전에 물을 만들 수 있는지 물어봤던 숙수였다.

"아, 네. 저 맞아요."

그러고 보니 얼굴을 가린 채였구나. 쓰고 있던 후드를 뒤로 젖히니 모두의 표정이 잠시 경직됐다. 내 얼굴을 몰랐던 사람들이야 그렇다 치고 전에 봤던 사람들도 왜 여전히 같은 반응인지는 모를 일이었다. 아는 척해온 숙수도 잠시 굳어 있다가 황급히 말을 이어갔다.

"아이고, 정말 엘 님이셨구나. 다른 임무를 받으시고 떠나셨다 들었는데 다시 복귀하신 겁니까?"

"그냥 잠깐 들른 거예요."

"그렇군요. 그래도 잘 오셨습니다. 주방장님이 그동안 엘 님이 언제 오시는지 얼마나 궁금해하셨는지……."

"쓸데없는 소리 하지 마."

산만하게 떠드는 말을 낮은 음성이 가로막았다. 급히 입을 다문 숙수가 냉큼 뒤로 물러서고 나자 그를 노려보던 시벨리우스의 눈길에 힘이 풀렸다. 다시 마주친 표정은 누가 봐도 머쓱해하는 얼굴이라 웃음이 나왔다.

"나 기다렸었어?"

"……여긴 또 무슨 일이야."

"아참, 그렇지. 갑자기 찾아와서 미안해. 너한테 물어볼 게 있는데, 혹시 시간 좀 내줄 수 있어?"

"지금?"

"빠를수록 좋긴 하지만, 너무 바쁘면 기다릴게."

그러자 잠시 고심하는 듯하던 그가 머리에 쓰고 있던 주방 모자를 벗었다. 모자와 함께 고정되어 있던 핀이 풀어지면서 결 좋은 은발이 부드럽게 흘러 내려왔다. “돌아올 때까지 네가 진행해.” 옆에 있던 숙수에게(그의 표정이 울상이 되는 건 아랑곳하지 않았다) 지시를 내린 후 그가 나를 돌아보았다.

“일단 여기서 나가자.”

앞서 걷는 그를 따라 서둘러 걸음을 옮겼다. 주방을 나온 우리는 아무도 없는 공터로 이동했다. 벤치가 놓여 있는 걸 보면 평소 주방에서 쓰는 휴게실인 듯했다. 그제야 걸음을 멈춘 그가 나를 돌아보았다.

“이제 말해도 돼. 무슨 일인데?”

“아, 잠깐만 기다려.”

혹시 몰라 필기구를 가지고 다니길 다행이다. 서둘러 공책을 펼쳐 들고 그 앞에서 끄적끄적 적어 내렸다. 한동안 내가 하는 양을 묵묵히 바라보고 있던 시벨리우스가 돌연 움찔하더니 급히 내 손을 붙잡아 멈추게 했다. 당황해서 고개를 드니 그가 무섭게 굳은 얼굴로 날 응시하고 있었다.

“너, 이거 뭐야. 왜 이런 걸 적는 거야?”

“와, 역시 바로 알아보는구나? 뭔지 알 것 같아?”

“흑주술이잖아.”

공책에 적은 건 제례 의식에 썼다는 바로 그 주술식이었다. 주술에 능통한 시벨리우스라면 더 잘 알지 않을까 싶어서 물어보려

한 건데 설명하기도 전부터 한눈에 흑주술이라는 걸 알아보는 걸 보니 역시 내가 제대로 찾아온 모양이었다.

"이 주술이 뭔지 궁금한데 너라면 알 것 같았어."

"흑주술은 영혼을 망치는 행위야. 이런 거에 관심 갖는 건 그만둬."

"내가 흑주술을 하려는 게 아니야. 누가 이 주술로 일을 꾸미고 있는 것 같아서 정확히 무슨 주술인지 확인하려는 거야."

그 말에 얼굴을 찌푸린 시벨리우스가 가만히 공책에 그려진 주술식을 훑었다.

"완성된 식은 아닌 것 같은데."

"맞아, 일부만 옮겨온 거거든. 이것만으로는 파악하기 힘들까?"

"추적은 가능하지만 완벽하다곤 못해."

"대충만이라도 괜찮아. 내가 의심하는 주술이 맞는지 확인하려는 거니까."

"……일단 아는 대로 다 적어봐."

듣던 중 반가운 소리에 얼른 기억하고 있던 전부를 옮겨 적었다. 그렇게 완성한 공책을 넘겨받은 시벨리우스는 잠시간 신중한 눈으로 주술식을 살폈다. 이윽고 그가 손가락으로 알 수 없는 수인을 맺었다. 그러자 공책에 적힌 글자에서 빛이 일기 시작하더니, 마치 떠내지듯이 들어 올려지며 글자만 하늘로 붕 떠올랐다.

"와……."

나도 모르게 감탄하면서 보고 있으려니 푸른색으로 빛나는 글자들이 허공에 흐트러졌다. 시벨리우스는 그 글자들을 가만히 지켜보다가 몇몇 군데를 툭툭 건드리며 이어 붙이거나, 또는 떨어트리곤 했다. 띄엄띄엄 흩어진 글자들을 각자 문장이 되도록 연결하는 것 같았다. 그 과정이 거침이 없어서 신기했다.

"혹시 다 아는 문자야? 소수민족의 고어가 섞여 있다고 들었는데."

"알면 더 쉬워지긴 하지만 몰라도 상관은 없어. 이건 기본적으로 언령이라 글자 자체엔 큰 의미가 없거든."

무슨 말인지 모르겠어서 그냥 얌전히 있기로 했다. 어차피 시벨리우스도 그 이상 설명할 생각은 없는 것 같았다. 한동안 글자들을 이리저리 조합하던 그가 다시 입을 열기까진 그리 오랜 시간이 걸리진 않았다.

"대충 알아냈어. 타인의 생명력을 빼앗는 흑주술과 신관의 공격 주술을 섞어 응용한 거야."

이어진 말에 가만히 숨을 삼켰다. 시벨리우스의 시선은 빛나는 글자들에 여전히 고정되어 있었다.

"함의된 언령은 신의 아이, 저주, 고통, 타락, 눈물. 이것만으로는 불완전하긴 하지만…… 아마도 신관의 성력을 강제로 빼앗으려고 한 것 같아."

"……."

심장이 빠르게 뛰었다. 설마설마했는데 정말 내 예상이 맞았던 모양이다. “이 주술의 핵심 문장을 찾아냈어.” 곧 모든 결론을 내린 낮은 목소리가 들려왔다. 멍하니 돌아보자 시선을 맞춰온 시벨리우스가 천천히 입을 열었다.

“「타락하는 천사의 피를 삼켜 어둠을 꽃 피우다.」”

한때 들어봤던 문장이 다시금 귀에 새겨졌다. 나도 모르게 허탈하게 웃고 말았다. 그때 느꼈던 참담함 만큼이나 더러운 기분이었다.

‘손을 잡은 게 마신전이 아니라 인어였어.’

그럼 카노스가 신전을 거둔 것도 이곳에 머무르고 있는 왕세자 때문인 걸까. 인어들이 마신관을 노리는 정황은 이전부터 충분했으니 그게 더 심화한 건지도 모른다. 카노스는 기회를 충분히 주는 신이니 진멸하기에 앞서 일단 신관들을 보호하는 쪽으로 간 거겠지.

그보다 인어는 그렇다 치고, 에펜 왕국에선 대체 뭘 노리고 그들과 손을 잡은 거지? 정복 전쟁을 원하는 거라 해도 마신전을 건드리는 건 너무 위험부담이 크지 않나? 머릿속이 복잡해지는데 어디선가 시선이 느껴졌다. 고개를 드니 시벨리우스가 나를 가만히 바라보고 있었다. 그제야 그 앞에서 다른 생각에 빠져 있었다는 사실을 상기하고 얼른 정신을 차렸다.

“아, 고마워, 시벨. 정말 큰 도움이 됐어.”

“……굉장히 잔인한 주술이야. 이런 일엔 엮이지 않는 게 좋아.”

“응, 조심할게.”

웃으며 답하니 그가 뜻 모를 표정으로 나를 바라보았다. 가볍게 한숨을 내쉰 그가 그 자리에서 뭔가를 꺼내 내밀었다. 얼결에 받고 보니 부적처럼 생긴 종이였다.

"이게 뭐야?"

"수호부라는 거야. 몸에 지니고 있으면 흑주술 공격을 한 번은 막아줄 거야."

"우와, 이런 게 있었구나. 고마워."

"……임시방편 수준이야. 너무 강한 건 완전하게 막지는 못해."

"그래도 좋아. 흑주술에 당하는 거 정말 싫거든. 그런 거 쓰는 놈들은 자기들도 똑같이 당해봐야 한다니까. 그래야 얼마나 구역질 나는 느낌인지를 알지."

"놈들? 그때 말고도 또 당한 일이 있었어?"

"아, 음, 어쩌다 보니."

어색하게 웃으니 시벨리우스가 묵묵히 수호부를 한 장 더 꺼내 손에 쥐여주었다. 아무래도 사고뭉치로 찍힌 것 같은데, 그냥 기분 탓이겠지. 나라고 그런 놈들이랑 엮이고 싶어서 엮인 건 아닌데 말이다.

'그보다 역시 친절하네.'

내 시대에서야 과거에 쌓은 연이 있었다지만, 여기선 만난 지 얼마 되지도 않은 관계인데 걱정해서 먼저 챙겨줄 줄은 몰랐다. 표정이나 말투는 달라도 타고난 성품이 다정한 건 어쩔 수 없는 모양이다. 그래도 아직 서먹하기는 한지 웃으며 바라보자 그의 얼굴이 살짝 경직됐다.

"용건이 끝났다면 이만 갈게. 주방을 오래 비울 순 없어서."

"응, 오늘 정말 고마웠어. 다음에 또 보자."

"……는……."

"어? 뭐라고?"

"……식사는 안 하고 가는 거야?"

왠지 말투에서 섭섭함이 느껴지는 건 내 착각이 아닐 것이다. 나도 모르게 웃음이 나올 것 같아서 꾹 눌러 참았다.

"나도 그러고 싶은 마음은 굴뚝같은데, 복귀한 게 아니라서 어려울 것 같아. 내가 오늘 여기 온 것도 다들 모르거든. 이왕이면 조용히 다녀가고 싶어."

"……그래."

"아아, 정말 아쉽다. 네가 만든 요리가 세상에서 제일 맛있는데. 요즘 맛있는 걸 못 먹고 살아서 내가 얼마나 우울하고 슬픈지 넌 모를 거야. 온종일 네 요리가 아른거려서 금단 현상까지 왔다니까."

과장하며 한탄하니 약간 침울해졌던 눈동자에 생기가 돌았다. 나와 눈이 마주치자 곧바로 정색하긴 했지만, 이미 표정에 드러난 기쁨을 다 봐 버린 후라 별로 효과 없는 시도였다. 히죽거리는 나를 똑바로 보기가 민망했는지 그가 몇 번 헛기침을 내뱉었다.

"참, 아까 소수민족의 고어라고 했던 거 말인데."

"아, 응."

“필수는 아니지만, 주술은 언령을 토대로 하는 거라 기본적으로 모든 언어를 다 검토해두긴 해. 그 글자도 눈에 익은 거긴 했어.”

“앗, 그래? 어느 민족의 언어야?”

에펜 왕국의 왕비가 그 소수민족 출신이라고 했던가. 혹시 알아두면 왕국의 목적을 좀 더 파악할 수 있을지도 모른다는 생각에 관심이 일었다.

“원래는 신관들이었어.”

“신관들?”

“그에 대해 말하려면 신화와도 이어져. 내가 알려주는 것보단 관련 서적을 읽어보는 게 도움이 될 거야. 세이렌에 대해 찾아봐.”

그 순간 들려온 단어에 몸이 절로 멈칫했다.

“……세이렌?”

굳어진 얼굴로 시선을 보내니 시벨리우스가 의아하다는 표정을 보내면서도 고개를 끄덕였다.

“지금은 인어를 지칭하는 명칭이기도 하지만, 원래는 그들을 창조한 신의 이름이었어.”

“왜 과거형이야?”

“지금은 없거든. 주신의 권능에 도전했다가 징벌을 받고 신적에서 지워졌어.”

“……!”

“인어가 야만족이라 불리는 이유이기도 하지.”

이제 더는 놀랄 게 없다고 생각했건만, 역시 사람의 일은 쉽게 단정하면 안 된다. 충격을 받은 걸 너무 대놓고 내색한 걸까. 시벨리우스가 내 표정을 살피는 게 느껴져서 괜찮다는 의미로 웃어준 다음 크게 심호흡했다. 적어도 에펜 왕국이 인어와 손을 잡은 이유만은 명확해져서 다행이었다.

'확실히 다행이지.'

그 외의 모든 건 다 불행인 것 같으니 말이다.

3.

이 시대의 좋은 점은 교통도 편하지만 서점이 보편화되어 있다는 게 가장 크지 않을까 싶다. 공용 도서관까지는 없어도 대형 서점은 존재해서 서민들도 마음만 먹으면 간단한 자료 정도는 구할 수 있었다. 덕분에 시벨리우스가 알려준 이야기를 알아보는 과정도 그리 어렵지만은 않았다.

세이렌 설화 '괴물이 된 신의 이야기'

"제목부터 참 암울하네."

직원으로부터 추천받아 구매한 책 표지를 확인하고 한숨을 내쉬었다. 서점 한구석에 마련된 테이블에 앉아 차분히 읽어보기 시작한 내용은 과연 제목 그대로였다. 원래 세이렌은 하급신이었다.

심지어 시작은 평범한 인간의 영이었으나 오랜 수련과 인고 끝에 신적에 오르게 된 경우였다.

한번 정해진 신의 등급은 바꿀 수 없지만, 노력으로 신이 된 세이렌은 하급신에서 만족하지 않고 더 높은 경지를 꿈꿨다. 그리하여 오랜 연구와 시험 끝에 마침내 힘을 키우는 주술을 완성해냈다. 그건 다른 존재의 영력을 흡수하여 자신의 것으로 만드는 암흑 주술이었다.

순조롭게 힘을 키워낸 세이렌은 권세를 크게 확장했고, 그 힘을 토대로 인어를 창조해냈다. 그러나 본래 상급신이 아닌 그가 진정한 상급신의 권능을 행한다는 건 어불성설이었다. 일단 창조하긴 했으나 순수한 성질이 아닌 여기저기서 가져온 걸 끼워 맞춘 수준에 불과한 데다가 가장 중요한 창조신의 축복은 내릴 수 없었다. 그렇게 불완전하게 완성된 인어 일족은 당연하게도 온전한 영을 받지 못했다.

영장으로 인정받지 못한 일족에게 남은 길은 몬스터나 마물로 분류되는 것뿐이었다. 그에 격분한 세이렌은 더 높은 곳을 바라보기로 했다. 세상의 기준이 문제라면 그 기준을 바꾸겠다. 주신이 자신을 인정하지 않는다면, 자신이 곧 주신이 되면 된다고.

"……악신이 되는 주술을 처음으로 만든 게 이 신이었어?"

별로 궁금하지도 않았던, 단어만 들어도 지긋지긋한 그 원류를 이렇게 확인하고 나니 입안이 썼다. 어쨌든 덕분에 인어 일족이 어떻게 그런 주술을 만들어낼 수 있었는지는 알 것 같았다. 아주 신과 창조물이 돌아가면서 해악과 민폐를 끼친 경우였다. 그 모든 과정을 4천 년 후에 똑같이 답습하게 된다는 점마저도.

하지만 세이렌의 최후는 카류안과는 조금 달랐다. 악신이 되려는 첫 시도였다 보니 여러모로 어설펐고, 제대로 된 각성에 이르지도 못했다. 게다가 당시엔 주신이 깨어있을 때였기에 직접 징벌에 나섰다. 여러모로 간단하게 끝난 상황이었다.

주신은 세이렌을 소멸하는 대신 저주를 내린 후 신적에서 지우고 신계에서 떨어트리기만 했다. 그리하여 저주받은 세이렌은 괴물이 되어 중간계에 숨어 살다가 한 인간 영웅이 토벌에 나서고서야 죽음을 맞이하게 된다. 이 마지막 부분은 정확히 명시되지 않고 지나가는 설화처럼 기술되어 있었다. 아마도 떨어진 중간계가 아크아돈은 아닌 듯했다.

주신이 세이렌을 괴물로 만든 건 그 혼을 정화하려는 과정이었을 것이다. 어쨌든 온전한 소멸이 아니었기에 그를 따르던 신관들은 여전히 세이렌을 잊지 않고 기억했다. 그들은 성력을 잃은 후에도 작은 민족을 이뤄 꾸준히 명맥을 이어나가게 된다.

'……그리고 에펜 왕국의 왕비가 그 후예인 거구나.'

한숨과 함께 책상 위에 머리를 박았다. 인과관계를 파악하면 속이 좀 시원해지는 부분이 있을 거라 여겼는데 오히려 머리만 더 괴로워진 기분이었다.

미래에 카류안이 인어의 주술을 이용할 수 있었던 건 여기서 배웠기 때문이겠지. 어쩌면 악신이 될 단서를 제공한 것조차 이 시대인지도 모른다. 어쩌다 카류안이 마신관들을 보호하는 일을 맡은 건지는 몰라도 고양이한테 생선을 떠넘긴 셈이었다.

'라피스, 넌 왜 하필 떨어져도 여기에 떨어진 거야.'

오랜만에 그 녀석이 좀 원망스러워졌다. 왜 자꾸 알고 싶지 않은 것들만 알게 되는 건지 모르겠다. 난 내 할 일만 생각해도 벅찬 사람이란 말이야.

다시금 한숨을 내쉬고 있을 때였다. 검은 장갑을 낀 손이 눈앞에 불쑥 나타나더니 내가 들고 있던 책을 휙 낚아채 갔다. 황당해서 고개를 들기 무섭게 그대로 얼굴이 굳었다. 여기서 볼 거라 생각지도 못한 인물이 서 있었다.

"미안하지만 이 책은 내게 양보해줬으면 좋겠군."

가장 먼저 눈에 띄는 건 기름을 발라 번들번들하게 넘겨 올린 은회색 머리였다. 같은 금안이라도 트로웰의 것과는 격이 다른 황토색 눈동자. 입고 있는 검은 제복에선 지독한 향수 냄새가 진동했다. 머리부터 발끝까지 뺀질뺀질한 느낌으로 가득한 남자는 바로 루시엘 왕세자였다.

젠장할, 이놈을 왜 또 여기서 만나? 후드를 눌러 쓰고 있어서 천만다행이다. 무심코 지킨 습관에 오늘처럼 덕을 본 적이 없는 것 같았다.

"이미 내가 산 건데요."

"책값은 돌려주지."

피식 웃은 왕세자가 대답하니 바로 옆에 있던 시종이 냉큼 금화

하나를 내 앞에 내려놓았다. 책값의 세 배는 되는 돈이었다. 돈이 썩어나나 싶다가도 알아서 손해 보겠다는 걸 마다할 이유는 없어서 얌전히 교환했다. 어차피 필요한 내용은 다 읽은 뒤였다.

"그럼 이만."

조금이라도 같은 공간에 있고 싶지 않아 얼른 자리부터 피하려 했다. 그런데 일어서는 순간 곧바로 손목이 붙잡혔다. 얼굴을 찌푸리고 돌아보니 나를 붙잡은 왕세자가 묘한 시선을 보내오고 있었다.

"뭐죠?"

"잠시 후드를 벗어보지."

"……뭐요?"

"왠지 내가 아는 사람인 것 같아서 말이야."

앗, 젠장. 설마 눈치챘나? 나도 모르게 욕할 뻔한 걸 간신히 삼켰다. 손목을 비틀어 빼려고 하니 붙잡는 힘이 더 강해졌다. 물론 마음만 먹으면 얼마든지 뿌리칠 수 있긴 하지만, 의심에 확신을 더해주는 꼴이 될까 봐 일단 참았다.

"난 당신 모르겠는데요. 뭘 근거로 알 것 같다고 하시는지."

"목소리가 귀에 익어."

"하하하. 보아하니 귀족이신 것 같은데. 용건을 마치셨으면 애꿎은 시민 핍박하지 마시고 갈 길이나 가세요."

"귀족을 대하는 말투가 아니군. 그조차 비슷해."

이쯤 되면 이미 다 알아차리고 이러는 거다. 틀림없다. 우위에

섰다는 듯 싱글싱글 웃고 있는 얼굴을 보니 속이 뒤틀렸다. 아니, 근데 생각해 보니 억울하네. 내가 왜 이놈을 피해 다녀야 하지? 날 만나면 찔려야 하는 건 오히려 이놈 아냐? 짜증 나서 일단 손부터 뿌리치려고 할 때였다.

"……전, 루, 루시엘 님!"

두웅!

갑자기 진동이 울리더니 왕세자의 몸이 휙 뒤로 밀려났다. 당황한 시종이 급히 달려가 넘어진 그를 부축했다. 무슨 일인가 싶어서 어리둥절해지는데 눈앞에 보이는 광경 하나가 시선을 사로잡았다. 허공에 팔랑거리는 종이 하나가 떠 있었다. 그 위에 적혀 있는 문자들이 은은한 푸른 빛을 뿜어내는 중이었다. 시벨리우스가 준 수호부였다. 당황스러운 마음에 얼른 가슴 부근을 더듬었다. 상의 안쪽에 넣어놨던 수호부 한 장이 사라진 채였다.

'헐, 잠깐만. 이게 반응했다는 건…….'

저 미친놈이 방금 흑주술을 쓴 거야?

머릿속이 차갑게 식었다. 어정쩡한 자세로 넘어진 왕세자도 뒤늦게 수호부를 발견하고 눈을 크게 뜨고 있었다. 하지만 큰 위협을 느끼진 않아서인지 곧 재밌다는 시선으로 나를 바라보았다.

"신기한 물건을 갖고 있군. 방금 내게 무슨 짓을 한 거지?"

"그건 내가 묻고 싶은 말인데. 이게 왜 발동했을까요?"

"무슨……."

"이거 특정한 힘에만 반응하는 보호 주술이거든요. 보통은 발동할 일이 없는 거라서요."

"……."

허를 찔린 얼굴을 한 왕세자가 입을 다물었다. 여유롭던 시선에 사나운 기운이 흐르는가 싶더니 다음 순간 그가 뭔가 중얼거렸다. 그러자 섬뜩한 기분이 들더니 또다시 주위에 파동이 일었다.

당황해서 눈을 깜빡였을 땐 이미 눈앞에 새로운 수호부가 빛나고 있었다. 왕세자가 또다시 흑주술을 쓴 거다. 시벨리우스에게 받은 두 개의 수호부가 순식간에 사라졌다. 얼굴을 굳히고 바라보자 왕세자의 입술이 비죽 올라갔다.

"과연 그렇군. 정말 이 힘에 반응하는 모양이야. 그건 몇 개나 가지고 있는 거지? 이왕이면 많이 준비해 두었길 바라지. 얼마나 버티는지 시험해보고 싶어졌거든."

"……."

이거 진짜 미친놈 아냐? 몸을 사리라고 운을 뗐더니 오히려 더 당당하게 덤벼들 기세다. 대체 예전부터 나한테 무슨 억하심정이 있어서 이러는 건지 모르겠다.

"시큐엘."

부름에 응한 물의 늑대가 모습을 드러내자 왕세자는 오히려 즐거운 표정을 지었다. 내 정체를 확신함과 더불어 더는 수호부가 없다는 걸 눈치챈 것이다. 그가 웃는 만큼 나는 긴장했다. 조금 전 그가 시도한 두 번의 공격 다 먼저 알아차리지 못했다. 생각보다 시전 속도가 빠른데 막을 수 있을까.

슬쩍 주위를 둘러보니 이미 왕세자의 기사들이 주위를 통제했는지 주변에 다른 사람이 아무도 없었다. 아니, 없다고 생각했다. 이어지는 목소리를 듣기 전까지는.

"어디서 악취가 진동하네."

"……!"

놀라서 고개를 드니 이쪽을 구경하고 있는 얼굴이 보였다. 책장 앞에 놓인 사다리 위에 누군가가 느긋하게 앉아 있었다. 부드럽게 흐르는 짙은 흑발 아래 화려한 금안이 홀리듯이 빛났다.

트로웰.

반가운 마음에 나도 모르게 손을 흔드니 그가 어이없다는 얼굴로 웃었다.

"넌 뭐지?"

왕세자가 주춤거리며 물었다. 상급 정령 앞에서도 태연하던 놈이 이런 상황은 예상하지 못해서인지 퍽 당황한 얼굴이었다. 질문을 받은 트로웰이 고개를 살짝 기울이다 내게 시선을 보냈다.

"재 형인데."

이어진 말엔 내 심장이 다 멈추는 것 같았다. 헉, 하고 숨을 삼키고 있으려니 트로웰이 빙긋 웃으며 왕세자를 바라보았다.

"그러는 넌 내 동생한테 무슨 볼일이신지."

가벼운 말투였으나 그걸 묻는 이의 존재감은 가볍지 않았다. 왕세자의 얼굴이 순식간에 파랗게 질렸다. 자기도 의식하지 못한 사이에 떨고 있다는 걸 인지했는지 믿을 수 없다는 표정이었다. 그가 날 선 얼굴로 입술을 악물었다.

"오라버니, 어디 계세요? 오라버니가 여기에 계시는 거 맞아?"

그때 바깥에서 높은 소녀의 목소리가 들려왔다. 움찔한 왕세자가 낭패감을 드러냈다. 아마도 이번엔 그가 아는 사람이 등장한 모양이었다. 그는 나와 트로웰을 번갈아 빠르게 노려보더니 옷자락을 털어내곤 그대로 몸을 돌렸다.

"난 여기에 있다, 아나이스."

"앗, 오라버니! 말없이 어딜 가신 거예요? 한참 찾았잖아요."

"그냥 거기에 있으면 내가 어련히 알아서 찾아갈까."

설마 정말 물러난 건가 했는데 곧 소녀와 대화를 나누는 소리가 들려왔다. 기척이 점점 흐려지는 걸 보면 물러난 게 맞는 모양이다. 바깥으로 나가자 벌써 꽤 멀어진 무리가 보였다. 둘러싼 기사들 사이에서 왕세자의 뒷모습이 비쳤다. 살구색 드레스를 입은 여성이 그와 팔짱을 낀 채 걷고 있었다. 서로 머리카락 색이 똑같은 걸 보니 유학을 왔다는 왕녀인 게 분명했다.

"넌 정말 지루할 틈이 없구나. 하루도 평범하게 그냥 지나가는 날이 없네."

옆에서 들려오는 목소리에 급히 정신을 차렸다. 트로웰 역시 멀어져가는 이들을 바라보고 있었다. 머리카락 사이로 그늘진 눈빛이 평소보다 더 서늘했다. 흑주술을 써서 그런가 싶었는데, 왠지 왕세자보다 왕녀 쪽을 더 유심히 바라보는 것 같았다.

"트로웰, 도와줘서 고마워."

"……하필 이렇게 인연이 연결되는 것도 참 재밌단 말이지."

"어?"

"네가 여러모로 특이하다는 소리였어. 하지만 앞으로 저거랑은 마주치지 않도록 해."

시선을 뗀 트로웰이 나를 돌아보며 말했다. 나도 마주치고 싶어서 마주치는 건 아니다 보니 선뜻 그러겠다는 대답이 떨어지지 않았다. 최대한 노력하겠다고 얼버무리자 트로웰 역시 기대도 하지 않았다는 듯 고개를 가볍게 저었다.

"죽이지만 마."

"으응?"

"넌 손속에 사정을 두잖아. 저런 종류는 쉽게 끝내면 재미없으니까 차라리 건드리지 말란 소리야."

……뭘 어쩌려는 건지는 모르겠지만, 트로웰이 생각보다 더 화가 나 있다는 것만은 알겠다. 저 왕세자의 삶이 결코 평탄하게 마무리되진 않을 거라는 것도.

'그보다 아까 트로웰이 형이라고 했던 거 맞지?'

게다가 날 향해 동생이라고도 했다. 그냥 동생도 아니고 무려 '내 동생'이었다. 별다른 의미 없이 한 말일 텐데 괜히 비실비실 웃음이 흘러나왔다. 그런 나를 보던 트로웰이 다시금 고개를 저었을 때였다.

파지직!

"……!"

그 순간 갑자기 무언가가 날아오더니 전류를 내뿜으며 트로웰을 공격했다. 당황해서 돌아보는 것과 동시에 트로웰이 손을 뻗어 자신의 몸에 달라붙으려는 걸 가볍게 움켜잡았다. 그의 손안에서 파르르 떨리던 것이 곧 하얀 연기와 함께 힘없이 바스러졌다.

"……이건 또 뭐야."

"트로웰, 괜찮아?"

급히 다가서니 트로웰은 대답 대신 다른 곳에 시선을 보냈다. 그 시선이 향한 방향을 따라 돌아봤다가 나는 다시 당황할 수밖에 없었다. 그곳에 생각지도 못한 사람이 보였기 때문이었다.

"어? 네가 왜……."

나타난 사람은 바로 시벨리우스였다. 이게 대체 무슨 일인가 싶은데, 말을 섞을 겨를도 없이 그가 곧장 트로웰에게 달려들었다. 손에는 언제 꺼내 든 건지 모를 검이 들려 있었다. 재밌다는 듯 미소 지은 트로웰이 가볍게 그의 공격을 피하니 꿈틀거린 눈빛이 더욱 크게 사나워졌다. 상점가 거리에서 난데없이 벌어진 싸움에 근방에 있던 행인들만 우르르 피신하느라 정신이 없었다.

"자, 잠깐만 기다려! 시벨리우스! 너 지금 뭐하는 거야!"

현란하던 공방이 멈춘 건 뒤늦게 정신을 차린 내가 소리치고 나서였다. 움찔해서 공격을 중단한 시벨리우스가 조금 당황한 얼굴로 나를 돌아보다 다시 트로웰을 바라보았다. 시선을 받은 트로웰은 그저 어깨를 으쓱이기만 했다. 그제야 뭔가 이상하다는 걸 깨달았는지 그가 내게 성큼 다가와 물었다.

"너, 괜찮아?"

"무슨 소리야?"

"……수호부가 연달아 반응해서, 네게 무슨 일이 생긴 거라고 생각했어."

이런, 수호부에 문제가 생기면 시벨리우스한테 신호가 가는 거였구나. 이제야 뭐가 어떻게 된 일인지 알 것 같았다. 수호부가 사라졌다는 걸 알게 된 그가 놀라서 달려왔다가 마침 내 앞에 서 있는 트로웰을 적으로 오인하고 공격한 듯했다. 상황 자체는 황당한데 날 도와주려고 한 거라 화를 낼 수도 없었다. 게다가 아직 업무 시간 아닌가? 이제 보니 옷차림도 주방에서 입는 차림 그대로였다. 신호를 받자마자 앞뒤 생각 없이 그냥 무작정 달려 나온 모양이었다.

"미안, 내가 많이 놀라게 한 모양이네. 보다시피 난 괜찮아. 무슨 일이 없었던 건 아닌데, 다행히 잘 해결했어."

"그럼 저 사람은……."

"아, 그게, 내 형이야."

답하면서 힐끔 눈치를 봤지만 다행히 트로웰은 별다른 반응을 보이지 않았다. 아무래도 좋은 건지, 내가 어디까지 뻔뻔하게 구나 지켜보는 건지는 모르겠다만, 어쨌든 기분은 좋았다. 오히려 움찔한 쪽은 시벨리우스였다.

"……형?"

크게 떠진 눈동자가 빠르게 흔들렸다. 남의 표정을 잘 읽는 편은 아닌데 지금 그가 무슨 생각을 하는지는 알 것 같았다. 혈연 그 자체를 의심한다기보다는 동생이 아니라 형이라는 게 믿기지 않는 모양이다. 어쨌든 겉보기로는 그가 나보다 어려 보이긴 하니 당황스럽게 여길 만했다. 그래도 금방 정신을 차린 시벨리우스가 곧 트로웰을 향해 딱딱한 자세로 고개를 숙였다.

"큰 실례를 범했어. 사과하겠다."

어깨를 으쓱인 트로웰이 가볍게 인사를 받았다. 그의 입장에선 꽤 불쾌한 상황이었을 텐데 의외로 화가 나진 않은 것 같았다. 그 모습을 잠시간 바라보던 시벨리우스가 다시 내 쪽에 시선을 보냈다.

"이런 곳에서 수호부를 왜 쓰게 된 거야? 혹시 그때의 주술사를 만난 거야?"

"으음, 어쩌다 보니."

"두 장을 다 쓴 거지? 더 주고 싶은데 지금은 여분이 없어. 만들어둘 테니까 나중에 받으러 와."

"어, 굳이 그렇게 안 해도 되는데."

"받으러 와."

묘하게 박력이 느껴지는 말에 나도 모르게 고개를 끄덕였다. 그제야 굳어 있던 시벨리우스의 얼굴이 풀어졌다. 해냈다는 듯 뿌듯해하는 표정을 보니 어쩔 수 없이 웃을 수밖에 없었다. "그럼 난 이만 가볼게." 일하다 온 거란 자각이 뒤늦게 들었는지 그가 곧 몸을 돌렸다. 정신없는 등장만큼이나 재빠른 퇴장이었다.

"인간의 땅에 홀로 나온 룬이라……."

멀어지는 모습을 향해 손을 흔들고 있으려니 옆에서 나직한 트로웰의 목소리가 들려왔다. 혜안과 투시의 정령왕답게 시벨리우스의 정체 정도는 단번에 알아본 듯했다. 그가 조금 황당하다는 표정으로 나를 바라보았다.

"넌 진짜 오만 것들을 다 끌어들이는구나. 제 명대로 살다 가고 싶으면 적당히 하는 게 좋을 거야."

"……나도 끌어들이고 싶어서 끌어들이는 게 아닌데."

"글쎄, 네가 몸을 사릴 줄만 알아도 조금은 덜할걸."

몸이라면 이미 충분히 사리고 있다. 오히려 너무 사려서 문제 아닌가. 여기서 뭘 더 사려야 한다는 건지 알 수 없어서 고개를 기울이고 있으려니 트로웰이 짧게 혀를 찼다.

"어쨌든 저거랑은 너무 가까이 지내지 마."

이어진 말엔 잠시 어리둥절해졌다가 그가 말하는 '저거'가 누군지를 깨닫고 눈을 깜빡였다. 턱짓한 방향도 그렇고, 이 상황에서 그가 가리킬만한 대상이라면 하나밖에 없었다.

"시벨리우스 말이야? 왜?"

"이름은 알 바 아니고. 별로 마음에 안 들어."

"아…… 너무 다짜고짜 공격해와서 첫인상이 별로였지? 날 걱정해서 그런 건데. 좋은 녀석이야. 잘 알지도 못하는 날 많이 도와줬어. 지금만 해도 먼저 챙겨주려고 하고."

"바로 그래서야."

그래서라니.

당황해서 바라보니 트로웰이 묘한 눈으로 나를 마주 보았다.

"저맘때의 유니콘은 경쟁심이 강해. 형제가 아닌 동성에겐 친절하지도 않고, 대가 없이 베풀지도 않아."

"……음? 나한텐 그냥 줬는데."

"왜 그랬겠어?"

"날 형제로 생각하는 건가?"

"……정말 못 알아듣는 거야, 현실도피를 하는 거야?"

한심해하는 말투에 조용히 두 손을 들고 마른 얼굴을 쓸었다. 그야 당연히 후자였다. 그러고 보니 예전에 들어본 적 있었던 것 같다. 과거의 엘에 대해 언급했을 때, 잠시 여자로 착각한 적이 있었다고. 그때까지만 해도 그 엘에 나를 대입해볼 생각을 전혀 해보지 못했기 때문에 완전히 까맣게 잊고 있었다.

"동성에게만 친절하지 않은 이유는……."

"그들 일족이 보통 이성과 짝을 맺기 때문이지. 연애 대상에겐 관대해지기 마련이잖아?"

오, 주여.

다시금 마른세수를 했다. 차라리 묻지를 말 걸 그랬다. 노골적인 단어를 들으니 식은땀이 흐르는 것 같았다. 아무렇지 않게 건드린 게 알고 보니 무시무시한 벌집인 기분이었다.

"네게 호감을 보인 만큼 나중에 사실이 밝혀지면 자기를 속였다고 생각할걸."

"지, 지금은 알지 않았을까? 아까 트로웰을 형이라고 대놓고 부르기도 했잖아."

"그럼 애초에 내가 이런 말을 하지도 않았겠지? 원래 유니콘은 성별과 상관없이 손윗 형제를 다 형이라고 불러."

"헐……."

아니, 이게 말이 돼? 언니도 있는데 왜 하필 형이야? 어떻게든 오해하도록 짜 맞춘 듯한 이 전개는 뭐냐고! 티끌 같던 희망이 피어오르기도 전에 무너졌다. 머릿속이 오만가지 생각으로 복잡했다.

"……트로웰. 나 아무래도 머리카락을 잘라야겠어."

하는 김에 염색도 해야겠다. 새카맣게 물들여서 이 외모에서 화사한 요소를 완전히 다 없애버리는 거야. 그렇게 하면 애초에 이런 오해도 안 생기지 않을까. 고요히 결심을 굳히니 트로웰이 어딘지 기가 막히다는 눈으로 바라보다 짧게 혀를 찼다.

"왜 쓸데없는 수고를 하려는 건지 모르겠네."

중얼거리는 목소리는 그냥 듣지 못한 척했다. 오늘따라 인생이 참 썼다.

"그보다 따라와. 네게 보여줄 게 있어."

이어진 말에 겨우 정신을 수습하고 고개를 들었다. 보여줄 게 있다고? 의아한 기분으로 바라보니 가볍게 눈짓을 보낸 트로웰이 앞서 걸어가기 시작했다. 그 뒤를 얼마나 따라갔을까. 곧 보이는 광경에 조금 멈칫했다. 무리 진 기사들 사이에서 은회색 머리칼을 지닌 남성과 여성이 보였다. 이미 한참 전에 시야에서 사라졌던 루시엘 왕세자 일행이었다.

"트로웰?"

"일단 기다려."

낮은 음성에 더는 묻지 못하고 얌전히 입을 다물었다. 왕세자 일행은 한창 광장에서 한가로이 시간을 보내는 중이었다. 오랜만에 햇빛이 좋은 날이라 그들 외에도 놀러 나온 사람들이 많았다. 그때 근처에서 한 아이가 울기 시작했다. 날리던 장난감 연이 나무에 걸려 꼼짝도 하지 못하게 된 것 같았다. 신경도 쓰지 않는 왕세자와는 달리 왕녀는 정이 많은 성격인지 아이에게 다가가 이런저런 대화를 나눴다. 그러더니 돌연 구두를 벗고 연이 걸려 있는 나무에 오르기 시작했다. 기겁한 호위 기사들이 얼른 만류하려 했지만 왕녀의 행동이 더 빨랐다.

"아나이스! 뭐하는 거냐! 당장 내려와! 위험한 행동은 하지 말아라!"

"괜찮아요, 오라버니. 저 나무 잘 타는 거 아시잖아요."

나무라는 말에도 불구하고 왕녀는 기어코 나무 위에 올라가 가지에 걸린 연을 빼냈다. 경직된 사람들을 내려다보는 얼굴에 환한 웃음이 걸렸다.

"자, 어때요? 보셨죠?"

"알았으니 어서 내려와!"

웃으며 연을 흔드는 동생을 보고 왕세자가 이마를 짚었다. 혀를 낼름 내민 왕녀가 다시 아래로 내려가려고 할 때였다. 우지직! 그냥 듣기에도 심상치 않은 소리가 울리더니 왕녀가 타고 있던 나뭇가지가 한순간에 부러졌다.

"꺄악!"

"아나이스!"

"왕녀님!"

기겁한 사람들이 서둘러 달려들었다. 나 역시 깜짝 놀라서 나서려는 걸 트로웰이 붙잡아 제지했다. 그런데 그 순간 어디선가 바람이 일더니, 떨어지는 왕녀의 몸을 무사히 받아냈다.

"괜찮으십니까?"

들려온 목소리가 낯이 익었다. 누군지 굳이 확인해 보지 않아도 그 주인을 모를 수가 없는 음성이었다. 역시나 사람들 사이에서 아는 얼굴이 걸어 나왔다. 아인 이드리스였다. 왕세자는 물론, 모두가 얼떨떨해하는 얼굴로 멍하니 그를 바라보았다. 곧 그들 가까이 다가선 아인 이드리스가 바닥에 엉망으로 주저앉아있는 왕녀에게 손을 내밀었다.

"제가 부축해드리겠습니다."

멍하니 그를 바라보던 왕녀가 천천히 손을 내밀었다. 이윽고 두 손이 서로 겹쳐졌다.

"저 녀석이 다른 연인을 만든다고 했던 거 기억해?"

트로웰의 목소리가 노래하는 것처럼 울렸다.

나도 모르게 신음부터 흘렸던 것 같다. 나른히 휘어 접은 트로웰의 금안이 흐트러졌다. 그 속에서 얼핏 어른거리는 것이 눈물인지 빛인지, 그의 것인지 내 것인지조차 구분할 수가 없었다.

"이걸로 시작됐어."

제6화

1.

균열 발생이 중단된 지 스무날이 넘어가자 예상했던 대로 특별대는 해산됐다. 문제가 생기면 언제든 다시 소환될 수 있는 임시 해산이긴 했지만 어쨌든 다시 일상으로 돌아갈 수 있게 된 헌터들의 얼굴은 몹시 밝았다. 그동안 수고했다는 의미로 세피온 공작이 성대한 연회를 열어준 덕분도 있었다.

친교가 목적인 귀족들의 연회와는 다르게 정복을 갖춰 입을 필요도 없이 그냥 산해진미를 늘어놓고 즐기는 자리였지만, 그래서 더 반응이 좋았다. 사람들은 밤새도록 웃고 떠들며 그간 정을 쌓은 동료들과 작별 인사를 나눴다. 특별대 운영 기간이 길었던 건 아니었으나 짧다고 할 만한 기간도 아니었다. 각자 다른 길드원이

한 팀으로 오랜 시간 활동하는 경험은 드물었기에 다들 이래저래 시원섭섭해하는 분위기였다.

"그동안 고생 많았습니다."

악수를 청하는 손을 가만히 바라보다 고개를 들었다. 평소에도 복장에 신경 쓰는 편이었지만, 연회라고 더 멀끔하게 차려입은 모습이 보였다. 훤칠한 키에 준수한 얼굴. 눈동자는 보기 드물게 선명한 푸른색이었다. 짙은 흑발에 티 한 점 없이 하얀 피부가 대비되어 깨끗한 느낌을 풍겼다. 그의 몸 주변으로 청아하게 감도는 공기가 그런 분위기를 더욱 돋보이게 했다. 주위에 워낙 화려한 사람들이 많아서 미처 의식해 보지 못했는데, 일반적으론 한눈에 호감을 사기 쉬운 인상이었다.

"엘?"

"아, 미안해요. 아인도 고생 많았어요."

쓰게 웃으며 손을 맞잡으니 의아해하던 그가 기쁜 미소를 지었다. 수줍은 듯 상기된 얼굴은 온순한 소동물을 떠올리게 했다. 평소 그를 볼 때마다 마음을 절로 약해지게 한 모습이었다. 그러나 얼마 전 나무에서 떨어진 여성을 구하고 부축하던 그의 얼굴에도 지금과 같은 미소가 걸려 있었다는 점을 상기하니 이번엔 도저히 좋게 넘길 수가 없었다. 그 미소를 마주한 여성이 어떤 표정을 지었는지를 떠올리니 더더욱.

"이걸로 시작됐어."

트로웰의 목소리가 환청처럼 울리는 것 같았다. 복잡한 마음이 내 태도에서도 그대로 느껴졌는지 아인 이드리스가 다시금 의아한 얼굴을 했다. 아무것도 아니라며 고개를 저어주고 속으론 한숨을 삼켰다.

'……내연 상대의 얼굴까진 보고 싶지 않았단 말이야.'

저렇게 깨끗하고 순진하게 생긴 얼굴로 외도라니. 정말 사람은 겉보기로는 모르는 거다. 나조차도 내심 안일하게 여겼던 것 같다. 아인 이드리스가 미네르바가 아닌 다른 사람을 마음에 담게 된다는 건 이미 알고 있었는데, 막상 그 일이 진짜 시작된다고 하니 심장이 철렁 내려앉는 것 같았다. 그간 막연히 생각해 왔던 분위기와 너무 달랐던 탓도 있었다.

영원을 맹세한 반려를 저버리게 한 사람이라 나도 모르게 악당 같은 이미지를 연상했었나 보다. 그 상대가 그렇게 순수하게 웃는 소녀일 거라곤 상상도 해본 적이 없었다. 둘의 만남이 그런 식으로 동화처럼 시작되었을 거라고도.

게다가 하필 하고 많은 사람 중에서 그 망할 왕세자의 동생일 건 뭐란 말인가. 트로웰이 의미심장하게 건넨 말이 이런 의미였을 줄이야. 엎친 데 덮친 격이라고 해야 할지, 원수는 외나무다리에서 만난다고 해야 할지. 이 상황을 적절하게 비유할 만한 말이 도저히 떠오르지 않았다. 덕분에 요즘은 잠도 제대로 못 이루는 지경인데, 정작 이 모든 근심의 원흉인 아인 이드리스는 태평하게 웃고 있다는 게 더 울화통이 터졌다.

“엘이 다른 임무로 차출된 이후로 오랜만에 만나는 거네요. 마지막 인사도 드리지 못하는 건가 싶어서 서운했는데 이렇게 뵐 수 있어서 다행입니다.”

“아하하, 그렇네요. 이제 각자 일상으로 돌아가는 거니까요.”

이게 정말 마지막 인사였으면 좋겠다. 우리 가능하면 다시는 마주치지 말자. 진심을 기원하며 웃으니 아인 이드리스의 표정이 조급해졌다. 뭔가 할 말이 있는 것 같은 얼굴이라 불길한 기분이 스며들었다.

“엘, 혹시 다음에 따로 식사 자리를 마련해도 괜찮겠습니까? 엘에게 소개해드리고 싶은 분이 있습니다.”

“네? ……누구를요?”

“여기서는 언급하기 좀 그렇습니다. 그저 존귀한 자리에 계신 분이라고만 말씀드리겠습니다. 저 역시 우연한 계기로 최근에 가까워지게 되었는데, 정령술에 관심이 많으시더군요. 그분이 엘에게 관심을 보이셔서요.”

주어가 빠졌는데도 누구를 말하는지 알 것 같은 건 그저 기분 탓이 아닐 거다. 아인 이드리스가 에펜 왕국의 왕녀를 구했다는 얘기는 아주 유명했다. 덕분에 그가 왕세자와 자주 어울리게 되었다는 것 또한 알 만한 사람은 다 아는 얘기였다. 덕분에 세피온 공작이 하루에도 몇 번씩 뒷목을 잡고 있다는 건 나만 아는 얘기였지만.

정령술에 관심이 많은 거 좋아하시네. 이렇게 나오시겠다? 뻔뻔하게 웃던 왕세자의 얼굴이 떠오르니 속이 울컥했다. 그놈이 흑주술을 쓴다는 증거가 없어서 당장은 문제 삼지도 못한다는 게 한이었다.

"죄송하지만 그런 자리는 불편해서요. 정중히 거절할게요."

"아, 그렇군요. 저도 혹시나 싶어 여쭤봤던 거니 신경 쓰지 마세요. 부담을 드렸다면 죄송합니다."

말은 그렇게 해도 설마 내가 거절할 줄 몰랐는지 아인 이드리스는 퍽 당황해하는 얼굴이었다. 마주 대해봤자 속이 끓기만 하는 모습을 뒤로하고 주위를 살폈다. 전원 참석이 권장된 연회인 만큼 다비안도 와 있을 거라고 생각했는데 아무리 찾아봐도 그의 모습이 보이지 않았다.

"오늘 슐츠는 보지 못했나요?"

"슐츠요? 아, 네. 보지 못했습니다. 그는 오늘 연회에 참석하지 않은 것 같습니다."

"……그래요."

'물어볼 게 있었는데.'

사실 그를 만나려고 참석한 거라 맥이 빠졌다. 어차피 일어날 일이야 그렇다 치고, 한 가지 마음에 걸리는 게 있었다. 예전에 트로웰에게 얼핏 듣기로는 아인 이드리스에게 구애한 여자는 분명 백작가의 딸이라고 했었다. 그런데 지금 내연 상대로 내정된 건 왕녀다. 설마 어디선가 일이 틀어진 건지, 그게 아니면 내가 모르는 배경이 더 깔린 건지 알 수가 없었다.

"직접 알아봐. 너한테만 대답해주는 녀석도 있잖아?"

혹시 몰라 왕녀에 대해 라미아스에게 물어봤더니 삐딱한 대답만 돌아왔다. 수천 년이란 나이는 다 어디로 먹은 건지 왠지 날이 갈수록 좀생이가 되어가는 것 같았다. 나도 오기가 생겨서 그러마 하고 나왔는데 정작 다비안을 만나지도 못하니 난처했다. 아직 그는 숨어 지내는 처지라 어디서 지내는지도 알지 못하는 상태였다. 라미아스라면 행방을 알 테지만 당연히 대답해주지 않을 게 뻔했다.

툭툭

딴생각에 홀로 빠져 있는데 어깨를 가볍게 건드리는 손길이 느껴졌다. 무심코 돌아보았다가 보이는 얼굴에 나도 모르게 움찔했다. 시벨리우스였다.

"너 맞구나."

"아, 안녕!"

그러고 보니 연회 음식은 주방에서 준비하는 거였지. 여길 오면 시벨리우스와 재회하는 것도 예정된 거였다. 어색하게 웃으며 인사하니 그가 가만히 나를 내려다보았다.

"수호부 준비해놨는데, 왜 안 왔어?"

"앗, 미안. 그동안 조금 바빴어."

"……그랬구나."

가라앉은 시선에 조금은 안도한 듯한 기색이 떠올랐다. 내가 일부러 피했다고 생각한 모양이다. 실제로 일부러 피한 게 맞다 보니 한층 밝아진 얼굴에 양심이 찔려왔다. 젠장, 언제 내 성별을 밝히지? 이 녀석이 나한테 물어보지도 않았는데 대뜸 뜬금없이 나 남자라고 말하면 이상하지 않을까? 아니, 지금 이상해 보이는 게 문제야? 오해를 푸는 게 먼저지! 머릿속이 맹렬하게 빙글빙글 돌았다.

"그런데 무슨 고민 있어?"

"아, 만나야 할 사람이 있었는데 못 만났거든."

물끄러미 바라보는 푸른 눈동자에 이채가 서렸다. 저 눈빛의 의미가 설마 수호부 받으러 올 시간은 없고 다른 사람 만날 시간은 있냐고 묻는 건 아니겠지. 다시금 밀려드는 양심의 가책을 외면하며 얼른 다른 쪽으로 눈을 굴렸다.

"아무래도 오늘 여기에 안 올 모양이야. 하하하, 중요한 일인데 거참 곤란하네."

"거처로 직접 찾아가는 건?"

"주소를 몰라."

"꼭 만나야 하는 사람이야?"

"응, 그렇지."

대충 이쯤에서 남자라고 밝히면 되는 건가. 내가 뭐라고 하는지도 모르는 기분으로 대답하며 조심스럽게 때를 맞춰보고 있을 때였다. 잠시 고심하는 듯하던 시벨리우스가 품에서 종이 한 장을 꺼내 들더니 빠르게 글자인지 문양인지를 그려나갔다. 그리고 다 적은 것을 내게 내밀었다.

"이걸 들고 집중한 다음 그 사람의 얼굴을 강하게 떠올려 봐."

"어?"

"글자가 푸른색으로 빛나면 성공한 거야. 그때 던지면 그가 있는 곳으로 널 안내할 거야."

"……엉?"

"기억이 불분명할수록 효력이 떨어질 테니 최대한 구체적으로 상상해야 해. 그 사람만이 지니고 있는 물건의 형태도 괜찮아."

아니, 시벨리우스. 이 녀석 이렇게 대단한 능력자였어?

눈을 깜빡이고 있으려니 시벨리우스가 내 손에 강제로 종이를 쥐여주고는 그대로 몸을 돌렸다. 너무 후다닥 달아나서 미처 잡을 틈도 없었다. 얼핏 보이는 귀 끝이 빨개서 차마 잡을 수 없었다는 표현이 더 맞을지도 모르겠다.

"……성별 말해야 하는데."

뒤늦게 해명할 기회를 놓쳤다는 걸 자각했지만 이미 떠나간 배였다. 시한폭탄을 차곡차곡 적립해가고 있다는 기분을 버리기 어렵긴 한데, 도움을 받은 건 솔직히 기뻤다. 미안하다, 시벨리우스. 이 빚은 나중에 꼭 갚을게.

"일단 쓰라고 준 건 써야지."

한층 가벼워진 걸음으로 곧장 연회장을 빠져나왔다. 적당히 한산한 곳에 이른 후, 시벨리우스가 알려준 대로 종이를 손에 쥐고 집중했다. 혹시 마도구의 영향이 있을지도 모르니 외모보다는 메달의 형태를 떠올렸다. 그러자 곧 종이가 파르르 떨리더니 검은색 문양에 푸른 빛이 감돌기 시작했다.

'성공인가 봐.'

두근거리는 마음으로 종이를 던지니 팔랑거리며 날아가기 시작했다. 흐느적거리면서도 결코 바닥으로는 떨어지지 않는 것이, 스스로 이동하는 게 분명한 움직임이었다. 홀린 듯이 그 뒤를 따라 걸음을 옮겼다.

종이는 꽤 한참 동안 허공에서 떨어지지 않았다. 움직임이 변한 건 족히 몇 시간은 걸었다고 여겼을 때쯤이었다. 힘차게 날아가던 종이가 한 골목 가에 접어들더니 빠르게 힘을 잃고 바닥으로 추락했다. 그리곤 마치 제 사명을 다했다는 듯 그 자리에서 재가 되어 사라졌다. 당황해서 다가가니 판자로 대충 엮어둔 듯한 허름한 집 하나가 보였다.

'설마 여기에 있는 건가?'

그제야 주변을 돌아볼 여유가 생겼다. 눈앞의 집만 그런 줄 알았는데 근방에 있는 집들이 대부분 다 판자로 지어진 형태였다. 인기척이 별로 느껴지지 않는 동네는 한낮임에도 불구하고 어두침침한 느낌을 풍겼다. 바닥은 정비되지 않은 채 더러웠고, 악취도 풍겼다. 내내 종이가 날아가는 방향만 보면서 따라와서 몰랐는데 이제 보니 빈민가 안쪽이었다. 이 근방은 향락가가 밀접해 있어 밤에는 활발해지는 반면에 낮은 죽은 듯이 고요했다. 그만큼 낮 시간대는 외부인이 눈에 띄기 쉬운 환경이기도 했다. 괜한 시비에 휘말리기 전에 조심스럽게 집 앞으로 다가가 몇 차례 문고리를 잡고 두드렸다.

"다비안. 안에 있어요?"

처음엔 너무 조용해서 아무도 없는 건가 싶었다. 하지만 집중해 보니 안쪽에서 희미한 기척이 느껴졌다. 문으로 가까이 다가가 귀를 바짝 대어 보니 뭔가 이상한 소리가 들렸다. 끙끙 앓는 신음 같기도 하고 바닥을 긁는 소리 같기도 했다.

'뭐지?'

무슨 일이 있나? 혹시 어디가 아픈 건가? 마음이 급해져서 나중에 수리비를 물어주기로 하고 일단 문고리부터 부쉈다. 들어선 안쪽은 빛 한 점 없이 캄캄했다. 창문은 물론 빛이 들어올 만한 틈새란 틈새는 전부 다 가려둔 것 같았다. 공기 중에선 묘하게 비릿한 냄새가 풍겼다.

"다비안?"

걸음을 옮기는데 바닥에서 무언가가 질퍽하게 밟혔다. 손을 뻗어 만져보니 축축한 것이 묻어났다. 피 냄새인지 비린내인지 알 수 없는 냄새가 코끝을 찔렀다. 정체는 알 수 없지만 아마 이게 집 안을 가득 채운 냄새의 원인인 것 같았다.

"흐으으……."

얼굴을 찌푸리고 있는데 방 안쪽에서 옅은 신음이 들려왔다. 들어갈수록 들려오는 소리가 더 선명해졌다. 그렇게 조금 더 들어가니 검은 덩어리가 구석에 웅크리고 있는 게 보였다.

"다비안, 거기 있어요?"

말을 걸어봤지만 그림자에서 돌아오는 반응은 없었다. 조금 전

들었던 소리가 다 착각이 아닌가 의심스러울 정도로 적막한 공간엔 숨소리 하나 들리지 않았다. 뭉쳐진 형태가 일정한 간격으로 들썩이고 있지 않았다면 살아 있는 건지 아닌지조차 의심했을지도 몰랐다.

'이게 다 무슨 일이야.'

긴장되려는 마음을 가라앉히고 천천히 주위를 돌아보았다. 마침 근처에 전등의 형태가 보였다. 건드려도 되는 건지 알 수가 없어서 망설여졌지만, 이대로 있을 수도 없어서 그냥 강행하기로 했다.

달칵, 동작하는 장치를 누르자 빛이 일면서 주위가 조금씩 밝아지기 시작했다. 그제야 볼 수 있게 된 방 안의 광경에 숨을 삼켰다. 온 사방이 검붉은 오물로 범벅이 되어 있었다. 기름인지 체액인지 정체 모를 액체에 피가 섞인 것 같았다. 그림자가 있던 위치를 확인하니 웅크리고 있는 남자가 보였다. 엉겨 붙은 머리카락이 얼굴을 다 가리고 있었지만 다비안이 분명했다.

"다비안!"

그는 무릎과 발목이 단단히 결박된 채였다. 손목에도 쇳덩이를 매단 수갑을 차고 있었다.

'누가 이런 짓을?'

설마 라미아스가 이렇게 한 건 아니겠지. 다비안의 정체며 위치를 아는 사람이라고 해봤자 얼마 되지 않으니 달리 떠올릴 만한 사람이 없었다.

일단 결박부터 풀려는데 닿는 순간 손이 따끔했다. 반사적으로 거두고 보니 다비안의 몸에서 검은 기운이 일렁거리는 것이 보였다. 다시 손을 뻗자 마치 거부하는 것처럼 강한 반발력이 느껴졌다.

'뭐지?'

"흐으……."

그 순간 얕게 신음을 내뱉은 다비안이 두 눈을 번쩍 떴다. 의식을 차린 건가 싶어 말을 걸려다 형형히 쏟아지는 안광에 그대로 입을 다물었다. 그의 표정이 평소와 완전히 다른 느낌이기도 했지만, 눈동자의 형태가 조금 이상했다. 흰자가 완전히 사라진 데다가 악어의 눈처럼 동공이 세로로 가늘게 세워져 있었다.

"음, 다비안?"

"크아악!"

대답 대신 돌아오는 건 이상한 괴성이었다. 요동치는 쇳소리와 함께 그가 크게 버둥거렸다. 내게 덤벼들려 했지만 묶여 있는 탓에 움직이지 못하는 것 같았다. 침착하게 한 발짝 뒤로 물러선 다음 차분히 그의 상태를 관찰했다. 이성이 없는 건 확실했고, 상당히 포악한 상태 같았다. 사납게 벌어진 입 안엔 흉기 못지않게 날카로운 이빨들이 날을 세우고 있었다. 손톱이 저렇게나 길었던가? 이제 보니 피부에도 비늘처럼 번들거리는 부분이 눈에 띄었다. 누가 봐도 인간에게선 보이지 않는 형태였다.

대체 뭐가 어떻게 되어가는 일인지 모르겠다. 지금 내 눈앞에 있는 저 존재가 다비안이 맞기는 한 건가? 돌아가는 상황이 조금도 이해가 되지 않았다. 한차례 생각을 정리한 끝에 일단 다시 말을 걸어보기로 했다.

"저기, 다비안? 다비안인 거 맞아요? 내 말 들려요?"

"크르륵! 크으!"

"으음, 네. 안 들릴 줄 알았어요."

아무래도 당사자에게 정황을 물어보는 건 아직 이른 모양이다. 뭘 어떻게 해야 할지 고심해보다가 조금 전에 반발력이 느껴졌다는 걸 상기하고 다시 가까이 다가가 보았다. 기함한 다비안이 마구 몸부림쳤지만 묶여 있다는 점만 믿고 무시했다. 손을 뻗자 역시나 이번에도 뚜렷하게 밀어내는 기운이 느껴졌다. 손바닥 안쪽에 아플 정도로 따끔한 감각이 파고들었다. 꾹 참고 그대로 있어 봤더니 곧 다비안의 피부에 검은 반점 같은 것들이 꿈틀거렸다. 처음엔 벌레인 줄 알고 흠칫했는데 자세히 보니 무늬에 더 가까웠다. 아니, 좀 더 정확히 말하면 글자인 것 같았다.

'저주……인가?'

흑주술까진 아닌 것 같은데 상당한 원념이 담긴 저주인 것 같았다. 정령사인 내게 반발한다는 건 그만큼 더러운 기운을 근본으로 삼고 있다는 뜻이라 얼굴이 절로 찌푸려졌다.

"정화 말입니다만. 보통은 어디까지 가능한 겁니까?"

얼마 전에 그가 했던 질문이 떠올랐다. 그냥 정령술에 관심이 있어서 한 말인 줄 알았는데 설마 그게 이런 의미였던 건가. 거기까지 생각이 미치자 묶여 있는 그의 상태가 다시금 눈에 들어왔다. 그러고 보니 일전에도 크리스가 그를 묶었던 적이 있었다. 주기적으로 발작을 일으켜서 그때마다 제압해야 한다고 했었지.

"설마……."

당황스럽기도 하고 기가 막히기도 해서 잠시 숨을 골랐다. 일단은 이 상황을 해결하는 게 먼저였다. 원래의 나라면 고민할 필요도 없는 간단한 문제일 텐데 아무래도 지금은 인간의 몸이다 보니 완전히 없앨 자신은 없었다.

'그래도 밀어내는 정도는 할 수 있을 것 같긴 한데…….'

뭐든 시도는 해보자 싶어 다비안의 손을 붙잡고 강하게 기운을 불어넣었다. 저항이 거세긴 했지만 강제로 누르지 못할 정도는 아니었다. 힘을 더 세게 밀어 넣으니 곧 그를 덮고 있는 저주가 조금씩 밀려나는 게 느껴졌다. 변화는 겉모습에서도 확연히 드러났다. 손톱이 빠르게 짧아지고 비늘이 점차 사라지면서, 눈동자의 형태가 원래대로 돌아오기 시작했다. 톱니바퀴처럼 날카롭던 이빨도 점차 평평해지고 있었다.

"허억, 헉!"

그러는 동안 내내 몸부림치던 다비안이 곧 사람다운 신음을 내뱉었다. 기운을 주입하는 걸 계속 유지한 채로, 식은땀이 흥건한 얼굴을 바라보았다. 아직 멍해 보이긴 했지만 정신이 돌아오긴 하는지 조금씩 눈빛이 선명해지는 게 느껴졌다.

"정신이 들어요?"

말을 걸어보니 가만히 허공을 훑고 있던 눈동자가 파르르 떨렸다. 주변을 빠르게 두리번거리다 곧 내 쪽을 발견한 그의 얼굴에 천천히 경악이 차올랐다. 힘겹게 마른침을 삼킨 그의 입에서 지독하게 쉰 목소리가 흘러나왔다.

"엘……?"

"네, 맞아요. 힘들어도 조금만 버텨요."

"무슨…… 당신이 어떻게……윽!"

때마침 내 기운이 완전히 그의 몸을 덮으면서, 그를 장악하던 저주가 사그라졌다. 크게 신음한 다비안이 정신을 차리지 못하는 동안 나는 그를 결박하던 것들을 하나씩 풀어나갔다. 가장 먼저 수갑을 부순 다음 무릎을 동여맨 밧줄을 풀어내려는데, 뒤늦게 고개를 든 그가 당황한 얼굴로 나를 붙잡았다.

"오늘, 오늘이 며칠입니까? 특별대 해산식이 끝난 지 얼마나 된 겁니까?"

"아직 당일인데요."

그 말에 다비안의 얼굴에서 핏기가 완전히 사라졌다. 사람의 얼굴이 이렇게까지 하얗게 될 수도 있구나 신기할 정도였다. 그가 내 팔을 더 강하게 붙잡았다.

"풀면 안 됩니다."

"네? 아, 괜찮아요. 안심해도……."

"아뇨, 절대 괜찮지 않습니다. 여긴 어떻게 온 겁니까? 뭐가 어떻게 된 건지 모르겠지만 일단 저한테서 멀리 떨어지세요. 위험합니다."

허둥지둥 대답한 그가 거의 풀어놓은 밧줄을 다시 휘감아 동여매기 시작했다. 그 모습을 보니 확신할 수밖에 없었다. 역시 스스로 자신을 묶어둔 거였다. 이루 말할 수 없이 씁쓸한 마음에 한숨이 절로 흘러나왔다. 다급하게 움직이는 팔을 억지로 붙잡아 멈추게 하니 그가 흔들리는 눈으로 나를 바라보았다. 초조함이 묻어나는 얼굴을 한 그는 부들부들 떨고 있었다.

"정말 괜찮으니까 진정해요. 저주는 일단 사라졌어요."

"……예?"

"급한 대로 정화 비슷한 걸 했거든요. 완전히 해주한 건 아니지만 당분간은 괜찮을 거예요."

숨을 멈춘 다비안이 느릿하게 눈을 깜빡였다. 내가 한 말을 이해하기는 한 건지 생각을 짐작할 수 없는 멍한 얼굴이었다. 그는 잠시간 자신의 몸을 내려다보다가 다시 나를 바라보았다.

"정화요……?"

"네, 평소보다 몸이 좀 가뿐하지 않아요?"

멈칫한 다비안이 잠시 주위를 돌아보았다. 오물로 범벅된 공간을 확인한 얼굴이 급격히 어두워졌다가 자신의 몸을 내려다보고는 다시 의아해하는 표정을 지었다.

"분명 변이가 시작됐는데."

"네?"

"……혹시 제가 어떤 상태였습니까? 평소와 모습이 다르진 않았습니까?"

"아, 그거요. 좀 다르긴 했어요. 눈동자가 악어랑 비슷해지고, 이빨과 손톱이 길어진 정도? 비늘도 좀 있었던 것 같네요."

솔직하게 답하니 다비안이 낮게 신음했다.

"이미 변이가 일어났는데…… 돌아왔다고."

중얼거리는 목소리 끝이 가늘게 떨렸다. 다시 고개를 든 그의 얼굴은 금방이라도 울 것처럼 일렁이고 있었다.

"그게…… 정화가 되는 거였군요. 정말로……."

"말했다시피 완전히 해주한 건 아니에요. 임시로 밀어낸 정도죠. 시간이 지나면 다시 장악할 거예요."

"그렇군요."

그리 좋은 소식은 아니었는데도 담담히 답하는 얼굴은 별로 어둡지 않았다. 일단은 저주를 정화할 수 있다는 사실만으로 마음이 편해진 것 같았다.

"설마 하긴 했는데…… 정령술은 정말 굉장하군요. 변이가 일어나기 전이라면 몰라도, 일단 변화하기 시작하면 다음날 알아서 끝날 때까지 묶어두는 것 외에는 방법이 없었거든요. 중간에 정화된 건 이번이 처음입니다."

"대체 어떻게 된 거예요?"

크리스가 지병이라고 표현했던 걸 보면 꽤 오래된 저주였다. 누가 그런 몹쓸 저주를 걸었는지, 무슨 이유로 그런 건지 궁금한 점들이 한두 개가 아니었다. 조심스럽게 물으니 그가 잠시간 머뭇거리다 입을 열었다. 이어진 말엔 나도 모르게 얼굴을 찌푸렸다.

"태어날 때부터 있었던 겁니다."

"……태어날 때부터요?"

어떤 미친놈이 갓난아기한테 저주를 걸었단 말이야? 황당해하는 내게 다비안은 지난 사연을 대강 설명했다. 부친이 젊은 시절 한 주술사의 원한을 샀는데, 그로 인해 저주에 걸렸다고. 술사의 증오심이 얼마나 깊었는지 스스로 목숨을 살라 완성한 저주였는데, 하필이면 혈통에 내린 거여서 당사자가 아닌 후대가 고통을 받는 형태였다는 게 문제였다.

"네가 얻은 첫 아이가 네 죗값을 대신 치를 것이다!"

그렇게 새겨진 건 밤이 되면 괴물로 변하는 저주였다. 당시 다비안의 부친은 대를 이를 장손이었다. 아마도 주술사는 그런 저주를 내리면 그가 계승권도 빼앗기고 평생 고독해질 거라고 생각했던 것 같다. 하지만 그는 보란 듯이 자식을 낳았고, 그를 향했던 원념은 첫 아이로 태어난 다비안이 고스란히 뒤집어썼다.

"어머니는, 그걸 알고 혼인하신 건가요?"

기막힌 기분으로 물으니 다비안이 쓰게 웃으며 고개를 저었다.

"혼인은 치르지도 못하셨습니다."

"그 말은……."

"전 사생아입니다."

와, 오랜만에 상욕이 나올 뻔했다. 자신에게 무슨 저주가 있는지 뻔히 아는 인간이 혼인도 치르지 않고 아이부터 얻다니. 굳이 해석할 필요도 없이 돌아가는 사정이 뻔히 읽혔다. 그 인간말종이라고 할 수밖에 없는 남자가 본처에게서 자식을 얻기 전에 저주를 받게 하려고 일부러 다비안을 낳은 게 분명했다.

"어머니는 절 위해 저주를 없앨 온갖 방법을 다 알아보셨습니다. 덕분에 원래는 밤이 될 때마다 포악한 괴물이 되어야 하지만, 만월이 될 때만 변하도록 조절할 수 있었죠. 하지만 완전히 정화할 수는 없었습니다."

담담히 설명하는 다비안은 이미 초탈한 것처럼 보였다. 당장 떠오르는 말들은 많았으나 그걸 건네는 대신 한숨을 내쉬었다.

"그런 처지에 용케 그림자 병기 같은 걸 하고 있네요."

"대장님이 제 사정을 알고 계십니다. 첩보 임무도 휴일만 잘 조정하면 돼서 생각보다 어렵진 않았습니다. 게다가 오히려 이런 처지라 하는 것에 더 가깝습니다."

"무슨 뜻이에요?"

"사념이라고 하던가요. 음기가 강한 곳에 적을 두고 있어야 합니다. 그래야 저주를 완화할 수 있습니다. 그 조건을 지킬 만한 곳이 별로 없었습니다."

황제가 운영하는 특수 조직이 한순간에 사념 덩어리가 됐다. 딱히 틀린 말도 아니다 보니 그저 헛웃음만 나왔다.

"세공 당했을 땐 어떻게 숨겼어요?"

"숨기지 못했습니다. 아마 변하는 게 신기해서 살려뒀던 것 같습니다. ……취조받던 과정에서 발작이 일어난 게 마지막 기억이거든요."

살다 보니 저주가 도움이 될 때도 있다며 그가 씁쓸하게 웃었다. 차라리 괴로운 표정이었다면 나았을까. 울어야 할 사람이 웃고 있으니 괜히 내가 더 심란해졌다. 이러면 안 된다는 걸 알면서도 입이 멋대로 열린 건 그 탓이었다.

"정령술 배워볼래요?"

불쑥 건넨 말에 다비안이 눈을 크게 떴다. 막상 뱉고 보니 속이 시원해져서 내친김에 그냥 계속 말을 이어갔다.

"정령과 계약하면 정순한 기운이 몸에 자리 잡을 거예요. 그럼 저주도 영향을 미치지 못할 거고요."

"으음, 그건 저도 알고 있습니다. 하지만 저는 재능이 없다고 들었습니다. 타고난 친화력이 부족하기도 하지만, 저주 때문에 시도하는 것 자체가 아예 불가능하다고 하더군요."

역시 정령술에 관심이 있긴 했었구나. 게다가 이미 꽤 본격적으로 알아봤던 모양이다. 하긴 저주를 없앨 수단이라면 정령술이야말로 가장 먼저 알아볼 방법이긴 했다. 힘없이 웃는 얼굴에 떠오른 체념의 빛을 보다가 아직 낙담할 때가 아니라는 뜻으로 그의 어깨를 두드렸다.

"일반적으로는 그렇긴 하죠. 하지만 때로는 좋은 인연이 좋은 결과를 낳기도 하지 않겠어요?"

"그 말씀은……?"

"자랑이 될까 봐 말을 아끼긴 했는데요. 일반적으론 당신의 저주를 임시로 정화하는 것도 어려워요."

함의된 뜻을 알아차렸는지 숨을 삼키는 소리가 울렸다. 피식 웃어주니 그의 눈동자가 크게 흔들렸다. 기운 없던 눈동자에 빛이 피어나는 것 같았다. 이런 모습을 봤으니 이제 정말로 무를 수 없게 됐다. 마음을 굳게 먹고 고개를 끄덕였다.

"내가 도와줄게요."

"정말 제가 정령술을 익힐 수 있습니까?"

"당장 계약할 수도 있어요."

"저, 정말입니까?"

"뭐하면 당장 시도해볼래요?"

손을 내밀자 그가 얼결에 붙잡고 어리둥절한 표정을 지었다. 그 상태에서 정령 계약 주문을 외우게 했더니 더듬더듬 열심히 따라하기 시작했다.

"태초의 지배자께 허락을 구하노니. 땅과 바람과 물과 태양, 4대 기운을 증인으로 계약의 증거를 제시하노라. 여기 자격을 갖춘 이가 물의 유지를 이어 가길 감히 바라나이다. ……이거 거짓말 아닙니까?"

"오늘날 이 세계의 진정한 주인을 경배하며, 그의 일부를 청하고자 하오니. 허락된 숙명 안에서 고귀한 뜻을 품은 자는 의당 그 합당한 소원을 이룰 것이라. ……정말 제가 이렇게 말해도 되는 겁니까?"

쓸데없는 사족이 자꾸 붙긴 했지만. 어쨌든 주문은 착실히 이어져갔다. 시전하는 이가 영 집중하지 못하는 상황인데도 이미 완성에 가까워진 주문은 정령계와 연결된 소환진을 순조롭게 발동하고 있었다. 저주를 밀어내기 위해 불어넣은 기운이 아직 그의 몸에 가득한 데다가, 내가 친히 정령 소환을 이끌어주기까지 하니 여러모로 순조로울 수밖에 없는 상황이었다. 자꾸만 되묻는 다비안 역시 불안해하면서도 정작 흥분한 기색을 감추지 못하고 있었다. 자신의 몸 안에서 무언가가 움직이고 있다는 감각만은 분명히 느끼고 있는 듯했다.

"이제 마지막이에요. 강과 호수를 다스리는 운디네여, 내 부름에 응답하소서."

"강과 호수를 다스리는 운디네……예? 운디네요? 운디네는 중급 정령 아닙니까? 지금 저한테 중급 정령을 소환하라고요?"

"다비안."

"네, 네?"

"한 번만 더 딴지 걸면 그만둘 거예요."

웃으며 말하니 다비안이 거의 울 것 같은 얼굴로 입을 다물었다. 그리곤 두 눈을 질끈 감고 마지막 말을 외쳤다.

"우, 운디네여, 내 부름에 응답하소서!"

그로서는 아마 자포자기에 가까운 심정이었을 것이다. 하지만 덕분에 소환진은 완전히 힘을 얻었다. 숨을 삼킨 다비안이 몸을 크게 휘청이는 순간, 눈앞에 푸른 마법진이 떠오르더니 여러 물줄기가 뻗어 나와 주위를 빙글빙글 맴돌기 시작했다. 그 물줄기는 곧 하나로 합쳐져 허공에 높이 솟구쳐 오르더니 급속도로 하강했다. 그러나 바닥에 닿기도 전에 다시 위로 솟구치면서 무언가 형태를 이루어가기 시작했다. 완성되어 가는 형태는 아름다운 소녀의 모습이었다.

"헉."

설마 정말로 소환이 이뤄질 거라고는 상상도 하지 못했다는 듯, 경악한 다비안이 다시금 숨을 삼켰다. 그사이 완전히 선명해진 운디네가 감고 있던 눈을 뜨고 그를 바라보았다. 뻣뻣하게 굳은 다비안을 발견한 눈매가 부드럽게 휘어졌다.

—안녕, 부르는 소리를 듣고 찾아왔어. 내가 바로 운디네야. 네가 날 불렀어?

물로 이뤄진 소녀가 경쾌한 목소리로 말을 걸어왔다. 계약 절차를 밟는 중요한 순간이었는데, 정작 자신이 이뤄낸 결과를 두 눈으로 확인한 다비안은 그대로 넋을 잃었다.

"맙소사…… 정말로?"

어서 대답하라는 뜻으로 팔을 흔들었더니 겨우 한다는 말이 이거였다. 이쯤 되면 자질보다 배짱이 더 문제다. 저주가 아니었더라도 내가 아니었으면 평생 정령사가 되긴 힘들었겠구나 싶어 한숨이 절로 나왔다. 그나마 운디네가 물의 정령 중에서 가장 온화한 편이라 다행이었다. 그를 빤히 바라본 운디네가 웃으며 손을 내밀었다.

—참 재밌는 상황이야. 난 이런 거 마음에 들어. 좋아, 내가 널 도와줄게. 나와 계약할래?

그제야 정신을 좀 차렸는지 마른 침을 삼킨 다비안이 멍하니 나를 돌아보았다. 얼른 응하지 않고 뭐하냐는 뜻으로 눈짓을 보냈더니 그가 자유로운 쪽 손을 내밀어 운디네의 손을 맞잡았다.

—우리 계약은 성립했어! 앞으로 잘 부탁해!

후후후, 가벼운 웃음을 터트린 운디네가 제자리에서 빙글 돌았다. 소녀의 형상이 빠르게 허물어지며 맑은 물줄기만이 남았다. 그 물줄기는 다비안의 이마에 스며드는 것으로 마지막을 장식했다.

흠칫 몸을 떤 다비안은 그대로 바닥에 주저앉더니 이내 의식을 잃었다. 계약과 동시에 일어나기 시작한 변화를 견디지 못한 모양이었다. 하급 정령도 감당하기 힘든 몸에 갑자기 중급 정령이 들이닥쳤으니 충격이 크긴 했을 거다. 한동안은 고생 좀 하겠지만, 저주를 막으려면 운디네 정도는 되어야 해서 어쩔 수 없었다.

'원래 찾아온 용건은 이게 아니었는데. 별수 없이 다음으로 미뤄야겠네.'

그를 부축한 다음 편한 자리에 눕혔을 때였다. 눈앞에서 보글보글 거품이 일더니 조금 전 사라진 운디네가 다시 얼굴을 빼꼼 들이밀었다. 이번엔 소환된 상태가 아니라 자연체의 모습이었다. 불길한 기분에 얼른 입을 막으려는데, 그보다 운디네의 말이 이어지는 게 더 빨랐다.

—있잖아, 왕의 계약자. 엘퀴네스 님이 당장 오래.

"……."

—괜히 머리 굴릴 생각 하지 말고 얌전히 돌아오는 게 좋을 거래.

내 이렇게 될 줄 알긴 했지.

어색하게 웃다가 한숨을 푹 내쉬었다. 내가 생각해도 대형 사고를 치긴 했다. 팔자를 스스로 꼬는 습관은 평생 고치기 글러 먹은 모양이다.

2.

"어서 와, 도련님."

숙소에 도착한 나를 가장 먼저 반긴 건 이프리트였다. 밖에서 차마 문고리를 잡지 못하고 마음의 준비를 하려는데 기다렸다는 듯이 문이 열리더니 얼굴을 내민 그가 씩 웃었다. 태양처럼 화사한 붉은 머리칼이 오늘따라 몹시도 눈부셨다.

"다녀왔습니다."

슬쩍 눈치를 보며 답하자 다시금 싱긋 웃은 그의 시선이 내가 업고 있는 다비안 쪽에 닿았다.

"우리 도련님은 어쩌려고 이렇게 겁이 없나 몰라. 그래서 재밌는 거긴 하지만."

"……저기, 엘퀴네스 많이 화났어?"

"음, 현실적인 대답과 이상적인 대답 중에서 뭐가 듣고 싶어?"

"이상은 뭐고 현실은 뭔데?"

"이상은 일단 무조건 빌라는 거고."

"……현실은?"

"죽이려고 하면 내가 막아볼게."

속삭여준 말은 당연히 조금도 위안이 되지 못했다. 도살장에 끌려 들어가는 기분으로 안으로 들어서니 의자에 앉아 있는 엘뤼엔의 모습이 보였다. 늘 감탄이 나올 만큼 반듯한 자세였던 그가 지금은 다리를 겹치고 등받이에 몸을 깊숙이 묻은 다소 불량한 자세를 하고 있었다. 팔걸이에 두 팔을 올려 둔 채 눈을 감고 있는 모습이 흡사 영화에서 보던 최종 보스의 등장 장면 그 자체였다. 얼른 침대 위에 다비안을 내려놓고 잽싸게 그 앞에 섰다. 그제야 감겨 있던 그의 눈이 떠졌다. 서늘한 시선에 절로 마른침이 삼켜졌다.

"할 말은?"

"잘못했습니다……."

기어들어 가는 목소리로 간신히 답하니 그의 시선이 더 짙어졌다. 어색하게 웃어 보였지만 민망할 정도로 정색하는 얼굴만 돌아왔다.

"지난번에 한 충고로는 부족했던가?"

"그런 건 아닌데……."

"그런데도 무시했다는 거군."

"으음, 그게 말이지……."

"모르고 저지른 것과 알면서 일부러 한 건 완전히 다르다. 너도 그 차이는 당연히 알고 있을 테지. 내 권위를 무시하고 왕의 영역을 침범하는 너를 내가 어떻게 생각해야 하지?"

처지를 바꿔 놓고 생각해도 이건 내가 백번 잘못하긴 했다. 그 자리에서 계약이 끊기는 건 물론 죽었어도 할 말이 없는 상황이었다. 지금 이렇게 불러다 놓고 일단 추궁부터 하는 것만으로도 상당한 관용을 베풀고 있는 거였다. 아마도 진노하기 직전 폭풍전야의 순간이겠지만.

"미안해. 돕고 싶다는 생각이 너무 앞섰어. 절대 왕의 권위를 무시하려거나 침해하려고 한 건 아냐."

"내게 해주를 청하는 방법도 있었다."

"그치만…… 그건 안 해줄 것 같아서……."

"그걸 알면서도 저질렀단 소리군."

"……."

역시 엘뤼엔, 빈말로도 아니라는 소리는 안 한다. 그럴 줄 알고 있긴 했다. 그는 어지간하면 인간사에 개입하지 않으니까. 계약자인 내 일도 아니고, 목숨이 경각에 달린 상황도 아닌데 굳이 도와줄 리가 없었다. 눈동자를 빠르게 굴리니 그의 시선이 더 서늘해졌다.

"아니, 알기에 저지른 거겠지. 그런데도 내 권위를 무시한 게 아니다?"

"아하하……."

"변명은 다 했나?"

엘뤼엔이 천천히 자리에서 몸을 일으켰다. 태산 같은 존재감이 오늘처럼 살벌하게 와 닿은 적은 없는 것 같다. 에라 모르겠다는 기분에 그의 허리를 와락 끌어안고 매달렸다.

"내가 잘못했어, 아버지!"

뒤에서 지켜보고 있던 이프리트가 헉하고 숨을 삼켰다. 뭔가 말하려던 엘뤼엔은 그대로 입을 다물었다. 바로 내치려나 싶었는데 당황한 탓인지 그럴 조짐은 없어 보였다. 잠시간 고요하던 그의 입에서 가볍게 한숨이 흘러나왔다.

"……내 아들로 산다는 의미를 이런 식으로 깨우치라는 소리는 아니었다만."

헉, 뭐지? 좀 통했나?

뭔가 기시감이 드는 것 같은데 왜 그런 건지는 모르겠다. 어쨌든 희망을 본 것 같아 끌어안은 팔에 더 힘을 줬다.

"다시는 안 그럴게, 아버지! 한 번만 용서해줘, 아버지!"

"떨어져라."

"화 안 낸다고 하면 떨어질게, 아버지!"

"애초에 화를 낼 상황을 만들지 말자는 생각은 왜 하지 못하는 거지?"

"이제 진짜 안 그래! 정말로 가슴에 새길게, 아버지!"
"허락할 땐 피하더니 궁지에 몰리니 잘도 부르는군."
낮게 중얼거리는 소리에 속이 뜨끔해졌다. 그에게 아들로 인정받은 지도 시간이 제법 흘렀다. 아버지라 부르지 못하게 했을 땐 그리도 서운하더니, 막상 불러도 된다고 생각하니 왠지 모르게 민망했다. 그래서 가급적 부르는 상황 자체를 자제하고 있었는데 이미 다 눈치채고 있었던 모양이다.
"악! 이 미친놈아!"
뒤쪽에서 이프리트가 악을 썼다. 배를 움켜쥐고 폭소하다가 물벼락을 맞은 탓이었다. 아하하, 매달린 자세로 어색하게 웃었더니 나를 내려다본 그가 다시금 한숨을 내쉬었다.
"저건 왜 가져왔지?"
무슨 말인가 했더니 침대에 눕혀둔 다비안을 가리킨 말이었다. 아니, 일단은 인간이거든요. 차마 타박할 수 없는 말을 속으로 삼키며 해명부터 늘어놓았다.
"의식도 없는데 혼자 놔두고 오기가 좀 그래서……."
"봉사활동이 취미인가?"
"그 동네가 치안이 너무 안 좋은 지역이었어. 내가 문고리도 망가트려 놨는데 집에 강도라도 들면 어떡해."
"그 쓸데없는 배려심을 널 건사하는 데 쓴다면 서로 이로울 것 같다만."
"그래. 나도 알아, 아버지. 이런 애가 아들이 돼서 어이가 없고 억울하기도 하고 분통스럽기도 하겠지. 하지만 이젠 어쩔 수 없어. 한번 뱉은 말은 물리면 안 돼."

일부러 더 뻔뻔하게 나갔더니 엘뤼엔이 기가 막힌 얼굴을 했다. 그런데도 오히려 기분이 나아진 것처럼 보이는 건 왜인지 모르겠다.

"……하긴, 키운다는 건 인내를 요구하는 일이지. 네가 이런 녀석인 줄 몰랐던 것도 아니고."

오오, 정말 용서해주는 건가? 고개를 들기 시작한 기대감에 나도 모르게 눈을 반짝인 모양이다. 혀를 찬 그가 손끝으로 내 이마를 가볍게 쳤다.

"물론 그냥 넘어갈 생각은 없다. 그만한 벌은 받아야겠지."

"뭐, 뭔데?"

"반성문을 써라."

"어? 반성문?"

"불만인가?"

"아냐! 쓸게! 반성문! 당장 쓸게!"

반성문이라니, 그건 그냥 잘못했다고 쓰기만 하면 되잖아. 긴장했던 몸에서 힘이 풀렸다. 맞는 것과는 비교도 되지 않는 벌인데 불만을 가질 리가 없었다. 그러나 여기서 내가 미처 간과한 사실이 있었다. 반성문의 목적은 보통 참회를 위한 거고, 참회란 쉽게 이루어지지 않으며, 엘뤼엔은 장차 형벌의 신이 된다는 사실을 말이다.

"백 장."

"……헐."

"기한은 내일 아침까지다."

급히 바라본 창문은 이미 저물어가는 하늘을 비추고 있었다. 백 장이나 되는 양을 아침까지 다 채우려면 오늘 밤을 지새워도 부족할 게 분명했다.

"끝내지 못하면 내일부터 한 달간 간식은 꿈도 꾸지 마라."

"……."

간식 금지라니. 그것도 무려 한 달간이나!

여유가 한순간에 사라졌다. 땅이 꺼지는 듯한 절망감에 털버덕 자리에 주저앉았다. 과연 아버지는 아버지라고 해야 할지. 내게 뭐가 제일 타격이 큰지 너무나 잘 아는 이다운 선언이었다.

* * *

다비안의 의식이 돌아온 건 한창 깊은 밤에 접어들었을 무렵이었다. 고요하던 몸에서 숨소리가 한 번 크게 울리더니 조금씩 몸이 움직이기 시작했다. 이윽고 굳게 감겨 있던 눈꺼풀이 파르르 떨리면서 그 사이에서 깨끗한 눈동자가 드러났다.

"깼어요?"

눈을 뜨고도 한동안 멍해 있던 그가 내가 건넨 말에 놀라 흠칫했다. 재빨리 고개를 돌린 그가 날 발견하고 낮게 숨을 삼켰다.

"엘?"

그렇다는 뜻으로 고개를 끄덕이니 그가 몸을 벌떡 일으켰다. 주위를 두리번거리는 표정에 당혹감이 가득했다.

"여기는……."

"내가 머무는 여관이에요. 그 집에 혼자 두고 올 수가 없어서 옮겨왔어요. 미리 양해를 구하지 못한 건 이해해줘요."

사정을 설명하는데 듣는 이의 얼굴은 여전히 멍하기만 했다. 누가 봐도 내가 한 말을 하나도 알아듣지 못한 표정이었다. 제대로 초점이 잡히지 않은 시선을 보니 날 알아본 게 맞기는 한 건가 싶었다.

"속은 좀 어때요?"

"예? 속이요?"

"무리해서 계약한 거라 몸에 부담이 컸을 거예요. 견디기 힘들면 참지 말고 말해요. 회복제라도 마시면 좀 괜찮아질 테니까요."

가장 좋은 건 엘퀴엔이 직접 봐주는 걸 텐데, 그는 낯선 인간과 한 공간에 있기 싫다는 이유로 뒤도 돌아보지 않고 정령계로 가버렸다. 그로서는 계약을 거두지 않고 그대로 둔 것만으로도 관대한 처사였다. 이건 다비안을 선택한 운디네의 의사를 존중한 거겠지만. 랑시 때도 일부러 거두진 않았기 때문에 그 점은 크게 걱정 안 하긴 했다. 아마 이런 점까지 계산한 걸 알아서 엘퀴엔이 더 화가 났을 거다. 두 번 생각해도 내가 너무했다는 생각을 지울 수가 없었다. 이제 정말 다시는 이러지 말아야지.

이프리트 역시 이제 갓 계약한 물의 정령사에겐 자신의 기운이 부담될 거라며 자리를 비운 참이었다. 덕분에 지금 숙소 안에 있는 사람은 나와 다비안 둘밖에 없었다.

"계약……?"

비상용 회복제를 어디에 뒀는지 찾아보는데 다비안이 멍하니 눈을 깜빡였다. 이런, 거기서부터인가. 아무래도 의식을 잃기 전의 상황을 전혀 기억하지 못하는 게 분명했다.

"차분히 떠올려 봐요. 정령이랑 계약했잖아요. 운디네를 소환했던 거 기억 안 나요?"

"예? 무슨……."

다시 멍하니 되묻던 다비안이 다음 순간 숨을 삼켰다. 빠르게 주위를 훑어본 그가 다시 내 쪽을 바라보았다. 휘둥그렇게 눈을 뜨는 얼굴이 마치 이제야 나를 알아보기라도 한 것 같았다.

"맙소사, 엘……."

새삼스럽게 당황하는 걸 보면 정말 그런 모양이다. 탄식인지 탄성인지, 떨리는 호흡을 내뱉은 그가 자신의 이마를 매만졌다. 계약을 마친 마지막 순간 물줄기가 이마를 파고든 감각을 기억한 모양이었다.

"정령사가 된 기분이 어때요?"

웃으며 물었더니 다비안이 다시금 숨을 삼켰다. 동요를 고스란히 드러낸 눈동자에 차츰 물기가 일렁이기 시작했다.

"그게…… 꿈이 아니었습니까?"

"큰일 날 소리를 하네. 누구 마음대로 남의 고생을 수포로 만들어요?"

"하지만…… 실감이 나지 않아서……."

"뭐, 바로 정신을 잃었으니 그럴 만도 하죠. 그렇게 믿기지 않으면 정령을 소환해봐요. 두 눈으로 확인할 수 있는 가장 확실한 증거잖아요."

"제, 제가 말입니까?"

"그럼 내가 할까요?"

얘가 아까부터 왜 이렇게 얼빠지게 구는가 싶어 바라보니 다비안이 허둥지둥 자세를 똑바로 했다. 그래도 평소 정령술에 관심 있던 사람답게 자신이 뭘 해야 하는지는 잘 아는 것 같았다. 그는 곧 진지하게 소환 주문을 외우기 시작했다.

"물에 깃든 가장 정순한 영이여, 부름에 응답하소서! 나이아스 소환!"

어디서 뭘 공부한 건지는 몰라도 꽤 거창한 주문이었다. 어쨌든 방식은 틀리지 않았기 때문에 곧장 반응이 있었다. 퐁퐁 튀는 물방울 사이로 작은 인어가 모습을 드러내자 다비안의 숨소리가 급격히 커졌다. 금방이라도 숨이 넘어갈 기세라 회복제를 미리 먹여뒀어야 했나 걱정이 들 정도였다.

"에, 엘! 저, 정말 나타났습니다! 나이아스입니다! 제, 제가 정말로 정령을!"

"네, 축하해요. 근데 다음번엔 조금 더 간단하게 불러도 돼요."

내가 생각해도 성의 없는 축하 말이었지만 다비안은 별로 신경 쓰지 않았다. 정확히는 너무 흥분해서 내가 뭐라고 하든 제대로 들리지도 않는 것 같았다. 나이아스만 정신없이 바라보는 그의 두 눈엔 눈물이 가득 차올라 있었다. 울지 않기 위해서인지 입술을 악문 그가 다음 순간 갑자기 벌떡 몸을 일으켰다. 그러더니 내게 무릎을 꿇고 엎드렸다.

"뭐하는 거예요?"

"감사합니다."

푹 숙인 고개 사이에서 잔뜩 잠긴 목소리가 흘러나왔다. 짧은 한마디였지만 지금까지 그가 속으로만 삭여왔을 수많은 감정이 고스란히 전해졌다. 더는 무신경하게 임할 수가 없어서 하던 일을 중단하고 그에게 다가가 억지로 몸을 일으켰다. 어느새 눈물로 범벅된 얼굴을 보니 나도 모르게 웃을 수밖에 없었다.

"이제 꿈이 아니라는 거 믿겠어요?"

"예, 예. 의심해서 죄송합니다. 이런 일이 가능할 거라곤 한 번도 상상해 본 적이 없었습니다. 그래서 당연히 꿈인 줄 알았습니다."

"꿈이었다면 내가 지금 이러고 있을 이유가 없겠죠."

한숨을 내쉬며 답하니 눈을 깜빡인 다비안이 의아한 표정을 지었다. 그제야 주위에 가득 늘어져 있는 수많은 종이 뭉치들이 눈에 들어온 모양이었다.

"그런데 지금 뭘 하시는 겁니까?"

"세상엔 공짜가 없다는 걸 처절하게 실감하는 중이요."

"그게 무슨……."

"마침 잘됐네요. 나한테 고마운 김에 반성문에 어울리는 문장 좀 생각해봐요."

"……예?"

다비안은 당황했지만 나는 그 어느 때보다 진지했다. 벌써 몇 시간 째 한 차례도 쉬지 않고 계속 매달려서 반성문을 썼는데 아직도 반절밖에 못 채웠다. 아무튼 죄송합니다. 어쨌든 잘못했습니다, 같은 말을 반복하는 것도 한두 번이지. 이제 더는 할 말도 없어서 머리에 쥐가 날 지경이었다.

덕분에 다비안은 영문도 모른 채 반성문 제작(?)에 합류했다. 직접 쓰는 건 당연히 안 되니 옆에서 이러저러한 문구들을 제안해 주는 정도였지만 의외로 상당한 도움이 됐다. 놀랍게도 그는 같은 내용도 여러 방식으로 표현할 수 있는 능력자였다. 한 줄로 끝낼 말을 열 줄 넘게 장황하게 늘려 쓸 수 있는 귀재이기도 했다.

"평소에 반성문 많이 써봤나 봐요."

"원래 공직자는 경위서를 쓰는 게 일이라서요……."

"아하……."

지구나 아크아돈이나 공무원은 다들 서류 전쟁이구나. 짠한 마음으로 바라봐 주니 다비안이 머쓱하게 웃었다.

"참, 그러고 보니 묻고 싶은 게 있었는데요."

"예, 말씀하십시오."

"에펜 왕국에 있을 때 왕실을 전반적으로 조사했던 거죠? 왕녀에 대해서도 뭔가 아는 거 있어요?"

"아나이스 왕녀 말이십니까?"

고개를 끄덕이니 다비안은 고민하지 않고 자신이 아는 것들을 말하기 시작했다. 나이는 스물셋. 천진하고 구김살 없는 성격으로 왕국이 사랑하는 왕녀라고 했다. 어릴 때부터 몸이 약한 편이라 주위에서 과보호하는 경향이 있는데, 오라비인 왕세자가 특히 끔찍이 아끼는 것으로 유명한 모양이었다. 다 큰 여동생의 유학길을 배웅한답시고 굳이 여행길을 따라온 것만 봐도 알 만했다. 처음엔 제국으로 넘어오려는 핑계인 줄 알았는데 서점에서 여동생이 부르자마자 급히 나간 걸 보고 생각이 달라졌다. 진짜 목적이 있든 없든, 팔불출인 건 맞는 것 같았다.

"출생의 비밀 같은 건 없는 거죠?"

사실 별다른 기대를 하고 물은 건 아니었다. 그날 봤던 왕녀는 남매가 아닌 게 이상할 만큼 왕세자와 닮았으니까. 그런데 뜻밖의 대답이 돌아왔다.

"비밀은 아닙니다만, 국왕의 친딸은 아닙니다."

"……네?"

"아나이스 왕녀는 열두 살쯤에 입양된 양녀입니다."

아니, 이게 다 무슨 말이야. 진짜로 친딸이 아니라고? 당황해서 고개를 드니 다비안이 설명을 이어갔다.

"왕비가 딸을 간절히 바랐습니다. 하지만 왕세자를 얻은 후로 더는 아이를 잉태하지 못했죠. 그래서 본가에서 조카를 데려와 양녀로 들였습니다."

"조카요? 아, 그래서 왕세자와도 외모가 닮은 거군요."

"네, 왕세자가 외탁한 편입니다. 그 은발이나 눈동자 색도 외가에서 주로 나타나는 특징입니다."

"……혹시 그 외가가 백작 가문인가요?"

혹시나 물은 말에 다비안은 바로 고개를 끄덕였다. 이게 이렇게 연결되는 거구나, 생각보다 해답이 가까이에 있었다는 점에 일단 안도의 한숨부터 삼켰다. 다행히 과거의 일이 틀어진 건 아닌 모양이다.

'그런데 왜 왕녀라고 하지 않았을까.'

입양된 거라 해도 왕녀는 왕녀다. 그런데도 트로웰이 굳이 백작가의 딸이라고 부른 데엔 그럴 만한 이유가 있을 터였다. 그냥 평범한 가문이었다면 몰라도 왕비의 친정이 세이렌을 섬긴 신관들의 후예라는 점이 마음에 걸렸다.

"그 남매는 조심하십시오."

그때 다비안의 차분한 목소리가 들려왔다. 생각지 못한 경고에 당황해서 그를 바라보았다.

"그게 무슨 말이에요?"

"왕비의 본가인 아일브라 백작 가문은 오래전부터 기묘한 부분이 많았습니다. 제가 건넸던 자료를 보셨다면 그 가문에서 내려지는 유전병에 대한 것도 읽어보셨을 겁니다."

물론 기억한다. 가문에 특이한 유전병이 있고, 그걸 타고난 아이들은 죽여서 은폐하는 것 같다고 했었지. 고개를 끄덕이니 다비안이 설명을 덧붙였다. 정말 살해하는 건지는 확실치 않지만 유전병을 타고난 아이가 오래 살지 못하고 죽는 것만은 맞는 것 같다고 했다.

"그걸 조사하게 된 건 그 혈통에 특별한 힘이 흐르고 있다고 의심했기 때문입니다."

"특이한 힘이요?"

"일단 남성에겐 타인을 미혹하는 힘이 있는 것 같습니다."

얼굴을 굳히는 동안에도 설명은 계속 이어졌다. 아르카 백작 가문은 대대로 평판이 좋은 편이라고 한다. 딱히 이렇다 할 공적을 세운 것도 아닌데 주위의 신임을 받았고, 과분한 인맥도 아무렇지 않게 쌓는 편이었다.

왕비만 해도 국왕과 혼인하게 된 과정이 여러모로 석연치 않았다. 당시 왕세자였던 국왕은 정혼자가 따로 있었다. 그런데 아일브라 백작과 어울리고 나더니 백작의 동생과 혼인하겠다는 억지를 부리며 파혼을 강행했다. 심지어 정혼자와 상당히 다정한 관계였음에도.

단순한 변심이라 할 수도 있겠지만, 그 후부터 국왕의 행실이 이상해졌다. 성실하고 인내심도 강하던 그가 변덕을 부리는 일이 늘기 시작했다. 평소엔 왕비를 지극히 사랑하는 남편이었다가도 돌연 냉대하며 발작하는 것처럼 신경질을 내곤 했다.

"그런 날엔 꼭 아일브라 백작이 국왕을 알현했다고 합니다. 그러면 다시 평소의 국왕으로 돌아왔습니다."

이런 상황이 한동안 반복되다가 왕세자가 태어난 후로는 태도가 돌변하는 일이 완전히 사라졌다. 왕실에선 후계자가 생긴 국왕이 안정된 것으로 여겼지만 제국에서 바라본 시선은 달랐다.

"왕세자에게 백작과 같은 힘이 있다고 본 거군요."

다비안이 고개를 끄덕였다.

"조사할 때까지만 해도 추측에 불과했습니다. 하지만 왕세자에게 잡힌 후에 확신하게 됐습니다."

"뭔가 알아냈어요?"

"얼굴을 보는 순간 몸에서 저절로 힘이 빠지더군요. 그를 따르고 싶다는 마음이 치밀어 올랐습니다. 아마도 눈을 똑바로 마주 보면 홀리게 되는 것 같습니다."

그 말을 들으니 일전에 왕세자가 했던 말이 떠올랐다. 자신에게 반하지 않는 게 이상하다는 듯이 말했었지. 그냥 왕자병이 절정에 다다른 자의 헛소리라고 여기고 넘겼는데 그게 이런 의미였나 보다. 황당한 마음에 탄식이 절로 흘러나왔다. 왜 그자가 이상할 정도로 내게 집착하는 건지도 이제야 알겠다. 자신의 능력이 통하지 않으니 호기심이 들 수밖에.

그리고 이제 그 호기심 대상은 둘로 늘었을 거다. 아인 이드리스에게도 통하지 않았을 테니까. 정령왕의 계약자쯤 되면 그런 종류의 정신술엔 잘 홀리지 않는다. 그저 환심을 사려는 목적인 줄 알았는데, 그 왕세자가 최근 아인 이드리스와 자주 어울리는 건 그 이유가 더 큰 건지 모르겠다. 나로선 정말 다행이었다. 그게 아니었다면 아인 이드리스가 미혹되어 왕녀에게 반하는 거라는 가정을 지울 수 없었을 거다. 그럼 정말 최악이었겠지. 지금도 충분히 피곤한데 여기서 더 피곤해지고 싶진 않았다.

"남성에게 미혹하는 힘이 있다면, 그럼 왕녀는요?"

"아직 여성 쪽이 지닌 능력은 파악하지 못했습니다. 하지만 더 위험한 힘일 거라 보고 있습니다. 우선 그들 가문의 유전병은 여성에게서만 발현되는 것 같았습니다."

"……그래요?"

"네, 죽은 아이들 전부 여아였습니다. 그런데도 백작 가문은 딸에 집착하는 경향이 상당히 컸습니다. 딸을 낳지 못하면 가주가 될 수 없고, 데릴사위만 얻습니다. 이 전례를 깬 건 왕비가 처음입니다."

그 정도면 확실히 수상하긴 했다. 딸에게만 발현되는 유전병이 있는데도 오히려 집착한다는 건 그 병이 능력과 관계된 거겠지. 그게 뭔지는 몰라도 여성에게만 물려줄 수 있는 건지도 모른다. 굳이 친정에서 양녀를 데려온 걸 보면 틀린 짐작만은 아닐 것이다. 적어도 백작 가문이 이미 왕실을 장악했다는 것만은 알 것 같았다.

'그래서 백작가의 딸인가.'

무슨 말을 어떻게 해야 할지 모를 기분으로 입만 달싹이다 한숨을 내쉬었다. 왠지 알아갈수록 일이 점점 더 복잡해지는 것 같았다.

3.

밤샘 혈투 끝에 반성문은 기어이 백 장을 다 채웠다. 내가 생각해도 가히 인간 승리라고 할 만한 결과였다. 함께 퀭한 눈으로 아침 해를 맞이한 다비안이 진심 어린 축하를 건네 왔다.

"해내셨군요. 정말 고생하셨습니다."

"다비안도요."

그가 요령을 알려준 덕분에 수월히 마무리에 다다를 수 있었다. 우리는 푸석한 얼굴로 웃으며 악수했다. 같은 고난을 견뎌낸 동지애가 무럭무럭 싹트는 순간이었다.

엘뤼엔이 나타난 건 다비안이 더는 신세 질 수 없다며 자신의 집으로 돌아간 후였다. 완성한 분량을 자랑스럽게 내밀었더니 그가 떨떠름한 얼굴로 받아들었다. 이걸 기어이 해내다니, 간식을 그렇게나 사수하고 싶었냐는 시선이 와 닿았다. 당연하지 않냐는 뜻으로 맞받아치니 고개를 저은 그가 한숨을 내쉬었다.

"잘했다."

그런데 그냥 받아들기만 했을 뿐이었다. 당장 분량부터 확인하려 들 줄 알았는데 그는 정작 읽어보기는커녕 종이를 들출 생각도 하지 않았다. 설마 확인하지도 않고 퇴짜를 놓으려는 건가 싶어 조심스레 눈치를 살폈다.

"지켰으니까 된 거지? 간식 금지 안 할 거지?"

"그래."

다행히 우려하던 결말은 아닌 모양이다. 기쁜 마음으로 안심하다가 다시금 그를 바라보았다.

"그런데 내용 확인은 안 해?"

"네 양심에 맡기겠다."

"……헐."

"그 반응은 뭐지?"

"아하하하! ……아무것도 아냐."

그래, 형벌의 신이 괜히 형벌의 신이겠나. 우리 아버지는 사람 뒷목 잡게 하는 방법을 너무 잘 안다. 실제로 백 장을 다 채운 건 맞으니 양심에 거리낄 건 없긴 했다. 그런데도 왜 이렇게 억울하고 허탈한 기분이 드는 건지는 모를 일이었다. 일단 이럴 때 할 일이 하나뿐이라는 것만은 확실했다.

'맛있는 걸 먹자.'

달콤한 건 세상을 행복하게 하는 법이다. 결심을 굳힌 즉시 제도에서 가장 유명한 제과점을 찾아갔다. 진열된 것들을 모두 종류별로 다 쓸어담으니 직원들이 얼빠진 표정으로 나를 바라보았다.

"전부 포장해주세요."

"이거 전부…… 말씀이시죠?"

"네."

고개를 끄덕이니 당황한 직원들의 손길이 분주해졌다. 양이 제법 있다 보니 여럿이 매달려도 시간이 좀 걸리는 것 같았다. 평소라면 굳이 포장할 거 없이 그냥 가게 안에서 해결했겠지만 이번엔 갈 곳이 있었다. 오늘도 간식을 무사히 즐길 수 있는 건 반성문 백 장을 완성한 덕분인 만큼, 지대한 공헌자인 다비안과 이 영광을 함께 누릴 생각이었다. 그를 떠올리니 자연스럽게 새벽에 들었던 말도 같이 떠올랐다.

'왕세자에게 그런 능력이 있다는 걸 라미아스는 알고 있으려나.'

다비안은 아직 그에겐 자신이 알아낸 것들을 밝히지 않았다. 애초에 뭔가 있다고 의심했으니 두 비밀 기관이 합심해서 첩자를 보낸 거겠지만 확신하는 것과 유추만 하는 것엔 아무래도 차이가 있을 터였다. 설마 드래곤인 그에게까지 영향을 미칠 리는 없겠지만, 아무래도 당부는 해둬야 할 것 같았다.

'그러고 보니 영혼의 보석도 더 찾았던 것 같은데. 그것도 물어봐야지.'

마신전 정탐을 다녀오면 기다리던 소식을 들을 거라고 했으니 분명 영혼의 보석에 관련된 일일 거다. 정작 정탐할 마신전이 사라지는 바람에 그대로 무산되긴 했지만, 어쨌든 약속한 건 약속한 거니 다른 방법으로라도 얻어내야 했다. 문제는 그가 아직도 내게 기분이 풀리지 않았다는 거다. 어떤 치사한 수를 써서 괴롭히려나 생각하니 벌써 한숨이 나올 것 같았다.

딸랑.

속으로 이러저러한 생각을 하는데 맑은 종소리가 울렸다. 가게 안으로 누군가가 들어오는 소리였다. 아무 생각 없이 돌아보다가 그대로 멈칫했다. 푸른빛이 감도는 피부에 길게 묶어 내린 은발, 스쳐 지나봐도 몰라볼 수가 없는 특징을 지닌 사람이 보였다. 시벨리우스였다.

"어……."

그 역시 나를 발견하고 걸음을 멈췄다. 전혀 생각지도 못한 재회라 그런지 매우 얼빠진 표정이었다.

"우연이네."

어색하게 웃으며 인사하니 그제야 정신을 차린 듯 그가 뻣뻣한 얼굴로 고개를 끄덕였다. 그러다 내 앞에 산더미처럼 포장되고 있는 케이크며 빵들을 발견하더니 묘한 표정을 지었다. 한 사람이 사가기엔 누가 봐도 많은 양이라 괜히 민망해졌다.

"아하하, 너도 빵 사러 온 거야?"

"구인 공고를 보고 왔어."

머뭇거리던 시벨리우스가 나직하게 답했다. 구인이라니. 그러고 보니 특별대가 해산했으니 추가로 보충한 주방의 계약 기간도 종료됐을 거다. 그래도 그만한 실력이면 정식으로 고용됐을 거라 생각했는데 그냥 끝났다는 게 믿어지지 않았다.

"거기서 안 붙잡았어?"

"잡긴 했는데, 내가 거절했어."

역시 붙잡긴 했구나. 그럼 그렇지 하고 고개를 끄덕인 후 거절한 이유를 물으니 시벨리우스가 머쓱한 표정을 지었다.

"병영 쪽은 식대에 투자하는 비용이 너무 적어. 식단 선정부터 제한이 커서 내가 생각하는 느낌이 아니었어."

"아, 그럼 어쩔 수 없었겠네."

요리하는 사람은 누구나 다 그렇겠지만 식재료는 좋은 걸로 풍족하게 쓰고 싶을 거다. 시벨리우스는 한 끼를 차려도 다양하게 종류별로 만드는 걸 즐기는 데다가 새로운 식단을 개발하는 것도 좋아하는 편이었다. 당연히 그만한 투자도 필요한 법. 여러모로 조건이 맞을 수가 없었다.

"그럼 이제 여기서 일하는 거야?"

"그 전에 면접부터 붙어야 해."

"너라면 당연히 붙지."

무슨 당연한 소리를 하냐며 웃었더니 포장하던 직원들의 눈이 휘둥그레졌다. 호기심이 가득한 시선이 닿자 시벨리우스의 얼굴이 살짝 상기됐다.

"그런데 그때 만나려고 했던 사람은 만났어?"

"아, 응! 그러고 보니 인사가 너무 늦었네. 덕분에 무사히 만났어. 정말 고마워."

"그렇구나. 도움이 됐다면 다행이야."

그가 희미하게 웃었다.

"……그걸로 됐다고 생각했는데. 널 여기서 또 보게 될 줄은 몰랐어."

가볍게 한숨을 삼킨 시벨리우스는 조금 복잡해 보이는 표정이었다. 깊어진 시선에 형용할 수 없는 감정들이 느껴졌다. 아, 왠지 불길한 기분이 든다. 여기서 처신을 잘못하면 아름답지 않은 미래가 닥칠 거라는 아주 아주 강렬한 기분이.

그건 절대 안 되지. 손을 뻗어 팔을 붙잡으니 시벨리우스의 몸이 움찔 떨렸다. 당황한 시선이 닿는 걸 무시하며 크게 심호흡했다.

"시벨리우스. 뜬금없겠지만 네게 말할 게 있어."

"어?"

의아하게 바라보던 눈동자가 흔들렸다.

"네가 이 말을 들으면 어떻게 생각할지 알아. 하지만 그래도 말해야겠어. 지금이 아니면 기회가 없을 것 같아. 좀 생뚱맞고 당황스러운 고백이겠지만, 그래도 들어줘."

"아니, 잠깐만……. 나는……."

시벨리우스의 얼굴이 경직되기 시작했다. 왠지 모르겠지만 주위에 있던 제과점 직원들도 덩달아 긴장하고 있는 것 같았다. 일단 데리고 나가서 얘기할 걸 그랬나? 후회가 됐지만 이미 쏟아진 물이었다. 뚫어질 듯한 시선 속에서 나는 그를 붙잡은 손에 더 힘을 꾹 쥐었다. 그래, 창피한 순간은 잠깐뿐이다. 서로 어두운 과거를 늘리지 않으려면 이번에야말로 반드시 말해야 했다.

"난 남자야."

어디선가 헛숨을 삼키는 소리가 울렸다. 시간이 흘러가는 게 이렇게까지 느리게 느껴진 적도 없는 것 같다. 주위의 온도가 전체적으로 내려간 듯한 기분이 들었다. 언어맞은 것처럼 멍해 있던 시벨리우스가 천천히 눈을 깜빡였다.

"……어?"

넋 나간 목소리가 허무하게 흩어졌다. 앞으로 두고두고 생각날 것 같은 순간이었다.

그로부터 얼마 후, 우리는 광장 벤치에 아주 어색한 분위기로 앉아 있었다. 마침 포장이 다 끝난 김에 사방에서 쏟아지는 눈길이 부담스러웠던 내가 먼저 나가자는 눈짓을 보냈고, 시벨리우스도 고개를 끄덕여 동의한 결과였다.

먹구름이 가득한 흐린 날씨였다. 그래선지 오늘따라 주위에 지나가는 사람도 하나 없었다. 물론 사람이 있었다면 그건 그것대로 민망했을 테니 차라리 이편이 나은 것 같았지만.

"이거 먹을래?"

봉투에서 빵 하나를 꺼내 내미니 멍하니 받아든 시벨리우스가 고맙다고 중얼거렸다. 여전히 혼이 나가 있는 얼굴이라 지금 상황을 제대로 인지하고 있는 건지도 알 수가 없었다.

"너무 그렇게 충격받으면 나도 좀 슬픈데."

"……미안."

"아니, 오해하게 했다면 나야말로 미안하지. 헷갈리는 외모로 태어난 게 내 잘못은 아니지만. ……근데 그렇게 착각할 정도야?"

"그…… 외모도 그렇지만 향이 좀……."

아, 그러고 보니 유니콘은 상대의 기운을 향기로 느낀댔지. 여성이 풍기는 향을 좋게 느낀다고 했던가. 그런데 정령의 향기도 좋은 편이다 보니 내 성별을 착각했었다고 고백했던 것 같다. 아주 잠깐 오해한 거라더니, 그건 아니었던 같지만.

하긴 나라도 창피해서 솔직하게 다 말하진 못했을 것 같긴 하다. 당사자가 그 상황을 기억하지 못한다면 더더욱. 설마 과거로 돌아가 직접 확인하게 될 줄 누가 알았겠어.

"지금 다시 보니 정령의 향기이긴 해. 하지만 아무리 정령사라도 보통 이렇게까지 강하게 풍기는 일은 흔치 않아서 성별의 영향이 더 크다고 생각했어. 그게, 나만이 아니라 그때 널 봤던 애들은 다 널 여자로 알아."

마지막 말은 그냥 변명처럼 들렸다. 본인도 그렇게 느끼긴 했는지 들고 있는 빵을 만지작거리는 손길에서 초조함이 묻어났다.

"뭐, 그건 그렇다 치고. 그럼 정말 여자라고 생각해서 그동안 도와줬던 거였어?"

"그런 건 아냐."

그제야 좀 정신을 차린 듯 그가 급히 고개를 저었다. 미심쩍은 기분에 눈길을 흘리니 안절부절못하는 모습이 좀 재밌었다. 이런 걸 보면 나도 참 성격이 나쁜 것 같다.

"아니, 아주 아닌 것만은 아니긴 한 것 같지만…… 그게 딱히 다른 의도가 있던 건 아니라……."

"아니라는 거야, 맞다는 거야."

"……정말 미안."

결국 붉어진 얼굴로 고개를 숙이는 그를 보고 피식 웃었다. 더 건드렸다가는 울지도 모르겠다. 놀리는 건 이쯤에서 그만둬야 할 것 같았다.

"뭐, 여성을 돕는 걸 긍지로 여긴다는 일족이니 어쩔 수 없지. 나한테 배신감을 느낀다거나 원망하는 것만 아니라면 상관없어."

"그, 그렇진 않아. 좀 놀라긴 했지만, 내가 일방적으로 오해한 거고. 네 잘못이라 생각하진 않아."

"그렇다면 다행이고."

그나마 분별력을 잃지는 않은 모양이다. 그냥 하는 말인지 진심인지까지는 알 길이 없었지만, 덕분에 나도 마음이 한결 편해졌다. 그러자 망설이는 표정을 짓던 시벨리우스가 한숨을 내쉬듯이 말했다.

"차라리 남자라서 다행이야."

"그건 그것대로 좀 이상한 말인데……."

"아, 아니. 별다른 뜻은 아냐. 그냥, 지금 내 상황이 조금 좋지 않아서 그래."

상황? 무슨 상황? 가출한 걸 말하는 건가? 의아해져서 바라보니 머뭇거리는 답이 돌아왔다.

"규칙상 난 원래 다른 종족과 교류하면 안 되거든. 네가 여자면 일이 더 복잡해졌을 거야."

"무슨 말인지는 알겠는데…… 다른 종족과 교류하면 안 된다고? 그런 게 규칙으로 정해져 있어?"

황당한 기분으로 물으니 시벨리우스가 천천히 고개를 끄덕였다. 덕분에 더 황당해졌다. 만났을 때의 상황이 워낙 좋지 않았다 보니 그저 경계심을 강하게 보이는 거라 생각했는데, 아예 어울려서는 안 된다는 규정까지 있는 건 줄은 몰랐다. 게다가 자신으로 한정해서 말하는 걸 보면 유니콘 일족 전체의 규칙인 것도 아니었다. 시벨리우스에게만 유독 엄격한 제한이 있다는 소리였다. 더 자세히 설명해보라는 뜻으로 바라보자 그가 머쓱해하며 입을 열려고 했다. 그런데 돌연 얼굴을 굳히더니 팔을 뻗어 나를 밀쳐냈다.

"떨어져!"

"……!"

워낙 갑작스러운 상황이라 미처 방어할 틈도 없었다. 그러나 당황해서 돌아봤을 땐 더 당황스러운 광경이 펼쳐져 있었다. 밀쳐진 건 나인데 정작 바닥에 넘어진 건 시벨리우스였다.

"젠장, 결국……."

탄식하는 그는 무언가에 짓눌린 것처럼 꼼짝도 하지 못하고 있었다. 억지로 몸을 일으키려 시도는 하는 것 같은데 손가락을 꿈틀거리는 게 전부였다.

"시벨? 너 왜 그래?"

"다, 다가오지 마. 넌 여길 벗어나. 어서!"

얼굴을 일그러트린 그가 힘겹게 소리쳤다. 물론 이런 상황에서 그 말을 들을 사람은 얼마 없을 것이다. 무시하고 가까이 다가가 상태를 살피니 한눈에 보이는 것이 있었다. 그의 목에 조금 전만 해도 없던 끈이 채워져 있었다. 아니, 정확히는 진짜 끈이 아니라 글자로 이뤄진 문신이 새겨진 것처럼 보였다.

"이건……."

"포박술이야."

"뭐?"

"요즘 아슬아슬했는데 결국 내 위치가 발각된 것 같아. 곧 추격자가 올 거야. 그러니 넌 여기에 있으면 안 돼. 어서 가."

"이미 늦었습니다."

대답하기도 전에 다른 곳에서 목소리가 들려왔다. 고개를 드니 바로 조금 떨어진 곳에 한 사람이 서 있었다. 길쭉한 귀에 비치듯이 새하얀 피부가 인간과는 확연히 다른 생김새를 지닌 남자였다. 언뜻 엘프처럼 보였지만 정황상 엘프일 리가 없었다.

"에드윈."

낮게 신음한 시벨리우스의 눈동자가 흔들렸다. 급속도로 표정이 흐려지는 걸 보니 별로 좋은 사람은 아닌 모양이다. 그 모습에 힐끔 시선을 준 남자가 손을 뻗쳐 사방에 무언가를 뿌렸다. 그러자 무언가에 감싸지는 듯한 느낌이 들더니 주변의 광경에 이질감이 들었다. 아마 이곳의 모습이 보이지 않도록 진법 같은 걸 펼친 것 같았다. 아니, 정확히는 아무도 이 장소를 벗어나 도망치지 못하도록 막은 것에 더 가까울 것이다. 입술을 깨문 시벨리우스가 낭패한 표정을 지었다. 그런 그를 남자가 힐난하는 시선으로 바라보았다.

"일탈은 여기까지입니다, 시벨리우스 님. 당신 때문에 마을이 발칵 뒤집혔다는 거 아십니까? 당신 하나를 찾기 위해 일족의 모든 전력이 전 대륙으로 흩어졌습니다. 얌전한 토끼가 제일 음흉하다더니. 설마 당신까지 이런 짓을 벌일 줄은 몰랐습니다. 왜 일을 이렇게 복잡하게 만드십니까? 장로께서 화가 많이 나셨습니다."

"알았어. 내 발로 돌아갈게. 일단 이거부터 풀어."

"제가 그 말을 믿을 것 같습니까? 저한테 발견된 걸 다행으로 여기기나 하십시오. 다른 이였다면 당장 다리부터 부러트려 놨을 겁니다."

"……."

"일단 그대로 계십시오. 저 여성부터 처리한 후에 다시 얘기하죠."

그렇게 말한 남자의 시선이 향한 건 바로 나였다. 처리한다니? 여자로 오해한 것보다 그다음 말이 더 당황스러워서 눈을 깜빡였다. 아니, 그전에 이 상황 자체가 전부 이해가 되지 않았다. 시벨리우스의 표정이 다급해졌다.

"아냐, 잠깐 기다려! 엘은 건드리지 마! 그냥 보내줘!"

"안 된다는 건 당신이 더 잘 알고 있을 텐데요."

"염려할 일은 아무것도 없었어! 그 앤 여자도 아니야!"

"그 말을 믿으라고요?"

"정말이야. 본인이 남자라고 말했어! 확인해 보면 되잖아!"

역시 아무리 들어도 무슨 상황인지 모르겠다. 그때 어깨를 으쓱한 남자가 내 앞에 성큼 다가와 섰다. 탐색하는 듯한 시선이 내 위아래를 빤히 훑어내리는가 싶더니, 피식 비웃음이 서렸다. 어디서 빤히 보이는 수작을 부리냐는 듯한 표정이었다.

"남자라고요?"

"……그런데요?"

"흠, 그렇습니까. 그럼 옷을 벗어보십시오."

아니, 이게 미쳤나?

어이없어서 바라봤더니 남자의 비웃음이 더 짙어졌다.

"겉모습으로는 전혀 그렇게 보이지 않아서 말입니다. 증거를 확인해야 하지 않겠습니까?"

"그걸 왜 확인해야 하는데요?"

"당신이 여자면 죽어야 하기 때문입니다. 잠깐의 수치심보다는 목숨이 더 중요하지 않겠습니까? 당신이 정말 남자라면 말이죠."

"……지금 상황이 전혀 이해가 안 되는데요."

"저런, 아무것도 모르고 있었습니까? 저 사람은 그냥 평범한 블루 엘프가 아닙니다. 유니콘, 그중에서도 고결한 핏줄을 계승한 룬이지요."

이걸 순순히 밝히는 의도야 뻔했다. 이미 날 살려서 보내겠다는 생각이 조금도 없는 거다. 모르는 척 더 자세히 설명해보라 하니 그가 말을 이어갔다.

"룬은 다른 종족과 교류하면 안 됩니다. 이성의 경우엔 특히 더 그렇죠. 교류가 발각되면 전부 죽여서 처리하게 되어 있습니다."

"허?"

"혹시 모를 불미스러운 일을 방지하기 위해서입니다. 원래 이 정도까지는 아니었습니다만, 선대 룬이 저지른 잘못 때문에 규정이 좀 더 강화되었죠."

……내가 남자라서 다행이라고 한 게 이래서였어? 차분히 돌아보니 시벨리우스는 눈을 질끈 감고 있었다. 움켜쥔 주먹이 부들부들 떨리고 있는 게 선명히 보였다. 내 시선이 그에게 향한 걸 본 남자도 시벨리우스를 돌아보았다.

"이런 걸 하나도 설명해주지 않으셨다니 너무하셨군요. 그래서 애초에 룬은 허가 없이는 마을 밖에 나가지도 못하게 되어 있는데 말입니다."

"허가 없이는 외출도 못 한다구요?"

"외출이 안 되다 뿐입니까. 마을 안에서도 어느 부근에 있는지 주기적으로 위치를 알려야 합니다. 막중한 책임을 어깨에 지고 있는 자의 당연한 의무죠."

"……."

"그런데 그 의무를 저버리고 가출을 하시다니. 심지어 장로의 하나뿐인 손녀인 웰디 님께 수면술까지 걸고 말입니다. 정말 기가 막힌 일이지 않습니까, 시벨리우스 님? 알 만하신 분이 이러시니 정말 당황스럽습니다. 그 나이가 되도록 룬의 힘을 제대로 각성도 하지 못하셨으면서, 하다못해 조용히 지내 주시는 것도 못하시는 겁니까?"

움찔한 시벨리우스의 눈동자가 파르르 떨렸다. 참았다 내뱉은 듯한 숨에서도 떨림이 전해지긴 마찬가지였다. 나 역시 긴 숨을 내뱉었다. 남자가 오만한 시선으로 나를 돌아보았다.

"이제 이해했습니까?"

"아니, 전혀 안 되는데요."

빙긋 웃으며 답하니 그의 눈썹이 크게 꿈틀거렸다.

"아까 고결한 룬이라고 했어요? 그건 가장 신분이 높다는 뜻이죠?"

"그렇습니다. 일족 모두를 위하는, 엄중한 의무와 책임감을 지닌 자리죠."

"와, 몰랐는데 유니콘은 되게 불공평한 종족인가 보네요."

"그게 무슨 말입니까?"

"보통 의무와 책임감이 따르는 자리는 그만한 대접도 따르는 법이거든요. 적어도 우리 인간들 사회에선 그게 상식이에요. 그런 게 없으면 누가 의무와 책임 같은 걸 짊어지겠어요?"

"당연히 우리도 그렇습니다."

"와, 그쪽은 대접해준다는 게 목을 묶는 건가 봐요. 우리 사회에선 그건 짐승한테나 하는 짓인데."

"……그건, 도주하지 못하시게 막으려다 보니."

"보통은 아무리 그래도 몸을 묶죠. 본체가 말의 모습이니 더 잘 알지 않아요? 목에 거는 결박이 무슨 의미인지."

변명하려던 남자가 입을 꾹 다물었다.

"내가 보기엔 룬이란 건 여러모로 의미가 잘못됐어요. 외출하는 데도 허가가 필요하고 위치를 계속 보고해야 하는 게 무슨 가장 높은 신분이에요. 하물며 진짜 높은 신분이면 누가 모멸감을 주거나 비꼬지도 못하죠. 그런 걸 하는 사람을 보통 뭐라고 부르는지 알아요?"

"뭐라고 하죠?"

"반역자요."

뭘 뻔한 걸 묻냐는 의미로 웃었더니 크게 움찔한 남자의 눈빛이 흉흉해졌다. 무겁게 입을 뗀 남자가 이를 바득 갈았다.

"이제 당신의 성별이 뭐든 상관없을 것 같군요."

"아, 그래요? 되게 새삼스럽게 말하네요. 처음부터 그런 생각이었으면서."

"……뭘 믿고 그리 방종하게 구는지 모르겠습니다. 설마 저기 쓰러져 있는 시벨리우스 님을 믿는 겁니까? 안됐지만 저분이 스스로 결박을 풀어낼 리는 없을 겁니다. 저 주술은 그의 피로 완성한 거거든요."

"피?"

"그렇습니다. 제아무리 강한 룬이라도 자신의 피로 만든 주술은 스스로 파괴하지 못합니다."

아, 그래서 시벨리우스가 전혀 방어도 하지 못하고 당한 건가. 흑주술도 막아내는 주술을 쓰는 녀석이 너무 쉽게 당했다 했더니 그런 사정이 있었다. 더 마음에 걸리는 건 따로 있었지만.

"시벨리우스의 피를 왜 그쪽이 갖고 있는데요?"

"룬의 피는 강한 주술을 거는 데 필요하기 때문에 주기적으로 공급해둡니다."

"그것도 의무예요?"

"그렇습니다."

도대체 시벨리우스는 왜 루세프를 만났을 때 그를 한 대라도 패주지 않은 걸까. 하다 못 해 이런 걸 미리 알았더라면 나라도 팼을 텐데. 괜히 긁어 부스럼이 될까 봐 그의 과거를 한 번도 자세히 물어보지 않았던 게 이제 와 너무 후회됐다. 속이 부글부글 끓다 보니 웃는 낯을 유지하는 것도 슬슬 힘들었다. 억지로 올리고 있던 입꼬리를 내리자 남자는 겁먹은 거라 생각했는지 피식 웃었다.

"이제 좀 정신이 들었습니까? 하지만 이젠 후회해도 늦었습니다. 이미 난 당신을 용서하기 힘드니까요."

"하하, 누가 할 소리를……."

"정말이지 반성하는 기색이 전혀 없군요. 똑똑히 보십시오, 시벨리우스 님. 오늘 제대로 확인하시는 게 좋을 겁니다. 당신의 이기적인 행동이 어떤 결과를 일으켰는지 말입니다."

스르릉, 남자의 검집에서 쇳소리가 울렸다. 다급해진 시벨리우스가 눈을 부릅떴다.

"안 돼! 그만둬!"

"그런 말을 하시기 전에 처음부터 이런 사태를 만들지 않으셨다면 좋았을 텐데 말입니다."

안타깝다는 듯 혀를 찬 남자는 아랑곳하지 않고 검을 뻗었다. 바람을 가르는 소리가 울리면서, 그의 검날이 바로 눈앞에 다다랐다. 물론 완전히 닿기도 전에 튕겨 나가지긴 했지만.

콰직! 쿠웅!

"커억!"

나동그라진 남자가 바닥에 걸쭉한 피를 내뱉었다. 고개를 든 얼굴엔 믿을 수 없다는 표정이 가득 들어차 있었다. 시벨리우스 역시 얼떨떨한 표정으로 굳어 있었다. 나는 뽑아 든 파이어 버스터를 가볍게 털어내고 한숨을 내쉬었다.

"시벨리우스."

"……어? 어?"

"내가 지금 너무 화나서 머리가 돌았거든. 이럴 땐 손속이 좀 많이 과해져. 그래서 일단 하나만 확인해 둘게."

"무슨……."

"저거 죽이면 네가 곤란해져?"

꿀꺽 마른침을 삼키는 소리가 울렸다. 그 주인이 시벨리우스인지 조금 전까지 멋대로 입을 나불거렸던 놈인지는 알 수 없었다. 대답하라는 뜻으로 바라보니 시벨리우스가 머뭇거리다 고개를 저었다.

"내가 여기서 더 곤란해질 건 없어."

"그래? 다행이네."

사실 곤란해진다고 해도 죽일 생각이긴 했다. 그래도 이왕이면 곤란해지지 않는 쪽이 더 낫긴 하지. 한결 편해진 마음으로 돌아보니 주춤거리며 일어난 남자가 급히 방어 자세를 취했다. 동요를 가득 드러낸 주제에 억지로 태연한 척하는 기색이 가상할 정도였다.

"하하, 설마 정말 날 죽일 수 있다고 여기는 건가? 상황을 너무 만만히 여기는군. 난 일족 안에서도 손꼽히는 전사다. 조금 전엔 내가 방심했을 뿐이다."

"응, 그럼 이제 방심하지 마."

손가락을 가볍게 맞부딪히니 출렁이는 물줄기가 내 주위를 감싸고 돌기 시작했다. "저, 정령사?" 헛숨을 삼킨 남자가 급히 뭔가 주술을 외우려 했다. 하지만 그보다 완전히 모습을 드러낸 시큐엘이 그를 덮치는 게 더 빨랐다.

"컥!"

휘몰아친 물에 갇힌 남자가 허공에 떠오른 채 마구 버둥거렸다. 경악한 남자를 보며 피식 웃었다.

"그러게 방심하지 말라니까."

미리 방어해도 막기 어려운 게 정령인데 한번 붙잡히면 이미 끝났다고 봐야 한다. 상급 정령이라면 더욱 그렇다. 인간보다는 잘 버티는 편이었지만 그래 봤자 폐로 호흡하는 생물. 동작이 점차 굼떠지는 건 어쩔 수 없었다.

"끝내버려."

가볍게 도약한 시큐엘이 하늘 위를 크게 회전했다. 일어난 물보라에 한기가 일더니 빠르게 얼어붙기 시작했다. 그에 따라 공중에 결박되어 있던 남자의 몸도 함께 얼어붙었다. 경직된 남자가 점점 굳어져 가는 자신의 몸을 믿을 수 없다는 시선으로 바라보았다. 무서운 속도로 차오르는 성에를 바라보는 눈동자에 점차 공포가 실렸다. 물론 그 눈동자도 곧 하얗게 뒤덮였지만.

이제 눈앞엔 거대한 얼음 덩어리만이 남게 됐다. 그대로 확 부숴버리고 싶은 마음을 간신히 눌러 참았다.

"진짜 오랜만에 개소리를 들었네. 안 그래도 짜증 나는 거 많은데 열 받게 하고 있어."

—혈압 상승은 건강에 좋지 않다.

내 옆에 내려앉은 시큐엘이 담담히 말했다. 누가 그걸 모르나, 입술을 삐죽이니 날카로운 눈매가 웃는 듯이 휘어졌다.

—나머진 어떻게 하길 원하나?

"으음, 몬스터랑은 경우가 달라서 시신을 이대로 방치하는 건 안 될 것 같은데. 깨끗하게 처분할 수 있겠어?"

—안 될 건 없지.

늑대의 모습인 주제에 피식거린 시큐엘이 다시 얼음 덩어리 쪽으로 향했다. 그러자 땅이 쑥 꺼지더니, 얼음 덩어리가 그대로 바닥에 삼켜졌다. 커다랗게 남은 구덩이엔 물이 차올라 있었다. 아마도 수로와 연결해서 그대로 흘려버린 듯했다. 본의 아니게 예약한 진혼 길드 마스터보다 수로 탐험을 먼저 하게 된 셈이었다.

—틀을 잡아놨으니 바다까지 그대로 흘러갈 거다.

"잘했어. 고마워."

—별말씀을.

의기양양하게 답하는 말을 듣고 나니 머리가 좀 식는 것 같았다. 그런데 저 구덩이는 어떻게 처리한다? 일단 시큐엘을 돌려보낸 다음 궁리하고 있자니 시선이 느껴졌다. 몸을 돌리니 멍하니 굳어져 있는 시벨리우스가 보였다. 숨을 쉬고 있기는 한 건지, 꼭 귀신이라도 본듯한 표정이었다.

그때쯤 지글거리는 소리가 울리면서 그의 목에 새겨져 있던 글자가 증발하듯 사라졌다. 그의 피로 만든 주술이긴 해도 다행히 시전자가 죽으면 그대로 사라지는 듯했다. 주위를 감싸고 있던 무형의 진법 같은 것도 같이 사라지며 다시 원래의 느낌으로 돌아왔다. 그제야 움직일 수 있게 된 시벨리우스가 허둥거리며 몸을 일으켰다.

"괜찮아?"

가까이 다가가 상태를 살피니 그가 천천히 고개를 끄덕였다. 조금 혼란스러워 보이긴 했지만 그래도 다친 곳은 없는 것 같았다. 흔들리는 시선이 나를 뚫어질 듯이 응시했다.

"너……."

"알아. 내가 좀 과하게 대응했지. 미안한데 탓해도 어쩔 수 없어. 그자가 날 먼저 죽이려고 했어. 상대는 죽이려고 하는데 내가 봐줄 이유는 없잖아."

"아니, 그걸 뭐라고 하려던 게 아냐. 그냥…… 의외라서."

"내가 생각보다 강해서?"

피식 웃으니 그가 머쓱한 얼굴로 고개를 끄덕였다. 죽은 동족을 신경 쓰면 어쩌나 했는데 다행히 그럴 만큼 정이 있는 관계는 아닌 모양이었다. 하긴 그자가 대하는 태도만 해도 존중은커녕 동정하는 마음조차 한 톨도 없어 보이긴 했다. 그간 시벨리우스가 어떤 취급을 받아왔는지가 뻔히 보여서 속이 다시 울컥했다.

"이런 일에 휘말리게 해서 미안해. 미리 사정을 말하지 않은 내 잘못이야."

그는 자책감 가득한 얼굴이었다.

"이렇게 빨리 들킬 줄은 몰랐어. 그렇게 막무가내로 나올 줄도 몰랐고. 성별을 밝히면 그냥 보내줄 거라 생각했는데, 내가 너무 안이했어."

"애초에 그런 말도 안 되는 규정이 있다는 게 더 문제인 것 같은데?"

"선대 룬들이 전부 연정에 얽힌 일로 좋지 않게 끝났거든. 그래서 다들 그 부분에 많이 예민한 편이야. 하지만 이번엔 아마 에드윈이라 더 그랬을 거야. 그는 예전부터 내게 감정이 좋지 않았거든."

"왜? 그놈한테 뭘 잘못하기라도 했어?"

"……룬이 반드시 해야 하는 의무가 있어. 그런데 내가 힘을 제대로 각성하지 못해서 그걸 지키지 못했어."

"그리고?"

다음 말을 기다리니 시벨리우스가 당황한 얼굴로 눈을 깜빡였다. 설마 그게 전부인 건가 싶었는데, 반응을 보니 짐작이 맞은 모양이었다.

"그냥 각성하지 못했다는 이유로 그렇게 싫어한다고?"

"그게, 일족에게 꽤 중요한 일이라……."

"하지만 힘을 각성하지 못한 게 네 잘못은 아니잖아."

그 말에 그의 표정이 더 묘해졌다. 마치 들어선 안 되는 말을 들은 사람처럼 어딘가 고장 난 듯한 얼굴이었다.

"……어?"

"네가 각성할 수 있었으면 진작 했겠지. 안 되는 걸 어쩌란 말이야. 솔직히 가장 답답한 사람은 본인이지 않아? 아니, 그전에 일단 묻자. 네가 그 의무를 제대로 완수하지 못해서 일족이 어떤 피해를 입었는데? 전염병 같은 게 돌고 누가 죽어 나가기라도 해? 가뭄 같은 자연재해나 병충해가 들었어?"

"아, 그, 그렇진 않아. 간단히 말하면, 루세프 님과 소통하는 게 어려워졌어. 룬은 제사장이기도 해서 신과 소통하는 창구와 다름없거든. 그런데 그 창구가 막힌 거지."

"그리고?"

"……."

"뭐야, 또 그게 전부야?"

"……룬은 그걸 위해 있는 존재니까."

시큐엘의 당부가 무색하게도 또 혈압이 오르는 소리가 들렸다.

뻐근해진 뒷목을 문지르며 깊은 한숨을 내쉬었다. 어디서부터 어디까지 지적해야 할지 모를 문제들이 눈앞에 와르르 쏟아진 기분이었다.

"루세프 신이 그래? 룬은 그걸 위해서만 존재하는 거라고? 그 의무를 다하지 못하면 쓸모없다고 그랬어?"

"어? 아니, 그런 건……."

"그럼 누구 마음대로 그런 걸 정했는데?"

이번에도 시벨리우스는 얌전히 입을 다물었다. 한 번도 생각해 보지 못한 부분인지 눈빛에 동요가 고스란히 비쳤다. 대체 애를 얼마나 오랫동안 들들 볶아놨으면 이런 당연한 사실에조차 놀라는 건지 모르겠다.

누구에게나 어두운 이면은 있다고 생각한다. 마족이 전부 문제아는 아닌 것처럼 엘프에게도 부조리한 면이 있고, 그래서 종족 전체에 편견이 생긴 적은 없었다. 그런데 이제부터 유니콘은 정말 정말 싫어질 것 같았다.

"시벨리우스."

끓어오르는 화를 억지로 다스리려니 목소리가 떨렸다. 고개를 드는 시벨리우스의 시선도 떨리고 있었다.

"네가 잘못한 게 아니야."

그의 입이 천천히 벌어졌다가 곧 다시 닫혔다. 조금 전보다 더 크게 떨리기 시작한 눈동자가 더는 나와 시선을 맞추지 못하고 아래로 떨궈졌다. 그가 다시 입을 연 건 조금 시간이 흐른 후였다.

"날 도와줘서 고마워. 너는 내가 만난 사람 중에서 가장 다정한 사람으로 기억될 거야. 이번 일은 내가 알아서 수습할게. 넌 아무것도 모르는 것으로 해. 여기서 날 만나지도 않은 거야."

"그게 무슨 말이야?"

"앞으로도 계속 추격자가 있을 거야. 에드윈이 사라졌으니 그의 행방을 중심으로 수색이 이뤄질 거고, 규모도 점점 늘어나겠지. 나 때문에 애꿎은 사람들이 다치게 될지도 몰라."

"그래서, 설마 마을로 돌아가겠다고?"

돌아오는 대답은 없었지만 이 상황에서 침묵은 누가 해석해도 긍정이었다. 속에서 우러나오는 깊은 한숨을 삼키고 애써 차분하게 입을 열었다.

"네가 마을에서 나온 건 잘한 결정이었어. 좀 과장해서 말하면 네 일생에서 가장 잘한 결정이라고 생각해. 난 사실 네가 이대로 제도를 떠난다고 해도 반대할 작정이었거든? 그런데 마을이라니. 거길 제 발로 다시 돌아가겠다고?"

"……봤으니 알잖아. 난 발각되면 막아내지 못해. 어차피 오래 버티지 못할 거야."

"그건 네가 혼자일 때의 경우고."

당연한 지적인데 시벨리우스는 허점을 찔린 것처럼 몸을 굳혔다. 다음 말을 이미 예감한 얼굴이라 시간을 끌지 않고 입을 열었다.

"내가 도와줄게."

"……그럴 수는 없어."

답하는 어조는 몹시 침울했다. 그는 초조한 듯이 두 손으로 얼굴을 쓸어내렸다.

"뭐야, 사실은 돌아가고 싶은 거야?"

"그런 건 아니지만……."

"그럼 거절하지 마. 먼저 도와달라고 해도 부족할 상황에 무슨 배짱이야?"

"너무 무모하고 위험해."

"괜찮아. 다 감당할 만하니까 이런 말도 하는 거지."

"네가 강한 건 충분히 알겠어. 하지만 정말 가볍게 결정할 일이 아니야. 지금은 한 명이지만 나중엔 수십 수백 명이 한 번에 몰려들 수도 있어. 그들은 무슨 일이 있어도 날 죽이진 않아. 하지만 넌 아니야. 아무리 상급 정령사라도 그만한 숫자를 감당할 수는 없어."

"누가 상급 정령사래?"

웃으며 되물으니 이해하지 못한 시벨리우스가 잠시 눈을 깜빡였다.

"아, 검술도 강하지."

"그거 말고."

"……?"

"넌 왜 내가 다른 정령사보다 정령의 향기를 더 강하게 풍기는 것 같아?"

그 말에 의아해하던 시벨리우스가 곧 숨을 크게 삼켰다. 푸른 눈동자에 서서히 경악이 차올랐다. 드디어 내가 하려는 말이 뭔지 깨달은 모양이었다.

“설마 너…… 정령왕을……?”

제대로 말을 잇지도 못하는 걸 보니 나도 모르게 웃음이 나왔다. 고개를 끄덕여주니 숨을 삼키는 소리가 노골적으로 울렸다.

“이래저래 귀찮아질 것 같아서 공개적으로 밝힐 생각은 없지만. 너한테까지 감춰서 뭐하겠어.”

다시금 마른침을 삼키는 소리가 울렸다. 시벨리우스는 이해할 수 없다는 듯이 나를 바라보았다.

“……왜 이렇게 날 도우려는 거야?”

“친구잖아.”

이번에야말로 그는 이상한 표정을 지었다. 우는 건지 웃는 건지 알 수 없이 기묘하게 일그러진 얼굴. 마치 처음으로 감정을 표출해보는 것처럼, 뭘 어떻게 해야 할지 몰라 혼란스러운 감정이 고스란히 전해졌다. 이곳에 와서 본 그의 얼굴 중에서 가장 역동적인 표정인 것 같았다.

“그 정도로 당황할 대답이야?”

“……나를 친구라고 한 사람은 아무도 없었어.”

“그럼 지금 생겼네. 생애 첫 친구.”

우리 악수나 할까? 웃으며 손을 내미니 시벨리우스의 눈동자가 멍하니 따라왔다. 잠시 머뭇거리던 그가 이내 천천히 손을 잡아왔다. 닿은 손은 처음엔 몹시 차가웠지만, 맞잡고 있는 동안 점차 따뜻해져 갔다. 뭉클한 기분이 솟아올라 그리움이 한가득 들어찼다. 내가 알던 그의 온기였다.

4.

"일단 발각되지 않는 게 우선이야."

상황이 정리된 후 가장 먼저 궁리하기 시작한 건 시벨리우스의 거취 문제였다. 그의 말대로 추격자는 언제든 다시 올 거고, 누구든 에드윈의 행방을 수색하기 시작한다면 노출이 더 빨라질 거다. 유니콘 일족 전부를 상대할 생각도 있지만 그건 어디까지나 최악의 상황. 일을 키우지 않으려면 최대한 들키지 않는 게 서로 편한 길이었다. 시벨리우스도 당연하다는 얼굴로 동의했다.

"환영진을 걸고 안에 숨어서 지낼까?"

"추격은 계속 있을 텐데 언제까지? 그럼 마을에서 갇혀 지내는 거랑 뭐가 달라."

"으음."

"원래 하고 싶었던 대로 해. 요리사 하고 싶어 했잖아. 단지 제과점이나 상점가의 식당처럼 눈에 띄고 누구나 접근하기 쉬운 장소는 피하자는 거지."

마음 같아선 같이 지내자고 하고 싶었지만 나도 엘뤼엔한테 신세 지는 주제에 선뜻 제안할 수가 없었다. 시벨리우스도 여전히 날 끌어들이는 걸 미안해하는 상태이기도 해서, 우선은 최대한 그가 안전하게 머무를 곳을 찾아보는 중이었다.

"치안대 주방으로 다시 돌아가는 게 좋을까?"

"거긴 단조롭다고 하지 않았어?"

"그렇긴 하지만, 그것도 딱히 나쁘진 않아."

시벨리우스는 상관없다는 얼굴이었으나 그만둔 일을 다시 하게 하려니 마음이 영 내키지 않았다. 좀 더 특별한 장소가 필요했다. 이왕이면 숙식이 가능하며, 다양한 요리를 마음껏 만들어 볼 기회가 있고, 설령 그곳에 있다는 의심이 들더라도 누구나 쉽게 접근할 수 없는 데다가, 강대한 병력이 상주하고 있는 곳 말이다. 그리고 모든 사정을 솔직히 밝힐 수 있어서 만일 무슨 일이 생겼을 때 나 대신 잠깐이라도 보호해줄 수 있고, 즉시 내게 소식까지 보내줄 수 있다면 더욱 금상첨화일 터였다.

"그런 곳이 어딨어."

시벨리우스가 황당해하며 물었다. 사실 내가 생각해도 까다로운 조건이었다. 특히 후자의 조건들은 거의 말도 안 되는 부분들이긴 했다. 그런데 이거 참 공교롭다고 해야 할지. 마침 내가 아는 곳 중에 그런 장소가 하나 있었다.

"뜬금없이 찾아와선 요리사 고용할 생각 없냐고?"

그리고 지금, 우리는 바로 그 장소에 와 있었다. 화려한 카펫이 깔린 방 안, 큼직한 가죽 소파에 다리를 꼬고 앉아 담배를 피우던 라미아스가 도도하게 코웃음을 쳤다. 그의 시선이 내 옆의 시벨리우스를 노골적으로 훑어내렸다.

"요리사 유니콘이라니, 좀 재밌긴 하네."

누가 노련한 드래곤 아니랄까 봐 정체를 알아보는 거 하나는 빨랐다. 그냥 일방적으로 끌고 온 탓에 아무것도 모르는 시벨리우스는 몸을 굳혔지만 나는 태연하게 웃는 얼굴로 맞받아쳤다.

"그래, 뭘 할 줄 아는데?"

"시벨은 뭐든 다 잘해요."

"쯧쯧, 그런 말은 오히려 전문성을 떨어트릴 뿐이야. 넌 왜 제과사 제빵사 요리사가 다 나뉘어 있다고 생각하는 거야? 그렇게 어중간하게 말할 거면 최소한의 경력은 밝혀야지. 대회에 입상한 경력이라든가, 그동안 일해본 곳이라든가."

"특별대 주방이요."

"특별대 주방? ……설마 이번에 단기 고용한 그 주우방?"

"네."

고개를 끄덕이니 라미아스가 가볍게 이마를 짚었다.

"너 말이야. 내 입맛이 얼마나 까다로운 줄 알아? 내 주방은 그냥 평범한 주방이 아냐. 황궁에서 몇 년간 경력을 쌓은 이들로만 엄선해서 꾸린 아주 특별한 주방이라고!"

"시벨도 잘해요."

"넌 경력이란 게 무슨 말인지 몰라?"

"요리를 잘하기만 하면 되는 거 아니에요?"

"후, 이래서 촌뜨기는……. 잘 들어, 애송아. 귀족이란 생물이란 말이지. 그런 단순한 것으로만 움직이지 않아. 우리는 품위도 생각하거든."

"와, 그것참 세상에서 제일 쓸데없는 품위네요. 그렇게까지 애쓰는데 왜 이렇게 사세요?"

"너 지금 그거 무슨 뜻이야? 어?"

무슨 뜻이긴. 너한테 품위 같은 게 어딨냐는 뜻이다.

이를 질끈 악문 라미아스의 눈동자에서 전류가 튀었다. 나도 지지 않고 웃으며 노려봐줬다.

"왕궁에서 일한 경력도 있어."

그때 묵묵히 듣고 있던 시벨리우스가 입을 열었다. 헉, 맞아. 그러고 보니 이 녀석, 예전에 이사나와 알리사한테 왕궁에서 일한 경력을 자랑한 적이 있었다. 마을에서 나오자마자 바로 제국으로 건너온 줄 알았는데 언제 그런 경력을 쌓았지? 놀라서 바라보니 라미아스의 표정도 흥미롭게 변했다.

"그래? 어디에서 얼마나?"

"로젠 왕국에서."

담담히 답한 시벨리우스가 힐끔 내 눈치를 살폈다.

"……일주일."

"……지금 나랑 장난하니?"

일주일 경력으로 자랑했던 거였냐. 어이가 없어서 바라보니 시벨리우스의 귓불이 붉게 물들었다.

"계속 일할 수 있었는데, 누가 날 알아보는 바람에 어쩔 수 없었어."

"추격자?"

"아니, 친선 사절로 온 블루 엘프. 예전에 우리 마을에도 온 적 있던 사람이었는데 그가 내 얼굴을 기억하고 있었어."

설명을 들어보니 로젠 왕국은 블루 엘프가 가장 많이 거주하는 나라였다. 그래서 왕국 행을 택한 거였는데 하필이면 그를 아는 사람을 만나다니, 어지간히도 운이 나쁘다고 할 수밖에 없었다.

"어쨌든 왕궁에서 일한 경력이긴 하잖아."

"고작 일주일로 경력은 무슨. 거기서 요리를 해보기나 했어? 허드렛일이랑 재료 손질만 할 때 아니야?"

"했어. 난 첫날부터 주방에 투입됐어. 하루뿐이긴 하지만 모든 식단을 총괄하기도 했어."

"갓 들어온 애한테 그런 막중한 일을 맡겼다고?"

"요리사들이 집단 식중독으로 전부 쓰러져서 나밖에 없었거든."

"……."

"폐기하려고 놔둔 굴이 아까워서 나눠 먹었다가 탈이 났던 모양이야. 들키면 모두 파면이라 은밀히 수습하려고 했고. 내게 레시피를 주고 몇 가지 요리를 만들어보게 했는데 마음에 들었는지 그날 주방을 맡겼어. 그리고 아무런 문제 없이 넘어갔어. 오히려 그날 식단이 특히 호평을 받았다고 들었어."

"으음, 그래. 로젠 왕궁 주방이 개판이라는 걸 알려줘서 고마워. 그건 내 정보원들도 미처 몰랐던 사실이네."

라미아스가 황당함을 금치 못하는 얼굴로 답했다. 그래도 솔깃하긴 했는지 처음만큼 무시하는 시선은 아니었다.

"식단을 총괄할 정도면 뭐든 다 잘한다는 건 사실인 모양이네. 하긴, 내가 너무 인간 기준으로 생각했어. 너 요리하기 시작한 건 얼마나 됐어?"

"3백 년쯤……?"

생각지도 못한 숫자에 입이 멍하니 벌어졌다. 아, 그래, 그러고 보니 시벨리우스 나이가 천 살이 넘었지? 그쯤이면 뭘 배워도 못하는 게 더 이상하긴 했다.

"나쁘지 않네."

라미아스의 표정도 조금 더 누그러졌다. 진짜 정체가 유니콘이니 경력을 인정해주는 거라는 말도 덧붙였다. 예전에 엘프 중에서 요리사라는 이를 만난 적이 있었는데, 식사를 대접한다면서 과일만 채 썰어서 내왔다는 모양이었다.

"생식을 주로 즐기는 종족에겐 몇백 년의 경력도 큰 의미가 없다는 걸 그때 깨달았지."

비통한 표정으로 당시의 기분을 표현한 라미아스는 유니콘은 조리한 음식을 즐길 줄 아는 종족이라 다행이라는 점을 연거푸 강조했다. 그때 일이 어지간히 충격이 크긴 했나 보다.

"그럼 자격은 되는 거죠?"

"뭐, 일단은……?"

시벨리우스가 한결 밝아진 얼굴로 나를 바라보았다.

"근데 좀 의외인걸. 유니콘에게 요리 같은 건 전력이 되지 못하는 약한 애들이나 맡는 일이잖아. 룬이 요리를 배우는 걸 다들 그냥 내버려 뒀어?"

비록 이어진 말에 금방 다시 굳어지긴 했지만. 날개를 보인 것도 아닌데 룬이라는 건 어떻게 알았지? 설마 거기까지 알아볼 거라는 건 나도 생각지 못해서 몸이 절로 긴장했다.

"시벨리우스를 본 적 있어요?"

"아니. 하지만 룬이 은발에 벽안이라는 건 알지. 루세프 신의 상징색이잖아? 굳이 블루 엘프로 변한 이유가 색을 가리려고 한 건가 싶었거든."

등받이에 몸을 기댄 라미아스가 느긋하게 웃었다. 대체 이렇게 상황을 잘 파악하는 사람이 왜 엘퀴네스와 관련되기만 하면 정신을 못 차리는 건지. 다시금 이해할 수 없는 기분이 들었다.

"근데 룬은 꽁꽁 숨겨 놓고 감추기 바쁜 존재 아니었나? 인간 사회에 나와 있어도 돼?"

"거기까지 아시면 왜 고용해달라고 한 건지도 알겠네요."

"지금 내 집을 보호소로 쓰시겠다?"

"상부상조하자는 거죠. 공작님은 훌륭한 요리사를 채용할 수 있고, 시벨리우스는 편히 지낼 수 있는 장소를 얻고, 서로 좋잖아요."

"글쎄, 그건 내 주방에 인력이 부족할 때의 애기겠지? 난 지금도 충분히 내 집 요리에 만족하고 있거든."

"아, 그래요? 그럼 이런 거래는 어때요? 다비안한테서 들은 이야기가 하나 있거든요."

능청스럽게 빙글거리던 공작의 얼굴에서 빠르게 웃음기가 사라졌다. 꼬고 있던 다리까지 내려놓은 채로 화를 다스리는 게 제법 결정타이긴 한 모양이었다.

"야, 너 진짜 치사하게!"

"누가 먼저 치사하게 나왔는데요?"

"네가 구하는 물건 찾아주는 대신에 나한테 협력하기로 한 거 잊었어?"

"그래서 특별대 소집도 안 튀고 얌전히 받아들였죠. 그런데 간 게 있는데도 오는 건 없네요?"

"아오, 진짜 한 마디도 안 지네! 넌 어떻게 된 애가 귀여운 맛이 없냐?"

"제가 공작님한테 귀여워 보여서 뭘 해요."

굳이 쩔쩔매는 모습을 보고 싶은 모양인데, 진짜 고약한 취미다. 같은 생각을 한 건지 시벨리우스도 불편한 얼굴로 고개를 끄덕이고 있었다. "엘은 귀엽다기보다는 예쁜 외모지." ……아니다. 완전히 다른 맥락에 빠져 있었구나. 요점을 헛짚은 녀석이 헛소리하는 걸 모르는 척 넘기고 웃었다. 그제야 쓸데없는 오기를 부리는 걸 포기했는지 라미아스가 한숨을 내쉬었다.

“젠장, 알았어. 나야말로 너랑 다퉈서 뭘 하겠냐. 주방에 자리 하나 마련하는 게 딱히 어려운 일도 아니고. 마음대로 해.”

됐다. 뿌듯한 마음으로 시벨리우스를 돌아보니 그의 얼굴에도 화색이 돌았다.

“어쨌든 이제 얘기해 봐. 너한테만 충성하는 개가 뭘 알려줬어?”

한발 물러섰다고 여겨서인지 라미아스의 표정은 뚱했다. 나중에 시벨리우스 요리를 직접 맛보고 나면 생각이 완전히 달라질 텐데. 행운을 거머쥐고도 모르는 어리석은 남자를 보려니 혀가 절로 차였다. 어쨌든 원래 말해 주려고 했던 이야기라 순순히 설명을 시작했다. 왕세자가 지닌 미혹의 힘부터 왕녀에게 있을지도 모를 모종의 능력에 대한 것까지. 내친김에 왕실에서 쓰던 주술의 정체와 내가 왕세자와 얽히면서 경험한 일들에 대한 것까지 알려주니 라미아스의 표정이 심각해졌다. 특히 왕세자가 흑주술을 쓴다는 건 전혀 몰랐던 일인 듯했다.

“야, 너, 이런 걸 지금 말하면 어떡해?”

“묻지도 않았잖아요.”

“그걸 지금 말이라고…….”

“원래는 개인적으로 해결하려고 했거든요. 근데 생각보다 상황이 가볍지 않은 것 같더라구요. 대비하기 위해서라도 말해두는 게 좋겠다 싶었어요.”

노예 상단에서는 특별한 상황이라 대범하게 흑주술을 쓴 건 줄 알았다. 설령 들키더라도 무마하기 쉽고, 문제가 되지 않을 자리라서. 그런데 설마 평범한 상가에서도 남발할 줄 누가 알았겠어. 주변 사람을 다 물려두긴 했지만, 아마 지켜보는 이들이 있었어도 크게 신경 쓰지 않았을 거란 생각이 들었다. 흑주술이 금기라는 건 누구나 다 알지만 그것도 구분할 수 있을 때의 일이다. 일단 겉으로 보기엔 마법이나 주술이나 다 비슷해 보인다는 게 문제였다.

"미혹의 힘만으로도 골치 아픈데 흑주술까지. 이래서 소용이 없었구만."

"무슨 말이에요?"

이어진 설명은 이랬다. 미혹하는 것까진 몰랐지만, 왕세자한테 타인의 환심을 사는 종류의 능력이 있을 거라는 건 아이기스 쪽도 어느 정도 파악하고 있던 부분이었다. 그래서 그가 제국에 온다는 말을 들었을 때부터 황제와 황태자에게 그와 눈을 맞추지 않도록 당부하고, 정신을 맑게 하는 마도구를 착용하게 했다는 모양이었다. 그런데도 전혀 소용이 없었는지 최근 황태자가 지나치게 왕세자를 가까이하고 있다고. 뭔가 다른 수를 가미했다는 것까진 알았는데 그게 설마 흑주술이라고는 생각지 못한 모양이었다. 가장 뜻밖인 건 그다음 말이었다.

"……황태자가 왕녀한테 반했다구요?"

"그래, 지금 그거 외부로 알려지지 않게 막느라 계속 비상 상황이야. 미치고 환장하겠는 건 이 정신 나간 놈이 태자비와 이혼까지 생각하고 있다는 거지. 이게 말이나 돼? 둘이 서로 죽고 못 사는 잉꼬부부였단 말이야. 더욱이 왕녀는 원래 태자의 취향도 아니야."

어디서 많이 들어본 내용이었다. 얹힌 것처럼 속이 갑갑해져서 한숨이 절로 흘러나갔다. 다른 건 몰라도 아일브라 백작가가 에펜 왕실과 같은 수법으로 이번엔 제국을 삼키려 든다는 것만은 알 것 같았다.

'그럼 왕녀가 아인 이드리스에게 반한 건 아무도 생각지 못한 상황이었겠구나.'

기분이 상당히 이상했다. 이 복잡하게 꼬인 실타래에 내가 어디서부터 어디까지 엉켜 있는 건지 알 수가 없는 기분. 그리고 그걸 벗어날 방법이 있는 건지조차 모르겠다. 끊어내려 할수록 오히려 더 진득하게 얽혀드는 것 같았다.

"일단 왕녀가 뭘 숨기고 있는 건지 알아내야 해. 그래서 말인데, 네가 좀 알아볼래?"

"제가 무슨 수로요."

"최근 그 왕족 남매와 가까이 지내는 사람이 하나 더 있어. 마침 조만간 남작가에서 열리는 연회에 다 같이 참석한다지 뭐야?"

"설마……."

"맞아, 너도 아주 잘 아는 사람."

그래, 바로 이런 식으로 말이다. 떨떠름해져서 바라보는 것에 라미아스는 그 어느 때보다 화사한 미소로 화답했다.

"친구란 참 좋은 거지. 마주치면 반갑게 인사하면서 자연스럽게 합류할 수도 있는 관계잖아? 마침 소개해주고 싶었던 사람들이 있는 자리라면 더더욱. 다른 목적이 있어 다가왔다는 의심을 살 일도 거의 없고 말이야."

"……나한테 정말 왜 그래요."

이마를 짚으며 이를 악무니 영문을 알지 못하는 시벨리우스가 당황한 시선을 보내왔다. 괜찮다는 뜻으로 웃어준 다음 라미아스를 노려보았다. 그래 봤자 그는 아랑곳하지도 않았지만.

"딱히 알찬 정보를 바라는 건 아냐. 그냥 분위기 정도만 파악해줘. 그 왕녀는 오라비 옆에만 딱 붙어 있어서 직접 대화해 본 사람도 거의 없거든."

"한다고 한 적 없는데요."

"전에 주기로 했다가 무산된 거, 그대로 둘 거야?"

"……."

몸이 반사적으로 움찔했다. 황급히 바라보자 그가 느긋하게 어깨를 으쓱여 보였다. 자신감에 가득 찬 얼굴만 봐도 뻔했지만 굳이 입을 열어 확인했다.

"진짜 있기는 해요?"

"그럼 내가 이런 거로 거짓말을 할까."

얄미운 짓만 골라 하는 건 드래곤의 종족 특성인가. 유니콘에 이어 이제 드래곤에게도 편견이 생길 것 같다. 그렇지 않고서야 인연이 닿은 드래곤마다 다 이렇게 사람의 복장을 뒤집을 리가 없다.

"이러니까 차이고 다니지."

그냥 넘어가자니 울컥해서 치밀어오른 말을 툭 내뱉었다. 여유롭던 그의 표정이 단숨에 변했다.

"야, 너 그거 누구한테 들었어? 릴이지? 그 녀석이 말한 거지?"

"무슨 말인지 전혀 모르겠는데요. 엘퀴네스를 말한 건데."

"어? 에, 엘퀴네스?"

"맨날 차이잖아요. 아니면 또 차인 사람이 있나 봐요?"

"아니, 그게 아니라…… 아오!"

차마 화를 내지도 못하고 뒷목만 잡는 모습을 보니 속이 조금은 후련했다. 그제야 자리에서 몸을 일으킨 다음, 왠지 나만큼이나 후련한 표정을 짓고 있는 시벨리우스를 돌아보았다.

"그럼 시벨, 넌 여기서 지내고 있어. 종종 만나러 올게."

"아, 엘. 이거 가져가."

고개를 끄덕인 그가 품속에서 종이 뭉치를 꺼내 내밀었다. 전에 준 적이 있던 수호부였다. 왕세자가 흑주술을 써도 적어도 열 번은 막을 수 있을 양이었다.

"이걸 다 줘도 돼?"

"원래 너 주려고 만들어뒀던 거야."

이런 건 어떤 방식으로 만드는 걸까. 왠지 제작 과정이 수월하지는 않을 것 같다. 값을 매길 수도 없을 만큼 귀한 거겠지. 그건 라미아스의 눈이 휘둥그레져 있는 것만 봐도 충분히 짐작할 수 있었다. 이런 걸 공짜로 받자니 미안했지만 앞으로 마주할 일들을 생각하면 차마 사양할 수가 없어서 고맙게 받아들였다. 그때 우리 모습을 빤히 지켜보던 라미아스가 짓궂게 웃으며 말했다.

"걔 성별이 뭔지는 알아?"

본인 딴에는 나를 골탕 먹일 절호의 기회라 여긴 모양이었다. 물론 시기를 잘못 잡아도 한참 잘못 잡은 시도였다. 그를 한심하다는 시선으로 돌아본 시벨리우스가 뚱하게 대꾸했다.

"알아. 남자잖아."

"……엥? 알아? 남자인 걸 아는데 이렇게 잘해준다고? 유니콘이? 저 수호부 한 장 만드는 데 한 시량도 넘게 걸리는 거잖아. 영력도 엄청 소모하는 거라고 알고 있는데. 그걸 남자애한테 저렇게 막 퍼 준다고?"

"무슨 상관이야."

한심해하는 시선이 더 짙어졌다. 그에게 내가 보내는 시선 역시 마찬가지였다. 머쓱해한 라미아스가 어이없다는 얼굴로 나를 돌아보았다.

"넌 뭔데 공략하기 어려운 애들하고만 친해지냐?"

이어진 질문은 당연히 그냥 무시했다. 내가 잘 풀리는 게 아니라, 본인 성격에 문제가 있다는 생각은 전혀 하지 못하는 게 분명했다.

*　　*　　*

어디선가 익숙한 기운이 느껴졌다.

기분 좋은 감각에 얼핏 잠이 깼다. 무언가가 몸을 흔든 것 같기도, 차가운 물방울이 닿은 것 같기도 했다.

꽤 깊이 잠들어 있었던가. 왠지 생각이라는 걸 해보는 게 아주 오랜만이라는 기분이 들었다. 그러나 의식이 깨어난 것과는 다르게 몸은 조금도 움직일 수가 없었다. 마치 좁고 답답한 공간 안에 억지로 구겨져 있는 것 같았다.

언제부터 잠들어 있었는지는 기억이 나지 않는다. 그나마 떠오르는 건 의식이 남아 있던 마지막 순간의 절박한 잔상들이었다. 거대한 폭발이 일면서 강렬한 바람이 불었다. 사방에서 모래의 잔재들이 휘몰아치듯 쏟아졌다. 그리고…….

"지금 뭘 하는 거야!"

자신을 향해 외쳤던 누군가의 목소리.

그게 누구였지? 선명치 못한 기억을 억지로 헤집어 얼굴을 떠올려 보려 했다. 하지만 아무리 애써도 거뭇거뭇하게 가려진 광경들만 연이어질 뿐. 제대로 보이는 건 거의 없었다. 오히려 답답한 기분만 더 강해져 괴로워지는 것 같았다.

'그리고 여긴 대체 어디지?'

한 가지만은 분명히 알았다. 자신은 이미 죽었다. 그 마지막 폭발이 아니었더라도 회복할 수 없는 치명상을 입은 상태였다. 지금까지 살아 있을 리가 없었다.

아, 그렇다면 여긴 명계인가. 조금은 수긍할 만한 판단이 내려졌다. 알아봤던 사후의 세계와는 조금 다른 것 같았지만, 더는 생각하는 걸 포기하기로 했다. 집중하려 할수록 떠올리는 것들이 깨진 조각처럼 흩어졌다. 아무래도 너무 오랫동안 잠들어 있던 탓에 머리가 단단히 굳어버린 모양이다. 이대로 다시 깊은 잠에 빠지고 싶다는 마음만 들었다. 자꾸만 머릿속을 파고드는 목소리만 아니었다면, 분명 그렇게 했을 터였다.

"……!"
"…스…!"

누구지? 뭐라고 말하는 거야. 하나도 들리지 않잖아. 내가 널 알아보길 원하는 거라면 들리도록 좀 더 크게 말해. 낮게 투덜거리면서도 이대로 목소리를 놓칠까 봐 마음이 조급해졌다. 어디선가 들어본 목소리였다. 분명 아는 이의 목소리인데…….

"라피스!"

"……!"

뿌옇던 시야가 한순간에 확 트였다. 환해진 공간 속에서 한 사람의 모습이 선명해졌다. 당혹감을 담은 채 자신을 돌아보는 물의 눈동자. 바람에 흐트러진 머리카락이 파도가 이는 것 같다고 생각했다. 생기 없이 희게 질린 얼굴은 마음에 들지 않았지만 얼음 같은 그 모습조차 그와 잘 어울린다는 건 부정할 수 없었다.

아, 그렇군. 너였구나. 날 찾고 있던 게 너였어?

흘러나오는 웃음을 가만히 삼켰다. 이미 많은 걸 알았다고 생각했는데 또 알게 되는 기분이 있다는 게 신기했다. 깨닫고 나니 자신의 상황이 좀 더 분명하게 보였다. 그에 비해 그는 아직 자신의 존재를 느끼지도 못하고 있는 것 같았다. 그런 주제에 무작정 헤매고만 있는 게 참 미련스러울 만큼 그다웠다.

덕분에 정신은 완전히 또렷해진 듯했다. 긴 시간 안락하게 즐겨온 깊은 잠이 다시 함께하자며 손짓해왔지만 더는 얌전히 그 속에 의식을 맡길 기분이 들지 않았다.

누가 부르시는데, 그럼 이만 일어나야지. 그의 부탁엔 늘 약했다. 애타게 찾는 걸 무시하면 미움받을 텐데, 그런 건 바라지 않았다. 그러니 너도 좀 더 분발해 봐. 아직 전해지지 않을 걸 알면서도 굳이 말을 걸었다.

난 여기에 있어, 엘.
너와 아주 가까운 곳에.

『정령왕 엘퀴네스』 18권에서 계속

외전:
첫사랑은 이루어지지 않는다

1.

지상 최강의 생물이자 마법의 일족이라 불리는 드래곤. 기나긴 수명과 강대한 육체, 명석한 두뇌를 지닌 이 종족은 본래 신계의 금역과 성역을 관리할 목적으로 창조된 신수(神獸)였다. 강력하고 위협적이면서 냉정한 관리자를 세우고자 한 주신이 지옥의 신 크라제를 적임자로 지목하여 맡겼고, 그가 오랜 고심 끝에 완성한 걸작이었다.

신족만큼 현명하고 아름다우며 마족만큼 강하고 단단하게. 언령과 마법 능력에 능수능란하면서 정령만큼 자연에 가깝기도 했다. 마치 모든 종족의 장점만을 모아둔 것 같았다. 그러나 이 예술 작품과 같은 종족에도 결함은 존재했다. 하필이면 창조신의 성정까지 그대로 물려받는 바람에 포악하고 오만한 데다가 개인주의 기질을 타고났다는 점이었다. 특히 상급신의 말만 따르고 다른 신들은 무시한다는 게 가장 큰 문제였다. 덕분에 마족과 더불어 신계의 골칫거리 취급을 받다가, 결정적으로 천마대전에서 마족의 편에 선 것을 계기로 중간계로 추방됐다.

사실 정확히 말하면 마족의 편을 들었다기보다는 평소 사이가 좋지 않던 유니콘들이 금역을 수색하려 하자 핑계 삼아 공격한 것이었다. 하지만 결과적으로는 마족을 도와준 셈이 되었기 때문에 징계를 피하지 못했다.

그래서 그 상황을 드래곤이 유감스럽게 여겼냐 하면, 딱히 그렇지는 않았다. 안 그래도 관리자의 의무를 귀찮아했던 그들은 오히려 지상 이주를 쌍수를 들고 환영했다. 다만 여기서 한 가지 또 예상치 못한 문제가 있었는데, 본래 신계의 환경에 맞춰 창조된 생물이다 보니 정순하지 않은 중간계의 공기가 안 맞는다는 점이었다.

일상에 지장이 있을 정도까진 아니었지만 마나에 섞인 불순한 찌꺼기들이 적나라하게 느껴져 몹시 거북했다. 이 현상은 움직일 때면 더 심해졌다. 자연스레 활동을 꺼리게 되면서, 그들은 날이 갈수록 게을러졌다.

종래엔 번식 활동에조차 관심을 두지 않아 개체 수가 확연히 줄어들었다. 갓 이주해 왔을 땐 천 명이었던 숫자가 이젠 백 명도 채 되지 않았다. 아무리 오랜 삶을 영위하는 종족이라도 이즘 되면

위기감을 느낄 수밖에 없었다.

"그러니 아이를 낳거라, 라미아스."

엄격하게 말하는 모친을 보며 라미아스는 떫은 표정을 지었다. 오랜만에 찾아와서 한다는 말이 고작 저런 거였다. 몇 년 정도도 아니고, 그가 독립한 후로 자그마치 천 년 만의 만남이었다. 아무리 드래곤에게 혈육이란 개념이 남이나 다름없이 삭막한 관계라지만 이건 해도 해도 너무하다는 생각이 들었다. 당연히 돌아가는 대답이 고울 리가 없었다.

"싫은데요."

"너도 알다시피 우리 블루 일족의 수가 열 명도 되지 않는다. 이대론 안 돼."

"모친께서 하나 더 낳든가요."

"물론 이미 낳았지."

"……언제요?"

"5백 년 전에."

동생이 태어났는데 까맣게 모르고 있던 자신도 문제지만, 5백 년 동안이나 소식을 전해주지 않은 부모도 참 답이 없었다. 라미아스는 이마를 짚은 채 진득한 한숨을 내쉬었다.

"네 부친을 위한 실버 하나, 날 위한 블루 둘. 우리 부부는 셋이나 개체 수를 늘렸어. 너도 성인이니 책임감을 보여라."

"아니, 이게 무슨 멸종 위기 동물 대처반도 아니고……."

"딱히 다를 건 없지. 전 세계에서 백 명도 안 되는 종족이 멸종위기 동물이 아니면 뭐겠니?"

그 백 명이 이 세계를 다 쓸어버릴 만큼 강하다는 건 왜 생각을 안 합니까. 라미아스는 그렇게 대꾸해 주고 싶은 걸 참으며 다시 이마를 짚었다. 당장 불편한 건 없어도 일족의 수가 계속 줄어드는 건 언제고 심각한 문제로 돌아올 부분이다. 경각심을 갖는 걸 나쁘게 볼 건 아니었다. 그렇다고 다짜고짜 아이부터 요구하는 게 너무하다는 생각엔 여전히 변함이 없었지만. 양성인 데다가 다른 종족으로 변할 수도 있어서 자유 분방하다는 오해를 받는 편이었으나, 드래곤도 2세를 계획하는 부분은 매우 신중하게 결정하는 종족이었다.

"일단 만나는 상대가 있는지부터 묻는 게 순서 아니에요?"

"레어 안에 처박혀 있거나 유희만 나가 있는 놈에게 그런 걸 기대할 리가 있겠니? 정기 모임조차도 귀찮아서 나오지도 않는 놈이 만나는 상대는 무슨."

"어차피 다들 마찬가지잖아요."

"그래, 그게 우리 일족이 이렇게 된 원인이기도 하지."

모친이 씁쓸한 얼굴로 한숨을 내쉬었다. 이어지는 말에 라미아스는 그대로 얼굴을 구겼다.

"그래서 맞선을 주선했다."

"엑. 싫어요."

"거부권은 준 적이 없단다."

“아무리 모친이라도 이럴 권리는 없어요.”

“그럼 수장의 명이라면 어떻겠니.”

젠장, 내 어머니는 왜 하필 블루 일족의 수장인 거지. 할 말을 잃은 라미아스는 속으로 이를 갈았다.

“……상대는 누군데요?”

“레드 일족의 란타샤. 너한텐 아주 과분한 아이다.”

하필이면 레드 일족이었다. 라미아스는 다시금 얼굴을 구겼다. 타고난 속성이 반대면 성격도 잘 맞지 않는다는 건 상식 중의 상식이었다. 결과가 뻔히 보이는 자리에서 시간만 낭비할 걸 생각하니 벌써 피로감이 몰려들었다. 그러다 스치는 위화감에 얼굴을 찌푸렸다.

“잠깐, 란타샤? 걔 아직 헤츨링 아니에요?”

“이미 백 년 전에 성인식을 치렀다. 너한테도 초대장을 보냈다는데 무시했더구나.”

“아, 그랬지. 아니, 그래 봤자 아직 애잖아요!”

“넌 마치 대단한 어른인 줄 아는구나.”

물론 드래곤의 나이로 2천 세는 그렇게 많다고 할 수 있는 나이는 아니다. 하지만 아무리 그래도 갓 성인이 된 것에 비할 수는 없었다. 성인이 된 지 고작 백 년이면 독립한 자유를 만끽하기에도 바쁠 시기다. 경각심을 갖는 것도 정도가 있지, 아무리 생각해도 이건 너무 심했다.

“걘 이 맞선을 순순히 하겠대요?”

"만나는 보겠다고 했다더구나."

말도 안 돼! 이럴 땐 절대 싫다고 했어야지! 기막힌 기분에 라미아스는 탄식을 감추지 못했다. 그 레드 드래곤이 대체 무슨 생각으로 이런 맞선에 응한 건지 알 수가 없었다. 갓 성인이 되기도 했고, 레드 일족은 그나마 서로 존중하는 분위기니 싫다고 했다면 억지로 추진하진 않았을 거다. 만나본 적도 없는 후배에게 배신감마저 들었다.

"난 싫어!"

"마음대로 싫어하렴. 어차피 끌고 갈 테니."

"제발 내 의견도 좀 들어!"

결국 참지 못한 라미아스가 버럭 소리쳤다. 물론 씨알도 먹히지 않을 반항이었다.

결국 강제로 끌려나간 라미아스는 맞선 상대가 오는 동안 속으로 이를 부득부득 갈았다. 맞선을 봐도 성사가 안 되면 그만이다. 아주 오만가지 방법으로 재수 없음이 뭔지를 보여주겠다고 결심에 결심을 다짐했다. 그러나 제아무리 대단한 드래곤이라도 세상일이 뜻대로 돌아가지 않기는 마찬가지였다.

"만나서 반가워. 란타샤야."

"……."

라미아스는 멍하니 눈앞에 나타난 사람을 바라보았다. 티끌 없이 새하얀 피부와 옥을 깎아 놓은 것처럼 깨끗하고 우아한 이목구비. 가볍게 묶어 한쪽으로 내려트린 머리칼은 아무렇게나 매만져

둔 것 같은데도 덩굴장미가 따로 없었다. 꽃잎을 머금은 듯한 입술, 홀리듯이 빛나는 붉은 눈동자는 최상급 루비를 정성껏 세공해 놓은 듯했다. 마치 그림으로 그려둔 것 같은 여인은 등장하는 것만으로 주변의 상황을 잠시 잊게 했다. 자기도 모르게 넋을 놓고 있던 라미아스는 인사를 마친 란타샤가 빤히 바라보고 나서야 간신히 정신을 수습했다.

"아, 나, 난 라미아스라고 해. 만나서 반가워."

"일단 앉아서 얘기할까?"

"그, 그래."

고개를 끄덕인 후 그는 허둥지둥 자리에 앉았다. 누군가 후려치기라도 한 것처럼 뒤통수가 다 얼얼했다.

'……이렇게 예쁘다는 말은 없었잖아.'

손바닥 안으로 식은땀이 흥건히 맺혔다. 그는 꽤 오랜 시간 동안 자신이 연애에 관심 없는 성향이라고 생각해 왔다. 아무리 아름답다는 미인을 봐도, 자신을 좋아한다고 하는 사람을 봐도 딱히 마음이 설레거나 끌리는 기분을 느껴본 적이 없었기 때문이었다. 그런데 이제 보니 그게 아니었다. 그냥 그동안엔 이상형을 만나지 못했던 것뿐이었다.

이런 외모가 세상에 존재할 수도 있었구나. 그는 태어나서 2천 년 만에 처음으로 자신의 취향을 알게 됐다. 아니, 정확히 말하면 이제부터 이런 외모가 너의 이상형이라고 누군가가 정해준 듯한 기분이었다. 조금 전까지만 해도 원망만 했던 모친에게 당장 감사의 키스라도 퍼붓고 싶었다.

그가 힐끔거리며 바라보는 만큼 란타샤 역시 라미아스를 바라보고 있었다. 빤히 응시하는 시선이 노골적으로 훑는 것을 긴장하며 견디고 있으려니 란타샤가 피식 웃었다.

"이렇게 생겼구나."

"어? 어?"

"그간 일족 모임에 당신만 한 번도 나오지 않았잖아. 그래서 어떤 사람인지 궁금했거든."

혹시 맞선에 응한 것도 그 때문인가. 무심코 생각한 라미아스는 바로 고개를 저었다. 설마 그럴 리가 없었다.

"이 어처구니없는 맞선에 응한 것도 상대가 당신이라서였어."

그런데 그 설마가 정말이었다. 주먹을 불끈 움켜쥔 라미아스는 환호하고 싶은 걸 간신히 참았다. 그동안 일족과 교류하지 않은 자신을 마구 칭찬하고 싶었다. 하지만 란타샤를 진작 알았다면 더 좋았을 거라는 후회도 같이 찾아들었기에 마냥 기뻐할 수만도 없었다. 그냥 이래저래 멍청이가 된 기분이었다. 그때 란타샤가 물었다.

"날 보면서 떠오르는 거 뭐 없어?"

"예쁘다? 아, 미안."

자기도 모르게 튀어나간 말에 라미아스가 급히 입을 가렸다. 조금 놀란 듯이 눈을 깜빡이던 란타샤가 이내 미소 지었다.

"그것뿐이야? 또 덧붙일 말이 있지 않아?"

"……굉장히 예쁘다?"

"후후, 그 소문이 사실인가 보네."

"무슨 소문?"

어떻게 웃는 소리조차 저렇게 예쁠 수 있지, 속으로 얼빠진 생각을 중얼거리며 라미아스가 멍하니 되물었다. 하지만 이어진 말엔 자기도 모르게 얼굴을 찌푸렸다.

"당신, 꽤 별종이라던데. 아직 정령왕과 계약하지 않았다며?"

"뭐? 아……."

그 얘기가 여기서도 나오게 될 줄은 몰랐다. 낮게 혀를 찬 라미아스는 불편한 기분을 솔직히 드러냈다.

"사실은 계약을 못 하는 거라고도 들었어."

"아냐, 안 하는 거야."

"왜?"

"필요 없으니까."

당연하다면 당연한 대답이었다. 물론 아크아돈은 정령이 다스리는 세계이고, 그만큼 정령에 의존할수록 편해지는 부분이 많긴 했다. 그러다 보니 적당한 시기에 정령왕과 계약하는 것이 당연한 통과 의례처럼 굳어진 것도 사실이었다. 하지만 어디까지나 정령 계약은 본인의 선택일 뿐, 반드시 해야 하는 건 아니었다. 오히려 라미아스는 안 하는 게 더 낫다고 생각했다.

드래곤은 그 자체로 이미 완벽하게 창조된 존재였다. 굳이 정령에 의존할 필요가 전혀 없었다. 도대체 드래곤이 남의 손을 빌려야 할 일이 뭐가 있으며, 친구가 있어야 할 필요는 또 어디에 있단 말인가. 그런데 다른 드래곤들은 그렇게 생각하지 않았다. 특히 블루 일족은 엘퀴네스를 심각할 정도로 추앙하는 분위기라, 그와 계약하기는커녕 소환조차 시도하지 않는 라미아스를 기이하게 여겼다. 실상 그가 일족 모임에 참석하지 않았던 가장 큰 이유이기도 했다.

"그놈의 엘퀴네스, 정말 지겹게 들었어."

"어떤 의미에선 동지네."

"동지?"

"나도 어릴 때부터 항상 들었던 말이 있거든."

란타샤가 등받이에 묻고 있던 몸을 천천히 일으켜 세웠다.

"내가 엘퀴네스를 닮았다고."

"……헉, 진짜?"

"정확히는 엘퀴네스와 같은 과의 얼굴이래. 레드가 아니라 블루 일족으로 태어났으면 더 좋았을 거라고 아쉬워하는 사람들이 많았어."

"그, 그건 좀 너무했네."

"더 너무한 건 뭔지 알아?"

"……?"

"항상 마지막에 이 말이 덧붙는다는 거야. ―물론 엘퀴네스가 더 아름답기는 하지만."

라미아스는 자기도 모르게 입을 벌렸다. 듣는 자신이 다 울컥할 정도로 무례한 말이었다.

“가장 열 받는 걸 그 말이 사실이긴 하다는 거지. 진짜 짜증 나게 아름답긴 하잖아.”

“그래? 엘퀴네스는 남성체라고 들었는데 아니었나? 혹시 그사이에 세대교체라도 있었어?”

“남성체 맞아.”

“그런데 너보다 아름답다는 평을 받는다고?”

“……설마 당신, 아직 엘퀴네스를 본 적이 없어?”

황당한 표정을 짓는 란타샤에게 라미아스는 머쓱히 고개를 끄덕였다. 그는 헤츨링 시절을 실버 드래곤인 부친의 레어에서 보냈다. 모친과는 가끔 만나는 정도였고 함께 있을 때 정령을 부를 일이 있었던 것도 아니었기 때문에, 미네르바는 몇 번 봤어도 정작 엘퀴네스는 한 번도 만나본 적이 없었다.

“정말 일부러 계약 안 하는 거 맞아?”

“……정말이거든.”

라미아스의 얼굴이 구겨지자 란타샤는 다시금 웃었다. 맑게 터지는 웃음에 라미아스의 머릿속이 다시금 멍해졌다.

“이 자리에 나온 보람은 있네. 항상 그런 말을 듣고 자란 덕분에 나름대로 경쟁심리가 있거든. 그런데 엘퀴네스에 전혀 관심 없는 드래곤이 있다니까 흥미가 생기지 뭐야? 심지어 블루 일족이라니. 솔직히 좀 기분 좋아.”

“그럼 계속 기분 좋겠네. 앞으로도 난 관심 갖지 않을 거니까.”

"정말 그럴 수 있겠어?"

"네가 원한다면."

한층 낮아진 목소리가 절로 달콤한 울림을 띠었다. 동그랗게 뜨여진 란타샤의 눈동자가 사르르 미소를 머금었다. 너무 설레면 가슴이 아플 수가 있구나, 라미아스는 벅차오르는 숨을 간신히 진정시켰다. 감정을 숨기지 못하는 그를 보고 란타샤가 기분 좋게 웃었다.

"지금 날 유혹하는 거야?"

"그러면 안 돼?"

"안 되진 않아. 처음부터 맞선을 보러 온 거잖아. 당신 생김새도 마음에 들어."

"다행이다. 나야말로 너처럼 예쁜 사람은 처음 봤어."

"그래 봤자 엘퀴네스보다는 아름답지 않을 텐데?"

"그런 비교는 아닌 것 같아. 일정 수준을 넘어서면 우열을 가르는 게 의미가 없잖아. 네 아름다움도 그런 종류라고 생각하거든."

"당신, 듣기 좋은 말을 꽤 잘하는걸? 근데 빈말은 안 하는 게 좋아. 난 자존심이 무척 강하거든. 나중에 말 바꾸는 거 정말 싫어해."

"빈말이 아니라 진심이야. 솔직히 이 생각이 달라질 것 같지 않아. 난 아무리 아름답게 생겨도 남성의 외형은 취향이 아니라서."

"여체로 오길 잘했네."

장난스럽게 웃는 란타샤를 보며 라미아스는 다시금 설레는 가슴을 부여잡았다. 생애 처음으로 이상형을 만났는데 그 상대도 자신에게 호감을 보이는 중이었다. 기적 같은 이 순간이 믿어지지 않았다. 모든 게 꿈 같은 하루였다.

2.

그 뒤로 라미아스는 란타샤와 매우 가까워졌다. 정식으로 반려 계약을 맺진 않았지만, 주변의 모든 이들이 으레 둘을 짝으로 여길 만큼 붙어 다니는 날이 많아졌다. 본인들 역시 언젠가 반려 계약을 맺을 거라는 건 당연하게 여겼다. 종종 앞으로의 일을 의논하며 구체적인 계획을 세워보기도 했다.

덕분에 요즘 라미아스는 하루하루가 더할 나위 없을 정도로 행복했다. 유일한 불만은 그들 사이를 종종 파고드는 방해꾼이 하나 있다는 점이었다.

"란타샤. 우리 루비아 왕국에 놀러 갈래? 지금 수도에서 축제가……."

레어에 도착한 순간 보이는 얼굴에 라미아스의 표정이 굳었다. 란타샤가 있어야 할 공간에 전혀 다른 사람이 앉아 있었다. 태양볕에 그을린 듯한 짙은 피부, 시원시원하게 잘생긴 이목구비를 지닌 훤칠한 남자였다. 눈동자와 머리칼은 란타샤와 같은 붉은 색이지만 전혀 다른 느낌을 풍겼다. 란타샤의 붉은색이 보석 같다면 그의 붉음은 타오르는 불이었다. 실제로 태양의 화신이나 다름없는 존재이기도 했다. 그가 라미아스를 향해 싱긋 웃으며 손을 흔들었다.

"여, 왔어?"

"……또 와 있었네, 이프리트."

헤츨링 때부터 관심을 가져본 적도 없었고 지금도 여전히 정령계약은 생각도 하지 않는 라미아스와는 달리 란타샤는 평범한 과정을 밟아왔다. 남들이 다 그러하듯 정령왕과 계약했다는 소리였다. 심지어 아주 절친해서 자주 어울리는 사이였다. 가끔은 반려가 될 자신보다도 이프리트랑 더 붙어 있는 것 같았다.

지금만 해도 마치 본인이 집주인인 듯이 맞이하고 있지 않은가. 아무리 정령이고, 자신보다 먼저 아는 사이였다 해도 불만이 생기는 건 어쩔 수 없었다. 가라앉은 기분을 숨기지 못하는 얼굴에 이프리트는 어깨를 으쓱였다.

"매번 그렇게 싫어하는 것도 지겹지 않아? 이러니까 재밌어서 계속 오게 되잖아."

"웃기지 마. 내가 아니어도 자주 놀러 오면서."

"이런, 들켰나?"

능청스럽게 웃는 얼굴을 보니 기분이 더 나빠졌다. 본질이 불이면 그냥 불덩이로 생기면 충분하지 않나? 대체 정령에게 왜 저렇게 번듯하게 잘생긴 외모가 필요한지 모를 일이었다.

가장 마음에 들지 않는 건 이프리트와 란타샤의 나이가 같다는 거였다. 정확히는 나이만이 아니라 생일까지 같았다. 도대체 무슨 인연이었는지 몰라도 이프리트가 세대교체 된 바로 그 날에 란타샤가 알에서 부화했다고 한다.

새로운 불의 왕이 탄생한 날에 부화한 불의 드래곤. 마치 소설에서나 있을 법한 일은 당시 드래곤 세계를 들썩이기에 충분했다. 덕분에 남들 일에 관심 없는 라미아스도 그 일만은 알고 있었다. 자신과 같은 날에 태어난 드래곤이 신기했던 이프리트가 란타샤와 가장 먼저 계약했다는 것도.

"란타샤는?"

"실험 중. 곧 끝날 때 됐어."

그 말이 떨어지기 무섭게 펑 하는 소리가 울리더니 가장 큰 방에서 란타샤가 비틀거리며 걸어 나왔다. "거봐, 내 말이 맞지?" 웃으며 묻는 이프리트의 목소리를 무시하고 라미아스는 다급히 달려나갔다.

"란타샤, 괜찮아?"

"콜록, 콜록! 으아, 죽을 뻔했네. 아, 라미아스 왔어?"

"대체……."

"꼴을 보니 또 실패한 모양이네."

뭘 했던 거냐고 물으려는 말을 가르고 이프리트의 목소리가 이어졌다. 란타샤가 그를 향해 입술을 삐죽였다. 속이 갑갑해졌지만 라미아스는 애써 내색하지 않고 물었다.

"대체 뭘 했던 거야?"

"아아, 별거 아냐. 그냥 원래 하고 있던 실험이지 뭐."

"혹시 체질을 바꾸는 시약 말이야?"

몇 년 전부터 란타샤는 드래곤의 체질을 중간계에 맞게 바꾸는 방법을 연구하고 있었다. 아크아돈의 공기가 불편하게 느껴지는 건 마나에 불순물이 섞여 있기 때문이니, 이 불순물조차 받아들이는 체질이 된다면 몸도 편해지고 능력도 더 강해질 거란 구상이었다. 최근 시약을 만드는 단계에까지 이르렀는데 뭐가 잘못된 건지 자꾸만 마지막 단계에서 폭발한다는 모양이었다. 이프리트가 쯧쯧 혀를 찼다.

"만드는 게 쉽지도 않을 거고, 성공해봤자 부작용이 더 클 거라니까. 내 말을 참 안 들어요."

"그 불순물들이 사실은 너무 순도가 높아서 정제되지 않은 마나 덩어리라는 걸 알려준 건 이프리트잖아."

"그래, 정제되지 않기 때문에 흡수되지 않고, 함부로 흡수하려 들면 위험하다고도 말했지. 그냥 쉽게 걸러내는 방법을 연구하랬더니 오히려 그걸 받아들이는 쪽으로 가면 어떡해? 그걸 그대로 다 흡수하게 되면 육체가 감당을 못 하게 된다니까?"

"그건 인간 얘기 아냐? 드래곤의 육체를 인간과 비교하면 안 되지."

"아, 모르겠다. 난 분명히 경고했어. 이미 지금까지 마신 약만으로도 나중에 부작용을 겪을 수 있다는 것만 알아 둬."

투닥거리는 대화는 어느새 그들만의 세계를 이루고 있었다. 다시 속이 갑갑해지는 기분에 라미아스는 주먹을 꾹 움켜쥐었다. 그런 그를 귀신같이 알아본 이프리트가 키득거렸다.

"란타샤, 쟤 또 우리끼리만 논다고 삐쳤다."

"안 삐쳤거든!"

사실은 삐친 게 맞았다. 라미아스는 굳힌 얼굴을 숨기지도 못하고 그대로 공간이동 마법을 써서 자신의 레어로 귀환했다. 그러자 오래지 않아 뒤에서 기척이 느껴졌다. 란타샤가 그를 쫓아 온 것이었다.

"라미아스, 왜 그냥 가버린 거야?"

"내가 필요 없는 자리인 것 같아서."

"무슨 말이 그래? 네가 필요 없다니."

"……난 우리 사이에 다른 녀석이 끼어드는 게 싫어."

"다른 녀석이라니, 이프리트 말이야?"

굳이 대답하지 않았지만 그 외의 다른 이가 있을 리 없었다. 란타샤는 난처해하면서도 황당한 표정을 감추지 못했다.

"그는 정령이야. 게다가 내겐 쌍둥이 형제 같은 존재라는 거 알잖아."

"정말 그거뿐이야?"

"뭐?"

"정말 그 외에 다른 감정이 전혀 없냐고."

란타샤의 얼굴에 당혹감이 서렸다. 하지만 라미아스도 참을 만큼 참은 상황이었다. 이 문제만큼은 짚고 넘어갈 생각이었다.

"네가 이프리트를 바라볼 때 얼마나 행복한 표정을 짓는지 알아? 넌 나도 그런 표정으로 바라보지 않잖아. 그런데 단순한 형제애라고?"

"……내가 이프리트를 누구보다 특별하게 여긴다는 건 인정해. 하지만 그건 연정과는 달라. 보다 근원적인 부분이야."

"무슨 소리야?"

"난 불의 속성이고 그는 불 그 자체잖아. 그는 나 자신, 내 근원이라는 느낌이야. 세상에서 가장 소중하고 든든한 아군이 곁에 있는 느낌이라고 하면 이해할 수 있을까."

라미아스의 얼굴이 일그러졌다. 자기 자신이자 근원으로 여겨진다니, 듣도 보도 못한 감정이었다. 하지만 한 가지만은 확실히 알고 있었다. 가장 소중하고 든든한 아군의 자리는 반려가 채워야 하는 자리였다.

"결국 그 녀석이 제일 소중하다는 말이네."

"라미아스. 이건 말로는 설명할 수 없어. 정령왕과 계약해 보면 너도 어떤 기분인지 알 거야."

"너까지 그 말이야?"

평생 시달려왔던 말을 연인의 입에서까지 들으니 속이 뒤집혔다. 라미아스의 눈빛이 딱딱하게 굳었다. 란타샤는 낭패했다는 표정을 지으면서도 발언을 철회하진 않았다.

"난 틀린 말은 하지 않았어. 네가 이 부분을 수용하지 못한다면 우리는 더는 앞으로 나갈 수 없게 될 거야."

"란타샤!"

"내가 할 말은 다 했어. 이만 가볼게."

차갑게 대답한 란타샤는 그대로 몸을 돌렸다. 뒤늦게 잡으려 했을 땐 이미 사라진 후였다. 라미아스는 머리칼을 쓸어 넘기며 긴 한숨을 내쉬었다.

"젠장."

"사랑싸움이냐? 좋을 때구만."

그 순간 들려온 목소리에 그가 흠칫하여 고개를 들었다. 언제 온 건지 이프리트가 빙글거리며 웃고 있었다.

"무슨 용건이야."

"딱히 별다른 용건은 없는데? 그냥 너 삘짓하는 거 구경하러 온 거지."

"젠장!"

아무튼 주위에 도움이 되는 놈이라곤 하나도 없었다. 발작적으로 소리를 내지른 라미아스는 씩씩거리며 이프리트를 노려봤다.

"대체 드래곤들은 왜 다들 정령 계약에 집착하는 거야?"

"그걸 나한테 왜 물어. 난 정령왕 쪽인데."

황당해하며 대꾸한 이프리트가 문득 궁금하다는 얼굴을 했다.

"근데 그러는 넌 왜 굳이 정령 계약을 안 하는데?"

"필요 없으니까! 드래곤이 정령들의 도움을 받을 일이 뭐가 있어?"

"하지만 지금은 필요한 거 아냐?"

"뭐?"

"란타샤의 감정에 공감하고 싶은 거잖아. 그건 정령 계약을 해 봐야 알 수 있는 거고. 그럼 계약해야지. 그건 필요성이 아닌가?"

기습 공격을 당한 기분에 말문이 막혔다. 생각해 보니 그게 맞는 말이었다. 사실 정령 계약, 그게 다 뭐라고 이렇게까지 전전긍긍해야 하나 싶기도 했다.

"아, 근데 안 하는 게 나을 수도 있겠다. 너 처음 만났을 때 란타샤한테 정령 계약 안 할 거라고 했다며. 걔가 그거 은근 좋아하고 있거든. 엘퀴네스만 보면 다들 그 녀석 외모를 최고로 친다고 말이지."

"알고 있어."

"그럼 얘기가 쉽겠네. 란타샤의 이상형은 엘퀴네스보다 자기를 더 아름답다고 말해 주는 사람이야. 그러니까 평탄한 관계를 원한다면 그냥 시도하지 마."

"시도해도 문제가 될 일은 절대 없어. 란타샤한테도 말해놨는데. 난 남성체 외모는 취향 아니라고."

"아니, 그게 그렇게 가볍게 답할 일이 아냐. 가끔은 성별을 뛰어넘는 무언가도 있긴 하거든?"

"뭔 소리야. 그럼 너도 엘퀴네스가 더 아름답다고 생각하는 쪽이야?"

"어느 쪽이고 자시고, 애초에 처음 그 녀석한테 그 말을 했던 게 나였어."

"그래? 그럼 더더욱 엘퀴네스를 소환해봐야겠네. 그를 본 후에도 평가가 바뀌지 않으면 내가 널 이기는 거잖아?"

그래, 바로 이거였다. 드디어 자신이 이프리트보다 우월해질 수 있는 부분을 찾았다! 눈앞이 밝아지는 기분을 느낀 라미아스는 환하게 웃었다. 당황한 이프리트가 뭐라 대답하려 했을 땐 이미 정령 소환을 시작한 후였다.

"엘퀴네스 소환!"

물보라가 일면서 거대한 금빛의 마법진이 떠올랐다. 치솟아 오른 거대한 파도가 폭포수가 되어 떨어지면서 조금씩 형상을 이루기 시작했다. 그때까지만 해도 라미아스는 별다른 생각이 없었다. 그저 누가 정령왕 아니랄까 봐, 마나 한번 거하게 뽑아간다면서 불편한 기분을 느끼고 있었을 뿐이었다. 그러나 다음으로 조금씩 외형이 드러나기 시작하는 순간, 그는 빠르게 여유를 잃어가기 시작했다.

"……."

가장 처음으로 드러난 건 물이 흐르는 듯한 푸른 머리칼이었다. 그 자신이 블루 드래곤이었기 때문에 푸른 머리칼엔 질리도록 익숙했다. 하지만 지금 눈앞에 존재하는 것처럼 황홀할 정도로 아름다운 푸른색은 본 적이 없었다. 그것만으로도 충분히 당황스러운데 잇따르는 광경들은 충격적이기까지 했다.

가늘면서 단단한 선이 우아하게 조화를 이루는 체형. 유려한 선 안에 깎아 놓은 것처럼 자리 잡은 섬세한 이목구비가 지나치게 비

현실적이었다. 하얗게 발하는 피부는 달빛을 머금은 듯했다. 완벽함과 완벽함이 만나서 또 다른 완벽을 이루고 있었다.

이윽고 감겨 있던 눈이 떠지면서 물빛의 눈동자가 천천히 드러났다. 그 시선이 자신을 응시해오는 순간 라미아스는 무어라 설명할 수 없는 전율을 느꼈다.

"날 부른 게 너인가?"

"……허."

이런 외모가 세상에 존재할 수도 있었구나.

언젠가 했던 생각이 다시금 새로운 기분으로 머릿속을 맴돌았다. 다리에 힘이 풀려 똑바로 설 수가 없었다. 휘청이며 바닥에 주저앉은 그는 태어나서 2천 5백 년 만에 새로운 이치를 깨닫게 되었다. 이 세상엔 절대라는 개념은 존재하지 않으며, 때론 평생의 신념과 기본 제한선마저 깨부수는 것들이 나타날 수도 있다는 것을.

"그래서 내가 말했잖냐."

이프리트가 끌끌 혀를 차며 한숨을 내쉬었다. 아무래도 평화의 시기는 여기까지인 듯했다.

"란타샤, 네 말이 맞았어. 정령왕이 내 근원이라는 말 말이야. 엘퀴네스를 만나는 순간 마치 내 자신이 완성되는 것 같았어."

장황하게 설명하는 라미아스를 보며 란타샤는 미간을 찌푸렸다. 몇 시간 만에 다시 만난 그는 어딘지 정신이 나가 있는 것 같았다. 정령왕을 소환해봤다더니 그 과정에서 머리를 다치기라도 했나 싶을 정도였다.

“그, 그래. 이해했다니 다행이야.”

“정말로. 이런 기분을 평생 모르고 살았을 뻔했다니 억울할 뻔했어. 지금까지 아무것도 모르고 살았던 내 인생이 너무 한심하고 쓰레기처럼 여겨져. 하루 종일 아무것도 안 하고 찬양시만 쓰고 싶은 기분이야. 이런 기분인 거 맞지?”

“아니, 그 정도까지는 아닌데…….”

떨떠름하게 답한 후 란타샤는 바로 옆의 이프리트를 흘겨보았다. 대체 무슨 짓을 한 거냐는 의미를 담은 시선에 이프리트는 어깨를 으쓱해 보였다. 내가 무슨 짓을 한 게 아니라 쟤가 원래 이상했던 거라는 의미였다.

“그래서 드디어 엘퀴네스와 계약한 거야?”

“아니, 못 했어.”

“으응? 못 했다고?”

“응, 계약하고 싶으면 다 해주는 건 줄 아냐면서 싫다고 하더라.”

그런 말을 왜 그렇게 해맑은 얼굴로 하는 건지 이해가 되지 않았다. 그러나 라미아스는 황당해하는 란타샤를 전혀 의식하지 못한 채 실실거리기만 했다.

“또 소환하는 건 자유니까 나중에 다시 도전해보려고.”

"그, 그래. 다음엔 성사되길 바랄게."

"고마워."

웃으며 답하는 얼굴은 아주 평온했다. 평소보다 들떠 있긴 했으나 그건 단지 같은 속성의 정령왕을 처음 만나본 기쁨 때문인 것 같았다. 그에 란타샤의 눈동자에 기대감이 차올랐다.

"그런데 라미아스, 너 이젠 엘퀴네스를 본 거잖아? 여전히 내가 가장 예쁘다고 생각해?"

그 순간 살짝 움찔한 라미아스가 다시금 평온하게 웃었다.

"당연히 여전히 널 좋아하지."

"아니, 내가 가장 예쁘냐고."

"하하, 난 여전히 널 가장 좋아한다니까."

"너 지금 말 돌리는 거지."

질문하는 목소리가 낮게 가라앉았다. 역시 이런 방법은 소용없나. 라미아스는 식은땀을 흘리면서 어설픈 미소를 지었다.

"……음, 란타샤. 삶에서 외모는 그렇게 중요한 요소는 아니라고 생각해. 때로는 현실을 받아들여야 할 때도 있는 게 아닐까."

"결국 네가 보기에도 엘퀴네스가 더 아름다웠단 말이네?"

"아니, 그게 아니라……아니다, 미안해. 이건 도저히 거짓말을 못 하겠어. 내 양심을 그렇게까지 더럽힐 순 없다는 기분이……"

"뭐 이 새끼야?"

퍽 하는 소리가 들리며 눈에서 별이 튀었다. 라미아스는 어느샌가 자신이 바닥에 뻗어 있다는 걸 자각했다.

"내가 이럴 줄 알았어! 뭐? 우열을 가르는 의미가 없어? 남성의 외형은 아무리 아름다워도 취향이 아냐? 하나같이 예외가 없다니까! 믿은 내가 바보지!"

"어? 아, 아니 잠깐만! 란타샤! 외모랑 상관없이 난 널 가장 좋아해! 내가 사랑하는 건 너야! 정말이야!"

"닥쳐! 너 다시는 내 눈에 띄지 마! 알았어?"

요란한 소리가 꽥꽥 울려 퍼졌다. 그 모든 광경을 옆에서 지켜본 이프리트는 머쓱한 얼굴로 뺨을 긁었다. 그가 보기엔 둘 다 똑같았지만 굳이 말해줘 봤자 결과가 달라질 일은 없을 것 같았다. 그래서 그는 이 유치한 촌극을 그저 따스한 눈으로 지켜만 보기로 했다.

서로 건드리지 말아야 할 선을 넘어선 대가는 매우 컸다. 허무하게 스러진 첫사랑이었다.

캐릭터 프로필

이름: 섀넌
생일: 10월 31일
종족: 신
속성: 천의
성별: 남(男)
키: 188cm
그 밖의 특징: 은회색 머리칼, 피부색도 연회색에 가깝다. 눈동자 공막이 보라색이며, 흰색의 홍채와 금색 동공을 지니고 있다. 붕대로 피부를 가리고 다니며, 큰 안경을 착용한다.

명계의 신.
명왕 또는 염라대제라고도 불린다.
망자의 세계를 통솔하며 혼을 관리하는 최고 책임자. 혼의 업보를 들여다보는 눈을 지녔으며, 신체가 천도 주민들을 보호하는 주술이자 명부 역할을 한다.
최초의 미네르바이자, 최고신 중 하나.

캐릭터 복불복 QnA

〈이공카 회원님들께서 올려주신 질문 중에서 랜덤 뽑기로 선정했습니다.
앞서 나온 질문과 중복되는 질문은 제외했습니다. 양해 부탁드립니다.〉

〈에릴0710 님의 질문〉

Q. 본인 외에 최고신인 천신 이오웬님, 운명의 여신 라데카님, 마신 카노스님에 대해 어떻게 생각하시나요?

A. 이오웬은 누구나 의지할 수 있는 좋은 신이죠. 술은 좀 줄였으면 좋겠습니다만. 라데카는 다 좋은데 눈만 마주치면 욕하는 것 좀 그만뒀으면 좋겠군요. 카노스는…… 좀 어렵습니다. 어느 쪽이든 진실이 아니라는 점이 가장 어려운 것 같습니다.

Q. 아들인 아레히스님에게 업무를 떠넘기고 계신다던데 요새 명계에서 어떻게 지내시나요?

A. 오해가 있는 것 같습니다. 제가 아들에게 맡긴 건 제 수많은 업무의 일부분일 뿐입니다. 어찌나 엄살을 피우는지 다들 절 나쁜 아버지로 생각한다니까요. 참 어쩔 수 없는 아들이에요. 그러길 바라는 것 같으니 원하는 대로 해주는 수밖에요.

Q. 손병호 게임 하다가 '섀넌님 잘생겼다고 생각하는 사람 다 접어' 라고 했더니 명계가 반으로 접혔습니다. 어떡하실 거죠?!

A. 저런, 안타까운 일이군요……. 음, 안경 덕분에 얼굴이 가려졌다고 생각했는데, 이것만으로는 부족했던 걸까요.

Q. 가장 친한 신은 누구인가요?

A. 두루두루 친합니다. 자주 만나게 되는 건 아무래도 염라 소속 신들이지만요.

Q. 미네르바 시절에 계약자는 누구였나요?

A. 그땐 계약의 개념이 없었습니다. 딱히 필요하지도 않았죠. 그 시절엔 아크아돈에 지성체도 거의 없었거든요.

Q. 섀넌 님은 환생해서 무슨 종족이 되고 싶으신가요?

A. 전 지금 삶에 아주 만족합니다만, 환생해야 한다면 드래곤이 좋을 것 같습니다. 드래곤은 다른 종족으로 변신도 할 수 있으니 일거양득이죠.

Q. 지금도 본인의 일을 하고 있을 아들에게 한 말씀 해주시죠!!

A. 게으름 피우지 말고 똑바로 하세요. 내가 안 지켜보고 있다고 생각하면 오산입니다.

〈빙아 님의 질문〉

Q. 갑자기 여신이 된다면 어떨 거 같나요?

A. 제 새로운 매력을 보여드릴 수 있겠군요.

Q. 아레히스가 결혼을 한다면서 여신을 데려온다면 바로 찬성인가요?

A. 일꾼이 늘어난다는 데 반대할 이유가 없지요.

Q. 휴가를 받으시면 제일 먼저 하고 싶으신 일은?

A. 신계의 개방터 중에 신성 정원이란 곳이 있습니다. 에바스에덴만큼은 아니지만 경관이 아주 아름다운 휴양지이지요. 갓 태어나 아무것도 모르는 순진한 신들이 머무르며 기초 교육을 받는 곳이기도 합니다. 그곳에서 쉬면서 그들과 친해지고 싶네요. 요즘 명계로 진로를 정하는 신들이 줄어들어서 여러모로 곤란하거든요.

Q. 직분을 바꿀 수 있다면 어떤 직분의 신이 되고 싶으신가요?(신이 안 되겠다 이런 건 안 됩니다!)

A. 쭉 망자들을 관리해왔으니 그 반대와 관련된 쪽도 좋을 것 같습니다. 생명이라든가, 치유라든가.

Q. 섀넌에게 아레히스란?
A. 믿음직한 일꾼……아니, 아들이죠.

〈녜이 님의 질문〉
Q. 만약 유희를 떠난다면 하고 싶은 일은 무엇인가요?
A. 유희라면 역시 중간계로 가야겠죠. 하급신은 중간계의 교세가 커질수록 성장한다는 사실 아십니까? 신도가 되어 최대한 교세를 부풀려 신을 성장시키는 겁니다. 그렇게 중급신으로 잘 키워 명계로 데려가고 싶군요. 다시 말씀드리지만 요즘 일꾼 보급이 적어서…….

Q. 만약 자신의 모습을 바꿀 수 있다면 어떻게 할 것인지?
A. 모습은 바꿀 수 있긴 합니다. 천도를 순찰할 때 본래 모습으로 다니면 다들 알아보고 어려워해서 동물로 변해 다니곤 하죠. 토끼라든가, 뱀이라든가.

Q. 누군가 아레히스를 괴롭히는 걸 봤습니다. 어떻게 대응하실 건가요?
A. 대처는 알아서 잘할 테니 신경 쓰지 않습니다. 다만 남을 괴

롭힌다는 건 몹시 한가하다는 뜻이니, 해야 할 일을 만들어주는 게 좋겠군요.

〈릴르 님의 질문〉

Q. 같은 미네르바 출신의 신들, 후배 미네르바들(?)에 대해 어떻게 생각하나요?

A. 아주 바람직하지요. 대부분 명계 쪽으로 진로가 정해진다는 점에서 더할 나위가 없습니다.

Q. 아들인 아레히스와는 어떻게 지내고 있나요?

A. 아주 잘 지내고 있습니다. 괜히 바쁜 척을 해서 굳이 아버지가 얼굴 보러 들르게 하지만 말입니다. 의젓하게 굴어도 이런 걸 보면 참 응석꾸러기라니까요.

Q. 미네르바 시절에는 도대체 뭘 해서 그런(?) 본성을 갖게 되었나요?

A. 그런 본성이라는 게 무슨 뜻일까요? (^^) 제 미네르바 시절은 아무런 문제 없이 평화로웠습니다.

Q. 아들은 있는데 동반자나 애인을 구할 생각은 없으신가요? 만약 있다면 어떤 타입이 좋으신가요?

A. 동반자라, 나쁘지 않죠. 역시 성실하고 신력이 많으며 중도

에 맡은 일을 그만두지 않을 끈기와 책임감을 지닌 분이 좋겠네요.

네 칸 만화

엘의 술주정, 그 후 1

그리고 역소환 직전까지 맞았다고 한다

엘의 술주정, 그 후 2

제과점 직원들 1

제과점 직원들 2